江西科技师范大学 2018 年度著作出版资助基金项目

郑祥琥　著

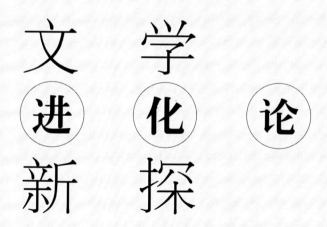

文学进化论新探

知识产权出版社

全国百佳图书出版单位

------北 京------

图书在版编目（CIP）数据

文学进化论新探/郑祥琥著. —北京：知识产权出版社，2019.11
ISBN 978-7-5130-6587-0

Ⅰ.①文… Ⅱ.①郑… Ⅲ.①中国文学—文学研究 Ⅳ.①I206

中国版本图书馆 CIP 数据核字（2019）第 239383 号

内容提要

本书对文学进化论进行了新的研究，提出了一套完整的、系统性的、有极大解释力的文学进化论理论体系。全书以进化论的遗传变异为基础，构建新的文学进化论学术体系。本书通过研究中国文学史丰富的史料，尤其是对古代诗歌的分析、比较，发现有很多因袭现象。作者从进化论的角度对这种因袭现象进行了细致的分析，发现文学的因袭与生物进化有着高度相似性。这为研究文学发展史提供了一个新的视角，值得文学研究者关注。

责任编辑：李　婧　　　　　　　责任印制：孙婷婷

文学进化论新探
WENXUE JINHUALUN XINTAN
郑祥琥　著

出版发行：知识产权出版社有限责任公司	网　　址：http://www.ipph.cn
电　　话：010-82004826	http://www.laichushu.com
社　　址：北京市海淀区气象路 50 号院	邮　　编：100081
责编电话：010-82000860 转 8594	责编邮箱：laichushu@cnipr.com
发行电话：010-82000860 转 8101	发行传真：010-82000893
印　　刷：北京中献拓方科技发展有限公司	经　　销：各大网上书店、新华书店及相关专业书店
开　　本：720mm×1000mm　1/16	印　　张：19
版　　次：2019 年 11 月第 1 版	印　　次：2019 年 11 月第 1 次印刷
字　　数：300 千字	定　　价：75.00 元

ISBN 978-7-5130-6587-0

序

探索新型文学理论体系的有益尝试

己亥年初始，年味尚存，郑祥琥博士寄来书稿《文学进化论新探》，煌煌二十余万字，邀我作序。作为其博士生指导教师，看到弟子这样勤奋且多产，欣然暗喜。而初读大致了解其内容之后，第一感觉竟是没有思想准备。

所谓"没有准备"的意思是说，他刚刚于去年从南开大学文学院毕业，毕业论文的题目是《清代诗坛宗宋现象研究》。为了写好这篇论文，他苦读三年，数易其稿，其间勤奋辛苦，唯有自知。这些且都放下不论，可以大致做出的判断是，起码近三年以来，他已没有其他时间和精力来完成这样一部二十余万字的书稿了。以前虽然也听他说起过这个话题，但真正要形成一部概念、范畴、体系完备的独特文学理论体系，谈何容易。

其实，说是"没有准备"，也不十分准确。因为此前断续得知，祥琥在攻读硕士学位期间（2006—2008年）就萌生了关于这部书稿的念头，并大致形成了相应的结构雏形，其后的工作、学习岁月里，其心念念在兹，不弃不离，不断地增加、扩充、完善，其实是一个"冰冻三尺，非一日之寒"的渐进过程。另外，从祥琥的学科背景和知识结构及社会经历来看，他能选择这样的题目并自成体系也不是偶然的，他本科获得南开大学信息学院微电子学、文学院汉语言文学专业双学位。后来又攻读南开大学文学院古代文学专业，获得硕士学位。毕业后又先后就职于华媒网、中国新闻网、《中国物流与采购》杂志等单位，任编辑、记者，曾有大量财经类稿件发表。获得硕士学位6年之后，他又重返高校，攻读南开大学文学院中国文学思想史专业博士学位。

"中国文学思想史"，是南开大学文学院较有特色的博士生专业，由我院资深古代文论专家罗宗强教授首先提出。无论从概念创新还是从范式转型的角度来看，"文学思想史"的提出，都具有原创性意义。罗先生之提出"文学思想史"，是在对两个已知学科（文学史和文学理论批评史）的思考中产生的。罗先生认为，在中国文学史和中国文学理论批评史这两个已知学科的中间地带，还存在着一个被人忽略的学科范畴——文学思想史。罗先生曾明确指出："文学思想史应该是一个独立的学科，它与文学批评史、文学理论史既有联系又有区别。"在此，

之所以对该学科做一简单介绍，是为了说明：从事文学思想史的研究，既需要有广博的文学史知识基础，又需要有极强的理论思辨能力。祥琥有志于此，是一种追求，更是一种挑战——对自己以往知识结构和思维方式的挑战。

这一点，在祥琥入学之初就已向他讲明，他也表示要以新的姿态来迎接这个挑战。记得那次师生初次见面，谈了很多，当然除了解基本情况之外，谈得最多的还是如何理解、学好中国文学思想史，如何写好毕业论文，如何争取三年正常毕业，而毕业的硬指标是发表两篇 CSSCI 论文……这些，看上去虽然不太复杂，但也是一个小小的系统工程，其中思虑安排虽称不上千头万绪，但也有轻重缓急的考量。后来又谈了几次，师生逐步统一了意见：在诸多思考的轻重缓急之中，发表博士毕业的两篇 CSSCI 论文应是集中全力要抓的"牛鼻子"。因为在目前的写作论文与发表论文的比例下，要想发表两篇，必须要有 8 ~ 10 篇的积累和储备，而要完成这些论文，其间所需时间和付出的代价可想而知。此外，如果能围绕着一条主线或主干写出这些论文，那毕业论文也就有了雄厚的基础，是水到渠成的事情。所以，几次交流的结论是：这三年的工作重点，或曰摆在第一位的挑战不是毕业论文，而是要全力以赴，尽力发表论文。祥琥是勤奋的，有了这样的共识，他这三年确实念兹在兹，全力以赴，集中优势兵力，写出优质论文。一篇篇论文的构思、写作、商榷、修改、完善、投稿、发表……就这样从无到有，日渐增多，构成祥琥读博期间的一道学术风景，为其完成毕业论文打下了雄厚基础。他的 30 万字毕业论文《清代诗坛宗宋现象研究》针对学界对于清代宗宋诗风的兴起、发展、演变过程还有着诸多盲区与误解现状，将清代宗宋诗风的发展演变视为一条主线，广泛搜集清代宗宋诗歌现象发展各个阶段涉及的各种史料，剖析其争论的焦点问题，进而对清代诗坛宗宋现象得出一个总览的看法。在此思考过程中，亦尝试着"文学统计学"方法的介入与运用。他的论文是一篇优质的博士毕业论文，外审专家给予一致好评。

有了以上的简单介绍与铺垫，对于理解祥琥这本《文学进化论新探》或许不无助益：由此可以看出他知识面和兴趣的广泛，以及求新求异的探索精神。对这本书的价值判断尽管可以见仁见智，但其从宏观上试图构建一种新的文学理论体系的尝试，还是有益的。从思维方式上看，《文学进化论新探》运用的是类比推理的方法。所谓类比推理，属于演绎推理的一种，它是根据两个或两类对象在某些属性上相同，从而推断出它们在另外的属性上（这一属性已为类比的一个对象所具有，另一个类比的对象那里尚未发现）也相同的一种推理，具有假说的性质。例如据科学史记载，光波概念的提出者，荷兰物理学家、数学家赫尔斯坦·惠更斯曾将光和声这两类现象进行比较，发现它们具有一系列相同的性质：如直线传播、有反射和干扰等。又已知声是由一种周期运动所引起的、呈波动的状态，由此，惠更斯作出以下推理——光或也可能有呈波动状态的属性，从而提出了光波这一科学概念假说，并在以后的实验中得到了证明。在此，惠更斯所运用的思维方式就是类比推理。类比推理的结构，可大致表示如下：

A 有属性 a、b、c、d

B 有属性 a、b、c

所以，B 有属性 d（因为 B 具有 a、b、c）

声所具有的属性：a：直线传播；b：反射；c：干扰；d：呈波动运动状态；

光所具有的属性：a：直线传播；b：反射；c：干扰；（但没有 D）

所以，由声具有属性 D 推断，光也有属性 D，即：呈波动状态的属性

可见，作为一种思维方式，类比推理有如下特点：（1）在客观现实中，事物的各个属性并不是孤立的，而是相互联系和相互制约的；（2）因此，如果两个事物在一系列属性上相同或相似，那么，它们在另一些属性上也可能相同或相似。（3）这所谓的"另一些属性"往往属于未知领域，其发现往往具有创新性质。关于第三点，还有一个科学史上的例子。法国细菌学家卡尔美（Albert Leon CharImette）和介林（CamiIIe Guerin），在从事细菌学研究期间，受法国微生物学家巴斯德早先研究成果和巴黎马波泰农场主玉米退化的启迪，历经 13 年，把一株毒性强烈的结核杆菌移植培养共达 231 代之多，终于使该菌种接种于动物后，不发生结核病，却保留着对结核病产生免疫作用的抗原性。由于结核杆菌疫苗是法国这两位伟大的细菌学家发明研究成功，挽救了千万人的生命，人们就用两个科学家的名字，把结核杆菌疫苗命名为卡介苗。

1907 年的一个下午，卡尔美和介林在巴黎近郊的马波泰农场的一条小路上做实验，试图把结核杆菌疫苗接种到两只公羊身上，但每次都失败了。他们发现田地里的玉米秆儿很矮，穗儿又小，有明显的退化特征，经询问这块地的农场主，得知：这个品种引种到这里已经十几代了，于是出现了退化现象。卡、介二人马上联想到：如果把毒性强烈的结核杆菌一代代培养下去，它的毒性是否也会退化呢？用已经退化了毒性的结核杆菌再注射到人体中，不就既不可以伤害人体，也能使人产生免疫力了吗？为此，两位科学家历经 13 年，培育了 231 代，终于培育出既能杀死结核病毒、又不会损伤人体的结核杆菌，作为人工疫苗。这就是一个典型的由植物退化推论生物（细菌）退化的案例。祥琥谙熟科学史，从思维方式角度看，《文学进化论新探》运用的正是这种方法，恰如作者所明确指出的那样："文学现象与生物现象之间有很强的相似性。基于这一理念，笔者尝试将文学现象与生物现象进行更深入全面的对比，在此基础上，笔者提出一个命题：'文学现象与生物现象具有较严格对等性'。以这个命题为基础，我们就可以将很多生物学上的概念、命题、逻辑关系，移植到文学领域，以形成我们看

待文学现象的新视角、新视阈。"

"文学进化论"的思想和观念，有着较长学术和思想渊源，并非作者首次提出，对此，祥琥也在第一章"西方文学进化论概说"和第二章"中国的文学进化论"中做了详细的文献梳理。于此亦可见这是一个受到中外诸多学者（其中不乏一流学者）关注的学术话题。但从系统、完备、尽善尽美的角度看，还有许多工作要做，还大有在前人的基础上拓展的空间。例如作为一种成型的、有影响的理论，需要有自己独特的概念、范畴、范式、体系。而此前的"文学进化论"显然缺乏这些构建。而对此，祥琥这本书显然是有贡献的。首先它有自己的概念体系，例如"文学基因""文学个体""独创与因袭""文学物种""生存环境""自然选择""文学进化与文学演化""文学演化中的优化""进化树图""垂直进化""经典生成""进化停留""杂交""文学化石""生态位""文学绝灭""演替""文学生态系统"……其中，"因袭"又分成"整体因袭"和"选择因袭"，"独创"又分成"重组性独创""开拓性独创"和"适应性独创"……虽然这个概念体系的严谨性还值得商榷与探讨，但从中可以看出祥琥构建一种新的体系的热情与努力。系统的概念体系的生成，既是一种创新，也是一种整合——对于已有的、已知的概念的整合。有时，整合本身就是一种创新。明确了"文学进化论"的概念体系之后，本书主要将"进化"视角落实到三个层面：一是宏观层面上文学样式或整体文学史的进化，二是中间层面上作品、文学物种的进化，三是微观层面文学技巧或文学细节的进化。这样，本书的所谓"文学进化"的面貌就更为清晰。

在确立自己基本理论概念、观照层面的基础上，本书对于材料的掌握和运用也十分重视。做学术的人都知道，若只有空洞的概念而无具体文献材料的支撑，很容易形成"三无"产品：无源之水，无本之木，无米之炊。经过古代文学的基础训练，祥琥对此显然是下了大功夫的，工作做得更为细致，这也是他这本书有别于此前有关"文学进化论"的学者们所论述的。这方面例证很多，在此仅举一例：在探讨"选择因袭"时，作者以王维诗为个案分析，详尽探讨了王维诗对前人作品的选择因袭。据陈铁民《王维集校注》，王维现存诗歌作品共308题，367首。从中可发现，王维诗至少有60首存在着对前人作品的因袭现象，并一一指明列出。例如王维诗《山居秋暝》："随意春芳歇，王孙自可留。"源自《楚辞·招隐士》："王孙游兮不归，春草生兮萋萋。"王维诗《山中赠别》："春草年年绿，王孙归不归。"亦源自《楚辞·招隐士》："王孙游兮不归，春草生兮萋萋。"王维诗《息夫人》："莫以今时宠，能忘昔日恩。"源自冯小怜的绝命诗："虽蒙今日宠，犹忆昔时怜"，等等。当然，任何人不可能凭空创造，都要在吸收前人知识精华的已有基础上形成自己独特的风格，既转益多师，又独辟蹊径，自铸伟词。文学史上大家、名家亦不能免，王维亦然。对此，萧统在《〈文选序》中说得很清楚:"若夫椎轮为大辂之始,大辂宁有椎轮之质,增冰为积水所成,积水曾微增冰之凛,何哉?盖踵其事而增华,变其本而加厉,物既有之,文亦宜然。"这种现象,究竟是"选择性因袭"还是"创造性转换",都尚有待探讨。

行文至此,还想借作序的机会从思想创新和思维模式的角度谈一下自己有关"思想修辞"的看法。本人曾试图从语言修辞出发,探索一种新的"修辞"视角——思想修辞。我认为,从思维方式看,祥琥这本书也有意无意地运用了"思想修辞"的方法,如果是这样的话,那就为"思想修辞"的研究又提供了一个佐证。我曾提出,除语言修辞外,还有一种"修辞"尚待研究,这就是"思想修辞"。如果说,"语言修辞"是表达者通过各种手段,以求达到语言运用的最佳效果;那么,"思想修辞"就是表达者通过各种手段,以求达到思想传达的最佳效果。二者的共性在于,它们都要通过"修辞"手段以达到自己的最佳效果;二者的区别在于,它们围绕的核心,一是语言,二是思想。简言之,前者是语言润色,后者是思想润色;前者着重的是如何使语言漂亮、更有感染力、说服力,后者着重的是如何使思想更有感染力、说服力、更为普遍接受。

如前所说,《文学进化论新探》这本书运用的基本方法是"类比推理",而如从修辞的角度看,所谓"类比推理"无疑是一种比喻的延伸。而若从"思想修辞"的角度看,比喻有小,有大。小比喻,属于语言层面;大比喻,属于思想层面。在此,如果紧扣《文学进化论新探》的话,其内在逻辑结构可以概括为"文学现象与生物现象之间有很强的相似性""文学现象与生物现象具有较严格对等性""可以将很多生物学上的概念、命题、逻辑关系,移植到文学领域,以形成我们看待文学现象的新视角、新视阈"……其实,在此就有一种"比喻延伸"的"思想修辞"的内在结构,属于"大修辞"。语言层面的修辞是局部的、分散的、片段的,而思想层面的修辞则具有整体性、结构性、系统性的特征。比喻延伸,是思想修辞的一个重要范畴。因为在这种"比喻"中,作者关心的不再是分散的、局部的片段,而是一种整体系统结构,其中就有着由已知推出未知的创新性特征,呼唤着一种新观念、新范式的诞生。为说明问题,容我在这里再啰唆几句。例如经济学中"公共选择理论"的诞生。

在"公共选择理论"问世之前人们普遍认为,在经济学中人们追求各自的私利,通过市场这只"看不见的手"的调节而使参与者和社会普遍受益;而在政治学中,人们追求的公众和社会的公共利益,受所谓"天下为公""为公众服务"等理念的指导。从学术范式的角度看,这无疑是一种固定的研究范式,即很少有人从经济学"利己""为私"的角度来看待政治学的"利他""为公"。而公共选择理论则试图揭示:任何个人的行为天生地要使效用最大化,一直到受到抑制为止。无论在市场活动中还是在政治活动中,人都是追求"效用最大化"

的个人。公共选择理论认为国家的决策过程是与经济市场类似的，是由供求双方相互决定的过程。公共选择理论可以被界定为是对非市场决策的经济学研究，或者可以把它简单地定义为应用经济学去研究政治学。公共选择理论的主题与政治学是一样的。但是，公共选择理论的方法论是经济学的。公共选择理论和经济学类似，其基本假定是，人是自我的，理性的，效用最大化的。把政治学中为"公众利益"而奋斗的参与者假定为市场上追求"效用最大化"的理性人，无疑是一种创新的视角，但如果运用思想修辞的方法仔细剖解，这种创新的学理表述中潜藏着一种"比喻延伸"的逻辑——即把政治活动领域也比喻成一种市场，换言之，用经济学的要素和术语来解释政治行为，这样先前所谓的"政治人"也就变成了"经济人"，只不过其活动领域是政治舞台而非经济舞台了。

稍加分析不难看出，"公共选择理论"实际上是在运用经济学的基本原理——来解释政治行为，其间有两个相互联系的比喻结构，一是小比喻，即把政治领域比喻成类似经济交换行为的市场，但这种比喻并没有仅仅停留在语言修辞层面，而是有所延伸，构成了一个大比喻的结构，即把这种比喻系统化、整体化，于是就形成了一种思想修辞的形式——比喻延伸。用经济利益来比喻政治利益，用互动的交易对象或市场上的需求者来比政治家和官员，用私人物品来比喻公共物品……并由此构建了一个庞大的能够自圆其说、自成系统的理论体系，即"公共选择理论"❶，给政治经济学带来了崭新的视角和创新的清风。在此过程中，一个内在的从"语言修辞"到"思想修辞"，从"小比喻"到"大比喻"的"比喻延伸"的内在逻辑是很清晰的。

回到祥琥这本书，它运用的基本方法也有"思想修辞"的影子，尽管他或许没意识到。这或许可解释为师徒之间，默默之中，思想相通；也可以解释为"思想修辞"的适用范围很广，还大有研究空间，《文学进化论新探》就是一个鲜活的例子。以生物进化来类比、推论"文学进化"，——用生物学概念、范畴、范式来对应文学现象，由已知的领域、知识来推论一些未知的领域、知识，其本身就有创新的因素。

当然，正由于是一种尝试和探索，祥琥这本书也还有许多问题值得继续探讨和完善。比如文学进化和生物学进化是否能够完全——对应？文学现象是否和生物学现象一样，都是一种物质现象？文学艺术一旦达到顶峰之后，就难以超越和发展，如果把"超越和发展"视为"进化"的话，那么，就某种文学样式和文学成就而言，就难以完全用"进化"来解释……

总之，尽管还有探讨空间，在目前林林总总的文学理论著作之林中，《文学进化论新探》是一本有一定学术深度也很有创新意识的书。有了它，不仅可以满

---

❶ 许云霄. 公共选择理论 [M]. 北京：北京大学出版社，2006：1-11.

足文学界对于使用文学进化论的内在需求，可以更好地解释一些文学现象，可以使文学研究更加"科学化"，对于理解类似或接近的其他文学理论也有助益，例如"影响研究理论""主题学理论"及"互文性理论"，都与"文学进化论"有联系，但又有区别。这种区别主要是切入角度的不同。类比生物学的概念、体系，来解释文学现象，虽然还有探讨空间，但也有着大胆的创新意义与价值，是一种探索、构建新的文学理论体系的有益尝试。

　　是为序。

南开大学教授、博士生导师　刘畅

2019 年 4 月

目　录

新文学进化论的若干要点

改革开放以来，文艺学研究在当代中国文学研究的整体格局中，占有了越来越重要的地位。即使是一向对理论需求较少的古代文学研究者们，也大量采用了西方的文艺理论。仔细观察中国的文学研究界，会发现中国文学研究界犹如西方理论的试验场，各种西方文艺理论都被先后搬到中国文学研究现场，逐次尝试一遍。具体来说，20 世纪 80 年代以来，在中国文学研究领域，形形色色的西方文艺理论都涌了进来，包括结构主义、解构主义、叙事学、后现代主义、文化人类学等各种哲学理论、文学理论，都先后被引入中国。以至于当代的每一位文学研究者，都能够熟练使用一种或几种西方文艺理论。

随着时间推移，建设中国自己的有中国特色的文艺理论，也在学术界有了很大的呼声。如 1997 年，中国社科院研究员杨义先生出版了《中国叙事学》。杜书瀛教授在出版该书的专家推荐意见中评价说："《中国叙事学》填补了一项学术空白，第一次建立了具有中国特色的、与西方体系可以对峙互补的叙事学体系，因此，该书在理论上和实践上具有重要的价值，具有开创性的意义。"像杨义教授、杜书瀛教授这样尝试在中国文学研究基础上，提出或呼吁提出建立中国自己的文艺理论的做法，已成为当代文学研究界的共识与潮流。

笔者也试图参与到"建设有中国特色的文艺理论"的潮流中去，笔者最近在一篇论文中便谈到要尝试建立"中国本土的、成熟的、具有强大解释力的文学理论"❶。那么，笔者自我感觉，《文学进化论新探》是一个有益的尝试。

像其他的文艺理论一样，文学进化论无论是在西方，还是在中国，一度都非常兴盛。西方的文学进化论者，大体上可以称得上是一个流派，在 1900 年前后的五六十年中占据了主流地位。而中国的文学进化论，则一度对中国文学，甚至整个中国社会都有巨大的影响。但是后来，文学进化论的热潮消退了。尤其是第二次世界大战以后，随着西方各流派文学理论的兴起与兴盛，文学进化论在当代西方已基本无人问津。而在当代中国，文学进化论也只是作为一个历史理论或思

---

❶ 郑祥琥. 古代文学研究中西方文艺理论使用状况评析 [J]. 社会科学论坛, 2018 (6).

想史材料被讨论。那么文学进化论在当代，有没有继续讨论的价值？有没有进一步发展的潜能？或者说有没有对中国文学的强大解释力？

正是带着这一系列问题，笔者重新思考、梳理、总结、探析文学进化论的相关问题。笔者较为详细地挖掘、梳理了西方文学进化论的发展历程。比如笔者挖掘并参考了美国学者曼利1905年的论文《文学样式与生物进化的新理论》，曼利试图用荷兰遗传学家弗里斯提出的"突变理论"来解释文学样式形成过程中的突变。曼利的论文，明显是把生物学与文学糅在一起，把生物进化中的问题，对应到文学上。

曼利的这种理念，其实可以为我们所借鉴。笔者认为，生物学上、遗传学上，甚至当前最热门的分子生物学上的诸多理论，其实都可以借鉴到文学研究中。我们可以看到，文学进化与生物进化，有着很大的可类比性，甚至趋同性。很多文学上的现象，尤其是一些曾经不被注意，或者曾经难以取得合理解释的问题，在参照生物进化论之后，都可以有全新的看法或者求得较好的解释。

因此笔者认为，其实文学进化论还有很大的发展空间。在稍加扩充、重整、引申之后，文学进化论对于中国文学的发展历程，其实有很强的解释力。笔者的文学进化论新理论体系，核心要点在以下几个方面：

第一，文学物种。文学物种的概念，是文学进化论成立与否的一大理论基础。美国著名文学理论家韦勒克认为文学进化论之所以不成立，根本原因就是文学上不存在与生物"物种"相对应的东西。韦勒克的这一观点确实是非常有洞察力的。他虽然未能解决问题，但触及了问题的要害。笔者认为，文学上显然也跟生物学上一样存在"物种"的概念。所谓的"文学物种"正是一个一个的故事。三国故事是一个文学物种，西游故事是一个文学物种，李白故事亦是一个文学物种。文学物种是文学进化的基本单元。理解了这一点，文学进化论的宏伟理论大厦，也就建立起来了。

第二，遗传与变异的问题。遗传与变异是生物进化论的另一理论基础。转化到文学上，笔者称之为因袭与独创。每一部文学作品都存在大量的因袭。这种因袭，正是遗传物质的传递，也正是进化的基础。把文学的因袭问题搞清楚了，文学的进化链条也就清晰了。

第三，垂直进化的问题。文学上的垂直进化，是2007年笔者最初思考文学进化论的切入点。那时笔者已认识到，生物学上的"垂直进化"概念，对于理解古代小说从一个文言文的信息记载，发展为篇幅巨大的白话小说或戏曲，是有很大帮助的。古代《水浒传》《三国演义》《西游记》等小说"世代累积"的发展历程，实际上就是生物学上说的"垂直进化"。把垂直进化的概念，引入文学进化，就会打开一片文学研究的新天地。

第四，文学物种进化与文学样式进化的联系与区别。从概念上，"文学个体""文学物种""文学样式""文学总体"，这四个概念形成了概念层级上的递增。诸多文学个体组成了文学物种。若干文学物种组成小的文学样式（文学小类）。若干小的文学样式组成大的文学样式（文学大类）。大的文学样式组成了文学总体。层级不同，其进化面貌自然也会不同。正是因为西方的文学进化论者未能研究清楚"文学物种"的概念，所以他们实际上是把文学物种的进化与文学样式的进化混为一谈的。然而这二者区别很大。文学物种的进化，体现为垂直进化。文学样式的进化则并非垂直进化，文学样式的进化有时体现为"起源、发展、高潮、衰落"的进化模式，有时又体现为进化停止等其他模式。

第五，选择因袭的问题。选择因袭可对应于现代生物技术中的"转基因技术"。在自然状态下，生物进化中极少发生"转基因"现象。然而文学进化中的选择因袭则频繁地发生，造成了文学进化中大量的"跨物种""跨代际"的基因遗传。这一点便形成了文学进化路线与生物进化路线的极大不同。

第六，文学生态位的问题。"生态圈"是个生物学概念，移用到文学上似乎作用不大。但是"生态圈"的下属概念"生态位"，可以用来描述作家作品文学史地位的动态变化。文学作品在文学组成的这个生态圈中，具有一个地位，这就是生态位。经典作品具有强势生态位，甚至能够参与整个文学生态圈的生态建构，而普通作品则处于弱势生态位。每一个文学物种、文学作品，都要参与到文学生态圈的生态位分配。文学史上有很多一度经典的作品，后来变得普通，也有很多一度看似普通的作品，后来变成文学经典。这都可以理解为是文学生态发生了变化，导致各个作品的生态位发生了重新分配。

可以说，文学生态位是一个非常重要的概念，可以解释诸多的文学现象。在生态位问题上，还存在生物学与文学的一个重大区别：死去的生物，很多变成了生物化石，但生物化石早已脱离生态圈，不再参与生态圈的生态位值分配。而文学化石并未脱离文学生态圈，文学化石依然参与文学生态圈的生态位分配。

以上六方面是笔者文学进化论的理论要点，但笔者文学进化论的概念、命题体系远比这六方面要多样、繁杂。这六方面只是理解文学进化问题的关键之处。笔者的文学进化论中，还有诸多的概念、命题、逻辑关系。比如遗传学上的"遗传基因"概念，可以推衍出文学进化论的基础概念"文学基因"。对于一部作品"文学基因"的探讨，显然有助于我们理解这部作品的形成与影响。

另外，通过"文学基因""因袭"等概念的中介作用，文学进化论与西方文艺理论中的"影响研究理论""主题学理论""互文性理论"等当代主流的理论，存在了互相解释、互为促进的可能性。比如互文性理论中说的"互文"，很容易被理解为生物学上的"遗传基因"。而主题学理论中所说的"母题"，亦可以被理解为遗传学上的"基因"或"基因编码"。不同的母题，便是不同的基因类型。不同母题的夹杂，可以被理解为基因之间的组合与编码。

当然也要看到，文学进化论中说的"遗传""变异""垂直进化"等概念，在文学研究中早已有类似的概念，并且使用已较为广泛了。对此文言小说研究专家、南开大学李剑国教授 2008 年评价笔者对文学进化论的新探时指出："这一理论体系相对惯常的理论表达（继承、借鉴、创新、发展等）究竟优越性在何处还是可疑的，但作者的理论勇气和探究、执着精神实在难能可贵，值得充分肯定。"我想李剑国教授的观点，是切中问题实质的。就是：对文学进化论进行一系列扩充与新探，到底对当前的文学研究，有什么作用，价值何在？

我想，从生物进化论的角度来看待文学进化，显然是文学研究中的一个不小的观念变迁。为什么？因为我们的文学研究，长期是将作品结构的探讨与作品美学的探讨、社会影响的探讨混为了一谈，或至少是混在一起讨论。正如我们把对一个人外表好看与否、对社会贡献大小的探讨，与对他的生物学属性探讨，混为了一谈。这其实是不对的。

文学作品的结构与文学作品的美学、社会影响，显然是区别很大的问题。如果我们聚焦于一个文学作品的遗传与变异。有可能一个作品后来并没有流传开，但是这个作品有了一种突变，形成了一种"崭新的文学基因"。这种"崭新的文学基因"为后来的经典性作品所继承。则我们所撰写的《中国文学史》便需要改写。因为不管我们承认与否，我们的《中国文学史》（如袁行霈先生主编的四卷本《中国文学史》，罗宗强、陈洪主编的三卷本《中国文学发展史》）实际上是将著名的经典作品，进行了依次排列，只是按照"社会影响"来排列。换句话说，《中国文学史》上记录的都是有名的作品，并没有按照"文学基因的遗传与变异"的环节来进行排列。

而真正按照文学进化史来撰写的《中国文学进化史》，显然会跟现在通行的《中国文学史》完全不一样。因为有大量在文学进化链条中具有重大意义的作品，实际上并非经典作品，有些甚至已经佚失了。而有些历史上的经典作品，主要是通过"文学因袭"甚至抄袭的方式产生的，那么这种经典作品在文学进化史上的作用，便要重新评估了。

另外，一个作品的社会评价、社会好评或差评，与它在文学进化遗传变异历程中地位的评价，将成为两种问题。传统《中国文学史》上很大篇幅都是在探讨要给予作品的社会评价、社会影响。然而这些内容在文学遗传与变异的历程中处于什么地位？值得重新思索。

总之，如果能够写一部《中国文学进化史》，从纯粹的文学基因的遗传变异，从垂直进化，从进化图谱等角度来重新梳理中国文学发展历程。我相信会跟现在通行的《中国文学史》完全不一样。这样的《中国文学进化史》撰写出来，一定会对文学界的朋友有所启发。不过这都是未来的事情了，而展现在读者眼前的这部《文学进化论新探》，更期待读者的批评与赞扬了。

西方文学进化论概说

第一章

第一节　西方进化论思想综述

"进化论"作为一种思想，其实包含了两部分，一种是生物进化论，即进化论在生物学上的体现，以达尔文进化论著称；另一种则是作为哲学、历史文化观的进化论，此种观点形成比达尔文生物进化论要早，但后期亦受到达尔文生物进化论的巨大影响，以斯宾塞的社会进化论为最著。

一、达尔文之前的进化论思想

进化论思想在欧洲的形成与发展，有一个较长的历史过程。古希腊哲学家阿那克西曼德曾谈及生物进化问题，认为人是由鱼进化而来。但柏拉图、亚里士多德等人的形而上学则秉承固定论的观念，形成了古希腊哲学固定论占绝对主流的传统。尤其是亚里士多德在《动物学》等著作中，明确否定了生物进化的观念，影响尤巨。

至欧洲中世纪，由于基督教神学"上帝造物"说的影响不存在进化的观念。基督教神学认为万物都是由上帝创造的，一旦创造了，就固定不变。所以千千万万的动物物种都是由上帝一次性创造的。按照一些基督教经院哲学家的说法，世界在公元前 4000 年被上帝创造，世界末日在公元后 1000 年或者 2000 年到来。按照这种观点，一切进化论的学说都是无稽之谈。

文艺复兴之后，欧洲哲学开始摆脱神学的笼罩，开始独立对世界进行观察与思考，朦朦胧胧的社会进化论的观点逐渐在产生。按照法国哲学家福柯《词与物》中的说法，16—17 世纪欧洲学术界已普遍认识到事物都有它的发展史。由此，各种形式的演化论、初期进化论就在社会科学，甚至自然科学的各个领域朦朦胧胧产生了。

至 18 世纪，演化论、初期进化论开始在学术界中被用为一种基本的学术视角。比如意大利思想家、文艺理论家维科（1668—1744 年）在 1725 年出版了《新科学》一书，该书便是用变化，甚至进化的观点来看待人类历史、文化、文

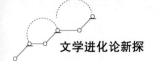

学的形成与发展。维柯说：“本科学所描绘的是每个民族的出生、进展、成熟、衰微和灭亡过程中的历史，也就是在时间上经历过的一种理想的永恒的历史。”❶维柯所谓的“每个民族的出生、进展、成熟、衰微和灭亡过程”显然就是一种历史观进化论。

必须看到，维柯这种“追溯起源”“探究演变”的社会科学研究方法，并非很难的方法。维柯之后的大量西方学者，都采用了这种方法。

比如德国哲学家康德（1724—1804年），在1755年发表了《自然通史和天体论》一书，探讨了太阳系的形成，提出了“太阳系起源的星云假说”。康德认为，太阳系是由一团星云演变来的。这团星云由大小不等的固体微粒组成，逐渐通过互相之间的引力形成较大颗粒，逐渐形成更大的天体。康德的这种天体演化学说，实际上就是一种进化论。

再比如德国著名文学家歌德（1749—1832年）在1800年之前以及之后的大量的论文学艺术、论植物、动物的著作中，都使用了进化论的观念。后来达尔文亦认为，歌德是生物进化论的一个重要先驱。❷ 如在1794年出版的《植物变态学》一书的引言中，歌德指出，所有不同形态的植物都来自一种最原始的植物，并且提出植物类型是可变的。后来在一些论动物的作品中，歌德亦提及了动物中存在的进化因素，如人与动物骨骼排列的类似性。此外歌德还在大量文章中贯穿了文学艺术演化、进化的观念。由于歌德在文学界的广泛影响，这些文学文章中进化观念的影响，恐怕比他论生物进化问题的文章，其影响要大得多。

康德、歌德的方法，自然也为其他的德国哲学家所继承。青年黑格尔（1770—1831年）在1806年出版的《精神现象学》，用进化的观点来看待精神现象的发展演变。后来又在《美学》一书中总结了文艺进化的一些阶段规律，认为文艺的发展“不可能一步就达到完美，而要经过开始、进展、完成和终结”。可见，进化观念已成为黑格尔哲学的主要特征之一。也正是因为黑格尔哲学的巨大影响，他已经为达尔文进化论的出现，铺平了道路。

黑格尔在《精神现象学》中详细描述了意识从自发到自觉的各个发展演变阶段，经历从“意识”到“自我意识”，再到“理性”“伦理精神”“宗教”，最后达于“绝对理性”。黑格尔固守了柏拉图的“理念说”，从客观唯心主义的角度，来看待“意识”的整个进化历程。在书中一些地方，可以看到维柯的一些思想的影响，虽然黑格尔未使用“诗性智慧”一词。《精神现象学》当然是一部哲学著作，但其实也是一部“早期心理学”著作。“意识”是如何产生的，在黑格尔的时代，主要是一个神学命题，黑格尔将之拓展为哲学命题。而从现代科学的角度，“意识”的产生亦是一个生物学问题，因为“意识”附着于生物而实

❶ 维柯. 新科学 [M]. 北京：人民文学出版社，1986：143.
❷ 达尔文. 物种起源 [M]. 周建人，叶笃庄，译. 北京：商务印书馆，2011：3.

现。因此"意识的进化"自然也是附着于"生物的进化"。

考虑到欧洲学术界作为一个密切联系的整体,既然 18 世纪进化论在哲学领域的使用已成一种潮流,尤其是维柯、康德、歌德、黑格尔等人在当时都是有很大影响的思想家、哲学家、文艺理论家,他们在著作中采用了演化论、初期进化论的观念,则进化论开始从哲学领域进入生物学领域,亦是必然发生的事情。客观来说,生物进化论的产生与形成,是晚于其他领域的进化论的。

法国植物学家布丰(Buffon,1707—1788 年)的研究很有探索意义。1739 年布丰被任命为法国皇家植物园园长,他利用这一机会广泛而深入地研究了诸多植物。在他 1749 年开始出版的巨著《自然史》中,公开指出了自然界发生自我进化的事实,认为现代生物起源于少数原始生物。这一观点与上帝创世的观点是矛盾的。1751 年,巴黎大学神学院的特别管理委员会,警告布丰《自然史》的部分内容与宗教教义违背。最后布丰不得不公开宣布,放弃自己所有关于地球形成和物种变异的学说。❶

欧洲生物学史上较早较系统提出生物进化论的是法国生物学家拉马克(1744—1829 年),他在 1809 发表的《动物学哲学》中系统阐述了他的进化理论,主张物种可变,提出用进废退、获得性遗传两个进化法则。拉马克的进化论,离达尔文的观念已经很接近了。后来达尔文比拉马克更强的地方,在于达尔文就生物进化提供了更多更扎实的案例。

拉马克的进化论,在达尔文进化论兴起后,不仅未被淘汰,反而影响很大。拉马克认为进化是一种基本的、天生的因素,即生物具有一种朝着增加结构复杂性方向进化的趋势,就是说低级生物有向高级生物进化的内在趋势。❷ 这一点后来成为生物进化论学说争论了 100 多年的三大焦点之一,就是生物进化是否存在一个趋于优化的方向。❸

以上谈到了在 1859 年达尔文发表《物种起源》之前,欧洲的进化思想的大体发展情况。有一点是明确的,欧洲的历史、文化、哲学进化观,早于达尔文生物进化论。某种程度上,达尔文的生物进化论,受到了西方此前的历史、文化、哲学进化观的巨大影响。甚至可以认为,后来的生物学家们只是把维柯用进化观探讨的"新科学",康德用进化观探讨的"天体演变",黑格尔用进化观探讨的"意识演变"等,转移到了用进化观来探讨"生物演变"。

❶ 钟安环. 简明生物学史话 [M]. 北京:知识产权出版社,2014:61.
❷ 洛伊斯·玛格纳. 生命科学史 [M]. 刘学礼,译. 上海:上海人民出版社,2012:262.
❸ 王元秀. 普通生物学 [M]. 北京:化学工业出版社,2016:322.

二、达尔文与生物进化论的诸流派

1859 年 11 月，英国生物学家达尔文酝酿多年的《物种起源》一书出版，达尔文在书中提出了生物进化的理论，并提供了大量的例证，详细论述了生物进化的内在过程。该书影响巨大，第一版 1250 册在一天之内被抢购一空。

应该说，在达尔文《物种起源》之前，欧洲的生物进化论已经完全酝酿成熟，诸多的学者提出了与达尔文类似的观点。达尔文在《物种起源》后来的版本中，加了一个名为"本书第一版刊行前，有关物种起源的见解的发展史略"的前言❶，梳理了布丰、拉马克、圣提雷尔、匿名的钱伯斯、赫伯特·斯宾塞、赫胥黎，以及与他同时提出进化论的华莱士（A. R. Wallace）等人的生物进化观点。还提到了自己的祖父伊拉兹马斯·达尔文（Erasmus Darwin）1794 年在《动物学》一书中所提出的进化观点。此外，达尔文还提到了德国文学家歌德在生物进化论中的一些早期探索。

经过 3 年的写作，达尔文在 1871 年出版了另一部著作《人类的由来》，详细阐述了如何由猿进化为人。在该书导言中达尔文谈到了进化论在欧洲的影响："一位像卡尔·沃格特那样的博物学者，以日内瓦国立研究院院长的身份，竟敢在演说（1869 年）中大胆表示，'至少在欧洲，恐怕已无一个仍主张物种是独立创造的人。'显然，至少相当多的博物学者必然承认一个物种是由其他物种演变而来的了。年轻的、正在崛起的博物学家们尤其强烈支持此学说……不幸的是，自然科学界很多老的、受尊重的领头人物，仍然以各种形式反对进化论。"

可见，达尔文生物进化论提出后，影响很大，形成了一场生物学革命。后来赫胥黎评价说："自从《物种起源》出版之后，时光已经渐渐流过 10 多个年头了。不管达尔文先生的原理以及他对此的解释方式，被人们进行了何种理解与评说，有一点是基本确定的，即在这 10 多年中，就像《物界原理》在天文学中的地位一样，《物种起源》完全掀起了生物科学界的一场革命。"❷

19 世纪末 20 世纪初的很多生物学家，追随达尔文的思路，对进化论提出了多种修正。如德国遗传学家魏斯曼用连续切断 23 代老鼠尾巴的试验，证明生物被环境刺激的变异不能被遗传。魏斯曼的这个实验，彻底否定了获得性遗传，由于对达尔文的体系进行了修正，魏斯曼称自己的学说为新达尔文主义。魏斯曼的论点导致了新达尔文主义与新拉马克主义之间的长期的论战。

再如荷兰生物学家弗里斯（Hugo de Vries，1848—1935 年）在 20 世纪初提出了"突变理论"，认为突变是不经过中间过渡而突然出现的，而且突变一旦产

---

❶ 达尔文. 物种起源［M］. 周建人，叶笃庄，译. 北京：商务印书馆，2011.

❷ 弗朗西斯·达尔文. 达尔文回忆录［M］. 张雷，等译. 杭州：浙江文艺出版社，2011：249.

生，便可一代代遗传下去。当然在弗里斯的时代，还不能完全理解突变是如何突然就产生的。但突变的概念，后来被证明就是正确的。突变的实质是基因的突变，在化学物质、自然环境等的刺激下，DNA 在复制过程中就会产生突变。

　　进入 20 世纪中期，随着遗传学、细胞学的发展，达尔文的进化论被后起的生物学家们进一步扩充与修正，形成了现代达尔文主义，又称综合进化论。按照现代达尔文主义的观点，影响生物进化的主要因素是突变、基因重组、地理隔离和自然选择。❶ 在这四个因素的作用下，基因突变积累到一定程度，而同时又发生长期的地理隔离，导致原来的物种与这一物种无法完成交配育种，则就导致了新的物种的产生。

　　在 20 世纪下半叶，随着分子生物学的发展，生物学家们得以在分子层面，观察与研究进化。生物学家们发现，分子水平的进化和表型进化具有不一样的规律。故而美国生物学家杰克·金、朱克斯等人提出了非达尔文主义进化理论。认为基因突变的发生，多半是中性的、随机的，无所谓好坏。因此，生物进化具有很大的偶然性，自然选择不起主要作用。

　　综上言之，从生物进化论的发展历程来看，从布丰到拉马克，从达尔文到弗里斯，生物进化论形成了很多种观点，他们在一些具体的生物进化问题上，有时观点相同，有时又尖锐对立。则我们在用之参考、构思文学进化问题时，应该本着"取精用宏""不拘泥于一家一说"的态度，对文学进化问题，具体问题具体分析，以期完好地分析与解释文学进化问题。

三、达尔文进化论影响下的哲学进化论

　　达尔文的进化论发表后产生很大影响，很快就越出了纯粹生物学领域，波及几乎所有人文社会科学。从 19 世纪后半叶至 20 世纪上半叶，一股进化论思潮在社会科学的各领域，包括哲学、社会学、伦理学、历史学、文学等，都有明显体现。在某些学科领域，进化论思潮甚至成为该学科一段时间发展的主流。

　　最著名的要数英国哲学家赫伯特·斯宾塞（Herbert Spencer，1820—1903年），他将进化论应用到社会学领域，形成了所谓的"社会进化论"。但要注意的是，斯宾塞讨论生物进化、社会进化问题，比 1859 年《物种起源》的发表要早。达尔文在《物种起源》中承认斯宾塞是进化论的一个先驱，认为斯宾塞在1852 年的一篇论文中，已经谈到了生物进化论，并将之与上帝创造论进行对比。达尔文还认为，斯宾塞已经用进化论在讨论心理学，达尔文指出"这位作者还根据每一智力和智能都必然是逐渐获得的原理来讨论心理学"❷。

---

❶　钟安环. 简明生物学史话 [M]. 北京：知识产权出版社，2014：132.
❷　达尔文. 物种起源 [M]. 周建人，叶笃庄，译. 北京：商务印书馆，2011：10.

斯宾塞最重要的理论贡献在于他的"社会进化论"，他将社会类比于一个生物，一个有机体。在斯宾塞看来，既然生物有进化历程，那么社会也会有其相应的进化历程。因此，斯宾塞认为社会是逐渐进步的。另外，斯宾塞认为，人类社会也存在"物竞天择，适者生存"，存在较为残酷的生存竞争。正是基于强调社会竞争的残酷性，斯宾塞的社会进化论，也被称为"社会达尔文主义"。斯宾塞这些社会进化观点，后来被极端化。一些人把他的理论用于证明欧洲殖民者对世界的殖民是自然选择的产物，是合理的。有的甚至用于证明美洲印第安人的灭亡也是合理的。后来纳粹德国的法西斯理论中亦包含社会进化论的因素。

将达尔文进化论运用于社会科学领域的另一位代表人物则是达尔文的好友赫胥黎（T. H. Huxley，1825—1895 年）。在《物种起源》出版之前，赫胥黎已经与达尔文有大量的通信讨论进化论。《物种起源》出版之后，他又积极地为进化论辩护，以"达尔文的斗犬"闻名于世。1863 年，赫胥黎出版了《人类在自然界中的位置》一书，明确提出人类是进化的产物，人类是由类人猿进化而来。❶ 这一观点的提出，比达尔文在 1871 年《人类的由来》提出相同观点要早。

此外，赫胥黎是我国所盛行的进化论观点的直接来源。1897 年，严复意译了赫胥黎出版于 1894 年的著作《进化论与伦理学》。赫胥黎这部著作主要是反对斯宾塞的社会进化论，强调人类道德，强调人性一面。然而严复在翻译时并未按照赫胥黎的原意，他只翻译了一部分，且主要采纳了斯宾塞的社会进化论观点，并加了大量按语，比如"有斯宾塞尔者，以天演自然言化"，"复案：斯宾塞尔之天演介说曰"❷。严复将该书命名为《天演论》，在书中将进化论概括为"物竞天择，适者生存"，强调社会之间亦有竞争，认为中国人如果不奋起，将会有亡国灭种之忧。此观点随即在中国知识界引起了普遍的恐慌，"进化论"也就在中国一时风行。

20 世纪初期的西方哲学家普遍都开始吸收进化论。如法国哲学家亨利·柏格森（Henri Bergson，1859—1941 年）。1907 年，柏格森出版了《创造进化论》，在书中他全面阐述了他的生命哲学。至 1927 年，他因该书获得诺贝尔文学奖。在进化论上，柏格森支持获得性遗传的观点。该观点最初由拉马克提出，到 20 世纪初，被德国遗传学家魏斯曼用切断老鼠尾巴的试验，所彻底否定。而柏格森在《创造进化论》中则反对魏斯曼而赞成获得性遗传，他认为魏斯曼的观点无法解释"在不同的独立进化路线中形成同样的复杂器官"❸。柏格森认为只有重申环境能够统一对不同的物种施加作用，产生适应性的可遗传下去的变异，才能解释这个问题。

---

❶ 赫胥黎. 人类在自然界的位置［M］. 蔡重阳，等译. 北京：北京大学出版社，2010：2.

❷ 严复. 天演论［M］. 北京：时代华文书局，2014：26.

❸ 柏格森. 创造进化论［M］. 北京：商务印书馆，2004：91.

柏格森所赞成的获得性遗传，在生物学上已经被证明不正确了。但笔者认为，在社会学、文学等方面，则应该还是对的。比如在文学上，从文学史上可以观察到大量例证，社会环境会作用于文学作品，让下一代文学作品出现为了适应环境而改变的"适应性突变"，从而形成新的文学基因，并且遗传下去。

总之，生物进化论在 20 世纪初已经广泛进入了哲学社会科学的各领域。进化论一度是各个社会科学里的"显学"。但到 20 世纪中叶，随着生物分子学的兴起，人类得以在分子层面研究生物进化，从前的生物进化论渐次被修订，其影响渐次消退。随后进化论在社会科学领域的影响亦消退了。因此，进化论虽从 19 世纪就进入了文学研究领域，但 20 世纪中期以后，西方文学研究界已基本放弃对进化论的进一步理论研究与扩充。

第二节　西方的文学进化论

如前所述，作为哲学观、社会文化观的进化论，在西方的形成早于达尔文生物进化论。故而在 1859 年达尔文发表《物种起源》之前，欧洲早已有了初步的文学进化观念。但因达尔文进化论的巨大影响力，在达尔文之后，欧美包括俄国等地的文学进化论才真正较广泛发展起来。

美国文学理论家韦勒克在《文学史上的进化概念》一文中，已对欧美文学进化论的发展情况进行了较详细的描述与整理。[1] 不过由于韦勒克对文学进化论持否定态度，他把文学进化概念限定在了"起源、发展、高峰、衰落"的基本模式上，未能拓宽视野，所以他对文学进化问题的一些看法并不准确。这里我们参考韦勒克的整理，结合笔者自己的研究，对西方文学进化论的发展历程，进行一些梳理。

一、达尔文之前的文学进化观念

(一) 亚里士多德的悲剧发展观念

"文学是逐渐发展的"，这一观点在西方可谓源远流长。在亚里士多德《诗学》当中就有着这一明确观念：

> 悲剧和喜剧都是从即席创作发展而来。前者起源于酒神颂，后者起源于生殖器崇拜的颂诗……悲剧一点点地向前发展，每一个新成分，随着实际运

---

❶ 韦勒克. 批评的诸种概念 [M]. 丁泓，余徽，译. 成都：四川文艺出版社，1988.

用而得到促进和提高，经过许多演变，悲剧发展到一定阶段，具有了自己的形式，然后，这种形式就固定下来。❶

在这段话中，亚里士多德提到了悲剧的起源，然后的发展，再然后的定型。这种观念已经接近于后来的文学进化观念。有意思的是，亚里士多德没有把这种理念推广到他关于动物，关于天体的研究当中。

(二) 维科的"诗性智慧"

至近代，欧洲最典型的文学进化观念见于意大利思想家、文艺理论家维科 (1668—1744 年)。维科在《新科学》（1725 年）一书中，采用了文化进化论的观点。维柯追溯了诸多文化现象的起源与发展演变过程。比如书中说："一切事物在起源时一定都是粗糙的，因为这一切理由，我们就必须把诗性智慧的起源追溯到一种粗糙的玄学。"❷ 正是本着这种探讨"事物的起源"的基本思想，维柯在书中把人类诸多事物的起源，归结到一种"诗性智慧"，并认为他提出的"诗性智慧"是理解人类文化史的关键。维柯说：

> 我们发现各种语言和文字的起源都有一个原则：原始的诸异教民族，由于一种已经证实的本性上的使然，都是些用诗性文字（Poetic Characters）来说话的诗人。这个发现就是打开本科学的万能钥匙，它几乎花费了我的全部文学生涯的坚持不懈的钻研，因为凭我们开化人的本性，我们近代人简直无法想象到，而且要花费大力才能懂得这些原始人所具有的诗的本性。❸

维柯是把人类早期的文化，当成一种"诗性哲学"，经过人类理性的不断发展，这种"诗性智慧"逐渐进化成了"哲学"，也就是后来所谓"人类理性"。

维柯的这一观点，对我们还是有很大启发的。他所谓的"原始的""诗性智慧"，在儒家五经之一的《诗经》上有明显体现。《诗经》中很多作品是周代的民歌作品。这些作品明显带有一种"原始性"，汉儒解《诗经》创作手法的"六义"之说"故诗有六义焉：风、赋、比、兴、雅、颂"。这些手法，按维柯观点，便是"原始的""诗性智慧"。所谓的"比"就是"比喻"，对于"比喻"，维柯通过研究《荷马史诗》明确认识到："一切比喻（都可归结为四种）此前被看成作家们的巧妙发明，其实都是一切原始的诗性民族所必用的表达方式。"

那么，人类对这些"诗性比喻"的使用上，就存在一个进化历程。维柯说："随着人类心智进一步的发展，原始民族的这些表现方式就变成比喻性的，人们

---

❶ 亚里士多德，贺拉斯. 诗学·诗艺（英汉对照）[M]. 郝久新，译. 北京：九州出版社，2007：15.

❷ 维柯. 新科学 [M]. 北京：人民文学出版社，1986：153.

❸ 同❷25.

就创作出一些词，能表示抽象形式，或包括各个分种的类，或把各部分联系到总体。"❶ 也即随着人类思维以及表达能力的进化，人类逐渐不需要比喻就能准确表达出抽象事物。则"比喻"逐渐在文学作品中的较少使用，可以认为是文化进化的一种结果。

维柯正是用这种"追溯起源""探究演变"的方法，详细探讨了人类历史、法律、哲学、诗学等诸多文化社会现象的形成与发展。所以韦勒克在《近代文学批评史》中称维柯为近代西方最早的进化论者，"在不持克罗齐观点的人看来，维柯倒是一位历史哲学家，甚至是个尝试建立一套历史演化论的社会学家"❷。

（三）歌德的初期文学进化观点

维科之后，德国学术界的康德、温克尔曼、歌德、黑格尔等人都把进化观，用到了对文化、哲学问题的探讨。1794 年，歌德在《植物变态学》一书的引言中，明确提出了"原始植物""植物类型是可变的"等诸多进化论的初期观点。歌德的观点，后来达尔文在《物种起源》中也加以引用。由于歌德的主业是文学，故他关于生物进化的观点，必然也会渗透进入他讨论文学的诸多文字中。或者可以推断，歌德关于生物进化的观念，其实是来自他对文学进化的诸多观察。因为歌德对文学，显然更熟悉，文学的各种演变、发展，歌德都非常清楚。他谈论文学进化的问题，也早于他谈论植物动物进化。

在《歌德谈话录》《歌德论艺术》等大量文学评论著作中，歌德对文学的看法，都蕴含着一种历史的、演化的、进化的观念，虽然他还没有明确定义、探究这些观念。但他确实是自觉或不自觉地在用进化观念来看待文学。例如 1805 年歌德在所编《温克尔曼与他的世纪》一书的前言中，引用前人观点指出："全部的艺术是一个活体，它必然必须——就像其他每一个有机物一样——只在若干个性的身上描绘一种并不明显的起源，一种缓慢的增长，一个自身达到完美的璀璨瞬间，一种梯级的减弱。"❸ 在这里，歌德把文学作品比作了生物，并已经从起源、发展、高峰、衰落的角度来看待文学艺术的演变。在 1815 年前后撰写的《德国戏剧》一文中，歌德说："德国的戏剧起源于德国南部，假设它能在那里得以进步和发展，它本可以从粗俗的但又是微弱的、几乎像木偶戏似的开端，经过不同的时代，逐步发展到坚强有力和正确完善的地步。"❹ 在后来一篇名为《德国自然诗人》的文章中，歌德又提到了"原始诗作"的概念。

这些观念当然都是很典型的进化论观念。歌德一方面把文学作品跟生物进行

---

❶ 维柯. 新科学［M］. 北京：人民文学出版社，1986：177.

❷ 韦勒克. 近代文学批评史（第 1 卷）［M］. 上海：上海译文出版社，1997：178.

❸ 歌德. 歌德论文学艺术［M］. 范大灿，译. 上海：上海人民出版社，2017：284.

❹ 同❸342.

比对，认识到文学作品有"活体"的特性；另一方面又指出了文学作品都有一个起源，有随后的进步和发展，然后逐步完善，最终亦有衰落。这样的观念，与后来的文学进化论者的观点相差并不大。只是歌德没有明确把这种思想作为一种旗帜鲜明的理论提出来。

（四）黑格尔的文艺进化阶段说

德国哲学家黑格尔比较早地将进化论观念引入文学艺术。在他去世后于1835年出版的《美学》一书中说："每一门艺术都有它在艺术上达到了完满发展的繁荣期，前此有一个准备期，后此有一个衰落期。因为艺术作品全部都是精神产品，像自然界的产品那样，不可能一步就达到完美，而要经过开始、进展、完成和终结，要经过抽苗、开花和枯谢。"❶

很明显，在此段话中，黑格尔提到了后来影响很大的"进化阶段论"，即事物的进化要经历"开始、进展、完成和终结"。在这段话中，黑格尔是把文艺比作植物，"要经过抽苗、开花和枯谢"。这种将文艺与动植物类比的观念，正是后来诸多文学进化论者的基本理念，即像谈论动植物一样来谈论文学艺术。最终就是将动植物的进化规律平移到文学艺术的进化中去。

因此，仅从这段话来看，黑格尔称得上是文学进化论的先驱。他已为后来的进化论者指明了理论方向。

二、达尔文之后的文学进化论

从歌德等人较为明确且使用广泛的进化观念来看，在1859年达尔文发表《物种起源》之前，欧洲早已有了较为成熟的历史、文化进化观，可以说"文学进化论"并不始于达尔文进化论的提出。但也要看到，正是1859年达尔文发表《物种起源》，以及随后的大论战，让进化观念迅速地进入社会科学，因此，文学进化论在前期的基础上，便蓬勃发展起来了。几乎成了19世纪后期以至20世纪初期的一个占主流地位文学理论的流派。虽然这个流派最终烟消云散，但自有其历史地位存在。

据韦勒克《文学理论》等著作中的描述，在19世纪，欧洲已经有很多学者把文学进化论贯穿到文学研究中，如德国的斯坦特尔、法国的丹纳、梅利尔、布吕纳季耶、英国的西蒙兹、俄国的维谢洛夫斯基等。从《文学理论》一书给出的英文参考文献可发现，在美国也有人深入探讨文学进化论的问题。比较重要的是芝加哥大学英文系教授曼利，他在1905年发表论文《文学样式与生物进化的

---

❶ 黑格尔. 美学（第三卷）[M]. 朱光潜，译. 北京：商务印书馆，1979：5.

新理论》，提出了他关于文学进化的"突变"理论。

不过如果单纯从文学进化论的影响角度，正如韦勒克在 20 世纪中叶所指出的："五六十年之前，进化的概念曾在文学史上占据着统治地位；今天，至少在西方，这个观点似乎已完全销声匿迹了。"❶ 时至今日，文学进化论已被诸多后起的文学理论所淘汰，"然而，进化论在现代文学史上却没有留下多少痕迹，显然它把文学的演变描绘得与生物的进化过分相似，从而失去了信誉。"❷

我们可以对达尔文之后欧美文学进化论思想的发展史进行一些梳理，并且一一来分析、评判欧美主要的文学进化论的观点与思想。

（一） 丹纳的文学进化论

达尔文之后，欧美最早的文学进化论者，应该是法国文艺理论家丹纳（H. A. Taine），其《艺术哲学》一书至今依然有很大的影响。关于文学进化论，他主要是提出了著名的"种族、环境、时代"三要素说，此说见于他的《英国文学史》序。丹纳的《英国文学史》写于 1864—1869 年，此时达尔文的《物种起源》已在 1859 年发表，因此，丹纳的这部著作已受到鲜明的进化论影响。虽然丹纳没有明确提出文学进化论，但其思路已经是典型的文学进化论，在《英国文学史·序》中，丹纳说：

> 有助于产生这个基本的道德状态的，是三个不同的根源——"种族""环境"和"时代"。我们所谓的种族，是指天生的和遗传的那些倾向……我们这样勾画出了种族的内部结构之后，必须考察种族生存于其中的环境……因此一个民族的情况就像一种植物的情况：相同的树液、温度和土壤，却在向前发展的若干不同阶段里产生出不同的形态、芽、花、果、子、壳……这种新创而又普遍的观念，出现在整个行为和思想的领域里；当它以毫不自觉却又成为体系的一些作品覆盖了世界之后，它就消萎了、死去了，而一个新的观念兴起了，它注定要占同样的支配地位，创造同样多的事物。这儿要记着，后者部分地依靠于前者，前者以其自身的影响去结合民族思想和周围境况的影响，从而把它的倾向和方向给予了每个新创事物。❸

在这里，丹纳从生物学、植物学的角度来理解文学，把植物学上的一些因素：植物品种、环境、气候等复制到文学研究领域，形成了著名的"种族、环

---

❶ 韦勒克. 文学史上的进化概念［M］//批评的诸种概念. 丁泓，余微，译. 成都：四川文艺出版社，1988：4.

❷ 韦勒克·沃伦. 文学理论［M］. 刘象愚，等译. 杭州：浙江人民出版社，2017：38.

❸ 丹纳.《英国文学史》序，西方文艺理论名著选编（中卷）［M］. 伍蠡甫，胡经之，译. 北京：北京大学出版社，1986：153.

境、时代"三要素说。同时又提到了文学形态的兴起、消萎、死去，乃至作为遗传的残留。

（二）布吕纳季耶的文学进化论

在丹纳之后，法国学术界的另一位文学进化论者是布吕纳季耶（Ferdinand Brunetiere，1849—1906 年）。布吕纳季耶为法国著名的文学评论家。早年想获得巴黎高师教职未果，后相继发表了一系列影响很大的文学批评论文与著作。1886年在巴黎高师被聘为法语文学系教授，1893 年成为法兰西学院的院士。钱锺书先生 1937 年在英国牛津大学的本科学位论文《十七、十八世纪英国文学中的中国》，便是阅读布吕纳季耶《批评论文集》第八卷时，注意到书中所引皮埃·马丹诺著《十七、十八世纪法国文学中的东方》一书，受其影响而撰写的。

布吕纳季耶 1890 年在巴黎出版了《文学史的进化》（*L'Evolution de genres dans l'histoire de la littérature*）一书，以达尔文主义为基础，深入探讨文学的进化问题。1894 年，又发表《10 世纪法国抒情诗的进化》（*Évolution de la Poésie Lyrique en France au dix-neuvième Siècle*）一书，探讨了诗歌的进化与发展史。

（三）维谢洛夫斯基的文学进化观

俄国最著名文学进化论者是维谢洛夫斯基（Alexander Veselovsk，1838—1906 年）。他擅长民族学与民间文学研究，著作 20 多部，1872 年起任彼得堡大学教授，1880 年起为彼得堡科学院院士。韦勒克提到，1862 年维谢洛夫斯基在柏林时，曾求学于德国的文学进化论者斯坦特尔。

维谢洛夫斯基的文学进化论更多的是在强调演化，他把自己的理论称为历史诗学，就是要从历史变迁的角度来看待诗学发展。他的《历史诗学》一书集中谈到了诗歌的起源，描述了如何从合唱的混合艺术中分化出叙事诗、抒情诗与戏剧的形式。他的这种从一个文学母体分化出不同文学类别的提法也可以在生物学上找到对应现象，比如生物如何从原始的一种食肉目动物分化出犬科、猫科、熊科等不同的科属。但现在问题是这只能说明文学是变化的，变化不代表优化，如果不能说明文学如何变得优化，大谈文学进化论就显得多此一举，因为凡是了解文学史的人都能认识到文学是不断变化的。

维谢洛夫斯基亦注意到了文学中的因袭现象。1870 年，他在圣彼得堡大学讲授总体文学史课程，在课程导论中❶，他指出文学史上广泛存在一种现象，就是很多作品其实使用了从前作者的素材内容。他提到莎士比亚戏剧对前人作品的因袭借鉴，浮士德故事的演变情况，他甚至引用一位哲学家的观点认为"伟大诗

---

❶ 维谢洛夫斯基. 历史诗学 [M]. 刘宁，译. 天津：百花文艺出版社，2003：1-13.

人们对于经过一次诗歌加工的情节进行再加工的偏爱是天才的诗歌本能"。这一阶段，维谢洛夫斯基已认识到了在文学演化中存在继承与变革这一对关键因素。可惜他未能把"继承与变革"上升为构建文学进化论的基本思路。

（四）曼利的文学突变论

1907 年，在芝加哥大学英文系任教的曼利（John Matthews Manly，1865—1940 年）在由芝加哥大学出版的《现代哲学》杂志上发表了 18 页论文 *Literary Forms and the New Theory of the Origin of Species*（文学样式与生物进化的新理论）。❶ 该论文 1905 年第一次发表于普林斯顿大学，此次是第二次发表。曼利虽从事文学研究工作，但他本科专业是数学，后在大学从事过 5 年的数学教学。1890 年，在哈佛大学获得博士学位后，才逐渐转向了文学研究。故而曼利很注重数学等自然科学的方法理念在文学研究中的渗透。所以他对文学进化论方法的运用，有着很强的跨学科背景。

曼利在《文学样式与生物进化的新理论》一文开篇用 3 页篇幅探讨了荷兰遗传学家弗里斯（Hugo de Vries）最新的进化论理论，弗里斯认为在生物进化中最重要的是突变（Mutation），这是对达尔文进化论渐变积累后进行自然选择的一种修正。曼利把弗里斯的观点运用到文学上，认为在文学进化中，突变也起着核心作用。在论文中，曼利集中探讨了中世纪三种戏剧样式的进化问题：神秘剧（Mystery Play）、道德剧（Morality Play）和奇迹剧（Miracle Play），认为这三种剧的产生都源自突变，然后就变得稳定，很少产生进一步的进化，而其他类似戏剧的文学样式，再怎么逐步进化，也不会变成戏剧。

在这篇论文中，曼利没有提到当时的美国还有别人在用进化论研究文学，他在论文中说："15 年前，当我开始研究现代戏剧的起源时，我没有意识到达尔文进化论的影响。"在论文中，曼利又不断解释他把进化论用于文学研究的原因是采用其他学科的知识，有助于促进本学科的发展。这说明，曼利是美国文学研究者中比较早的将进化论用于文学研究的学者。由于曼利长期担任芝加哥大学的英文系主任，他在美国是有较大影响的。

（五）西蒙兹的文学进化观

西蒙兹在《伊丽莎白时代戏剧研究》（1919 年）这部专著中将文学现象与生物现象进行了一个严格类比，他证明伊丽莎白时代的戏剧经历了一个萌芽、扩张、鼎盛和衰亡等阶段组成的界线分明的过程。这种将文艺发展分阶段的观念，最初是来自黑格尔哲学。西蒙兹超越黑格尔之处在于，他并未停留在理论的言

---

❶ MANLY JM. Literary Forms and the New Theory of the Origin of Species［J］. Modern Philology, 1907, 4（4）：577-595.

说，而是进行了实证性的研究。

西蒙兹以莎士比亚作为伊丽莎白时期戏剧的鼎盛期，而该时期剧坛的其他作者如克利斯托弗·马洛、约翰·弗莱彻、弗朗西斯·博蒙等人则作为高潮前后的铺垫。西蒙兹对英国伊丽莎白时期戏剧的进化论式的总结，确实是可以与生物物种的发展过程对等起来，例如恐龙这种物种在地球上就经历了起源、扩张、鼎盛、衰落这样一个完整的过程。进行这样严格的类比当然是可以，但问题是世界上任何事物都有这么一个发展、高潮、衰落的过程，把这样一个属于普遍规律的过程称为进化论容易引起争议。

综合以上梳理，现在来看欧美学者的文学进化论总的来说包括两部分，一部分是在论述文学如何在变化如何在演化，得出这种结论并不需要进化论的帮助，任何人只要涉及文学史都能得出文学是变化的结论，所以他们把探讨文学发生变化的研究视角称为文学进化论完全是多此一举。另一部分就是其中一些文学进化论者在强调文学变化的同时又强调这种变化是一种优化，但是这种文学优化论很难解释大量的文学不发生优化的事实，所以也不能自圆其说。

文学进化论实际上是一种文学史观，文学进化论紧紧地与文学史的研究联系起来，离开了文学史也就无所谓文学进化论。文学进化论的一些理论命题不能离开文学史研究而独立存在。如果抛开文学史的内容，文学进化论也就空无一物了。这也注定了在西方文学史上，文学进化论作为一种文学思潮，不能取得与古典主义、象征主义等文学思潮平起平坐的历史地位，因为这些思潮能够具体地指导文学创作，而文学进化论"似乎"不能。历史上的文学进化论是一种研究文学的视角，通常不能指导具体的文学创作。

欧美文学进化论者的文学进化论本质上都是文学变化论、文学演化论，都是讲文学如何在演变，这并不是只能由文学进化论提供的东西，但他们比较高明的地方是试图将文学现象与某种生物进化现象对应起来，由生物进化论推导出文学进化论，可惜他们在这个方面做得不是太成功。

中国的文学进化论

第一节　中国进化思想概述

进化论作为一种历史观无论是在欧洲，还是在中国，都是直到晚近才明确提出的。尤其在中国古代，虽然中国的史学非常发达，但受儒家"尚三代"观念影响，中国的历史观直到晚近才发展出进化论。古代中国盛行的历史观主要有两种：退化论和循环论。退化论认为今不如昔，昔不如古，强调要复古，上古的尧舜之治才是人类的最佳状态，儒家主要就是持这种观点。循环论则认为中国历史处于一治一乱的循环状态，"五百年必有王者兴"。小说《三国演义》对这种循环论表达得最经典，即"天下大势，合久必分，分久必合"。

进化论史观在古代一直不是主流，不过在一些古代士人中也存在一些朴素的进化观念。譬如清初三大古文家之一的魏禧就曾说：

> 余尝闻诸师友，后人之胜于古人者唯历法，世愈降而愈精密。盖创始者难为智，继起者易于神明，理固然也。❶

魏禧此说的立足点虽是历史的退化论，但依然提到了"历法的进化"，并解释了为什么会有进化。而魏禧的解释只要推广到其他事物，显然就可以推导到"普遍的进化"。或者说魏禧的史观，离"进化论史观"已经是一步之遥了。

而具体到文学进化论，在中国也算是古已有之。中国古代的文学理论家很早就强调文学的变化、发展、演化。《诗经》批评中的"正变"说，就是讲诗歌随时代变化而变化。而在这种文学"正变"观念之下，变化中的优化的观点也逐渐就产生了，逐渐就有了"一代有一代之文学"的文学进化论观点。

这种观点在古代文论中有大量存在。比如南宋严羽在《沧浪诗话》中说："风雅颂既亡，一变而为《离骚》，再变而为西汉五言，三变而为歌行杂体，四变而为沈宋律诗。"晚明李贽在《童心说》中为反对前后七子的"文必秦汉，诗必盛唐"的复古文学观就明确提出了"诗何必古选？文何必先秦，降而为六朝，

---

❶ 魏禧. 魏叔子文集 [M]. 北京：中华书局，2003：443.

变而为近体，又变而为传奇，变而为院本，为杂剧，为《西厢曲》，为《水浒传》，为今之举子业。"❶

明人胡应麟《诗薮》指出："四言变而《离骚》，《离骚》变而五言，五言变而为七言，七言变而律诗，律诗变而绝句，诗之体以代变也。《三百篇》降而《骚》，《骚》降而汉，汉降而魏，魏降而六朝，六朝降而三唐，诗之格以代降也。上下千年，虽气运推移，文质迭尚，而异曲同工，咸臻厥美。"又说，"诗至于唐而格备，至于绝而体穷。故宋人不得不变而之词，元人不得不变而之曲，词胜而诗亡矣，曲胜而词亦亡矣。"❷

类似的观点在文学史上还有不少，以1905年王国维在《宋元戏曲史序》中的概括最为精当："凡一代有一代之文学。楚之骚，汉之赋，六代之骈语，唐之诗，宋之词，元之曲，皆所谓一代之文学，而后世莫能继焉者也。❸"王国维"一代之文学"的观念，近现代以来影响巨大，塑造了中国人对文学发展的基本认识。

综合来看，这些观点其实本质上都是文学变化论，其核心在于"变"，而不是带有优化倾向的"进化"。跟西方的文学进化观念有类似之处，但并不完全重合。总的来说，在西方进化论进入中国之前，中国本土已有了一些早期进化观念。中国古人的文学观，亦逐渐有了初期文学进化论的指导。

当然中国的进化论思想开始普遍推广，还是西方的进化论哲学进入中国以后。1897年，严复意译了号称"达尔文的斗犬"的著名学者赫胥黎的作品《进化论与伦理学》。《进化论与伦理学》出版于1894年，严复在翻译时并没有全译，而是有选择地截取了一部分，共3万多字。在此基础上，严复又加了两万字的评论、批语，合起来5万多字。严复将该书命名为《天演论》，认为进化论不光是在生物中存在，在人类社会也存在，"天演之事，不独见动植二品也。实则一切民物之事……乃无一焉非天之所演也。"❹ 严复进而将进化论概括为"物竞天择，适者生存"。这一概括已经超出了纯粹学术领域，变成了有很强鼓动性的战斗口号。这一说法随即中国知识界引起了普遍的恐慌。

严复的天演论出版后，一时影响巨大。1923年蔡元培在《五十年来中国之哲学》一文中评价说："他译的最早、而且在社会上最有影响的，是赫胥黎的《天演论》（*Evolution and Ethics and other Essays*）。自此书出后，'物竞''争存''优胜劣败'等词，成为人人的口头禅。"❺

❶ 李贽. 焚书·续焚书［M］. 长沙：岳麓书社，1990：98.
❷ 胡应麟. 诗薮［M］. 上海：上海古籍出版社，1985：93.
❸ 王国维. 宋元戏曲史［M］. 南京：凤凰出版社，2010：1.
❹ 严复. 天演论［M］. 北京：北京时代华文书局，2014：8.
❺ 蔡元培. 蔡元培自述［M］. 北京：人民日报出版社，2011：342.

由于《天演论》的巨大影响，民国时期的文化界盛行进化论观点。进化论学说的观念也扩展到了社会科学的诸多方面。典型的体现是在进化论哲学影响下，形成了进化论史观。据历史学者研究，进化史观传入中国后，中国人的历史观念发生了深刻的变化。从前以退化论、循环论占主导，认为历史是退步的，愈古愈好。而进化论传入后，中国的史家们才开始明确历史是进步的，研究历史就要看到历史的进步之处。❶

梁启超应该是中国最早的运用进化史观来看待历史问题的历史学家了。在1902年发表的《新史学》一文中，梁启超明确开始用进化论来看待中国历史。他说："历史者，叙述人群进化之现象而求得其公理公例者也。"又说，"盖人类进化云者，一群之进也，非一人之进也……而智慧进焉，而才力进焉，而道德进焉。"❷ 由于梁启超的巨大影响，进化论的史观从此便成为中国史家撰写中国史的一个主流趋向。

比如夏曾佑1904年至1906年撰写了《最新中学中国历史教科书》，是中国最早的通史著作。虽然书中谈到"进化"一词的地方不多，但该书从历史观与结构布局上，是以西方"进化论"观点，梳理中国历史发展进程。

总的来看，民国时期出版的史学著作基本都以进化史观作为立足点。譬如1940年张荫麟的《中国史纲》以"进化论史观"作为其构建与叙述中国历史的理论基础之一。张荫麟在自序中说：

> 演化的发展（Evolutional Development）。所谓演化的发展者，是一种变化的历程，在其所经众阶段中，任何两个连接的阶段皆相近似，而其"作始"的阶段与其"将毕"的阶段则剧殊。其"作始"简而每下愈繁者谓之进化。其"作始"繁而每下愈简者谓之退化。

张荫麟的解释已相当详尽了，并区分了"演化""进化""退化"诸概念。这一点对于我们的理论构建有一定的启发。就是说要区分"演化"与"进化"。因为变化，就是演化。古代的文论家通常都认识到文学有其变化，至于这种变化，是进化，还是退化，则各有各的说法。

第二节　胡适的文学进化论

虽然胡适的文学进化论相比西方各国的文学进化论者，其理论的逻辑性、系

❶ 赵春梅. 二十世纪中国通史编纂研究 [M]. 北京：中国社会科学出版社，2007：106.
❷ 梁启超. 饮冰室合集（第九册）[M]. 北京：中华书局，1989：9.

统性、深刻性并未更好、更完善。但不得不说，胡适的文学进化论相比西方的文学进化论，其所取得的成就与影响还是较大的。胡适文学进化论的提出，有受西方文学进化论影响的一面，但也有他师心自用，独自钻研中国文学、自主创新的一面。对于胡适文学进化论的详尽剖析，将十分有助于理解文学进化论所涉及的诸多理论问题。

一、胡适文学进化论的理论概况

1917 年，身在美国哥伦比亚大学的胡适，由于受到美国诗论家庞德的影响，在《新青年》杂志上发表《文学改良刍议》一文，倡言文学改良与文学革命。胡适提出要从八个方面对中国文学进行改良，很快就掀起了现代史上轰轰烈烈的"白话文运动"。胡适从"一时代有一时代之文学"的文学进化论的观点出发，认为文言文已经丧失活力，必须要用白话文来取代文言文。后来，胡适又写了《中国白话文学史》等著作来推扬他的白话文学是中国文学的正宗的观点。1918年胡适又发表《文学进化观念与戏剧改良》，从四个层面全面提出了文学进化论。胡适的文学进化论成为当时文学革命与白话文运动的理论基础，对中国文学产生了根本性的深远影响。

对于胡适文学进化论的形成与影响问题，学术界已有大量的讨论。❶ 普遍认为，胡适文学进化论的提出，主要受严复《天演论》一书的影响。据胡适自述，他自小便受到严复《天演论》的巨大影响，连他的名字都是根据《天演论》取的。1905 年春，14 岁的胡适进入澄衷学堂，便接触到吴汝纶删节的严复译本《天演论》，有时课堂作文题目就是"物竞天择，适者生存，试申其义"，后来在胡适二哥的提议下，胡适的字便取为"适之"。到 1910 年考试留美官费时，他正式启用了"胡适"的名字。

当然也要看到，胡适"一时代有一时代之文学"的文学进化论的观点并不单纯是从达尔文的进化论来的，他只是借着外国权威来散布当时弥漫在全中国的革命思潮中的一种——文学革命。那么胡适文学进化论主要包含哪些内容呢？在1918 年发表于《新青年》杂志的《文学进化观念与戏剧改良》这篇论文中，胡适提出文学进化论包含四个方面：

> 第一层总论文学的进化：文学乃是人类生活状态的一种记载，人类生活随时代变迁，故文学也随时代变迁，故一代有一代的文学……文学进化观念的第二层意义是：每一类文学不是三年两载就可以发达完备的，须是从极低

---

❶ 李思清. 胡适文学进化观内涵之再探讨 [J]. 文学评论, 2011 (1)；庄森. 胡适的文学自然进化论》[J]. 江西社会科学, 2006 (7).

微的起源，慢慢的，渐渐的，进化到完全发达的地位……文化进化的第三层意义是：一种文学的进化，每经过一个时代，往往带着前一个时代留下的许多无用的纪念品；这种纪念品在早先的幼稚时代本来是很有用的，后来渐渐可以用不着他们了，但是因为人类守旧的惰性，故仍旧保存这些过去时代的纪念品。在社会学上，这种纪念品叫做"遗形物"……文化进化观念的第四层意义是：一种文学有时进化到一个地位，便停住不进步了；直到他与别种文学相接触，有了比较，无形之中受了影响，或是有意的吸收人的长处，方才再继续有进步。此种例在世界文学史上，真是举不胜举。如英国戏剧在伊里沙白女王的时代本极发达，有蒋生（Ben Jonson）、萧士比亚等的名著；后来英国人崇拜萧士比亚太甚了，被他笼罩一切，故十九世纪的英国诗与小说虽有进步，于戏剧一方面实在没有出色的著作；直到最近三十年中，受了欧洲大陆上新剧的影响，方才有萧伯纳（Bernard Shaw）、高尔华胥（John Galsworthy）等人的名著。这便是一例。❶

胡适文学进化论的第一个层面的意思是"一代有一代之文学"。这其实是在用文学进化论表达文学一直在随时代而变迁这样一个观念。这种观念是彻头彻尾的本土观念，古代的文人如胡应麟、李贽、袁宏道、袁枚等都表达过类似观念，而且实际上无论东方还是西方只要熟悉文学史的人就都能得到这个观念。当然胡适在文学变化的基础上加了一层文学优化的意思，这就使得他的文学进化论名实相符，这也是胡适高于古人见解的地方。

胡适曾说他的"一时代有一时代之文学"的文学观直接受到清人袁枚《随园诗话》中有关论述的启发，可见胡适文学进化论的这一重要内容，只不过是用西方文学进化论的"新瓶"装了中国古典文论的"旧酒"。胡适在古人强调文学因时而变的观点基础上，又加进了西方文学进化论中文学发生"优化"的一层意思。而且胡适基本上是把这种文学进化论推向了极端，推向了革命的边缘，他认为文言文文学已经被白话文文学全面超越。为了推广白话文，胡适故意制造白话文文学与文言文文学的矛盾，否定了二者之间的互动。这样一种声称白话文取代文言文的文学革命论，现在来看是有失公允的。胡适的文学进化论不过是当时带有革命目的的策略之一。

胡适文学进化论的第二层意思讲每一类文学都有一个要经历一个由小到大的发展过程。这种观念最早在黑格尔《美学》中就有。后来被欧美的文学进化论者广泛接受，英国人西蒙兹的文学进化论就是此意，在法国理论家丹纳的《英国文学史》中对此亦有谈及。这种文学现象当然可以在生物学上找到对应，但严格说来这不能称为进化论，因为世界上任何事物的发展都要经历一个由小到大的发

❶　胡适. 胡适文存（第一卷）[M]. 合肥：黄山书社，1996：106.

展过程。

胡适的文学进化论的第三层意思是他观察到一个很重要的现象，即在文学进化过程中一些本应该被淘汰的比较低级的东西没有被淘汰掉，胡适把这种现象归因于中国人的守旧，因此，他对这种现象的重要性认识不足。不过，要注意的是，丹纳《英国文学史》也谈到了一些观念的"死去"。

胡适的第四层意思是在进化过程中一旦达到某种经典阶段文学进化过程就会中止，但是胡适又认为如果受到外来因素的刺激，中止了的进化又会继续下去。

从上引的这段话可以看出胡适已经观察到文学进化论的几个最重要的内涵，但是每到关键的地方胡适总是把话锋转向文学革命。也就是说胡适受到时代的影响，不能够平心静气地坐下来探讨到底文学进化论的内涵和外延是什么，到底从中国文学 3000 年发展的实际可以归纳演绎出怎样一套文学进化论。

今天我们站在一个新的理论高度来反思胡适的文学进化论，有必要对其作出两点批评。这两点批评实际上涉及胡适的文学进化论在方法论上的两大失误，正是由于这两大失误才导致从前的文学进化论走入歧途，误导了文学发展。

第一，胡适文学进化论集中谈到了宏观现象界存在大的文学总类的进化，但胡适似乎忘记了文学是很具体的，如具体到一个个的文学作品不发生进化现象，那么总体文学的进化又从何谈起？从胡适的相关论文来看，他只是偶尔涉及一点点微观的具体作品层面的文学进化。例如他认为"施耐庵的《水浒传》是四百年文学进化的产儿"，他甚至也提到过"母题"的问题，但可惜胡适没有对这个问题进行深挖。胡适未从根本上重视：微观的文学进化是宏观的文学进化的基础，离开了微观，宏观就无从谈起，所以胡适的文学进化论实际上缺乏微观基础。

第二，历史上包括胡适在内的一切文学进化论者的共同的失当，在于他们找不到切入点来对应生物进化论上的遗传与变异。众所周知，遗传与变异是生物进化论的理论基础，如果我们要建设一套文学进化论，怎么可以不发展出一套文学进化中遗传与变异的学问呢？俄国的文学进化论者维谢洛夫斯基已经认识到了这个问题，但是未完全切题，而胡适在他的文学进化论中基本未谈到文学进化的遗传变异问题，这就使得胡适的文学进化论缺乏理论基础。

二、胡适文学进化论形成过程探

胡适文学进化论的提出，除有严复《天演论》的影响，还有他留美期间所受西方进化论思想的影响。细考胡适早年思想历程，可发现文学进化论的提出很大程度上得益于他在美国康奈尔大学学农、学文史哲，乃至在哥伦比亚大学学哲学的一系列经历。甚至可以说，胡适是西方文学进化论思想进入中国的一个重要中介：

第一，康奈尔大学农学院经历促成胡适文学进化观念萌芽。

胡适能够成功地把生物进化论对应到文学研究上，显然跟他的农科背景有关。1910 年 9 月，官费留学的胡适在康奈尔大学农学院完成了注册。农学跟生物学有极大关系，也正是这一原因，胡适深入学习了生物进化论。据《胡适留学日记》赴美第一个学期胡适便上了生物学、植物学、英文、德文等课程。1911 年 2 月 4 日期末考试考植物学。胡适在日记上写着："此次大考，生物学得九十五分，植物学得八十三分，殊满意矣。"❶

1911 年 2 月，胡适开始第二学期的学习。3 月 10 日日记载："上课。读达尔文 ' *Origin of Species* ' "。这就是达尔文的名著《物种起源》。则胡适不但阅读了英文版《物种起源》，且是以生物学视角来研读这本书。在授课中，生物学老师谈到一些进化论学说在美国的动态。3 月 14 日日记："是日闻生物学教员言美国今日尚有某校以某君倡言 ' 天演论 ' 致被辞退者，可谓怪事。"❷

在修生物学的同时，胡适对英文、德文课程的兴趣也很大。据《胡适留学日记》，这一学期他阅读了众多西方文学作品，如读了莎士比亚四种戏剧。正是在阅读莎剧《罗密欧与朱丽叶》后，胡适产生了文学进化论的最初思想火花。胡适在 3 月 18 日的日记中说："作《Romeo and Julie 一剧之时间的分析》，夜与金仲藩观戏于兰息院。是夜演 ' White Sister '，为悲剧，神情之妙，为生平所仅见。今而后知西国戏剧之进化也。"❸ 这里胡适提到了 "进化" 二字，显然他已经开始用进化论观点来看待西方戏剧。

第二，康奈尔大学文学院经历让胡适了解进化论的哲学价值。

在康奈尔大学农学院学习农学一年半之后，1912 年 2 月胡适转入文学院，1915 年 9 月又转入哥伦比亚大学师从杜威学习哲学。此阶段，胡适深入学习了进化论哲学。1912 年上半年，胡适修了克雷敦（James Creighton）教授的课程 "哲学三：逻辑"，所用教材是克雷敦著《逻辑导论》。克雷敦是美国哲学协会的创始人及第一任会长，胡适评价他说："克雷敦先生为此邦 ' 理想派 ' 哲学（Idealism）之领袖。"克雷敦在《逻辑导论》中系统谈到了进化论问题。❹ 随后，胡适又修了克雷敦的另一门课 "哲学五：哲学史"。这门课的主题包括 "本世纪的思辨问题，特别是进化观念的哲学意义及其重要性"❺。

1913 年下半年，胡适成为康大哲学研究所的研究生，这时他开始专门研究

---

❶　胡适. 胡适留学日记 [M]. 上海：上海科学技术文献出版社，2014：6.

❷　同❶14.

❸　同❶15.

❹　转引自江勇振. 舍我其谁：胡适（第一部）[M]. 北京：新星出版社，2011：279.

❺　同❹258.

哲学，听了多门课。如哈孟（William Hammond）教授的"哲学20：伦理学史：从古代、中世纪到文艺复兴"；狄理（Frank Thilly）教授的"哲学37：伦理学讨论课"。胡适1913年10月的日记中有一篇谈伦理学的小文，题名《道德观念的变迁》，文中说："是故道德者，亦循天演公理而演进者也。"❶ 可见，受哈孟等人课程的影响，胡适已将进化观念用之于伦理学领域。

经过一系列对进化论在哲学、伦理学领域应用的学习，胡适对进化论的认识更为全面。他意识到生物进化论演变为社会进化论之后有诸多弊端。他在1914年10月日记中说：

> 强权主义主之最力者为德人尼采。达尔文之天演学说，以"竞存"为进化公例，优胜劣败适者生存，其说已含一最危险之分子。犹幸英国伦理派素重乐利主义（Utilitarianism），以最大多数之最大幸福为道德之鹄，其学说入人甚深。故达尔文著《人类进化》（*The Descent of Man*）追溯人生道德观念之由来，以为起于慈悯之情。❷

此处所说达尔文著作《人类进化》，现通译《人类的由来》，主要内容是从生物学角度讲述人类如何从低级生物一步步进化为猿猴，由猿猴进化为人，其中也涉及人类道德和智力的进化问题。此时，胡适已认识到达尔文学说"含一最危险之分子"即可能会导致人类国与国之间残酷的优胜劣汰。

第三，康奈尔大学文学院经历让胡适接触到西方文学进化论。

1912年，胡适转到康奈尔大学文学系后听了大量文学类课程，很自然也会接触到当时西方的文学理论。以此为途径，当时西方已有的文学进化论思想必然会对胡适产生影响。笔者研究发现，胡适不同程度吸收了美国学者曼利、法国著名文艺理论家丹纳等人的文学进化论。

19世纪末期以来，欧美文学进化论开始在欧美学术界居于重要地位。胡适身处美国，很自然会接触到这些思想。最典型的便是，1907年，在芝加哥大学英文系任教的曼利发表的《文学样式与生物进化的新理论》一文。❸ 必须注意到，胡适1911年日记中最初的灵感"今而后知西国戏剧之进化也"，讨论的是戏剧问题。1918年全面提出文学进化论的《文学进化观念与戏剧改良》，讨论的也是戏剧问题。这就不能不让人怀疑，是否胡适阅读过曼利的论文，或胡适的老师在课堂上谈到过曼利在戏剧上的进化论研究，从而启发了胡适。这一点限于材料，难以直接判断。

---

❶ 胡适. 胡适留学日记 [M]. 上海：上海科学技术文献出版社，2014：141.

❷ 同❶433.

❸ JM Manly. Literary Forms and the New Theory of the Origin of Species [M]. Modern Philology，1907，4（4）：577-595.

但据笔者考证，胡适对于曼利是很熟悉的。1919 年前后，胡适在北大教了三年的英国诗歌。所用教材是曼利 1907 年出版的《英国诗歌（1170—1892）》[*English Poetry*（1170—1892）]。胡适 1922 年在北大给大二学生上英国散文课用的教材是曼利 1909 年出版的《英国散文（1137—1890）》[*English Prose*（1137—1890）] 一书。❶ 同一时期，用两本曼利的书作为教材，足见胡适对于曼利的重视。由于这两本书都出版于胡适赴美之前几年，在美国属于比较容易见到的书（至今也能看到）。这说明，胡适很可能在美国留学时，就已经阅读过曼利的作品，或听老师上课时谈到过曼利的有关学说。因此，胡适受到过曼利文学进化论影响的可能性很大。

此外，胡适也受到丹纳的很大影响。《胡适留学日记》1914 年 6 月载："偶过旧书肆，以金一角得 H. A. Taine's 'History of English Literature' ……二书皆世界名著也。"❷ H. A. Taine 就是著名的文学理论家丹纳，他的《艺术哲学》至今依然影响很大。而胡适买的是丹纳另一部名著《英国文学史》。该书写于 1864—1869 年，此时达尔文《物种起源》已在 1859 年发表，因此丹纳的这部著作也有明显的进化论影响。虽然他未明确提出文学进化论，但其思路已是典型的文学进化论。在序中，丹纳从生物的角度来理解文学，把植物学上的一些因素：植物品种、环境、气候等复制到文学领域，形成了著名的"种族、环境、时代"三要素说。同时又提到了文学形态的兴起、消萎、死去，乃至作为遗传的残留。比较一下胡适在《文学进化观念与戏剧改良》中提出的文学进化论，可以看出，一些地方胡适明显受丹纳文学进化论的影响。

综上所述，胡适能够提出以中国文学经验为主体的文学进化论，与他的留美经历有很大关系。因此，中国文学进化论的形成与发展，与西方文学进化论有很深的渊源关系。胡适是西方文学进化论进入中国的重要中介。

第三节　郑振铎的文学进化论

1934 年郑振铎出版《中国文学论集》一书，其第一篇文章为《研究中国文学的新途径》。他指出，研究中国文学的新途径有探求中国文学的外来影响、新材料的发现、文学整理等三种。但在开启这种新途径之前"先要经过接连着的两段大路：一段路叫做'归纳的考察'，一段路叫做'进化的观念'。"❸ 郑振铎把"进化概念"当成了研究中国文学的一个基本理念，这无疑是受到了胡适文学进

❶ 吴元康. 胡适史料拾遗（中）[J]. 历史档案，2005（1）.
❷ 胡适. 胡适留学日记 [M]. 上海：上海科学技术文献出版社，2014：266.
❸ 郑振铎. 研究中国文学的新途径 [M] // 郑振铎. 中国文学论集. 长沙：岳麓书社，2011：8.

化论的重要影响。

当然这也有一部分是受西方进化论的影响。1958 年 10 月，郑振铎在中国社会科学院文学研究所的一场会议上发言说："我那时所介绍的'新观点'，实际上是资产阶级的观点……那就是泰纳的英国文学史的观点，强调时代影响。此外，还有庸俗进化论的观点，受英国人莫尔干（Morgan）的'文学进化论'的影响。"❶ 10 天后，郑振铎即在空难中逝世。这次演讲被冠以"最后一次讲话"之名收入《郑振铎全集》第三卷。❷

在《郑振铎全集》版"最后一次讲话"中，编者在"莫尔干（Morgan）"处加了一个脚注。认为郑振铎所称的莫尔干（Morgan）"应为莫尔顿（Moulton，1849—1924 年）美国作家"。此说有一定道理。莫尔顿（Richard Green Moulton）1849 年生于英国，1890 年他在英国牛津出版《古代经典戏剧：从文学进化论角度的研究》（*The Ancient Classical Drama：A Study in Literary Evolution Intended for Readers in English and in the Original*）一书。

但也要看到，郑振铎所说的"莫尔干"（Morgan）确有其人。就是影响巨大的美国人类学家路易斯·亨利·摩尔根（Lewis Henry Morgan，1818—1881 年），1870 年，摩尔根在欧洲旅行，见到了达尔文、赫胥黎，此后他也接受了达尔文进化论。1877 年，摩尔根出版了《古代社会》一书，用进化论观点来解释人类社会的起源与形成。该书引起了马克思、恩格斯的重视，在中国影响很大。

大体来说，郑振铎也形成了自己的文学进化论。在《研究中国文学的新途径》一文的第五部分"进化的观念"，他详细阐述了自己的文学进化论，他对"进化"概念的认识，已经不执着于进步还是退步，而是像达尔文进化论一样，强调随环境而变。他说：

> 所谓"进化"者，本不完全是多进化而益上的意思。他乃是把事物的真相显示出来，使人有了时代的正确观念，使人明白每件东西都是时时随了环境之变异而在变动，有时是"进化"，有时也许是在"退化"。文学与别的东西也是一样，自有他的进化的曲线，有时而高，有时而低，不过在大体上看来，总是向高处趋走。❸

郑振铎也像胡适一样，看到了文学进化存在变得越来越复杂的进化，他说：

❶ 郑振铎. 最后一次讲话 [M] //郑振铎. 郑振铎全集（第 3 卷）. 石家庄：花山出版社，1998：379.

❷ 在写完此小节初稿后，笔者查阅并参考了刘跃进. 郑振铎的文学理想与研究实践 [J]. 文学评论，2018（6），以及《文学评论》杂志同期的王波的《莫尔顿〈文学的近代研究〉与郑振铎的中国文学研究》。

❸ 郑振铎. 研究中国文学的新途径 [M] //郑振铎. 中国文学论集. 长沙：岳麓书社，2011：11.

最初，在《搜神记》《世说新语》诸书中，原有不少的小说材料，然而其叙述是如何的简单！到了唐时，却有唐人传奇继之而起，已渐渐有了描写，有了更婉曲的情绪了。到了宋人的平话，其描写却更细腻了。明人的小说较之更进一步，宋元人二卷四卷的小说，他们都演化之而为百回，百二十回。在结构上，在描写的技术上，都有了显著的进化。

最重要一点，郑振铎已经注意到了中国古代小说戏曲进化中存在一种单个题材的线性的进化。他举了琵琶记故事、李娃故事、白蛇传故事的进化为例，试图归纳其进化规律：

> 由《琵琶行》（白居易）变而为《青衫泪》（马致远），再变而为《青衫记》（顾大典），愈变而愈烦愈细……由《李娃传》（白行简）变而为《李亚仙花酒曲江池》（石君宝），再变而为《绣襦记》（薛近兖），这其间又是如何的进步……由唐无名氏的《白蛇记》，变而为《西湖佳话》中的《雷峰怪迹》，再变而为无名氏传奇《雷峰塔》，再变而为陈遇乾的弹词《义妖传》，这其间又是如何的进化。❶

这样一种现象在中国古代文学和西方文学中都是大量存在的。郑振铎在 20 世纪 30 年代初就已经注意到了。他也进行了一定的研究，为此他撰写了《〈水浒传〉的演化》《〈三国志演义〉的演化》《〈岳传〉的演化》等论文，试图在对文学进化现象的研究基础上提出一些规律，比如他提出古代很多文学作品的创作是一种"无名集体创作"。在《中国俗文学史》一书中，郑振铎指出中国俗文学：

> 第二个特质是无名的集体的创作。我们不知道作家是什么人。他们是从这一个人传到那一个人；从这一个地方传到那一个地方。有的人加进了一点，有的人润改了一点。我们永远不会知道其真正的创作者与其正确的产生的年月的。也许是流传得很久了；也许是已经经过了无数人的传述与修改了。到了学士大夫们注意到她的时候，大约已经必是流布得很久、很广的了。像小说，便是在庙宇、在瓦子里流传了许久之后，方才被罗贯中、郭勋、吴承恩他们采用了来作为创作的尝试的。❷

郑振铎所描述的显然是一种进化的状态，不断有人对一个作品进行各种修改，作品不断进化。因进化次数过多，作者反而容易被忽略。可惜郑振铎未进一步就以上提到的这些问题进行更大规模地研究，也未以这些问题为重要基础来构

---

❶　郑振铎. 研究中国文学的新途径［M］//郑振铎. 中国文学论集. 长沙：岳麓书社，2011：12.
❷　郑振铎. 中国俗文学史［M］. 北京：商务印书馆，2010：3.

筑文学进化论。

因此可以说，郑振铎的文学进化论还只是一种观念，并没有形成以概念、命题为基础的拥有层次体系、逻辑分明的文学理论。郑振铎的文学进化论在其诸多方面都可以看到胡适进化论的影响，而他更多是把胡适的进化论用于古典文学的研究。对于郑振铎而言，文学进化论还只是一种从事文学研究的工具，即"进化的观念"，还谈不上以系统的理论而成为一种单独的观念性实体。而我们要做的，应该是把文学进化论发展为一套层次分明、逻辑严密的文学理论体系。

文学进化与生物进化关系考索

文学进化与生物进化，能否进行类比？是否需要这种类比？怎样进行类比？对这些问题，学术界有诸多看法。这些看法或多或少都有值得参考之处。然而理论的创新，正在于"于无疑处有疑"。理论的创新，亦在于在前人所不能再往前的地方，孤军深入，作深邃之探索。

笔者认为，文学进化论是有价值的，将文学现象与生物现象进行较严格的类比，亦有价值。我们把生物进化与文学发展的诸多相似、相通之处搞清楚了，必然会加深我们对文学的认识。从前很多不能有效解释的文学问题，亦可能会求得崭新的解释。

第一节　进化的本质

无论是歌德将文学作品看成"活"的生物体，丹纳用"种族、环境、时代"的生物观点来看待文艺，还是曼利探求戏剧样式的突变，从根本上都是在用生物学内容作为理论参照与分析框架来解释文学。因此，要建立新的文学进化论，就必须把生物学理论尤其是生物进化论中可以借鉴的概念、命题、视角、方式方法理解清楚，然后再用它们来解释文学。

对于与进化论相关的生物学理论，笔者有一定涉猎与研读，形成了一些自己的看法。笔者认为，从总体上，结合从布丰、拉马克，到达尔文、弗里斯等人所提出的早期生物进化的理论与观点来看，剥除一些分歧与争论，早期生物进化论主要包含了四方面内容：第一是变化、演化；第二是演化中的优化或退化；第三是遗传变异；第四是生存竞争中的自然选择。

这四方面的第一、第二、第四，即变化、优化、自然选择的问题，大体都含有哲学方面的内容。而第三点"遗传变异"则已脱离了哲学，进入了分子生物化学的层面。1953 年，美国生物学家沃森和英国生物学家克里克共同提出了"DNA 双螺旋结构分子模型"，由此生物学进入了分子生物学的时代。科学家们得以在分子水平观察生物进化现象。由此生物学家对生物进化中的遗传与变异，有了新的认识，得出了很多与达尔文时代不同的看法与图景。这些看法与图景对于文学进化理论的构建，亦有很大的参考意义。

所谓的"遗传"，从分子层面来讲，就是亲代将自己的遗传物质脱氧核糖核酸（DNA）传递给子代。而"变异"除了由于父系与母系基因的重组产生的基因重组之外，主要是基因突变。父系与母系基因的重组，不会产生新的生物样式。但是基因突变，却会产生大量新的生物性状，积累到一定程度，再加上长期的地理隔离，就会产生新的物种。

至于基因突变的产生，有多种原因。一种是因脱氧核糖核酸（DNA）正常复制时候，必然会产生的复制错误，导致了变异。❶另一种就是外界事物刺激导致了 DNA 复制时候出现变异，比如辐射、激光照射、病毒刺激、某些化学物质刺激，都能够产生这种变异。所谓"太空育种"就是把植物种子发射到外太空，让宇宙射线进行照射，产生变异，形成新的生物性状。变异的产生，很多时候是随机的，无所谓好坏。生物变异产生之后，有类似性状的生物个体大量繁殖，在大自然中接受自然选择。变异适应环境，就留存下去，有该性状的生物群体持续壮大。变异不适应环境，有该性状的生物群体就会逐渐绝灭。

以上是从分子生物学的角度来看待生物进化。而高一个层级从自然生物的表型性状角度来看生物进化，甚至更高一个层级从物种与历史物种的角度来看待生物进化，显然又会有不同的发现。因此，"进化"有不同的层级，有不同的表现形式。

那么，进化的本质是什么？更细一层来说，生物进化的本质是什么？文学进化的本质又是什么？

如果我们理解"进化"，不是简单将之作为一个词、一个概念，不简单将之作为"进步"的同义词，"发展"的同义词，而是将"进化"作为一种图景、一种模式。将"进化"视为事物从历史状态过渡到现状，或从现状过渡到未来状态，所经历的各内外因素、各过程的总和，也即将"进化"视为塑造事物的一种综合性力量。可以说，"进化"是宇宙所自带的根本特性，是宇宙万物在时间中运动、积累、变化时所必然产生的一种现象。"进化"是附着于"时间"的一种作用力，有"时间"即有"进化"。进化现象的实质，是宇宙中物质的自组织、自循环、自拓展。宇宙现象可以类比为计算机软件的"程序自运行"，而"进化"就是宇宙程序自运行的内在方向。

这些说法太过抽象，可以通俗来说，事物在时间流逝中，不可能一成不变。暂时不变，不意味着永远不变。事物必然会有变化，而变化，在绝大多数情况下，都不会是杂乱无章的。从长的时间段来看，变化都会有一个方向，有一个不可阻挡的内在趋势。这个方向、趋势就是"进化"所代表的东西，是"进化"概念的内涵之所在。

---

❶ 朱玉贤，李毅. 分子生物学 [M]. 北京：高等教育出版社，2002：155.

要注意的是，进化现象不光是一种物质现象，亦发生在精神领域。比如文学是一种精神现象。文学并不是物质，但文学作品以物质为载体，作为精神现象的文学便有了物质基础。由此，便形成了哲学理论上物质与精神的一体。既然存在生物进化与文学进化的可比性，则可以推断：宇宙中的一切，无论是物质还是精神，都存在"进化"。进化中的遗传与变异，是宇宙运行，宇宙中物质之间代际变化的根本法则。

如果说"力学的关系"，是宇宙的一大特性，有所谓"万有引力定律""光电效应"等。那么"进化的关系"，则是宇宙的另一大特性，形成了宇宙中万物在时间中运行的一种基本定律。故而，文学的进化，正是源自宇宙的特性。对宇宙而言，文学的进化与生物的进化，没有太大的区别，具有深刻的内在统一性。换言之，文学存在进化，正是宇宙根本特性在人类精神领域的体现。

或者可以在宇宙哲学上进行一些拔高式的总结。在笔者看来，从物理学角度，宇宙存在万有引力、电磁作用、强相互作用、弱相互作用四种基本作用方式，决定了物质的运动、位置关系的变化。从化学与生物化学角度，宇宙存在化合反应、分解反应两种基本模式，决定了物质的生成与消灭，生物蛋白质的合成与分解。而从宇宙存在物的角度，则有进化作用，塑造了事物的外在形态、历史形态。可以说多彩万千的宇宙就是由这七大作用所综合形成的。在笔者看来，"进化"正是宇宙的七大基础作用方式之一。

这里既已谈及宇宙，便不得不再进一步思考西方哲学史上所说的"存在"问题。进化是一切存在物（being）的根本特性。进化是由存在物的惯性、时间流逝所必然导致的。进化不光体现在生物发展上，亦体现在宇宙中的各存在物上。大到银河系、恒星行星体系的形成，小到细菌病毒，都是进化的结果。人作为万物之灵亦是进化的结果。人脑、人的眼睛等复杂器官则是进化作用在局部精细作用、逐步累积的结果。

考虑到人脑、眼睛等巧夺天工、异常复杂的精密器官，竟然都是进化出来的，这就说明，"进化作用"有一种令人难以置信的巨大而精密的"能力"。在进化作用之下，从前粗糙简单的东西，随着时间流逝，会变得越来越复杂，越来越精致，越来越高级，越来越令人难以置信，即："进化作用"有一个"隐藏"在进化背后的逻辑。这个"逻辑"一开始并不是很清晰，但越到进化的后期，就越清晰。

物质之外，包括人类精神文化层面的一切，如文学、语言、风俗、法律、服装、建筑、音乐、审美等，都以进化为基础，亦都是进化的结果，都可以用进化论的遗传变异模型，对之进行研究，形成各领域的进化论，如文学进化论、语言进化论、风俗进化论、法律进化论、音乐进化论、审美进化论等。之所以它们都有"进化特性"，只因它们都是"存在物"，依靠惯性，在时间之流中，持续存

在，在各种物理、化学、生物作用下，必然形成进化趋势。

所谓的"进化趋势"，就是模块化、精细化、秩序化、规则化、自动化、自我反馈化。生物发育所特有的 DNA 自动控制、DNA 自动解码，是进化的结果。人脑的神经网络、人脑的计算功能，是进化的结果。而人类所制造的电子计算机，亦是软硬件进化的结果。或者说，"进化"本身就带有计算机程序的自动运行属性。"进化"的低级阶段是一些形式与内容上的简单修正、螺旋上升。"进化"的较高级阶段是形成了自我增强的反馈。但"进化"的最高阶段则是形成了自动运行、无限循环的近于计算机程序的"东西"。

人类是一种生物智能，计算机是一种人工智能。无论是生物智能，还是人工智能，难道不都是进化的结果吗？进化作用显然具有一种极其强大的内在能力。在进化作用之下，一则几百字小故事可以进化出一部复杂的长篇小说；在进化作用之下，一些感光细胞可以进化出复杂的生物器官眼睛；在进化作用之下，一些神经细胞可以进化出拥有思维能力的大脑。进化作用显然拥有无与伦比的神奇能力。

进化作用必然让一切存在物变得模块化（不断地分区分块，形成越来越多，其内部结构越来越复杂的功能单位）、精细化（本来没有内部结构的事物，逐渐演化出精细的内部结构）、秩序化（形成一种清晰可见的规律或谱系）、规则化（形成一种近乎人为的、数学式的规则）、自动化（类似于计算机软件的自动运行）、自我反馈化（形成一个不断自我增强，且可以与环境互动的系统）。也正因如此，进化便是宇宙的一种基本作用，是宇宙的根本特性，是笔者所定义的"宇宙七大基本作用方式"之一，这大概就是进化的本质了。

最后，抛开以上哲学的玄思，回到文学问题，回到文学进化的直观领域。综合来看，因其本质相同，则生物进化与文学进化，就具有了广阔的可类比空间，亦具有了理论体系与逻辑体系互通、互换的先天条件。生物进化现象中有很多地方，值得我们在文学研究中加以借鉴与重点阐发。这些内容，说的虽然是生物进化问题，但在文学进化上是有巨大参考价值的。在笔者看来，文学与生物学形成了一种互为对应的"镜像关系"。这里仅列举两个问题：

第一，进化图谱。

瑞典生物学家林奈（1707—1778 年），进行了最早的植物分类。按照林奈的分类，再对动物进行分类，贯彻以进化论，则可以形成一张"进化图谱"，或曰"进化树图"。每一种生物在进化图谱上，都有自己的位置。比如狗在进化图谱上属于脊索动物门下属的哺乳纲，再下属的食肉目犬科。

由此可以依样制作出"中国文学进化图谱"。所谓的文学大类：诗歌、小说、散文，就类似于生物学上的植物、动物。而诗歌中的七言诗、五言诗或者律诗、词、曲，小说中的文言小说、白话小说或者长篇小说、短篇小说，就类似动物分类中的纲。再往下细分的一些具体作品，就等同于生物学上的物种。此一点后几章会详细讨论。

第二，进化中止却不绝灭的现象。

观察进化图谱，我们会注意到一种现象，就是虽然在生物进化史上存在大量绝灭现象，但却也有一种可称为"停留"的进化中止现象。比如生物进化从单细胞生物，进化出多细胞生物，进化出动物，最后进化出人类。然而时至今日，大量的单细胞生物，还存在于地球上。它们每天还在进行着各自的进化。这也正如猿猴中的一支，进化成了人类，然而时至今日，大量的猿猴依然存在于地球上一样。

这样一种现象如果对应到文学上，则可以说从文言小说进化出了白话小说，但文言小说不一定会绝灭。这正如猿猴进化出了人，但猿猴依然广泛存在。这一点在文学上会有很大的应用。譬如当下的一个热点话题，古体诗歌在当下的时代，是不是就会趋于灭亡？古体诗歌可不可以像细菌一样，虽然进化层级较低，但依然可以持续存在？对这些问题，理应从进化论上寻求一个较好的答案。

可以说，只有当自然环境发生巨变之时，有的生物才因不能适应环境而绝灭。这一点对应到文学上亦是类似的。从旧体诗之上进化出了新诗，并不意味着旧体诗就一定消亡。只有当社会环境，完全不利于旧体诗，这时候旧体诗才会灭亡。但正如猿猴依然广泛存在一样，旧体诗显然也不会这么容易消亡。

要而言之，进化作用在各领域的体现，都是深刻的、统一的。生物进化论与文学进化论只是进化作用在生物学与文学两个领域的体现而已，二者几乎没有根本区别。其他领域，例如法律领域，亦会有复杂的进化，复杂的遗传变异关系。法律条款的专门化、精细化、秩序化、自我反馈化，亦都是非常明显的。在笔者看来，完全可以用进化论来研究法律史，形成"法律进化论"。

本书目标是构筑新的文学进化论理论体系。在此过程中需要大量参考生物进化学说，亦要涉及关于进化的一般哲学思考。而进化的哲学内涵、生物学与生物进化论的内涵，并不限于笔者说的这些。在文学进化论的构建中，我们应该本着实事求是的原则，来看待与选择合适的生物理论、进化理论。最终目的，我们是研究文学，生物学只是一个参照物。我们谈到了生物学，仅仅是为文学研究服务。一切都应该以文学发展中的事实与评价为准的。

第二节　文学现象与生物现象的对等性

回顾文学进化论思潮发展史，19 世纪的西方产生了生物进化论，在生物进化论的刺激下，文学进化论得以大发展，然后在西方文学进化论的刺激下中国也

出现了文学进化论，并在本国文学界取得了巨大的影响。应该说文学研究中能够照搬生物进化论不是偶然的，其根本原因在于文学现象与生物现象之间有很强的相似性，正是这种相似性启发了文学研究者可以从生物进化论的角度来探讨文学。早期的文学进化论者都是从生物现象与文学现象对比的角度来构建文学进化论的。当然，由于种种原因他们的构建不够成熟，有的地方甚至是错误的。

不过这一点却启发我们，是不是也可以循着这个思路来构建新的文学进化论？这显然是可以的，只是需要我们比前人的思路更开阔，对生物学知识、理论的借鉴与参考更全面更深入。基于这一理念，笔者尝试将文学现象与生物现象进行更深入全面的对比，在此基础上，笔者提出一个命题："文学现象与生物现象具有较严格对等性"，但凡在生物学中具有的现象，在文学中往往可以找到对应物，即文学与生物学有一种互为对应的"镜像关系"。以这个命题为基础，我们就可以将很多生物学上的概念、命题、逻辑关系，移植到文学领域，以形成我们看待文学现象的新视角、新视阈。

"文学现象与生物现象具有较严格对等性"这一命题，并不复杂，稍作思考，便能认识到。在该命题的几个大的方面，我们需要进行一些理论上的证明与辨析，以使我们对文学进化的理论构建有一个扎实稳固的理论基础。从文学现象与生物现象的对等性方面来看，可以注意到几点。

一、文学的结构，类似生物的解剖，可进行客观的研究

有研究者质疑笔者，文学现象是属于精神层面、审美层面的东西，而生物现象是属于物质层面的东西，物质现象和精神现象怎么能混同呢？如果强行仿照生物进化论提出文学进化论，怎么能避免削足适履的尴尬呢？

文学当然有其隶属于精神世界，属于"意识"的一面，然而近二三十年来，随着计算机技术、人工智能技术，以及生物技术、脑科学、认知神经科学等发展，人们对"精神世界""意识"等词有了新的认识。人类的大脑从多方面来看就是一台计算机。我们关于文学的种种的属于精神、审美层面的认识，往往植根于"大脑这台计算机的工作原理"。因此，撰写一部基于计算机科学、脑科学最新进展，来探讨文学创作与文学欣赏中诸多精神原理的《文艺心理学》，就成为了未来文学理论界的一大任务。❶

而抛开文艺心理学不谈，作为精神现象的文学，其实有其客观化的方面，在笔者看来文学现象就是物质现象。文学现象与生物学现象非常相似，几乎达到了一一对应的程度。要点之一在于文学作品的结构，类似于生物体的解剖结构，有

---

❶ 笔者有撰写一部《文艺心理学新探》的研究计划，已形成了一些自己的理论见解。

其客观性与功能性的一面。不要被文学的审美层面的东西所"迷惑",而要聚焦于产生这种"审美效果"的文字基础。而一当我们彻底抛开了文学审美等精神内容,只关注文学的文字基础,那么我们也就找到了进入文学进化论的一条康庄大道。

因为文学的载体是文学作品,而文学作品都是由写在文本上的密密麻麻的字构成的。如果我们只讨论文本,只讨论两个文本之间哪一个字多,哪一个字少;哪一个从哪一个因袭了一些文字,或者因袭了一些结构性的东西,这一切都完全是客观的。文学作品的字法、句法、章法、结构布局等都是客观的。真正变动不居的是人们对文学作品的审美感受。这正如我们对"落花人独立,微雨燕双飞"这句诗的评价可能有种种不同,但是晏几道《临江仙》将这句诗从翁宏的《春残》因袭过来的这个事实是完全客观的。我们对《三国志平话》与《三国志通俗演义》的评价可能截然不同,但是后者由前者垂直进化而来这个事实总是不可改变的。

我们要用一种类似生物解剖学的观点来看待文学作品,看作品的结构,看作品的各组成部分,而不是看它的艺术效果。动物是活蹦乱跳的,其外观有好看,有不好看,给人的感觉会完全不同,然而一当涉及动物器官结构的发育,那就都是客观的。对于这种结构性质的东西,一就是一,二就是二,是没有商量的余地的。

生物进化论正是从解剖学的角度来看待各种生物的亲缘关系的,它根本不考虑哪种生物更美观,更有观赏性。因此,文学现象也可以仿照生物现象来处理。文学现象也能找到一个如同生物现象那样进行客观研究的基础,文学进化论就应该在这个基础上展开。而这个基础正是文学作品的结构、字句。

二、文学进化亦是一个适应社会环境的时间过程

文学现象与生物现象的较严格对等,还体现在它们都要经历一个时间过程,随着时间流逝它们都要变化。故而生物进化与文学进化都属于历史现象,包含共时的层面,亦包含历史的成分。生物学上如何处理历史上的生物与当下生物的关系,值得我们从文学上借鉴。也就是说,如何来处理历史上先后出现的文学作品之间的关系,在生物学上是有思路可循的。生物学对"生物化石"的研究,可移用到文学上。历史上的一些留存至今的,不再有太多阅读价值的文学作品,其实就带有"文学化石"的意味。

再从进化的时间向度来看,生物进化史大概30亿年,而中国文学发展史从《诗经》时代算起正好有3000年,西方文学发展史从古希腊神话算起大概也是3000年。生物史和文学史都有一个在时间长河中的发展演化过程。在这个过程

中，很多现象都是可以类比的。例如可以将生物的最高层级分类，即动物、植物、细菌等，类比为文学样式的大类，即小说、散文、诗歌等。

再进一步将生物学上各种不同物种的出现，类比为不同的文学物种的出现。关键是如何定义文学物种的概念。比如《红楼梦》与《三国演义》的关系是什么样的？二者可不可以类比为虎与豹这两种动物的关系。

还比如，生物进化史上有大量的绝灭现象，这可以类比为某种文学样式的消失。某个物种的占据优势如恐龙的统治地球，可以类比为某种文学样式占据文坛如诗歌在中国古代文学史上的统治地位。

还有很重要的一点在于，生物进化需要与自然环境互动，生物需要适应自然环境，否则就会绝灭。而文学进化何尝不需要适应社会环境？在文学史上我们看到大量的不同时代的文学作品，往往打上了所处时代的烙印。文学作品与社会环境的关系，生物与自然环境的关系，二者会有很大相似性。这一点应予以特别重视。

总而言之，由于文学现象与生物现象都是历史过程，双方可以类比的地方非常多，不限于以上提到的这些，则我们在构建文学进化论的理论体系时，将会充分对文学现象与生物现象，进行相似性的研究。这一点将是文学进化论对文学研究的基本立场。

三、文学代际传承上亦存在生物上的遗传变异

文学现象与生物现象的较严格对等还体现在文学发展中的因袭与独创，同生物演化中的遗传与变异，可以完美地对等。对任何一个生物来说都存在遗传与变异，同样的对任何一个文学作品，无论是一首诗、一篇唐传奇还是一部长篇小说也都存在遗传与变异。这种遗传与变异，是文学发展历程中的基本运动形式。文学基因靠遗传来传承，文学新变靠变异来发展。文学基因的遗传与变异，是文学史不断发展演变的内在原因。

鉴于生物学上的"遗传""变异"两个概念，与文学会有一些隔阂。笔者统一将之改称为"因袭"与"独创"。这种术语的改称虽并不是绝对必须的，但遗传、变异与因袭、独创毕竟还有些不同，文学与生物毕竟还是不同，因此还是有改换的必要。

文学进化中的因袭与独创对应于生物进化中的遗传与变异，这样一种对应也许在表现形式上有差异，但其功能本质是完全一致的。对文学进化史而言，因袭是重要的，因袭使得文学传统在往前延伸。独创也是重要的，独创使得有新的元素试图加进文学传统的大流。有时候因袭与独创实际上是混杂在一起的，因袭中有独创，独创中有因袭。同时，有时候因袭与独创又是截然而分的，在一些作品

中因袭的成分与独创的成分能够被比较轻易地区分开来。

在生物进化中，遗传是必然发生的，但生物遗传只发生在一个下一代生物个体同两个上一代生物个体之间。这个被遗传的个体从两个上一代个体中遗传了比例大致相当的不同生物性状。由此从同一条进化线路进化而来的生物物种，是有明显家族相似的。所以漫长的生物进化史导致了大自然的生物在生物性状、形态上非常规整，形成的整个进化序列也是非常规整的。偶有断层，也可以用生物化石来填补。

而在文学进化中，因袭虽然也是必然发生的，但文学进化中的因袭可以在一个文本个体同一个或多个文本个体间发生。主要因袭一个文本个体，与平均因袭多个文本个体所导致的文学进化路线是有很大的不同的。前者会出现比较明显的家族相似，但后者的家族相似就比较模糊。

从遗传与变异、因袭与独创的角度，来探讨文学的素材发展、结构发展、技巧发展，显然是一个有待开发，却非常重要的文学研究领域。因为任何一部文学作品，都有大量的内容是直接从其他作品中因袭过来的。只有把文学进化中的因袭问题搞清楚了，我们对一部文学作品是如何"诞生"的，才会有更深入的认识。

总之，从以上三个主要方面来看，文学现象与生物现象确然存在着较严格的对等性。甚至可以说，但凡在生物学中具有的现象，在文学中往往可以找到对应物。由于这种对等性、等价性，则生物学中大量的概念、命题、方法、理论、视角等，都可以直接移用到文学研究中。这种"移用"将会形成强大而完备的理论解释力。依靠这种生物学理论与实践体系的"移用"，我们对很多或熟悉或陌生的文学现象，将会出现完全不同的理解。

第三节 文学进化论的理论与应用价值

为什么要进一步扩充与发展文学进化论理论体系？对此，有学者会有疑问。众所周知，20世纪二三十年代，胡适、郑振铎等人就有过文学进化论的构建与使用。但后来文学理论实践"证明"文学进化论的路走不通。我们再走前人没走通的路，是否值得，是否有价值？

我想，当代中国文学研究已进入高度繁荣阶段，繁荣的表现之一就在于中国文学研究往往与当代哲学研究有很密切互动关系。学术界早已在提倡与实践"有中国特色的文艺理论"的构建，这就需要一些新的尝试。笔者认为，学术界其实已经在呼唤文学进化论领域新的扩充与发展。因为文学进化论至少在以下五个方面展现出很大的理论与应用价值。

第一，中国文学研究界在研究中国文学时，有使用文学进化论的内在需求。

中国文学研究界在探讨历时文学现象时，常常会用到文学进化论的方法与理论，然而由于当前的文学进化论并不完美，所以在使用中会有一些矛盾与犹豫。譬如北京师范大学教授、戏曲研究专家郭英德教授在专著《明清传奇史》中便使用了文学进化论的框架，对此他有所犹豫。他在该书"后记"中谈道：

> 《明清传奇史》全书的结构模式，便是这种进化史观的外化：传奇生长期—传奇勃兴期—传奇发展期—传奇余势期—传奇蜕变期。这是一个完整的抛物线，除此之外，我不知道是否还有更好的结构模式足以描述传奇戏曲的历史进程？尽管我在实际操作中尽可能地避免简单的进化模式，而极力探寻传奇戏曲自身的传承和变异过程，但是，如果有人批评我落入进化史观的窠臼，我将何以自辩呢？❶

郭英德教授在解释明清传奇的发展历程时，必不可免地用到了文学进化论，然而又感觉有不足之处。2008 年 5 月，笔者有幸就文学进化论的问题向郭先生请教。笔者谈道：郭先生对明清传奇戏曲史框架的归纳类似于 19 世纪英国文学进化论者西蒙兹对伊丽莎白时代英国戏剧发展史的归纳。笔者咨询郭先生他的担忧在何处，郭先生回答说，把汤显祖、洪昇作为明清传奇戏曲发展的高峰可能会有学者不同意。

从这些话可以清晰地看出郭英德教授的矛盾心理。在郭先生看来，文学进化论体系虽有一定缺陷，但亦有难以掩盖的价值。可见由于从前文学进化论在理论构建上的失误，使得当前的文学理论已经束缚了文学研究实践的开展。由此可以说，建设一套新的有概括力的文学进化论，已然成为当前古代文学研究领域的当务之急。

第二，一些中国文学现象需要并且只有文学进化论才能解释。

西方文学研究界不乏对生物进化论相当清楚的文学研究者，他们确实有能力提出文学进化论，但是 100 多年过去了，西方依然没有人提出有较完整理论体系，对文学现象有较强解释力与统合力的文学进化论。主要原因恐怕是西方的文学史例证不足，西方历史存在某种断层，其文学进化历程亦存在断层。

古希腊文学虽已非常繁荣，但古希腊与后来的西欧在地理上有一定距离。当古希腊城邦繁荣时，在西欧，即现在的英、法、德地区，还是茫茫森林。现在英、法、德地区人们的祖先，还要几百年之后，才到达这些森林地区。也就是说，希腊文学自身的进化历程，后来其实中断了，代之而起的是"别的民族"的文学。再加上西方又经历了基督教统治的漫长中世纪，很多文学进化进程被打

---

❶ 郭英德. 明清传奇史 [M]. 南京：江苏古籍出版社，1999：685.

断了，或者分散在各国各地，无法看得很清楚。

西方近代文学的大发展只是文艺复兴以后近 500 年的事，之前的 1000 多年除了有自身的进化空白，还有众多的断层。因此，西方文学的文学进化史很不充分，这就使得一直以来西方学术界很难在某一个"国别文学"中看到完整的进化链条与进化生态。如果不将西方文学作为一个整体来看，很难认识到生物进化与文学进化之间的完美对应关系。也正是因为这个原因，西方学者多囿于"国别文学"的框架，他们提出的文学进化论具有零散性的特点，往往并不系统。

而众所周知，中国文学的进化相当充分，有 3000 多年不间断的文学进化史，其间经历过多种多样的变迁包括文学绝灭、文学爆发、思潮转变、外来文化输入等。以中国文学发展史为基础能够提出一套完美的文学进化论。在中国文学的进化历程中，我们可以看到众多有意思的现象，这些现象往往和生物进化的理论与实践对应得很好。

胡适曾经尝试过构筑中国文学进化论，但他那个时代面临的问题多而杂，胡适作为大思想家肯定不能把精力完全集中于文学进化论。我们看到胡适撰写过《中国哲学史》《白话文学史》，但都只有上册无下册，他自称"但开风气不为师"，他希望后来的人能在他基础上有进步。文学进化论问题，亦当作如是观。我们有必要把胡适的文学进化论进一步扩充发展，这是学术研究的应有之义，也是当代学者的责任。

第三，文学研究的"科学化"需要文学进化论。

近百年来，社会科学的总体趋势是所谓"科学化"。而所谓的"科学"必然有其范式。究其本质，西方社会科学家们所说的"科学"，主要是以西方的物理学为标的。所以当西方学者们说一门学科近于科学，那其实就指的是这门学科很多地方与自牛顿以来的物理学比较接近。西方 19 世纪、20 世纪先后走上科学道路的生物学、心理学、经济学、语言学，甚至历史学等，都是尽量在向物理学靠拢。学者们这种自觉向物理学靠拢的心理有时近乎盲目，有时甚至阻碍了学术发展，其中一些学者直到万不得已才承认那些与近现代物理学范式明显不同的东西也是属于科学。

在这种"人文学科的科学化"的大潮中，将文学研究转化为一门科学，亦是一些文学研究者的强烈愿望。20 世纪上半叶，弗洛伊德就有过用心理学阐释文学的有益尝试，支撑他这种尝试的，正是"将文学研究转化为科学"的愿望。当然"文学研究的科学化"最关键的还是需要数学方法的介入。值得注意的是，近年来诸多学者尝试采用统计学方法来进行文学研究。笔者在 2018 年的博士论文《清代诗坛宗宋现象研究》中，亦提出了"文学统计学"的概念，并在论文中较多使用了统计方法。

但统计学显然并不能解决"文学研究科学化"所遇到的全部问题。文学有

其主观的一面，如何去除这种主观的东西，就成了一个难题。

说文学进化论可以使文学研究走上科学道路，是因为文学进化论找到切入点：把从前一直以为是主观的文学作品当成客观的实体进行研究。在文学进化论的视野里，文学作品不再是纯粹主观的东西，一个文学作品一旦问世，它就是客观的东西，所谓的"客观"就在于文学作品的那一行行文字是客观的，由这一行行文字形成的结构亦是客观的。

因此，文学作品一旦问世，它就独立于世界，独立于作者，也独立于读者。一部文学作品就类似一棵树、一头牛，完全是独立的。文学中真正主观的东西，是人们对作品的评价、审美感受等，这就类似人们对一棵树、一头牛的评价。所以我们尽量不要去评价一棵树、一头牛的外观与审美，我们应该聚焦于这棵树、这头牛的生物学结构。也即我们应该聚焦于文学作品的那一行行文字的排列，文字排列形成的结构。这些内容都是客观的，很大一部分都可以找出其遗传与变异。

当每一部文学作品的遗传变异的内容，都大体被查找、核对清楚了，那么我们就可以建立一个文学进化的基因遗传的序列。再适当地加以统计学方法以及其他方法，我们就可以建立起一个较为客观、带有显著自然科学特征的文学研究体系。

当然，"文学研究的科学化"并非否定文学主观性的价值。严格来说，文学的价值，就在于其主观性与非理性。在未来，随着人工智能的持续发展，基因工程的持续发展，人类能否继续成为人类，恐怕都会成为一个严重问题。在未来的时代，人类文学的主观性与非理性，有可能成为人类的一个重要标志。

第四，胡适文学进化论的一些缺陷，阻碍了当代文学发展，需要厘清。

在过去的100年，中国文学发生了翻天覆地的巨变，这种巨变是以似是而非的文学进化论为基础的，至今已越来越不能指导当前的文学创作了。一旦我们建立了一套全新的文学进化论，那么五四运动以来的种种文学观都有再重新审视的必要。比如五四运动以来，新诗代旧体诗而起，成了诗歌的正宗。这被认为是文学进化中的自然淘汰。但事实果真如此吗？胡适等人所代表的激烈批判古体诗的见解，在新的文学进化论的观照下很容易就能看出其弊病。最典型的例证，虽然猴子进化成了人，但猴子并未消失，猴子有可能永远会与人类并存下去。同样的道理，新诗的诞生与成长，并不意味着古体诗退出历史舞台。

如果我们在未来要建立有中国特色的文学，有中国特色的社会科学，那么如何来评估古典遗产，始终是一个绕不过去的老问题。而文学进化论可以在这个问题上，给我们提供新的思路。

第五，以文学进化论为基础，撰写《中国文学进化史》，将对当代的"古代文学史"撰写形成较大的参考作用。

当前的"中国文学史"研究已经成为文学学科的主体。近些年来，以《中国文学史》为题，且有一定影响的著作，已经林林总总出版了上百种。这些著作在构筑文学史体系时，多数都会参考一些进化观念，但又与纯粹的"中国文学进化史"有极大差异。当前的《中国文学史》实际上是中国文学经典作品的排列与论析，并非从文学进化链条来看待文学作品之间的关系。

而撰写一部完全从进化链条出发，以进化树图为参照的《中国文学进化史》，就将呈现出与通行的《中国文学史》完全不同的文学序列与面貌。这种不同包括以下诸方面：其一，文学作品之间的排列按照进化序列，会打破文体界限，打破朝代界限，有时甚至打破国别界限。其二，一些以往被忽视的在文学进化中起到很大作用的非经典作品，会被更多地论述。其三，文学作品之间的基因继承关系，会被聚焦与讨论。

以这些区别点，撰写出来的《中国文学进化史》同其他种种的《中国文学史》会有巨大的不同。因此，这样的《中国文学进化史》显然会对文学研究界有着不小的参考意义。此一点，是文学进化论的重要应用价值了。

新的文学进化论的提出

第三章我们辨析了一些生物学概念，分析了进化的本质与生物进化论的内涵，并已注意到生物进化论有诸多流派，其观点与理论体系并不相同。我们将本着"取精用宏""不拘泥于一家一说"的态度，来从诸多生物进化理论、命题、案例中寻求可以"为我所用"的材料，从而构建新的文学进化论理论体系。❶

这种文学进化论的新的理论体系，一方面必须有很好的统合能力，能够较好描述各种常见的文学现象；另一方面也应有很强的解释能力，对众多不为论者所重视或长期得不到合理解释的文学现象具有强大解释能力。这两方面是新的文学进化论，能够成立与推广的关键。否则，如果建立了"新的文化进化论理论体系"，却与从前的很多概念、观点、理论、提法相比，没有优越性，那么这种新的理论，不如不提。强行提出，也很快会被遗忘。

第一节　新的文学进化论概念、命题、理论体系

一、新文学进化论的概念体系

仿照生物进化论的概念、命题与逻辑体系，我们很自然可以逐一建立文学进化论的概念、命题、逻辑体系，这是一种"挪用"。基于这种"挪用"，可以提出"文学进化论"的概念、命题体系如下。

（一）文学基因

"基因"是生物进化论中的一个概念。最初在19世纪，奥地利生物学家孟德尔提出了"遗传因子"的概念。20世纪初，生物学家将之改名为"基因"。生物

---

❶ 笔者对文学进化论的思考始于2007年初。用一年半的时间，撰写了17万字的《文学进化论》稿。2008年6月提交了一份9.3万字的硕士毕业论文《文学进化中的因袭：以〈西游记〉为中心案例》，获文学硕士学位。此后持续思考多年。2015年考入南开大学攻读博士学位，遂进一步拓展，撰写了"胡适留美经历""西方文学进化论"等内容1.5万字，又撰写李白故事流变论文一篇。2018年10月开始重新整合材料，将早年17万字稿件，删了近5万字，然后整合扩充，至2019年5月底，全书27万字定稿。

的绝大部分性状，如人的身高、器官状况、皮肤头发与眼睛的颜色、部分疾病等，都有相应的基因逐一进行控制。这个概念显然可以挪用到文学进化中，形成"文学基因"的概念。文学作品的诸多性状，也都有相应的基因一一对应。

生物基因在最底层上是由四种碱基不断变换位置、排列组合而成。文学基因与此类似，文学基因的最底层是一些汉字或 26 个字母。汉字或字母、单词通过变化位置、排列组合，形成一些文字的段落，也即"基因的片段"。内在的生物基因有控制生物外在性状的能力，文学基因也有控制文学外在性状、文学表现力的能力。这种文学基因的片段，有时类似于"母题"的概念。

生物进化论中，还有"基因库"的概念。这一概念，是指一群同种生物，其全部基因的总和。遗传是父代与子代之间个体的传承，但遗传亦涉及基因库中基因的传承与分配。"基因库"的概念，可以借用到文学进化论中。不过"文学基因库"的概念，会略作扩充，用于指称若干不同物种形成的基因总和、总库。比如《太平广记》可以被视为一个小说情节的基因库。

（二）文学个体

生物进化论中，有"个体"的概念，"个体是物种组成中最基本的单位，物种由许多个体组成"❶。"生物个体"的概念，平移到文学上，则有"文学个体"的概念。要注意，文学个体的概念，并不是指那一本本我们看到的书。准确地说，文学个体对应"文学版本"的概念。《红楼梦》小说的那几十种不同的版本，就是一个个的个体。程甲本、程乙本、乾隆抄本、甲戌本、己卯本等，就是"文学个体"。而书店中卖的《红楼梦》书，并非"文学个体"，只是该文学个体的复印件。这一点需要引起注意。

（三）独创与因袭

生物进化论中的"遗传"与"变异"概念，可以挪用为文学进化论中的"因袭"与"独创"。对于文学作品之间的关系，必须聚焦于它们之间的遗传变异关系，也就是分析某个作品独创的因素是哪些，从其他作品中因袭过来的因素是哪些。

关于如何确定"因袭"，笔者提出"相似即因袭"的经验规则。文学史上作品之间的相似，往往都是因为有直接或间接的因袭关系。且这种因袭关系，通常能够得到书面材料、作家自述等方面的证明。

因袭可以分为选择因袭与整体因袭。选择因袭对应于生物学中的转基因技术。转基因技术是人工的，在正常生物进化中基本不起作用。但选择因袭却是文

---

❶　沈银柱. 进化生物学［M］. 北京：高等教育出版社，2002：181.

学进化的基础之一。这一点正是生物进化路线与文学进化路线的重大不同。

(四) 文学物种

"物种"（Species）是生物进化论中的一个基本概念。虽然生物学家们对物种的定义各不相同。但一般认为，物种是由一群相似生物构成的群体、集合，该群体是进化的基本单元，在历史进程中有其独特的进化趋势与命运。另外，物种之间一般有生殖隔离，不同物种之间杂交不能生育，故而生殖隔离是"识别和区分物种的最重要的标准"❶。

"物种"的概念，显然可以移植到文学中，形成"文学物种"的概念。关键是"文学物种"指的是什么。此问题实为文学进化论的一大理论基础。此前的文学进化论者，均在这个问题上认识有误。显然诗歌、小说、散文的文学样式的大类，并不是这种作为"进化基本单元"的物种。故而诗歌、小说、散文的文学样式的大类，并非文学物种，它们的概念层级高于文学物种。

笔者认为，文学物种只能是一个一个单独演进、互不干扰的以人或事命名的文学故事、情节。三国演义故事算一个文学物种，西游记故事算一个文学物种，李白故事亦算一个文学物种。它们都是单独进化的，互相之间不干扰、不杂交。类似的，诗人的某一首诗，多数算一个物种。陶渊明的某一首诗算一个物种，李白的某一首诗算一个物种。乐府的一个题材，该题材下属的若干首诗，有时属于一个文学物种。这些问题后几章将详述。

(五) 生存环境

生物进化是在自然环境中发生的，而文学进化显然也存在这样一个环境，也就是"生存环境"。生存环境的概念，接近于丹纳所说的"种族、时代、环境"三要素的综合，就是将丹纳所强调的"种族、时代、环境"三大要素中涉及的问题，统统以"生存环境"命之。

文学作品的生存环境包括五方面：第一，社会环境、社会结构、社会状态以及自然环境；第二，承载文学的工具与载体如语言文字、笔墨纸张、传播媒介等；第三，社会心理、社会风俗习惯、社会审美状况以及人们的阅读心理、阅读期待、审美偏好等；第四，影响人们观念的思想体系及其团体；第五，权力体制、政治体制及其对文学的管控。

在植物生态学中，植物的生长涉及的环境因素包括土壤、阳光、水、空气、温度等，生态学上称之为"生态因子"❷。这些生态因子在文学作品的"生长"中亦有一一对应物。文学作品所处时代的社会环境、物质环境、自然环境是文学

---

❶ 沈银柱. 进化生物学 [M]. 北京：高等教育出版社，2002：178.

❷ 曹凑贵. 生态学概论 [M]. 北京：高等教育出版社，2006：59.

作品所赖以生长的"土壤"；承载文学的工具与载体如语言文字、笔墨纸张、传播媒介等是文学作品构筑自身所必需的"水"；社会心理、社会风俗习惯、社会审美状况、读者的阅读期待是文学作品随时"呼吸"的"空气"；社会思想体系及其团体是文学作品需要的"阳光"，能给文学创作提供动能；权力体制对文学的控制松紧程度则是文学作品所面临的"气温与气候"。要之，文学作品的"生长"，涉及环境方面的五大生态因子。

（六）自然选择

生物进化中的自然选择，指的是大自然对生物性状的选择。这种选择是残酷的，即所谓"物竞天择，适者生存"。与自然选择对应，则有人工选择的概念，指人类对生物性状的选择。这两个概念都是达尔文在《物种起源》中提出的，自然选择的概念是受马尔萨斯人口论的启发而来，而人工选择则是为验证自然选择才提出来的。❶

自然选择的概念对应到文学进化中，亦较为完美。但文学进化中的自然选择，归根结底是一种人工选择，只是这种人工选择是有时有意识的，有时无意识的，是对生存环境的一种适应性的选择。因为在文学进化中，不适应生存环境，则只有绝灭而已。

（七）文学进化与文学演化

在生物进化论中，"进化"一词主要包含两层意思。第一层意思是说"进化"即是"演化"。从几百年生物学学术史来看，生物进化论代表了一种对生物不变论的突破，学者们认识到千万种物种之间存在亲缘关系，在它们之间可以建立一个完整的阶层谱系。任何一种现存的生物或已经绝灭的古生物都应该能在这个连续的阶层谱系中找到自己的位置。因此说，生物的"进化"在一定意义上是指能在生物之间找到渊源关系。

"进化"的第二层意义是"优化"。实际上在非生物学专业人士的观念中生物进化论就纯粹是生物优化论，在这个意义上生物进化论就是要描述生物由简单到复杂由低级到高级的优化史、进步史。因此，考虑到在生物进化论中"进化"一词的两重含义，显然在文学进化论的理论框架中也应该有"演化"与"优化"的区分。

生物进化的概念，可以挪用为"文学进化"的概念。但由于生物进化论形成过程的驳杂性，布丰、拉马克、达尔文、华莱士等人对"进化（Evolution）"概念的理解会有不同，有时甚至截然对立。主要是在对"生物进化是否存在一个

---

❶　欧文·斯通. 达尔文传［M］. 叶笃庄，等译. 北京：北京十月文艺出版社，1999.

进步性的方向"的理解上有不同。在拉马克看来，进化就是优化。而在达尔文看来，进化虽主要是优化，但也不一定是优化，有时有可能是退化。

基于以上分析，我们必须区分"文学演化"与"文学进化"两个概念。文学演化是漫无目的的，可进可退，而文学进化则一般是有着进步性的方向。

（八）文学进化是由独创与因袭导致的文学演化中的优化

基于独创、因袭等概念，则可以提出一个命题"文学进化是由独创与因袭导致的文学演化中的优化"。由此文学演化史是杂乱无章的，而文学进化史则力求寻找出演化中的某种以进步为方向性的规律。这种规律可以用"进化树图"来表示。

（九）进化树图或进化图谱

进化树图或进化图谱，在生物学上使用较广。主要用于解释各种生物、动植物之间的亲缘关系。这一概念亦可以平移到文学上，用于描述各文学物种、文学样式之间的亲缘关系。

（十）垂直进化

"垂直进化"是拉马克提出的生物进化中的一种现象，这种现象显然可以对应到文学上。小说戏曲领域的垂直进化非常显著，诗歌领域的垂直进化则相对生僻一些。

（十一）经典生成

生物进化的研究中，没有"经典生成"这个概念，但有着大量对人类进化历程的研究。由于"人为万物之灵"的理念，则这实际上就是把人类的进化，当成生物进化中的"经典生成"。而在文学进化中，这种经典生成，显然是文学进化的一大要点。我们现在通行的《中国文学史》类著作，其实主要是"中国文学经典史"，主要是聚焦在文学经典的体系，对于那些在进化图谱中，其文学经典诞生之前的作品，重视与评价都不够。

（十二）文学进化史或中国文学进化史

文学进化史的概念，相对于文学经典、进化图谱的概念而成。所谓的"中国文学进化史"将聚焦于中国文学的进化历程，从进化的意义上说，百回本《西游记》这样的文学经典，或《大唐三藏取经诗话》这样的非经典，其在进化树图上的位置，带有某种"平等性"，都是占有一个位置而已。只是百回本《西游记》在进化树图上的阶位更高，内涵的基因库更大，其子代作品更多。

（十三）进化停留或进化中止

动物是由单细胞生物进化而来，人类是由猿猴进化而来。但至今单细胞生物依然很多，猿猴依然很多。这种现象在生物进化中是一种常识，不需要进行更多定义。但在文学上这反而成了一个问题，所以要定义"进化停留"或"进化中止"的概念，指的是进化出新的更高阶的物种后，旧的较低较落后的物种，依然存在，并且繁衍得很好，且继续在进化。这种现象可以挪用到文学上。

（十四）杂交

杂交是一个生物学概念，指不同物种之间的交配、育种。杂交在自然界中大量存在，如海豚与鲸鱼的杂交。在文学进化中，杂交也是广泛存在的。不同的文学物种之间，有时可以杂交，形成"不中不西，不古不今"的杂交品种。

（十五）文学化石

古生物学以生物化石为主要研究对象。同样的，文学进化中也存在"文学化石"的概念。当代创作的文学作品，当代人对古代作品的改编，是"活的"文学作品。而古代留存下来的文学作品、古版书、影印版古籍、类书中对古代作品的引文等，基本都可以称为文学化石。

（十六）文学生态圈

生物学上有生物圈或生态圈的概念，指的是生物群落与自然环境的复合体。[1] 生物群落既适应环境，亦作用于环境，甚至改变环境。这一系列概念、逻辑，平移到文学上，就是文学生态圈的概念。文学生态圈显然是各文学作品与社会环境，甚至包括人的审美等诸多因素叠加的复合体。文学作品要适应社会环境，但文学作品亦会改造社会环境。文学的进化，就发生于文学生态圈中。但文学生态圈本身也会发生进化。

（十七）文学生态位

生态位是生物学中的一个重要概念，描述的是一个生物物种在整体的生物生态圈中的地位或所占据的空间。生物学界对生态位的定义各有不同，其中一种是认为："所谓'生态位（Niche）'，可以理解为一个生态学空间，但它不是一个简单的物理空间，而是由物理环境和种群的生物学特性（结构的、生理的、行为的综合特征）共同决定的多向度空间。"[2] 整体的生态圈是由一个一个的生态位

---

[1] 尚玉昌. 普通生态学［M］. 北京：北京大学出版社，2004：342.

[2] 沈银柱. 进化生物学［M］. 北京：高等教育出版社，2002：222.

组成的，每个生态位由一种或几种生物占据，互相协调，缺一不可。

文学的生态圈，显然也存在一个生态位的概念。任何一个文学作品，都占有一个生态位，在整个文学生态圈中有其作用。某些我们认为不重要的作品，有可能反而在当时占据了重要的生态位。所谓的"占据了重要的生态位"，指的是对当时的文学生态具有某种重要影响。比如乾隆帝的诗歌，现在认为不重要，但在当时显然占据了一个很重要的生态位。所以文学生态位可以被理解为文学地位、文学权力关系，亦可以理解为文学作品之间的亲缘序列关系或互动关系。要之，文学生态位是一个复合性、多维度的概念。

（十八）绝灭

对于生物绝灭的研究，是生物学研究中的一个重点，因为这涉及"生物多样性"的形成。文学进化中也有大量绝灭现象，从文学样式（文体）到文学个体的各个层次，都存在大量绝灭现象。绝灭现象在文学进化史中有其独特地位与作用。理论上说，文学作品之所以会绝灭，正在于其生态位消失，或被其他文学物种所占据。此外，生态学上的"演替"概念，与绝灭概念也有一定关联。

（十九）演替

演替（Succession）是一个生态学概念，指一个生态圈的外在面貌总是会发生变化、替代，覆盖该生态圈的生物物种亦总是会发生变化。譬如一片田地，开始是种满了水稻，几年不耕种就会长满杂草，再几十年无人料理，则该片田地会演替为一片郁郁葱葱的森林。❶

文学上亦是如此。中国古代每一个朝代的文学面貌都不一样，即前人所谓"一代有一代之文学"，唐代的诗，宋代的词，元代的曲，明清的小说，展现出的该时代的文学面貌完全变了。换个角度来说，传统文学理论上说的"一代有一代之文学"，实则对应于生态学上的"演替理论"，在此问题上，生态学可以给我们巨大的启发。

（二十）文学生态系统

生态学上有生态系统的概念，是指一定空间内生物成分与非生物成分通过物质循环、能量流动、信息反馈的互相作用、互相依存而构成的一个生态学的功能单位。❷此概念可平移到文学中，形成"文学生态系统"的概念。八股文有它的生态系统，白话小说有它的生态系统，唐诗宋词有它们的生态系统。元明戏曲亦有其生态系统。文学生态系统不光是文学作品，亦包含非文学的社会环境、社会

---

❶ 尚玉昌. 普通生态学［M］. 北京：北京大学出版社，2004：305.

❷ 同❶327.

心理的内容，还包括促成文学创作与接受的体制机制、反馈机制。

二、新文学进化论的理论层次与逻辑体系

有了以上这些概念与命题，则可以进一步来提出与构建文学进化论的理论体系。按照朱子"理一分殊"论的哲学观察，任何真理性质的东西必然是有不同层次的，不同的情况下会显示出真理本体的不同局部。因此，笔者提出的文学进化论，至少包括从宏观到微观，从文学样式到文学物种，再到各种文学技巧的三个层次的进化。

第一，宏观层面上文学样式或整体文学史的进化。

从宏观来看，文学进化论是探讨某一文学样式，乃至整个文学史的演化与进化。文学样式有属于大类的文学样式，如"小说""戏剧"作为文学样式的进化历程。也有属于小类的文学样式，如"变文""诸宫调""子弟书"等的进化历程。再如小说大类之下"白话小说"的进化历程。❶ 因此，宏观层面对文学进化的探讨，亦分层次。可以探讨"戏剧"的进化，低一个层次可以探讨"戏剧"之下"明清传奇戏"的进化。甚至可以再低一个层次，探讨"明清传奇戏"中"爱情戏"的进化。

在大大小小的文学样式之外，宏观层面也要涉及整个文学史的进化，进而涉及各个作品之间的渊源关系，以此为基础建立一个进化树图，以精确地描述出各个作品的内在有机联系。应该说胡适等人"一代有一代之文学"的文学进化观，或西方流行的"起源、发展、高潮、衰落"的进化观，正是在文学样式乃至整体文学史面貌的宏观层次上讨论文学进化。

此外，从宏观层面其实也可以包含探讨整个文学生态圈的进化。但文学生态圈是由文学作品与社会环境、人的审美等多方面成分组成的。文学生态圈的进化不光涉及文学的进化，亦涉及社会环境的进化、审美的进化等非文学问题。故而该领域在本书中不多涉及。

第二，中间层面上作品、文学物种的进化。

从中间层面来看，文学进化论是探讨作品的进化，主要是文学物种的进化。大体包含两类，一类是研究两个或多个作品之间的因袭关系、内在联系，着眼于后出作品如何吸取前代作品的优点克服其缺点，巧妙地实现优化。典型的例子如《红楼梦》之于《金瓶梅》，《水浒后传》之于《水浒传》。另一类可称为垂直进化，具体来说就是比如探讨崔莺莺与张生爱情故事，从中唐元稹《莺莺传》到金代董解元《西厢记诸宫调》，再到元代王实甫的《西厢记》杂剧，再到明代

---

❶　孟昭连. 白话小说生成史［M］. 天津：南开大学出版社，2016.

《南西厢》，清代《翻西厢记》《补西厢记》等的一个近千年的完整发展过程。此种我们称为的垂直进化，一些学者亦称为文学流变研究。

第三，微观层面文学技巧或文学细节的进化。

从微观来看文学进化论是探讨某一主题、某一情节元素、某一诗歌意象、某一表现手法、某一叙事手法、某一结构方式、某一诗歌字法句法等的进化。譬如探讨古代长篇小说结构从松散的串行结构到严密的网状结构的进化。探讨爱情诗在诸多细节方面的进化。又如探讨《西游记》诞生前，古代小说中猿猴形象的进化历程。

更微观的一些进化，比如叠字技法的进化历程，从《诗经》经魏晋南北朝诗人到杜甫，叠字技法是存在进化过程的。《诗经》中叠字技法已经大量使用，诸如"桃之夭夭""燕燕于飞"等。到杜甫，叠字技法臻于神妙，如"穿花蛱蝶深深见，点水蜻蜓款款飞"，"无边落木萧萧下，不尽长江滚滚来"。在这一进化过程中，可以总结的东西，其实很多。

此种关于文学进化宏观、中观、微观的区分显然是非常符合文学发展事实的，与生物进化论也对应得很好。这种对应体现在如下三方面。

一是垂直进化的对应。法国生物学家拉马克主张"垂直进化"的进化观，关注的是某一个物种变得越来越复杂、越来越完善。这与文学进化论的中观、微观两个层次相应。对照文学史，我们确实可以观察到大量的某个作品的单线垂直进化实例，如从传奇小说《莺莺传》到《西厢记》杂剧，从《三国志平话》到《三国志通俗演义》，从宋元旧本《大宋宣和遗事》到《水浒传》，从《武王伐纣平话》到《封神演义》，从白居易的《长恨歌》到清代传奇剧《长生殿》，从宋元话本《西湖三塔记》到清乾隆时期的戏曲《雷峰塔传奇》，从白话小说《唐解元一笑姻缘》到《三笑姻缘》等。后一个作品在篇幅上、在情节内容上显然要比前一个作品长得多，复杂得多，精巧得多，可以说是一种进化。而且从艺术成就和知名度的方面来说，后一个作品显然要大大优于前一个作品，这更是毫无疑问的一种进化。

二是物种不断诞生的对应。在生物学中，拉马克"垂直进化"的进化观虽能够解释化石记录表明的确有很多物种在变得越来越复杂，但是无法解释地质层中化石记录在某些时期突然有大量的新物种的出现。也就是说好像在某个时候突然爆发式地产生了大量的新物种，而从前有的物种此后又再也看不到了。拉马克的"垂直进化"不能解释新物种的产生，而达尔文恰恰是在这一点上取得了突破。达尔文的名著《物种起源》，从标题来看他很明确就是要着力解释成千上万的生物物种是怎么产生的。从《物种起源》的实际内容来看，达尔文提出由于生存竞争的激烈，生物自发的变异会通过自然选择得到强化，这种变异积累到一定程度，新的物种就会产生。在达尔文提出生物进化论的时候，他实际上对遗传变异的机制是不清楚的，对标志不同物种的生殖隔离也是不清楚的。尤其是新的物种的产生并不是一种明确的进步、优化，我们不能说老虎就比老鼠更进化，所以在《物种起源》中达尔文对"进化"一词的使用很矛盾，一方面很多事实表明生物演化中确实存在向更高级阶段发展的进化，但另一方面很多进化现象本质上只是一种对环境的适应，这种适应本身是没有高下之分的。

生物多样性的获得，新的物种的出现在文学上也是有对应物的。我们看一下中国文学史就会发现新的文学物种在不断产生。三国故事、水浒故事、白蛇传故事、包公故事等层出不穷。

三是文学样式进化的对应。在文学物种不断诞生的同时，各种文学样式也在不断产生。先是诗、散文，后来是赋，骈文、词、曲、杂剧、小说等。在这些大的文学样式之下也不断分化出次样式，如在诗的名下就包括三言诗、四言诗、五言诗、七言诗、六言诗等。小说的名下有文言、白话、短篇、长篇等。这样一种新的文学物种或文学样式不断出现的现象，我们可以称之为文学进化，但又显然不是完全进步、优化意义上的文学进化。这种文学进化更确切地说是一种带有进化成分的文学演化。

胡适的错误与偏激也正是在这个地方。他把这样一种新的文学样式的出现绝对地称为进化。如说"词乃诗之进化"，等于是说词比诗更先进。这种观点除非不仔细辩论，否则其荒谬性一览无余。而王国维的著名观点"凡一代有一代之文学。楚之骚，汉之赋，六代之骈语，唐之诗，宋之词，元之曲，皆所谓一代之文学，而后世莫能继焉者也"，显然是把新的文学样式的定型与文学高潮画了等号，也就是把文学进化中新的文学样式、次样式的定型当成一次进化的完成，这是错误的。举例来说，宋代的诗、词、散文、小说（白话、文言）都取得了很高的成就，宋词只是宋代文学的一个方面，绝对不能仅仅用宋词代表宋代文学。六朝的诗取得了很高的成就，盛唐诗歌高潮的发生显然是来源于六朝诗歌的大发展，而单举出骈文来代表六朝文学这是无论如何说不通的。

总体来看，笔者在本书中提出的"文学进化论"虽然是沿着胡适的研究路径，但在其中几个关键地方是与胡适的论点截然不同。胡适的文学进化论背后是革命者的心态，笔者的文学进化论背后是一种学究天人之际的社会学者、哲学思想者的心态。由于是生物进化论在前，所以笔者提出的文学进化论很多地方都要借鉴生物进化论的既有研究成果，而且由于生物进化论流派纷繁，所以笔者的借鉴不是完全局限在达尔文的理论框架内的。某种程度上笔者是把每一个文学作品当成了单独的生命个体，把中国3000年的文学演化当成了地球上30亿年的生物演化。所以可以把生物进化论中已有的思想方法、理论命题、概念范畴对应到文学进化论中，而且很多时候这种对应是相当完美的。比如生物学中的变异与遗传同文学进化论中的独创与因袭就对应得非常好。当然有些时候在生物进化论中没

有与文学进化论对应的理论，那么我们不介意自己为文学进化论单独地量身打造。学术史证明在理论创新过程中有一些师心自用的魄力还是必要的。

一般认为文学演化、文学发展是不成规律的，但如果说文学演化史、文学发展史存在某种贯穿性的规律性的东西的话，那么这必将是文学进化论。只不过由于从前的学者对文学进化论的理论体系构建有误（如未注重对遗传变异的分析，再如对文学物种概念的定义错误），同时由于受某种偏颇的文学观影响（如限于国别来讨论文学进化，仿佛英法德俄的文学进化史互无联系），对文学史的认识不够全面。这就导致了文学进化论虽然是一种很有号召力的提法，且在 20 世纪前后的五六十年中一度占据了西方文学理论界的主流，但在具体的文学研究与运用过程中又没有太多的指导意义，故而必不可免会衰败。

正如人文社会科学大多数风行一时的理论一样，文学进化论实际上变成了一套空头理论，名声在外却又华而不实。在这种尴尬局面之下，还是需要一些突破性的进展。要建设一套崭新的文学进化论，我们首先必须重新审视文学发展史，尤其是中国文学发展史，要看一看文学史上到底发生了什么事情。其次，我们尤其要避免先验的文学观的介入，要就事论事，就作品论作品，避免用当代的观念来对古人的作品任意臧否。最重要一点亦在于，我们在理论上要有突破。

第二节　物种、文学物种与文学进化

一、生物学的"物种"概念

"物种"（Species）概念，在生物进化论中是非常重要的。达尔文的名著《物种起源》就是聚焦了物种。

1859 年赫胥黎曾说："什么是物种？这个问题听起来简单，但回答起来却十分困难。"❶ 而达尔文亦注意到"博物学家们所谈论的'种'差异极大"，"无一物种定义使自然学者人人满意，且人人都未确信他所言之物种为何物"。

比如 1967 年有位生物学家对物种的定义是："物种是一个集合的而非单个的概念，它可由或多或少的特征所限定，这些特征可来自祖先、结构或功能等多面。"❷

结合生物学家关于"物种"概念的来看，物种包含以下几个内涵：第一，物种是一个种群概念，是由一群相似但不同的生物构成的群体。第二，从生殖角

---

❶　周长发. 进化论的产生与发展［M］. 北京：科学出版社，2012：169.

❷　同❶176.

度来区分物种，是比较可行的。物种只能在同种之间生育，不同物种杂交不能生育。第三，物种是一个世系，它独立演化，包含了历史上的诸多同种生物，因此物种是进化的基本单元。

有了"物种"这个概念，则可以进一步过渡到生物分类的问题。地球上有无数的生物，从大类上可以分为动物、植物、微生物等。动物之下，又可以进一步区分。经过几百年的研究，当代生物分类学将生物分成了 7 个主要级别：界（Kindom）、门（Phylum）、纲（Class）、目（Order）、科（Family）、属（Geneus）、种（Species）。[1]"界"是最高层级，包括动物界、植物界等。"种"是最底层的，种就是物种。

比如狗是一个物种，我们在生活中看到的大大小小、形形色色、毛色形态皆为不同的狗，有成百上千种，但它们都属于一个物种，就是狗。而在生物学分类上，狗属于动物下属的脊索动物门，脊索动物门所属的哺乳纲，哺乳纲下属的食肉目，下属的犬科动物。犬科动物有 13 属 36 种，包括狗、狼、豺、狐狸等。类似有猫科动物，有 14 属 40 种，包括虎、狮子、豹、猫等。据说，已知的 36 种猫科动物，它们都源自 1800 万年前的一个共同的祖先。

生物进化过程正是物种多样性的实现过程。地球上现存的物种数量据估计有几百万种，其中植物据估计有 50 万种以上[2]，真菌估计有 10 万多种[3]，动物有近 200 万种。在动物界中，第一大类别是各种昆虫、蛛蝎所在的节肢动物门，有 100 多万种，其中的昆虫纲有 80 多万种，是动物界最大的一纲。第二大类别是软体动物门，有 13 万种。此外，脊索动物门中鱼纲的鱼类有 2.2 万种，我国产鱼类 2830 余种。脊索动物门中鸟纲的鸟类有 9000 余种，我国约 1200 种。而我们通常所熟悉的小猫小狗所属的脊索动物门哺乳纲的"哺乳动物"，现存的只有约 4200 种，其中我国约有 500 种。[4] 这说明哺乳动物在动物类别、生物类别中是属于极少数，也间接说明哺乳动物在进化链条中居于较高位置。

对这几百万种生物，人类并未完全接触，其中绝大多数都不为人类所了解。近年来，生物学家已经命名并且分类了 130 万个物种，且每年还在增加。在这 130 万种已为人类所命名的物种中，动物有 95.3 万种，植物 21.5 万种，真菌 4.3 万种。总之，正是这几百万种生物物种，构成了多姿多彩的地球生态圈。

❶ 王元秀. 普通生物学［M］. 北京：化学工业出版社，2016：8.
❷ 吴国芳，等. 植物学（下册）［M］. 北京：高等教育出版社，1982：1.
❸ 沈萍，陈向东. 微生物学［M］. 北京：高等教育出版社，2006：382.
❹ 同❶266-298.

二、文学物种的概念

那么，回到文学上，生物物种相当于文学中的什么概念呢？这显然是一个非常重要的问题。此前诸多西方学者关于文学进化论的误解、错解，根源都是对"文学物种"的认识有误。

韦勒克在《文学史上的进化概念》一文中曾说："将达尔文或斯宾塞的进化论应用到文学上是不正确的，因为并不存在同生物学上的物种相当的文学类型，而进化论正是以物种为其基础的。"❶ 可见，韦勒克也看到了"文学物种"的问题。可惜他未能解决这一问题。但文学上的物种概念，显然是存在的，只是需要一些去蔽存真的思辨。

从中国文学来说，一般的文学分类，可以将文学分为诗歌、散文、小说、戏曲。而诗歌可以分为诗、词、曲，诗有七言五言之分，而七言诗又可以进一步分为七言律、七言绝、七言古体；而词，则有上百种词牌名。

散文可以分为骈文、散体文。骈文可以分为四六、四字骈文。小说则可以分为文言、白话。白话小说可以分为长篇、短篇等。

粗一看，这样一种分类，有近似于生物分类的地方。生物分类从界，到门，到纲，到目，最终达于物种的种。由此看来，按照类似于生物学的纲目分类法，则文学作品按层级从上往下分类，分到最底层，就应该是文学上的"物种"概念。

文学的第一层大体可分为：诗歌、散文、戏曲、小说。

第二层：以小说领域来看，应该怎么分？是按照文言、白话来分？还是按照长篇、短篇来分？这成了一个问题。

考虑到与生物学上物种的对应性，笔者认为，既不能按照文言、白话来分，也不能按照长篇、短篇来分，而要按故事内容来分。即小说中的三国故事、水浒故事、西游故事，甚至李白故事、苏东坡故事等，每一个单独成为一个"种"。这个"种"就是对应于生物学上的"物种"概念。

比如西游故事，作为一个文学物种，首先是一个群体，包含同时代，亦包含历史上不同时代的诸多同种的"文学生物"，即宋元时期的《大唐三藏取经诗话》，元末的《西游记杂剧》，明初的《西游记平话》，明中叶的百回本《西游记》，杨致和简本《西游记》《后西游记》等作品，属于同一个种。这些西游故事的作品中，有一些不属于同一个时代，是该文学物种在进化不同历史阶段的形态。有些如《大唐三藏取经诗话》，在后来只是作为一种"文学化石"的存在。

❶ 韦勒克. 批评的诸种概念［M］. 上海：上海人民出版社，1988：58.

而在大体同时代或相近时代的明中叶的百回本《西游记》，杨致和简本《西游记》，它们共享一个很大的文学基因库，互相之间可以杂交。而杂交与否，是判断其是否为同一个物种的重要依据。

再一个例子，三国故事作为一个文学物种，亦是一个群体。包括宋元话本《三国志平话》、元杂剧关公戏、元末明初小说《三国演义》等诸多作品。不同的三国故事的作品之间，可以杂交。但西游故事与三国故事之间，已基本不能杂交。

由此，一些生物学家关于生物物种与进化关系的论述，可以平移到文学进化中。比如，在1978年和2000年，生物学家威利关于进化物种的定义"进化物种是与其他世系保持独立并具独特的进化趋势和历史命运的祖—裔系列"，是"在时空中与其他世系保持独立并具独特的进化命运和历史趋势的生物种群实体"❶。

由此来看，三国故事的进化、西游故事的进化与李白故事的进化，互相之间是完全独立的。三国故事中并不包含西游故事的内容与成分。西游故事亦未谈及三国故事。说明这几方的进化历程，基本是独立的，互相之间基本没有干扰。只是双方的进化系列，受时代与自身演进、成熟度影响，会有一定的趋同性、平行性。例如三国故事与西游故事，在差不多接近的历史时期，形成了百回本大部头的小说。

另一方面，不同文学物种的进化命运，又是完全不同的。三国故事形成了文学经典《三国演义》，西游故事形成了经典作品百回本《西游记》。然而李白故事，虽然在小说、戏曲样式中也有几十种作品，但并未形成文学经典。

再一方面来看，各种物种进化的起点与终点、高峰期并不一样。赵氏孤儿的故事从先秦就开始进化，至今已基本停止进化。三国故事的进化，从三国时期就开始了，至今还是处于相对活跃期。李白故事的进化起点于唐代，至今已进化不多。唐伯虎故事从明代开始，至今其进化依然在进行。

最后还有一个问题。既然地球上的生物物种有几百万种，被人类命名的有130万种。那么文学物种有多少呢？

先从中国文学来看，仅以小说为例。据欧阳健《中国通俗小说总目提要》，该著"共收小说1160部"，则长篇白话小说有上千部。另据朱一玄等编《中国古代小说总目提要》除白话小说外，还有海量的文言小说。《太平广记》有500卷，所收文言小说达6970篇。南宋洪迈的《夷坚志》有420卷，所收小说亦有近六千篇。这所收的林林总总的各类小说，去除属于同一个文学物种的，则小说类的文学物种应有几万种。

再从外国文学来看，如阿拉伯的《一千零一夜故事》所收故事上千。西方

---

❶ 周长发. 进化论的产生与发展 [M]. 北京：科学出版社，2012：174.

的《十日谈》《坎特伯雷故事集》等各类小说集所收故事总数亦上千。按照1910年芬兰学者阿尔奈《故事类型索引》及1928年美国学者汤普森《民间故事类型索引》等书的分类，西方故事可分为动物故事、普通民间故事、笑话、程式故事、未分类故事等五大类型，总数达几万个。

三、诗歌的分种

将三国故事与李白故事区分为一个一个的文学物种，很好理解。问题是诗歌领域，如何来进行分种？

参考生物学分类，最高的分类单位是"界"，生物可以分为动物界、植物界、原核生物界（主要是细菌）、原生生物界等。如果说，小说类似于生物学上的动物概念，散文可类比于植物概念，那么诗歌则可以原核生物（细菌）来参考。

细菌基本只有一个细胞，其繁殖采用的是自身的分裂。细菌除了可分一些大类以外，其实际的种类，有成千上万种。在当前，生物学家已经命名的130万个物种中，真菌达到了4.3万种。但实际上还有上十万，甚至几十万的细菌物种，未被生物学家所命名。

这一点对应到诗歌上也启示我们，诗歌物种可能也有上十万上百万种。具体来看中国诗歌领域的作品数量，比如清代所编的《全唐诗》有作品48900余首，诗人2300余家。而1998年傅璇琮先生主编的《全宋诗》收有诗人8900余人，诗作20余万首。近年来辑补、新编的《全宋诗》共收录11000多位诗人的27万首作品。而2013年杨镰先生主编的《全元诗》收录了近5000位诗人的约14万首诗。至于《全清诗》虽未完全整理出来，但有学者估计其数量约在90万首上下。近年来南开大学赵季教授参与整理的朝鲜《全汉诗》项目，所收朝鲜诗人用汉文写的古体诗估计亦达20多万首。

则古代流传下来的诗歌，至少有上百万首。这些上百万篇作品中的大部分，其每一篇应该都可以等同于一个文学物种。所以诗歌物种数量至少有几十万种。这一点应该是我们理解诗歌进化的基点。

此外，假如把诗歌等同于细菌，小说等同于动物。正如大量的细菌寄生在动物身上，我们也可以看到，大量的诗歌，附着于小说中，如《红楼梦》中的诗词。总之，把诗歌类比于细菌，是有很强启发力与解释力的。

第三节　独创与因袭导致的文学演化中的优化

在生物进化论中，演化是否必然有一个进步性的方向，或曰演化是否必然导致优化，是有争议的。❶ 拉马克认为存在这样一个进步性的方向，即由低级、简单的结构向高级、复杂的结构进化。然而达尔文并不这么认为，达尔文认为进化就是漫无目的的，只是说进化中存在大量优化的现象，但也有不少退化的现象，这些都仅仅是为了适应局部环境，因此，很多时候无所谓优化还是劣化。

引申到文学进化上，笔者认为，这一点文学进化与生物进化是有不同的。文学毕竟是一种人工产品，文学作品创制的方方面面都是人类思维的体现。而正如与达尔文共同提出生物进化论的英国生物学家华莱士所说："拉马克的假说被研究生物及其变型理论的学者多次证明是错误的，他认为物种的进步性变化是因为生物具有提高它们的器官、结构和习性的内在愿望。"❷

生物是否有追求进步的"内在愿望"，这一点不好判断。但从文学进化角度来看，每一个新作品的问世，从作者的角度，显然都有追求进步的"内在愿望"，这种追求进步的愿望有时会非常强烈。只是说，最后作品是否有了优化，并不是单纯作者的愿望能决定得了的。因为作者本人水平的高低、视野的大小、环境的限制等因素，最终会限制"进步"的能否实现，以及"进步"的实现程度。

而由于每一个作者在创作时，都有这种"追求进步的内在愿望"，则文学进化显然存在一个方向，这就是文学演化中的优化。这应该是一个主流。虽然在这种主流之外，会有一些退化或不进不退的现象。但文学进化的主流方向，仍然是优化。

从概念与理论体系的严密性角度来看，考虑到"文学演化"与"文学进化"这两个概念，在方向性选择上并不完全相同。有的情况下，文学演化并不必然成为一种有目的的文学进化。又有的时候文学演化甚至可以说是文学退化。所以一定要把"文学演化"与"文学进化"加以区分。则可以这样下定义，文学进化就是由独创与因袭导致的文学演化中的优化。

正是因为文学演化史、文学发展史普遍存在这样一种优化现象，所以才能够说文学进化论是文学发展史的贯穿性规律。

因此，我们不是用文学演化论的目光去看杂乱无章的文学发展史，从而看到一种杂乱无章。我们是用文学进化论的理论眼光去看杂乱无章的文学史，从而看到一种秩序、一种优化、一种文学经典的产生。那么，何以文学创作中的独创与因袭会导致文学演化中的优化呢？也即为什么文学进化论在理论上是可能的。笔者认为，除了上文提及的作家本人"追求优化的强烈内在愿望"之外，还有一些因素，值得讨论。

当一个作家去因袭某前代作家作品的某种手法、某种技巧的时候，必然是前

---

❶　王元秀. 普通生物学 ［M］. 北京：化学工业出版社，2016：322.
❷　周长发. 进化论的产生与发展 ［M］. 北京：科学出版社，2012：46.

代作家作品的那种手法、那种技巧，让他觉得好，让他觉得有因袭的必要。比如诗人化用前代诗人的某一句诗，他必然是觉得那句诗首先写得很好，其次适合自己的诗的整体氛围。没有说诗人会把不入流的诗人的极差的诗当成宝贝，要往自己的诗中化用。就算是用了三流诗人的诗句、手法，那也是认为自己略加点化就可以"点铁成金"。又比如小说家借用了前人作品的某一个情节，那也是因为他认为很适合用在自己作品里，用上以后会使自己的作品增色不少。

而当一个作家独创时，根据其定义，独创大多数情况下是一种优化。所以文学创作中的独创与因袭，常常是一种带有优化倾向的独创与因袭，文学创作中的独创与因袭常常会导致文学演化中的优化。当然我们也不排除作者由于水平实在太低，因袭了前人作品反而不能使自己作品增色的情况。

可见，作家之所以因袭前人作品，就在于他认为假如不因袭，那么那些相关部分可能就不精彩。而一旦因袭了，那些不精彩的部分就有可能变得精彩。也就是说通过因袭，作品的艺术水准得到了提高，也即作品得到了优化。

可举北宋晏几道的名作《临江仙》为例：

> 梦后楼台高锁，酒醒帘幕低垂。去年春恨却来时。落花人独立，微雨燕双飞。
>
> 记得小蘋初见，两重心字罗衣。琵琶弦上说相思。当时明月在，曾照彩云归。

单看这首词作，有好几句都是非常好的，比如"记得小蘋初见，两重心字罗衣"，"当时明月在，曾照彩云归"，但其中最好的是"落花人独立，微雨燕双飞"。可是很不幸，这一句他是抄的，来自五代诗人翁宏的《春残》："又是春残也，如何出翠帷。落花人独立，微雨燕双飞。"

可以设想，假如晏几道不因袭这句"落花人独立，微雨燕双飞"，假如他又想不出更好的句子来补这句，那么只能填一句差一些的句子，整首作品也就普通水平，并不能有多出色。然而他因袭了这句"落花人独立，微雨燕双飞"，而且还用得恰到好处。那么前后对比一下，通过因袭这句"落花人独立，微雨燕双飞"，晏几道这首《临江仙》的艺术水准得到了提高。也就是说通过因袭，他的作品得到了优化。这就是文学进化论在文学实践中的重要表现之一。

第四节　进化树图与文学进化中的经典生成

我们定义的"文学进化为独创与因袭导致的文学演化中的优化"。而这种"优化"的现象持续产生，持续积累，积累到一定程度，就必然是文学经典产生。

文学进化是以文学演化为基础的，文学进化本质上就是一种文学演化。文学进化论的微观、极微观层中很多现象可以说是纯粹的进化，而其宏观层则是带有进化成分的文学演化。文学进化与文学演化最大的不同在于，当我们用"文学演化"这个术语时，强调的是文学演化是无目的，无规律的，是一种杂乱无章的文学变化。而"文学进化"这个术语，是指文学的变化是有目的的，有规律的。文学进化的一个重要特点是通过一步步的进化，实现经典作品的产生。文学进化是以文学经典的生成为最终目的。

笔者的这种看法是与达尔文的生物进化论对应的。在 1859 年发表的《物种起源》中，达尔文集中论述了生物演化的一般规律，而在 1871 年发表的《人类的由来》中，达尔文论述了动物演化的"经典"生成，也即人类如何从猿猴进化而来。

既然文学进化是以文学经典的生成为最终目的，那么文学经典到底是怎么样一种存在呢？文学经典显然不是一个固定不变的实体，而是一个流动的、历史的文学作品的集合。文学经典好像是一家五星级宾馆，各个时代不同的文学作品在里面进进出出，有的作品档次太低连门槛都迈不进，有的作品只是在里面待上不长的时间就被请出，而有的作品则在里面长期地入住。

一部作品能不能成为文学经典，往往不是完全由作品本身的水平决定的，往往受很多文学之外的因素的影响。因此，文学进化论的理论框架下的文学经典生成显然必须区分为文学内部因素与外部因素。顾名思义，文学进化论主要就是局限在文学内部、文学传统内部来谈一代代文学作品的进化。这种进化是以独创与因袭为基础的后起作品比前代同类作品在技巧手法上更精致，在情节上更适宜，在篇幅上更庞大，而不是简单的后起作品比前代作品更出名，艺术成就更高。所以我们不能简单地用哪个作品更出名来判断这个作品更优秀、更进化。

从道理上说，既然后起作品吸收了前代作品的优点，那么后起作品就会比前代作品更受读者欢迎，知名度更大。文学史上很多例子确实如此。如《三国志通俗演义》确实比《三国志平话》艺术水平更高，知名度更大更受读者欢迎。但是文学发展史上还有很多例子表明后起的作品反而没有比前代作品知名度更大更受读者欢迎。如明代陆采把《西厢记》杂剧改为传奇戏《南西厢记》，在成书以来就没怎么被好评过。又如清代中后期续作《红楼梦》的众多续书被批评得很厉害，通行的批评认为这些作品改悲剧结局为团圆结局是极大的倒退。诸如此类的例子就会使我们怀疑文学演化中的优化性，到底能不能成立。

面对这样一个针对文学进化论的重要质疑，笔者的辩解是这种质疑搞混了文学内部因素与文学外部因素。可以设想某一个后起作品从文学内部因素来看确实比前代作品要更优化更进化，但由于文学外部因素的干扰，结果后起作品反而比前代作品受到更低的评价。也就是说由于读者、评论者先验地持有一种文学观

念，就导致在对文学作品的评价上出现不是完全按照文学内部因素的抑扬。比如胡适高度评价了《镜花缘》，但我们读他的原始论文会发现"好评"的重要原因在于胡适认为《镜花缘》提倡妇女解放。胡适的这种评价显然不是完全从文学本身出发的，明显受到了文学之外因素的强大干扰。

从古今中外文学批评的众多实践来看，多数情况下读者、批评家评论一个作品会受到文学外部因素的强大干扰。正是因为这种干扰的存在，虽然文学经典的生成是文学进化的必然结果，但文学经典的生成显然并非单纯用文学进化论，所能完全解释得了的。

其实这一点恰恰与生物进化论上的经典生成相一致。因为从进化生物学的理论来看，人类在进化树图的等级序列中并不是特别高级的，从理论上说还有很多哺乳动物在进化链条上比人类更高级，那怎么单单人类成了智能生物？

很明显，人类成为智能生物不光是靠具有解剖学或生理学上的优越性，因为人既不会飞，跑得也不快，力量也不大。但是人类在这些生物形态因素之外获得了其他动物所没有的智力。以这种智力为基础人类形成了语言，逐渐有了一系列的发展。因此从理论上我们可以预测生物学分类中任何一个纲目都有可能进化出智能生物。只要别的动物能够获得较高的智力，那么它们也可以慢慢进化为智能生物。而地球上之所以只有人类成为智能生物，显然是由于在不远的时期地球上的大陆都是连成一片的，这样人类在成为智能生物后就扩散到各个地区，这直接打断了其他生物向智能生物发展的进化历程。假如美洲大陆一直是隔绝的，没有人类扩散到那里，那么在其他动物的持续进化之后，不能排除进化出智能生物。

文学进化与生物进化的经典生成的不同之处在于其经典的生成是一元还是多元。从动物进化的实例来看，目前只有人类进化到了智能生物，而像一些社会组织性比较强的生物如蜜蜂、蚂蚁，还没有成为智能生物。而从文学进化的实例来看，文学经典的生成是相对比较容易的，在诗、散文、小说等各种文学样式中都进化出了不止一种文学经典。甚至在一种文学样式中能产生多个经典，如唐代诗人中的李白、杜甫都是经典诗人，他们生活年代基本同时。当然他们的作品成为文学经典的历程是不一样的。

要之，文学经典的生成问题，是文学进化论研究的一个核心领域。后文会进行更详细的探讨。

独创与因袭

作为一个文学研究者，当我们阅读了古今中外大量文学作品后，会对文学创作获得一个直观的印象，会发现有的作家独创性很强，他写的大都是新的东西。而有的作家脱离不了因袭的痕迹，有的根本是变相的抄袭。

如果以精确计量的思路来谈独创与因袭的问题，我们就要问独创性的写作和因袭性的写作应该各以多大比例共存于一个时代才是合适的，此问题肯定是较难回答的。本书试图回答这个问题。而为了回答这个问题必须先搞清楚：独创性写作与因袭性写作对文学发展史是重要还是不重要，其意义与作用是怎样的？即：必须弄清楚，独创与因袭的定义是什么？二者在文学中具体体现是什么？在此基础上还要进一步分析，具体到某一个作家作品，里面有多少内容是独创的，有多少内容是因袭而来的。

从因袭与独创的角度来看待文学发展，一如从遗传与变异的角度来看待生物进化。因此，笔者对因袭与独创的分析论述，很大程度上将参考生物学上对遗传变异的相关研究与论述。一些生物学上对遗传与变异的提法，都可以相应移植到文学进化论中。由于因袭与独创本质上是对文学基因的遗传与变异，则所谓因袭与独创，就是指文学演化过程中，下一代作品对上一代作品或前人作品中文学基因的遗传与变异。

关于文学基因亦有深入研究的必要。正如破译"人类基因组计划"最终确定控制人类性状的重要基因有 2 万多个。人类的身高、器官状况、深层的骨架结构、外表的皮肤头发眼睛的颜色及部分疾病，都有相应的基因一一进行控制。改动其中一个或几个基因，人类就会发生可觉察到的外在与内在变化。以此类推，文学的表面性状也应是由几万个重要基因控制的。这些基因以及这些基因之间的不同排列组合方式，最终就从深层上决定了文学的表层性状。文学的独创，最终就体现为文学基因的创新。文学的因袭亦最终体现为文学基因的因袭。

第一节　独创与因袭的提出

一、对独创与因袭的定义

由于独创与因袭这对概念在文学进化论中的核心理论地位，故而必须对这对概念进行严格定义，并详尽探讨其理论内涵与外延。其实正如学术史、哲学史上新概念范畴的出现往往是把从前人们习以为常的旧概念范畴进行重新加工，使旧概念、旧范畴在新的理论体系中焕发出崭新的理论光芒。可以说独创与因袭也是一对人尽皆知的概念。这对概念几乎是不证自明的，但在新的文学进化论中，这两个概念会有一些语义、褒贬色彩上的变化，因此需要一些学术化的改变、整理，以使这两个概念成为较严谨、可进行逻辑推衍的学术概念。

（一）独创的定义

文学进化论中的"独创"概念对应于生物进化论中的"变异"。生物学上的"变异"已从对生物外在形态、性状的描述，深入 DNA 分子序列的微观层次。而独创也强调的是文学传承中的一种"变异"。"变异"是生物进化的重要基础，因此"独创"也是文学进化的重要基础。

文学上的"独创"与一切学术上的"独创"是相通的，是指作者创造出之前文学中从未出现或极少出现的东西。不同之处在于，一般意义上的"独创"包含价值评判，更多的是指具有使用价值对人类有益的创造。但文学进化论中的独创不包含价值评判，不管独创的东西是有用还是无用，只要是新的即可被认为是独创。文学进化论中的独创对应于生物进化论中的"变异"概念，变异是无所谓好坏的，故而独创也无所谓好坏。"独创"概念强调的是其新颖的一面。

此外，必须特别指出，生物学上所认定的变异，主要有三种来源：基因重组、基因突变、染色体变异。因此生物学上的基因变异，主要是有两种类型：一种是重组型变异，指父代 DNA 片段与母代 DNA 片段的融合，形成的一种变异。这种变异会使子代既有部分父代的性状，又有部分母代的性状。但由于重组的存在，导致子虽像父代却并不是父代，虽像母代但也并不是母代，因而整体上是变异的。第二种是突变性变异，就是 DNA 自身的突变。

这一分类可以移植到文学进化论中，可以把文学进化中的独创分为：重组性独创、突变性独创、适应性独创。重组性独创对应生物学上的重组型变异。突变性独创对应生物学上的突变，亦可称之为开拓性独创。适应性独创则对应为适应社会环境而发生的独创性改写。这些分类在后面的章节会详细论述。

（二）因袭的定义

文学上的因袭指的是后代作品从前代作品中继承一些东西。"因袭"这个概念与常用的"借鉴""继承"意义接近但也有明显不同。"借鉴""继承"是人们习焉不察的两个常用词汇。在一些文学理论教科书上也会一般性地谈到"借鉴""继承"的问题。❶ 但客观来说，"借鉴""继承"并不是属于任何文学理论话语体系的关键概念。文学理论界只是会一般性地谈论"借鉴""继承"，但不会就其中涉及的诸多问题进行案例与理论研究。这正是文学进化论与其他文学理论的不同。文学进化论的重要一点就是聚焦于文学传承中的继承与借鉴，也即聚焦于文学进化中的因袭。

文学进化论中的"因袭"对应于生物进化论中的"遗传"概念，强调的都是"基因"的传承。遗传是不分好坏的，遗传既可以是优点的传承，也可以是缺陷的传承，是遗传病，同样的道理因袭也是不分好坏的。而从词汇语义色彩角度来说，"借鉴""继承"都是褒义词，都是指的一种有益的活动。"借鉴"即是有益的借鉴，"继承"多是指有益的继承，"借鉴"不可能是借鉴缺点，"继承"也一般不会是继承陋习。从这一点来看，"因袭"与"继承""借鉴"不同，"因袭"不包含价值判断，"因袭"只是强调"文学基因"的继承，无所谓有利还是不利。

当然，通常词汇学意义上"因袭"是个贬义词，这里要将"因袭"的贬义去掉，使得文学进化论理论体系中的"因袭"概念成为继承、借鉴、因袭三个词的综合体。我们的改造之所以对准"因袭"而不对准"借鉴""继承"，原因之一是因为"借鉴""继承"使用频率很高，很难扭转它们在语言使用者心中的褒义。而"因袭"还是较生僻的，带有一定文言词特点，这就利于把"因袭"改造为中性词，进而成为文学进化论的一个基础概念。

文学进化论的一个重要方面，是探讨各文学作品的因袭情况，以形成一个研究文学基因传承的专门研究领域。此前的文学理论虽也会谈到一些，但极少专门从这个角度看待文学发展问题，这正是文学进化论的创新点、突破点所在。也就是要把文学基因传承的问题，专门拿出来系统性的讨论，以形成我们对文学发展面貌的不同图景。在文学进化论的理论指导下，我们看待文学作品，不再单纯从艺术技巧、美学风貌、价值评判等角度，而是强调作品之间的因袭关系。每一处作品之间的因袭，都将被重点讨论、研究。

---

❶ 童庆炳等专家主编《文学理论》第四编第九章即有一小节谈"文学发展中继承与创新的关系"。

二、独创的稀缺性

如不考虑我们从文学进化论角度对"独创"概念的重新定义，只考虑大众所理解的"独创"，则独创是非常难的。无论是文学史、哲学史还是科学史上，独创性的内容毕竟是少数。大多数看似独创的东西其实都古已有之，或者在之前几十年已有较好的基础。真正有独创性的人往往是那些值得大书特书的大家。但就算是这些大家也不能保证他的思想都是独创的。比如牛顿，他的万有引力力学体系，应该说是前无古人，后无来者的自开天辟地以来人类最具独创性的创造之一。但他自己也说他之所以看得远，是由于站在巨人的肩膀上。确实，牛顿之前的伽利略、第谷、开普勒等人的思想已经为他打下了坚实基础。

回到文学上，可以挑一个公认很有独创性的作家作品，加以细致剖析，以审视其内在到底多少内容是独创的，是独创多还是因袭多。比如曹雪芹，当代学术界对他评价很高，早已把他推到李白、杜甫的高度。他自己也认为自己很有独创性，在《红楼梦》中两次批评在他之前取得一定成就的才子佳人小说，认为因袭、重复、"千部共出一套"（庚辰本），他似乎要写出一部很有独创性的作品。那么他写出来没有呢？毫无疑问当然是写出来了。然而细加审视，即会发现，《红楼梦》对《金瓶梅》的借鉴、因袭是赤裸裸的。《红楼梦》中很多很细微的地方都能在《金瓶梅》中找到相应的地方，如都善于写宴会喝酒场面，都善于写佳馔美食，都善于写医药治病，秦可卿之死与李瓶儿之死，凤姐的爱讲笑话与应伯爵的爱讲笑话，马道婆魇凤姐、宝玉与刘理星魇西门庆。❶ 笔者甚至怀疑，曹雪芹在写作《红楼梦》时，他的书案上就摆了一部《金瓶梅》，夸张地说他有可能写一页《红楼梦》就翻一页《金瓶梅》。当然他显然是有青出于蓝的地方。比如《红楼梦》中第三十三回"不肖种种大承笞挞"讲贾政怒打贾宝玉，父亲与儿子的矛盾在这一回激烈地爆发。很多红学家认为这一回非常精彩，出于名家之手的专门赏析这一回的文章有好几篇。这些文章普遍认为，这一回的父子矛盾的爆发不是偶然的，是两种人生态度的矛盾的爆发，有的文章甚至认为是两种意识形态矛盾的爆发。但是很不幸，这种类似美苏冲突的两种意识形态的矛盾在《金瓶梅》中已经爆发过了，第九十二回中因为诬陷陈敬济做贼的事，李通判怒骂儿子李衙内。作为父亲的李通判在盛怒之下对李衙内"打了三十大板"。因袭归因袭，不过《红楼梦》中的父子矛盾的爆发显然比《金瓶梅》中写得好，否则怎么没有论者去赏析《金瓶梅》中的父子矛盾？

---

❶ 关于《红楼梦》与《金瓶梅》这两部名著关系的详细研究可以看看相关著作。如孙逊，陈诏. 红楼梦与金瓶梅［M］. 银川：宁夏人民出版社，1982；方明光.《红楼梦》《金瓶梅》比较论稿［M］. 武汉：湖北教育出版社，2003；徐君慧. 从金瓶梅到红楼梦［M］. 南宁：广西人民出版社，2007.

既然《红楼梦》的独创性不够，书中有不少地方因袭《金瓶梅》，那么《金瓶梅》应该是很有独创性的吧？《金瓶梅》在晚明一出现就被称为"奇书"，袁宏道对它大加赞赏，认为是"云霞满纸"。但是我们细细检索，会发现很难说《金瓶梅》有多大独创性。且不说《金瓶梅》主要人物西门庆、潘金莲是从《水浒传》脱化而来，它的几个重要情节是借用了古代的文言小说，比如第七十九回西门庆之死是借用了托名汉代人所写的文言小说《赵飞燕外传》中汉成帝之死。又比如《金瓶梅》中饱受批评的两万字性描写，有很多都是抄自《如意君传》等晚明比较流行的淫秽小说。再比如《金瓶梅》第四十七、第四十八两回的家童苗青谋害家主苗天秀的故事来自万历初期的包公故事集《百家公案》或其祖本，两书情节大致相同，只是《金瓶梅》把审案的官员改成了西门庆。❶ 还比如潘金莲的出身以及李瓶儿所带的一百颗西洋大珠的情节是来自话本小说《志诚张主管》。这一类的借鉴还有很多，又如对《西厢记》、李开先《宝剑记》等众多作品的因袭等。据学者研究，《金瓶梅》中的材料林林总总至少分别来自一百多种著作。因此《金瓶梅》的独创性也要大打折扣。

既然《金瓶梅》受《水浒传》影响很大，那么《水浒传》应该是很有独创性的吧？也不尽然。研究表明，《水浒传》有一个长达三四百年的漫长成书过程，其中南宋说话、元代的水浒戏是《水浒传》成书的两个重要阶段。据罗烨《醉翁谈录》记载，南宋话本名目中就有《花和尚》《武行者》《青面兽》《石头孙立》四种。而宋末元初的话本小说《大宋宣和遗事》已经粗略具备了水浒故事雏形，叙述了六节水浒故事，包括杨志等押花石纲违限配卫州、孙立等夺杨志往太行山落草、宋江因杀阎婆惜往寻晁盖、宋江得天书三十六将名、宋江三十六将共反、张叔夜招降宋江三十六将。而在元明杂剧中一度有水浒戏三十多种，现存六种《黑旋风双献功》《李逵负荆》《同乐院燕青博鱼》《争报恩三虎下山》《鲁志深喜赏黄花峪》《都孔目风雨还牢末》，存目二十几种，如高文秀的另外七种"李逵戏"：《黑旋风大闹牡丹园》《黑旋风借尸还魂》《黑旋风诗酒丽春园》《黑旋风敷演刘耍和》《黑旋风乔教学》《黑旋风穷风月》《黑旋风斗鸡会》。又如红字李二的《折担儿武松打虎》《容袖儿武松》《病扬雄》《船火儿张弘》。《水浒传》小说的成书，深度借鉴了此前各类水浒作品，将之整合、删汰。有鉴于此，著名学者徐朔方把这样一种成书过程称为"世代累积型集体创作"❷。按照此观点，则《水浒传》的独创性也要大打折扣。

---

❶ 见美国汉学家韩南的论文《〈金瓶梅〉探源》。韩南.《金瓶梅》探源［M］//徐朔方.《金瓶梅》西方论文集. 上海：上海古籍出版社，1987.

❷ "世代累积型集体创作"的说法，见于徐朔方先生的论文选集《小说考信编》的前言。徐先生虽然触及文学发展中的因袭现象，但没有明确意识到因袭现象对文学发展的重要作用，亦未对因袭现象进行理论化系统化的研究。

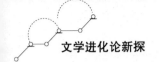

既然连在《水浒传》《金瓶梅》《红楼梦》这样的经典作品中，因袭的成分并不比独创的成分少多少，那么我们可以断言，在大量的二三流作品中的因袭成分会更多，独创的成分会更少。有的不入流的作品甚至是完全抄袭一些经典作品。

三、独创与因袭的确认

在文学史研究比较发达、比较充分的情况下，文学作品之所以让我们觉得好，主要就是在它的独创的东西。没有人会为作品中因袭前代的成分击节叹赏，除非是前代作品被遮蔽了。又或者因袭的是外国作家作品，大家天然得不熟悉，无法进行有效批判。

譬如《红楼梦》因袭《金瓶梅》，由于《金瓶梅》一直以来都是禁书，连一些大学图书馆都无此书。这就使很多人接触不到《金瓶梅》，《金瓶梅》的重要性被低估了。鲁迅在《中国小说史略》中说"自有《红楼梦》出来之后，传统的思想和写法都打破了"，鲁迅先生的这个评价其实不一定对。在写法上，《红楼梦》基本上是完全因袭《金瓶梅》，是《金瓶梅》打破了传统的写法，而不是《红楼梦》。《红楼梦》比《金瓶梅》成功的地方在于，它把《金瓶梅》"俗"的一面、"欲"的一面抹去了，变成了以写"雅"为主、写"情"为主。从这个角度来说，曹雪芹就比笑笑生更倾向于符合正统思想，主动使自己的作品不要太出格。也可以说清代的文化限制比明代要多，明代作家更可以自由创作。

又比如因袭外国作家作品。鲁迅 1918 年发表的小说《狂人日记》是"中国现代文学史上第一篇用现代体式创作的白话短篇小说……成为中国现代小说的伟大开端"❶。但《狂人日记》从叙事结构、内容等很多地方明显因袭了俄国作家果戈里的同名作品《狂人日记》。再如鲁迅先生 1924 年的短篇小说《祝福》塑造了祥林嫂的经典形象。然而小说中关于祥林嫂外貌的经典描写"只有那眼珠间或一轮，还可以表示她是一个活物"，实则是因袭自 1905 年诺贝尔文学奖获得者、波兰作家显克微支的著名历史小说《十字军骑士》："修道院长听了这话，呆若木鸡，只有他那不断转动的眼珠，表明他还是活着。"

曹禺的一些作品因袭了曾获诺贝尔文学奖的美国戏剧家奥尼尔的作品。《雷雨》与《榆树下的欲望》情节上十分相似，与奥尼尔另几部作品也有相似之处。《原野》因袭了《琼斯皇帝》，对此曹禺说过："采用奥尼尔在《琼斯皇帝》中所用的，原来我不觉得，写完了，读两遍，我忽然发现无意中受了他的影响。"❷假如奥尼尔的作品，在中国能够广泛传播。那么曹禺曾经产生较大影响的作品，

---

❶ 钱理群，温儒敏，吴福辉. 中国现代文学三十年［M］. 北京：北京大学出版社，1998：38.

❷ 曹禺.《原野》附记［J］. 文丛，1937，1（5）.

其经典地位无疑要受到非常大的影响。

再如诺贝尔奖获得者莫言的小说对美国作家福克纳、哥伦比亚作家马尔克斯等人都存在明显的模仿、因袭。比如莫言《红高粱家族》中打野狗的情节，明显与福克纳《去吧，摩西!》中的打猎场景很相似。莫言《檀香刑》"以人物为视角，各叙事一章"的叙事结构，明显是对福克纳小说《喧哗与骚动》叙事结构的因袭。再如莫言《生死疲劳》等作品存在对马尔克斯《百年孤独》的明显因袭。

当然这种因袭都属于正常的文学因袭的范畴，无损于一个作家的伟大。因为古今中外任何作家的作品，都可以从中找出大量的因袭。鲁迅、曹禺、莫言等中国作家的作品有因袭，而果戈里、奥尼尔、马尔克斯、福克纳等人的作品一样可以从中找到其对前代作家作品的大量因袭。

所以评价一个读者、评论者文学鉴赏力的高低，标准之一就是看他对文学史、作品史熟不熟悉，能不能确定哪些是独创的，哪些是因袭的。换句话说，只有在确定一个作品，哪些内容是因袭，哪些内容是独创的，我们才能更准确地评判该作家的艺术水平、文学地位。

（一）独创的确认

在文学作品中独创的成分与因袭的成分是并行的。要确定哪些是独创的，相对比较容易，我们只要熟悉文学史、思想史，基本上可以很容易看出来，这也可以认为是一种鉴赏力。但有时候要确定某些很细致的内容是否为作者独创，也会出现偏差。有时候由于各种原因的干扰，被认为是某作者个人独创的东西其实是来自别人的。这种判断失误有时连名家也不能避免。

（二）因袭的确认

要确定一个作品因袭另一个作品是有一定的判断失误的风险的。因为很少有作家会因袭了前人，同时在作品中说明某些段落是因袭了某前人的作品。就算是如黄庭坚这样明确声称学杜甫的作者，我们也有时很难确定黄庭坚诗中到底哪些是受杜甫影响。

我们唯一能够作为标准用于确定两个作品之间因袭关系的就是看两者之间有没有相似性。但是相似并不一定就是由因袭导致的，也很有可能是偶然性的相似，或者由某种共同原因导致的相似。况且有时也会出现这个人认为相似，那个人认为不相似的情况。

例如我们确定《醒世姻缘传》受《金瓶梅》影响，因为书中明确提到了《金瓶梅》以及潘金莲。再加上二者之间的一些相似性，我们的结论应该是没问题的。又比如我们已确认《红楼梦》因袭《金瓶梅》，但《红楼梦》中从来没有

点名提到过《金瓶梅》，也从来没有提到《金瓶梅》中的主要人物。在据说对曹雪芹很熟悉的脂砚斋的批语中倒是多次提到《金瓶梅》，但现在有学者对脂砚斋的真实性表示怀疑。❶ 所以我们确认《红楼梦》因袭《金瓶梅》主要来自二者之间众多的相似。

再比如，笔者试图证明《红楼梦》中"癞头跣脚""跛足蓬头"一僧一道的灵感来自《西游记》第十二回观音菩萨和惠岸行者变成两个"疥癞僧人"到长安点化唐僧到西天取经。我可以指出《红楼梦》中至少有五处提到《西游记》。如第三十九回"有个唐僧取经，就有个白马来驮他"，第七十三回"宝玉听了，便如孙大圣听见了紧箍咒一般，登时四肢五内一齐皆不自在起来"，说明曹雪芹比较熟悉《西游记》。但由于二者之间的相似并不是一种绝对的相似，所以我们实则无法确证《红楼梦》中一僧一道的灵感来自《西游记》。要想确证只有去问曹雪芹本人，但可惜他过世了。而且就算曹雪芹还健在，他也有可能矢口否认。就像宋明理学的一些观念，明明受到佛道很大影响，但一些理学家却矢口否认，有时甚至发表反佛言论。但明显可以看到他们的一些思想同佛道思想很接近。

所以判断两个作品之间的因袭关系，往往只能依靠个人的感觉。我们感觉到两部作品的相似，就得出结论认为二者之间有因袭关系。这也就为判断失误留下了很大空间，因为个人感觉到相似并不一定是真的相似，就算是真的相似，也有可能是有共同原因导致的相似，或仅仅是偶然的英雄所见略同。所以要确定两个作品之间的因袭关系要十分谨慎。

确定两个作品之间存在因袭关系，除了二者的相似性，也要充分掌握因袭者对被因袭者作品的学习、接受的材料。比如作家的自述，如吴承恩自述自小爱读文言小说，莫言自述受福克纳的影响，等等。有了这种材料，判断因袭的存在，才不会引起大的争议。

如果证据不充分，仅靠二者之间的相似，那么这种相似，就更多的必须是字句层面的相似。毕竟两个作家都用了相同的文字，白纸黑字很难否认，由此来判断他们之间存在因袭关系，是有说服力的。而至于思想意义方面的相似，在没有足够证据的情况下，就需要更谨慎，因为很容易出现这个人认为相似，那个人认为不相似，最后就会陷于争论。

当然，只要两个作品之间有相似的内容，我们就要从因袭的角度，对之引起重视。即使证据不充分，也不能忽略。因为有时某种看似"间隔很远"的相似，其实就是来自直接的因袭。

---

❶ 欧阳健. 还原脂砚斋：二十世纪红学最大公案的全面清点 [M]. 哈尔滨：黑龙江教育出版社，2003.

（三）相似即因袭

基于以上对独创与因袭的分析，笔者可以提出一个假说"相似即因袭"：就是说当两个作品存在明显的相似之处时，我们就要注意到二者很可能有直接或间接的因袭关系。其因袭产生的途径，有时会是直接的一对一的因袭，但有时也会很复杂，并非三言两语能讲清楚。除了一些直接因袭，有时是通过复杂的第三者、第四者的传递，进行了间接因袭。又或者有时是内隐记忆导致的因袭。原因也许很复杂，然而一旦看到了"相似"，我们就必须引起高度重视，因为无论途径如何，这种因袭很可能是客观存在的。

为什么会这样呢？要注意到，作家往往具有很强的专业性。这种专业性首先就体现在他的阅读上。作家往往阅读过大量的作品，甚至是穷尽式的阅读，把当时能看到的作品，几乎都阅读过。同时，优秀的作家，其大脑的思维能力、信息存储与提取能力往往又都是惊人的——惊人的细致，惊人的准确。又有时是做了大量的笔记，或者占有了大量的书籍、材料。

这就使得诸多优秀的作家，对于其作品的每一个细节的地方，都有清楚的认识（一些涉及内隐记忆的地方除外）。对于这些情节、内容、字句，所涉及的"前文本"，即因袭的来源，往往都心如明镜。比如看清朝人的诗作，常常会在诗中加自注，注明自己这句诗，是从前人谁的什么作品中化出。

故而抛开内隐记忆导致的因袭不谈，自身作品中哪里存在因袭，作家自己是非常清楚的。这种"心如明镜"正是一个作家成为优秀作家的"前提"。正如一个做科研的人，对此前的研究成果没有认识，别人已研究出来的成果都不知道。这种"科研人员"成为优秀科研人员的可能性是极低的。因为他首先就没有站在"科研的最前沿"。

所以不能简单地看待"作品之间的相似"，尤其不能以"偶然"目之。客观上会有偶然的相似，但优秀的作家之所以"优秀"，就在于他的作品，看似朴拙，实则精雕细琢；看似师心自用，实则旁征博引，无一字无来处。诸多的内容安排都不是偶然的，都有着深刻的思考，有着内在的必然性。

因此，"相似即因袭"是有很大可能性成立的。后文会提供诸多案例，我们认为某作家不可能因袭某生僻作品，但实际情况却是"作家正是以该生僻作品为因袭对象"。我们认为的"生僻作品"，这只是我们认为的，然而在作家看来，该"生僻作品"反而有可能是耳熟能详的。作家的物质条件状况、思想状况、机缘状况，并非我们可以简单认识清楚。这里就存在一个"逻辑上的前提"：只有看过某某作品的，才能创作后来的作品。

比如百回本《西游记》的作者，该作者看没看过此前的诸多西游故事的作品，如《西游记杂剧》《大唐三藏取经诗话》之类，如果他都没看过此前的西游

故事作品，他怎么能够萌发进一步创作的冲动？这正如只有父与母的结合，才会诞生孩子。而诞生了孩子，就意味着必然有父母的结合。

因袭的发生就是如此。存在一个逻辑前提：只有看过一些相关作品的人，才能进一步来创作下一代作品。所谓的"作品间的相似"，就是生物学上说的"家族相似"。而"家族相似"与基因的遗传有着直接且一一对应的关系。这样就很容易发生笔者所提出的"相似即因袭"。看到相似的存在，就要高度注意：有因袭的极大可能。而笔者的实践表明，看到了作品间的相似，只要是真"相似"，然后进一步去查找其他材料，尤其是关于作家生平的材料，往往就会有材料上的发现。发现该作家仔细阅读过某作品或者评价过某作品。

总之，笔者提出"相似即因袭"，并非单纯来自逻辑推理。而是笔者文学研究实践经验的总结。通俗来说，一当发现甲作家作品与乙作家作品存在某种相似，只要我们去找外围材料，十有八九就会发现甲作家作品与乙作家作品的直接的联系。这种"联系"笔者称为"因袭的标志物"，因为这种"联系"往往以无可辩驳的方式证明了因袭的存在。

正是基于这种实践过程中屡试不爽的发现，笔者提出了"相似即因袭"的假说。笔者相信其他的研究者在由"作品间的相似"到查找"因袭的标志物"，也会确信这一假说的成立。当然，偶然会有一些反例，但反例的存在，不能够推翻"相似即因袭"观点大概率的成立。

第二节　文学基因与因袭现象之产生

正如生物的绝大部分性状，如人的身高、器官状况、深层的骨架结构、外表的皮肤头发眼睛的颜色以及部分疾病，都有相应的基因逐一进行控制。所谓破译"人类基因组计划"，就是调查清楚这些控制人类性状的基因的数量、状况。经过几十年的研究，当前一般认为与人类性状相关的重要的控制基因，大约有2万个。对这2万个基因的任何一个进行"生物学改写"，则人的性状就会发生看得到的变化。例如改变一个基因，人的头发颜色就可以由黑色变成红色。改变若干个基因，白人就可以变成黑人。

文学作品的诸多性状，也都有相应的基因一一对应。所以文学因袭最终体现为对一个一个控制文学性状的成千上万的文学基因的因袭。而重要的文学基因，其数量应在几万个上下。在小说领域，这种文学基因有时体现为"母题"（情节单元），有时又体现为"人物形象类型"。在诗歌散文领域，这种文学基因有时体现为"文字的排列"，有时又体现为"意义意境"。

文学文本的表层性状，最终就体现为这几万个文学基因的不同的排列组合方式。也正是因为因袭现象最终体现为对成千上万个文学基因的因袭，则对因袭现象产生的原因、分类的研究，也就有了理论基础。

一、因袭现象产生的原因

文学作品中的这种因袭现象是怎么产生的呢？对此可作简要分析。文学创作是一种复杂的技艺，它并不是生而知之，不学就会的。任何成名作家、诗人之所以能写出高水平作品，显然都是经过了几十年的长期学习与练习。这种长期的文学训练包括阅读实践、写作实践等几个方面。大多数文人、作家都是从十几岁就开始有了对文学的明确兴趣，他们的文学训练也就随之展开。开始时主要是阅读实践。查一些回忆文章，作家诗人们常会谈及自己少年时候的阅读实践以及由此产生的深刻阅读体验。大多数阅读实践的回忆都是讲他们如何向别人借书，如何刻苦读书。这种比较常见。如明代宋濂谈及自己少年抄书的经历："余幼时即嗜学。家贫，无从致书以观，每假借于藏书之家，手自笔录，计日以还。天大寒，砚冰坚，手指不可屈伸，弗之怠。录毕，走送之，不敢稍逾约。"再如清人袁枚说自己少时借书不到，形诸梦寐："余幼好书，家贫难致。有张氏藏书甚富。往借，不与，归而形诸梦。其切如是。故有所览辄省记。"

谈自己阅读体验的文章也有很多。这些阅读体验常常在作家幼小的心灵中留下刻骨铭心的印记，有时甚至近于宗教神秘体验，说得玄乎其玄。有此种阅读体验的作家，很容易就会发生不自觉的文学因袭。鲁迅在《阿长与〈山海经〉》中谈到他的一次童年经历，他当时想看画着各种怪物的插图本《山海经》，但附近没有卖，被弄得寝食不安，后来他家的女佣阿长跑到老远给他买了一本，鲁迅回忆当他接到那本书，"我似乎遇着了一个霹雳，全体都震悚起来"❶。

又如欧阳修对韩愈散文多有因袭，继承了韩愈古文运动的诸多方面。这与欧阳修少年时对韩愈作品的阅读体验密切相关。欧阳修在《书旧本韩文后》曾说："州南有大姓李氏者，其子尧辅颇好学，予为儿童时多游其家。见有弊筐贮故书在壁间，发而视之，得唐《昌黎先生文集》六卷，脱落颠倒无次序。因乞李氏以归，读之，见其言深厚而雄博。"足见欧阳修自少年起即熟读韩文，则欧阳修对韩愈散文、诗歌的因袭，便有理路可寻。在宋代就有人提出欧阳修对韩愈诗文有"公取""窃取"之分，这说的便是欧阳修对韩愈诗文的大量选择因袭。

文人在从事较成熟的写作之前都阅读了大量的前代文学作品，其中必有某个或某几个作家作品对其影响是至大至深的。这就导致文学史上存在大量的因袭。由此可区分出，文学史上因袭现象产生的四大来源：

---

❶ 鲁迅. 鲁迅全集（第六册）［M］. 北京：人民文学出版社，2001：232.

（1）熟读前人作品自觉不自觉化用前人作品，即内隐记忆导致的因袭。

经过了十几年的阅读实践以后，在作家的脑海中储藏了大量前人文学创作的句法和章法。在他们开始自己从事写作实践的时候，这些已有的句法和章法会通过各种途径有意识、无意识地表现出来。有时作者自己都不知道，他以为是自己独创的东西，其实是因袭了他从前阅读过的前人作品。很多无意识的因袭现象都是由于这个原因。古典诗歌中不自觉化用前人作品的诗例很多，亦是因为这个原因。这就涉及内隐记忆导致的文学因袭，此问题会在第六章的"内隐记忆与诗词中选择因袭的形成"中详细讨论。

（2）由于对某作家作品特别崇拜而有意识地因袭借鉴其手法。

文学史上常见的一种有意识的因袭现象是作者对某作家作品、某表现手法特别欣赏，他试图在自己的作品中对之进行模仿。这种模仿有时能出新，有时不免落入俗套。此一点接近于比较文学理论中的"影响研究"。

譬如清初号称"岭南三大家"之首的屈大均非常崇拜李白，他对李白的崇拜简直到了痴迷的程度，"仆平生好嗜太白，以太白为师，薰以水沉之香，浣以荼蘼之露，而后取开卷帙。三十年来，非太白不存乎耳目，非太白不留于心思，见于羹墙，形诸梦寐。故所为诗，多有似太白。"❶ 在这种近于痴狂的崇拜下，屈大均诗中有很多元素因袭自李白作品这是不用怀疑的，而且从屈大均本人的言论来看，他是以此为荣的。

（3）作者慧眼发现前人作品中可资利用的材料从而点铁成金。

"点铁成金"是黄庭坚借鉴道教炼丹术语提出的诗论术语，在古代文论中运用很广。黄庭坚的"点铁成金"论是在大量文学史实例的基础上总结出来的。有很多的作品或诗歌或小说，作者慧眼发现前人作品中的一个不为人注意的亮点，而妙手改移到自己作品中。经过这种移花接木式的改造后果然点铁成金。这种类型的因袭实际上是夹杂着独创性的。

（4）作者水平有限只能因袭前人。

当然因袭现象产生的最经常的原因恐怕是作者本人水平有限，思维力创造力不够，不能够自出心裁独立创造出新的文学元素。只能够去因袭借鉴前人的作品，否则他们的作品必将残破不堪。在文学史上我们能看到很多这样的由于作者自身文学水平有限，而赤裸裸地去因袭前人作品的实例。

要之，作家长期的阅读实践必然对他的写作实践产生深刻影响。所以因袭现象的发生实际上是一种常态。文学史上之所以没有出现完全因袭复制的死气沉沉现象，是由于一方面完全因袭复制就会被淘汰掉，没有资格上文学史。另一方面也是由于每一个作家的生活时代，生活经历会有很大差别，想要没有变异地完全

---

❶ 董就雄. 李白对屈大均诗论及诗风的影响［M］//中国李白研究会，马鞍山李白研究所. 中国李白研究（2005集）. 合肥：黄山书社，2005.

因袭复制前人也不大可能。

二、文学基因的分类

文学基因作为一个概念，还是过于笼统，可基于文学文本的结构分析，对基因进行分类。考虑到诗歌与小说戏曲的种种差异，统而言之，文学文本是由有明显差异的四部分构成的，包括字句层、结构层、意义意境层和意象人物层。在相应部分上的因袭必然就形成因袭本身的不同。则文学基因也可以分为字句层、结构层、意义意境层和意象人物层共四个大的类别。

从结构来看文学可以分为四个不同层次。最低是字句层，指的是构成文学的那一个一个的字词句。比字句层高一个层级的是结构层，就是形成文学骨架的那些结构，包括句法结构、章法结构、叙事结构。

最高级的是意义意境层，意义意境总是文字在映射进人脑以后才能转换出来的，所以同一段文字的意义，体现的意境，总是会因时代、种族、个人等因素而不同。故而由于意义意境的不稳定，谈文学的含义总是有出错的可能，但由于意义意境是文学的根本内容，我们不能不予以讨论，只是需要备加小心。不陷入一种主观武断的分析。

在这三个层次之外还有一个关涉字句、结构、意义意境这三者的意象人物层，即诗歌中的意象，小说戏曲中的人物与人物形象。意象人物总是在文学中处于核心地位，是字句、结构、意义意境得以展开的关键连接点，所以关于文学结构的分类要给意象人物层保留一个地位。

所有的文学因袭都最终体现为对文学基因的因袭。而正如生物的绝大部分性状，如人的身高、器官状况、疾病等，都有相应的基因逐一进行控制。文学作品的诸多的性状，也都有相应的基因一一对应。文学作品的字句层、结构层、意义意境层和意象人物层，都有相应的基因进行一对一的控制。比如文本结构层的基因控制，这正如人体的骨骼结构、骨架结构，为什么人有四肢百骸？根源是有若干种人体基因在控制人的骨骼架构。文本结构层的表层性状，最终都是由若干种基因控制的。意象人物层也最终体现为若干种基因的控制。

由此可以说，文学基因可以分成四大类，即字句层文学基因、结构层文学基因、意义意境层文学基因和意象人物层文学基因。文学领域的几万个活跃的文学基因，都可以大体归入这四个基因类别。文学文本的表层性状，最终就体现为这四个类别几万个文学基因的不同的排列组合方式。比如诗歌中意象的组合，实质便是文学基因的组合。

由于基因的排列组合方式的问题，在文学基因的因袭过程中，这四个类别基因的因袭很多时候是混杂在一起的，有时因袭字句层的文学基因，也顺带因袭了

意义意境层的文学基因。有时候因袭意象人物层的文学基因，本身也就是因袭字句层的基因。比如杜甫的著名作品《饮中八仙歌》其中一句："苏晋长斋绣佛前，醉中往往爱逃禅。"后来清初戏剧家李玉在《一捧雪》第十六出"讦发"中曾把这层意义化为唱词："杯休斟浅，论逃禅无过酒颠。"❶ 李玉的因袭当然不只是意义层，他在字句层因袭了"逃禅"二字，这样一来也就把一层意义连带因袭过来了。可见在因袭的过程中，诸多层面的基因容易混杂在一起。

不过很多时候对于这四个类别文学基因的因袭，其不同还是比较明显的，可分别来论述。

（1）字句层的文学基因与因袭。

无论是诗词散文创作还是小说戏曲创作，字句层的因袭总是既多且明显。可以说每一个作者都会有他极为欣赏的属于前辈作者的用字用句，而把这些字句用在自己作品里也是人之常情。这样的例子有成千上万，这里仅举屈原作品的例子。屈原《九歌·湘夫人》有一句："袅袅兮秋风，洞庭波兮木叶下。"后来由于屈原作品的经典性，该诗句被广泛因袭。南朝诗人谢庄《歌白帝》："木叶初下，洞庭始扬波。"陆厥《临江王节士歌》："木叶下，江连波。秋月照浦云歇山。"北朝诗人王褒《渡河北》："秋风吹木叶，还似洞庭波。"李白《临江王节士歌》："洞庭白波木叶稀。"刘长卿《晚次湖口有怀》："木叶辞洞庭，纷纷落无数。"戴叔伦《别张员外》："木叶纷纷湘水滨。"再如《文镜秘府论》提到的诗句："夜闻木叶落，疑是洞庭秋"。这一类的诗例有几十个。

这些诗句显然都是因袭了屈原的句子，在这些句子中"洞庭""木叶"两个本来不相干的名词，总是如影随形同时出现的。林庚先生《说"木叶"》一文❷，早已注意到这一现象。但他认为"木叶"比"树叶"更适合作为诗的语言。这有可商榷之处。从文学进化中的因袭角度来说，木叶之所以比树叶常用，并非先验的哪个更好，而是因为后起的作者因袭了屈原的字句，把"洞庭"与"木叶"作为一个整体进行了因袭。他们的因袭，作为一种文学传统，又反过来对更多人产生更大影响。陈陈相因，这就必然会导致"木叶"比"树叶"更常用。

要注意的是，"木叶"仅仅是在与"洞庭"连用时，会呈现独特意义指向。在其他情况下，则"树叶"往往比"木叶"更利于文学表达。查考文学史，亦有大量诗人用"树叶"二字。如庾信《报赵王赐酒》："野炉然树叶，山杯捧竹根。"卢纶《同李益伤秋》："岁去人头白，秋来树叶黄。"白居易《前庭凉夜》："坐愁树叶落，中庭明月多"。则可以说，因文学因袭的缘故，"木叶"往往需要用于与"洞庭"相连，而"树叶"则可以更随意更广泛地使用。

---

❶ 李玉. 李玉戏曲集［M］. 陈古虞，等点校. 上海：上海古籍出版社，2004：55.

❷ 林庚. 说"木叶"［J］. 文史知识，1982（3）.

字句层的基本的文学基因有多少种？这是个问题。在上面的例子中"木叶"与"洞庭"相连，就可以说构成了一种字句层的文学基因的"组合"。以此类推，这一类的文学基因最基础的应有上万种。再加上这上万种之间的不同的排列组合方式，则总数量更多，可以形成不计其数的"基因组合"，或曰基因片段。

（2）结构层的文学基因与因袭。

结构总是一个文学作品的骨架，所以对结构的因袭也是很常见的。结构层可以细分，最低级别的是所谓句法结构，就是一个诗句的自身结构。对句法结构的因袭在古代诗词散文创作中是很常见的。例如初唐王勃名声很大号称"才子"，主要依靠的是他的骈文名作《滕王阁序》，这篇作品中流传最广的句子是"落霞与孤鹜齐飞，秋水共长天一色"。但从该语句的句法结构来看，显然是因袭了庾信《马射赋》中的"落花与芝盖齐飞，杨柳共春旗一色"。

结构层中更高一级的是章法结构，一段文章总是有其起承转合的写作顺序，而那些经典作品中的章法总会被后来的作者因袭。比如晚清小说《官场现形记》对《儒林外史》线性结构的因袭。鲁迅先生曾分析《官场现形记》说该书："头绪既繁，脚色复夥，其记事遂率与一人俱起，亦即与其人俱讫，若断若续，与《儒林外史》略同。"❶ 这种"略同"当然是有意识因袭的结果。《官场现形记》有意识地因袭了《儒林外史》这种以人物行踪为线索，由短篇连缀成长篇的叙事结构。这种结构与主流的章回体小说的结构极大不同，属于《儒林外史》作者吴敬梓的独创，而《官场现形记》则是从结构上对之的因袭。

结构层的因袭，最终也体现为对文学基因的因袭。因为文本结构层的内容，通常也是由若干种文学基因控制的。所谓"因袭"，正是对这若干种控制表层结构的文学基因的深层因袭。而结构层基因的数量是相对较少的。比如在长篇小说领域，《三国演义》的结构是一种基因，《红楼梦》的结构是一种基因，《儒林外史》的结构是一种基因。《儒林外史》的结构是一种松散的串行结构，而《红楼梦》的结构是一种严密的网状结构。而《水浒传》的结构是串行结构与网状结构的整合。

再如小说的叙事问题，亦存在多种基因。话本小说"列位看官"的"说书人叙事模式"是一种结构层基因。西方现代小说的"全知叙事"亦是一种结构层基因。莫言小说《檀香刑》采用的"以人物为视角，各叙事一章"的叙事结构亦是一种结构层基因，这种基因是直接因袭自美国作家福克纳的小说《喧哗与骚动》。20世纪80年代以来，中国先锋小说中流行的"傻子叙事"，也是一种基因。这种基因一部分来自鲁迅《狂人日记》，另一部分亦有西方作品的影响，如福克纳《喧哗与骚动》的影响。

---

❶ 鲁迅. 中国小说史略［M］. 上海：上海古籍出版社，1998：206.

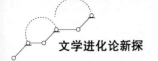

再如散文的结构，西方散文盛行一种"叉形结构"，就是先总论，然后分一二三点，一二三点中可以再细分一二三点，最后再总结。而中国传统散文则盛行元人范梈等提出的"起承转合"结构。这些不同的散文结构，每一种都可以被视为一种文学基因。

（3）意义意境层的文学基因与因袭。

意义意境是文学的根本内容。意义的特点在于它的不稳定性，一段文字略改动几个字其意义就会走样，而且就算是同一段文字它的意义可能也会因人而异。在意义的基础上，会形成意境。逻辑上说，"意义"与"意境"是紧密相连的，故可归入一类。

意义意境层的因袭在诗词创作中使用非常广泛，虽然很多时候，仅凭意义或意境的相似我们很难确定两个作品之间的因袭关系。黄庭坚著名的"换骨法"的诗学观点就是着眼于意义层的因袭，强调"不易其意而造其语"，就是说意义意境不变，而换用别的字句来实现相同的意境。黄庭坚是把意义意境比喻为人的外表，而把字句比喻为人的骨骼，把字句也即骨骼换掉但是人的外表也即作品的意义意境不变。

意义意境层的文学基因其数量应在几千个。从意境层的基因来说，西方悲剧理论中的"悲壮""崇高"，清人姚鼐分析文学风格时说的"阳刚""阴柔"，王国维说的"优美""壮美"，现代人总结宋词意境说的"豪放""婉约"等，归根结底都属于文学基因的范畴。再以诗歌的意境来说，古人已认识到诗歌的意境数量是有限的。比如《二十四诗品》便提出了古代诗歌中存在雄浑、冲淡、高古、典雅、劲健、绮丽、自然、含蓄、豪放、清奇、悲慨、飘逸、旷达等二十四种境界。这每一品，实则都可以视为一种意义意境层的文学基因。再补充几十种、上百种不在二十四诗品中的意境类型，则古人的诗歌意境就基本被穷尽了。古代几十万首诗的那林林总总的意境，最终就体现为对这成百上千种意境层文学基因的因袭。

（4）意象人物层的文学基因与因袭。

"意象"一词较早见于《文心雕龙》，古人多有论述。但近现代关于"意象"之美学含义的使用，主要来自美国诗人、学者庞德对中国诗（主要是盛唐风格的诗）主要特点的归纳。应该说庞德对中国诗史的认识是不全面的，但是他的"意象"（Image）的提法还是广泛地流传开来，后来成为了文学批评的一个重要术语。对诗词来说，意象显然是很关键的。而人物形象对小说戏曲同样也是关键的，故而有必要专门提炼出意象人物层。意象人物总是在文学中处于核心地位，是字句、结构、意义得以展开的关键联接点。

文学因袭很多时候就是以意象人物层为中心的。因袭意象人物的例子，在文学进化中非常多。除去对人物形象进行整体因袭的作品，在选择因袭中着重因袭人物形象的亦有不少。譬如《三国演义》中张飞的形象，《水浒传》中李逵的形象，《隋唐演义》中程咬金的形象，《说岳全传》中牛皋的形象，四者非常相似。这种相似即是由互相之间的因袭导致的。如《说岳全传》以《水浒传》续书自居，在创作上很多地方都以《水浒传》为范本❶，书中很多人物都为《水浒传》人物的后代，呼延庆为呼延灼后代，阮良为阮小二后代。由于《说岳全传》的作者钱彩注重学习《水浒传》的技巧，则书中牛皋形象因袭《水浒传》中的李逵，也就不奇怪了。

对人物形象的因袭在古代文学中相当多。而在现当代文学中，亦常有发生。例如延安时期著名作品《白毛女》是因袭了"华山毛女"的古老传说。该传说为一个道教修炼故事，其版本有多种，大概是秦时宫女逃到深山中服食松子最后浑身长毛羽化登仙。❷她的一身长毛是成仙的标志。由于是道教成仙故事，毛女在古代流传很广，很多对道教有了解的文人都谈到过，甚至连《金瓶梅》中都谈到。到延安新戏剧运动时期，就对这一传说进行了改编，据说改编过程中几换编剧人员，最后在贺敬之手中才变成我们现在见到的模样：神仙故事的色彩被删除，着重宣传的是革命时代的故事。

《白毛女》能够引起巨大反响，很重要一点是与喜儿的一头白发有关。一位少女而居然是一头白发，给人的印象是极其深刻的。所以《白毛女》对"华山毛女"传说的因袭一方面是在字句层因袭了"毛女"二字，更重要的是因袭了毛女的形象，尤其是毛女的"一头白发"的意象。当然，在因袭过程中改变了白发的意义指向，毛女传说中的白发是成仙的标志，而戏剧中醒目的白发则象征了地主对农民的压迫，是无声的哭泣。

意象人物层的基因数量有多少呢？应该有几千个。如诗歌中的"剑意象""酒意象""柳意象""月意象""女性意象""花意象""愁意象""雨意象"等。再如小说中的人物形象的基因，古希腊古罗马戏剧中的"吹牛的士兵"，俄国文学中的"多余人"，或者西方文学中的"骑士形象""商人形象"，西方文学尤其是西方影视文学中的"科学怪人"形象。再如中国文学中的"侠客"，中国文学中的"婢女"，中国文学中的"文人"，中国文学中的"皇帝"，中国文学中的"僧人""道士"等。这些基本的人物类型，往往还可以再细分，细分为更基础的文学基因。

总之，关于这几万个文学基因，需要更详尽的案例研究。西方文学理论界的"母题研究"，很多内容其实就属于对文学基因的分类研究。相关的研究成果，可供参考。

---

❶ 齐裕焜. 中国古代小说演变史［M］. 北京：人民文学出版社，2015：264.
❷ 李剑国. 论毛女［M］//李剑国. 古稗斗筲录——李先生自选集. 天津：南开大学出版社，2004.

三、从因袭看写作的两种类型

从以上分析来看，因袭之所以产生，就在于作者接受了前人作品的影响，但又无力破除。这就启示我们，写作作为一种技艺存在两种类型。

一种是作者直接观察感受外部世界，写成作品时不借助前人已有的程式、结构、章法。另一种是作者在创作时热衷于使用前人已有的程式、结构、章法。这两种只是理论上说，在实际中一定是互相掺杂的。不可能有作家不借用前人已有的程式、结构、章法，也不可能有作家完全不观察感受外部世界。

从独创与因袭的角度来讲，不管是哪种情况，都可以使作品具有独创性，如果使用不好也都有可能使作品变得因袭。对于热衷于使用前人已有的程式、结构、章法的作者，如果是别出心裁，也可以使作品出新。而习惯于直接观察感受外部世界的作者，如果他的思想不锐利，那他思考后得到的结果还是会同别人大同小异。

正是由于写作存在这两种类型，所以当我们面对一篇作品时，就有必要区分作品中到底哪些东西是作者自己亲身观察体验思考的结果，哪些东西是作者从前人作品中略加变化而来的。当然，要作这种区分是困难的，因为我们对作家往往了解得太少。但那些从前人作品中因袭来的东西，只要我们熟悉文学史、思想史还是比较容易辨别的。

比如中国文学中的胡僧。胡僧指的是今中亚、印度等地来华的僧人。佛教自两汉之际传入中国，就一直有胡僧来华，他们或是来中国传法，或来中国译经，或者来中国云游修行。这个过程从魏晋南北朝越来越盛，一直到唐代达到高潮，至宋代因印度佛教的衰落而趋于停止。所以在南宋之前，作家目睹、听闻胡僧的事迹是比较多的，这期间关于胡僧的作品很多都是作家切身体验的结果。如岑参《太白胡僧歌》，在诗前小序中，岑参介绍了这个在太白山中修行的胡僧：

> 太白中峰绝顶，有胡僧，不知几百岁。眉长数寸，身不制缯帛，衣以草叶，恒持《楞伽经》。云壁迥绝，人迹罕到。尝东峰有斗虎，弱者将死，僧杖而解之。西湫有毒龙，久而为患，僧器而贮之。商山赵叟，前年采茯苓，深入太白，偶值此僧。访我而说，予恒有独往之意，闻而悦之，乃为歌曰。❶

正是由于胡僧就是作家切身体验的结果，所以这种作品的现实感是很强的。唐传奇中很多作品谈到的胡僧，大多也都是作家切实体验的结果。而在南宋后，很少有胡僧出现在中国。这也使得南宋以后关于胡僧的作品有很多是对前代作品

---

❶ 岑参. 岑参集校注 [M]. 陈铁民，侯忠义，校注. 上海：上海古籍出版社，1981：167.

中胡僧书写的一种因袭。比如《金瓶梅》中谈到两个胡僧。一个是给西门庆"胡僧药"的胡僧，是"西域天竺国密松林齐腰峰寒庭寺下来的胡僧"，"生的豹头凹眼，色若紫肝"❶；另一个是来自西印度的胡僧道坚，他"因慕中国清华，打从流沙河、星宿海走了八九个年头，才到中华区处"，在永福寺修行，并做了住持。应该说《金瓶梅》中这两个胡僧都是对前代文学作品或是史书中胡僧形象略加变化的结果，并不是作者直接观察的产物。那么兰陵笑笑生是从哪部作品里面受到启发的呢？很可能是宋元旧本《大宋宣和遗事》，其中写宋徽宗在道士林灵素的教唆下准备要改佛为道：

> 徽宗依奏施行。有皇太子上殿争之，命胡僧一立藏十二人，并五台僧二人道坚等，与灵素漾法。僧不能胜，情愿顶冠执简。太子乞赎僧罪。圣旨："胡僧倪放，道坚乃中国人，送开封府刺面决配于开宝寺前合众。"❷

这里提到了胡僧，也提到道坚，但这里的道坚是五台山的和尚，是中国人。而到《金瓶梅》中，笑笑生把道坚改为从天竺来的和尚，增加了整部作品的异域情调。

确认了写作的两种类型，我们就可以对独创与因袭作更深入的剖析。一个作家作品的独创之处往往是来自作家独特的观察与思考，或是对前人程式的出新。而一个作家作品的因袭之处主要是由于作家自己独特的观察思考不多，不足以突破前代作品的程式、结构、章法，只能将前人已有的东西，略加变化地继承下来。

第三节　独创与因袭的分类

文学进化中的独创与因袭，同生物进化中的变异与遗传都是它们各自领域进化发生的基础，因此它们的同与异就决定了文学进化与生物进化的同与异。所以有必要仔细比较独创与因袭同变异与遗传的种种同与异，进而对其进行细致的分类研究。

要注意的是，生物学中的变异与遗传是独立于人工选择与自然选择的，也即先有变异与遗传，后有人工选择与自然选择。而文学进化中的独创与因袭，本质上是一种人工选择，但这种人工选择最终要接受自然选择的再选择。

❶ 王汝梅，校. 新刻绣像批评金瓶梅 [M]. 济南：齐鲁书社，1997：1228.
❷ 佚名. 大宋宣和遗事 [M]. 南京：江苏古籍出版社，1993：27.

一、因袭的第一种分类

在生物进化中，遗传是必然发生的，但生物遗传多发生在一个下一代生物个体同两个上一代生物个体之间。这个被遗传的个体从两个上一代个体中遗传了比例大致相当的不同生物性状。因此由同一条进化线路进化而来的生物物种，是有明显的家族相似的。所以生物进化史是比较规整的，形成的整个进化序列也是比较规整的。

而在文学进化中，因袭虽然也是必然发生的，但文学进化中的因袭可以在一个文本个体同一个或多个文本个体间发生。主要因袭一个文本个体，与平均因袭多个文本个体所导致的文学进化是有很大的不同的，前者会出现比较明显的家族相似，但后者的家族相似就相对模糊。

（一）主要因袭一个文本个体

文学史上常常会出现一个后辈作家声称只学一个前辈作家或几个风格类似的前辈作家的情况，这样前辈作家就对后辈作家形成了比较明显的笼罩，二者之间会有比较明显的相似。如黄庭坚就指明要学杜甫，又如《青楼梦》指明要学习《红楼梦》。

（二）平均因袭多个文本个体

在文学进化中，因袭的发生绝大多数是一个作品平均因袭多个作品，就算是声称只因袭一个文本个体的情况下，实际上也是因袭了多个文本个体，只不过其中一个被因袭的比例很大，处于主导地位。比如《红楼梦》主要是因袭了《金瓶梅》，但它与《金瓶梅》不同的雅的意蕴却是从它之前的才子佳人小说中因袭来的，所以我们不能下结论说，《红楼梦》绝对只因袭了《金瓶梅》。

因此可以认为，一个文本个体因袭多个文本个体的情况基本上就是文学进化中的常态。譬如《金瓶梅》就特别善于因袭不同的文本，在《金瓶梅》研究中有不少学者曾着力讨论《金瓶梅》中的材料是从那本书上抄来的。又譬如《封神演义》也非常善于因袭多个文本个体，至少因袭了《武王伐纣平话》《乐毅图齐平话》《三国演义》《水浒传》《西游记》等书中的情节。

对于因袭多个文本个体这一点，杜甫曾作过明白的理论阐发。他在《戏为六绝句》中说："未及前贤更勿疑，递相祖述复先谁。别裁伪体亲风雅，转益多师是汝师。"诗中杜甫先发问我们应该学习谁的作品，然后说各个作家作品都应该学习。正是有了这种博采百家之长的理论自觉，杜甫才能够"不薄今人爱古人"，他在诗中赞美过学习过的诗人几乎涵盖了他之前的整个中国诗歌史。

由此可知，文学进化中的因袭并不是上下两代之间的单纯的因袭，文学进化中的因袭是跨代的、跨个体的，也就是说一个文本个体有可能因袭它之前的任何时代，任意数量的文本个体。这就决定了文学进化史常常会显得很杂乱，似乎没有规律。文学进化形成的进化序列也不会是线性的，而是杂乱的。对于这种由跨代跨个体的交叉因袭导致的文学进化序列，我们无从提供一个便于理解的模型，所以只能称它为"杂乱的"，但实际上它显然不是完全杂乱的。简单地说在跨代因袭的时候，由于文学的淘汰规律，我们能见到的前代作品必然都是一些经典，所以这种跨代因袭必然是以那些文学经典为中心据点的，也即文学经典的基因更容易被后起的作家因袭。由此文学进化应是有头绪可理的。

比如钟嵘《诗品》共评论了自汉魏至齐梁的122位诗人。到现代，这122人中还有较多作品存世的只有三曹、阮籍、嵇康、陶渊明、陆机、谢灵运、沈约、谢朓等十几家。那么魏晋南北朝诗歌影响后世主要是靠这十几个诗人（其他诗人作品的亡佚时间有先后，可能其中有人在后世有过影响）。从文学进化论的观点来看，后世诗人因袭的主要是陶渊明、"三曹"、谢灵运等少数几个。

据此可以推断：在文学进化史上只有那些经典文本才是控制文学进化方向的主要力量。其他二三流作品只能对文学进化史起到短暂的影响作用，虽然这种短暂的影响也是很可观的。

二、因袭的第二种分类：选择因袭与整体因袭

以上是关于文学进化中的因袭的一种分类，这种分类的标准是所因袭的文本个数。而分类的标准总是多样的，对同一个事物的分类也可以从不同的角度，从不同的分类角度得到的分类效果是不一样的。由于"因袭"这个概念是文学进化论的核心概念，所以有必要从多个角度对因袭进行全面的研究，这样才能完整展示其内涵。这里笔者提出关于因袭的另一种重要分类。

文学进化中的因袭从其内容、方式、性质、比例等方面来说大体上可以分为两种：选择因袭与整体因袭。这两种因袭方式，在文学演化中都是明显存在，且各自都起到重要作用的。二者之间的区别亦是极其明显的，在笔者对文学进化论的漫长研究中，最开始便注意到这二者的重要区别。此种关于选择因袭、整体因袭的二分法，在2007年提出时，其实只是笔者基于个人文学研究经验的一种经验分类，并无生物学理论上的依据。然而事实证明，这种区分抓到了问题的实质，是非常重要、非常根本，必不可少的一种基本分类。尤其是"选择因袭"的概念，明显可以对应于近年来广受关注的"转基因技术"。由此，"选择因袭"的概念，也就有了深刻的生物学理论基础。

整体因袭是在一个故事、事件的范围内，后代作品以前代作品为基础，整体

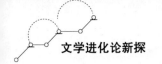

上因袭前代作品。后代作品相对于前代作品，在情节内容上大体保持稳定，变化的是叙述方式、作品规模、细节的描述以及作品的意义指向。整体因袭在文学演化中是非常多见的，是小说戏曲的基本进化方式。整体因袭直接导致了垂直进化的发生。

选择因袭则是后代作品与前代作品写的不是同一个故事、事件，后代作品只是有选择地吸收、套用了前代作品中某个或某些意象、情节、手法、技巧，以充实到自己的作品中，使自己作品得到优化。选择因袭是文学演化中的常态，每一部作品都要发生大量的选择因袭。选择因袭对应于生物学中的转基因技术。不同之处在于，转基因问题在自然进化中基本不发生，而选择因袭则是文学进化的基本方式。在第六章中我们将详细讨论选择因袭的问题。

从所因袭的基因数量角度来看，选择因袭与整体因袭是有重大差别的。选择因袭只是选择性的因袭了一段文本中的一个或少数几个基因。而整体因袭则是对一段文本中绝大部分基因进行了整体的因袭。

三、独创的分类

变异是遗传学中的一个重要问题。当达尔文在构建他的生物进化论时他很注重探讨变异问题，达尔文在 1868 年出版的专著《动植物在家养下的变异》就详细地研究了变异问题。实际上变异问题一直困扰了达尔文一生。在《物种起源》中，达尔文认为存在大量变异，所谓自然选择也正是针对这些必然发生的大量变异而言的。但达尔文其实是把变异作为"黑匣子"来处理的，因为变异的本质及机理还一点都不清楚。到 20 世纪随着遗传学与分子生物学的发展，生物学家们才认识到这样一种变异本质上是一种突变，从分子水平上说是来源于 DNA 分子复制时按照固定概率发生的复制错误。这样一种突变属于随机过程，无所谓好坏。

文学进化论中的独创与生物进化论中的变异大致对等。但是独创显然不是一个随机过程，独创实则是一种人工选择的结果。一个作家独创出某种文学元素显然是这个作家立足文学传统与社会现实深深思索的产物。

考虑到生物学上关于基因变异的研究，变异的来源包括基因重组、基因突变、染色体变异三方面。我们对文学进化过程中的"独创"亦可以进行类似的分类，将"独创"分为三类：重组性独创、开拓性独创、适应性独创。

（一）重组性独创

重组性独创仿照基因重组形成的重组型变异而来，大致是指后辈作家在前人框架下，通过独创将前人文学作品的文学基因重组、拆散、选择、对接、整合在一起，等于是较为有创新性地学习前人作品，属于痕迹较少的化用、套用，以使自己的作品变得更加精致、更加适宜。

如王维的山水诗是顺着谢灵运的山水诗而来的，王维的诗中吸取了大量前人诗歌的经验，王维的独创便是重组性独创，他将谢灵运的情景分离变成了情景交融，取得了更好的艺术效果。

再如曹雪芹《红楼梦》沿着由兰陵笑笑生《金瓶梅》创立的一男多女模式，去掉了《金瓶梅》中"欲"的成分，"俗"的成分，而注目于情，使得整部小说非常高雅，拥有一种诗化意境。这也是一种重组性独创。

（二）开拓性独创（突变性独创）

开拓性独创突亦可以称为突变性独创，是指作家在很少有前人影响的条件下，师心自用创造出全新的文学基因，打开了一条新的路径，被后来的作者广泛模仿。如《金瓶梅》中的一男多女模式，虽然一男多女的模式是中国几千年不变的婚姻形态，但真正将这一男多女聚集在一个屋檐下作为故事的骨架来展开故事，《金瓶梅》是头一部。《金瓶梅》的这种开拓性独创为后来的作者提供了全新思路。《金瓶梅》之后的很多小说都继承这种一男多女的模式将目光聚焦于家庭之内。

（三）适应性独创

适应性独创是指作者在文学作品中写的东西是对作者身处的社会现实、文化思潮、社会审美状况等的适应。如以王维、李白为代表的盛唐诗歌的气象与以李商隐为代表的晚唐诗歌的气象很不一样，前者清新流丽、昂扬奋发，后者内敛、深沉。这种显著的区别显然是不同时期唐朝国力盛衰的反映。这正如一场足球比赛后，胜利的一方神采飞扬，失败的一方垂头丧气。又如王维诗中的禅宗与白居易诗中的禅宗很不一样，这种区别是由于他们诗中体现的是禅宗不同阶段的思想。

概而言之，文学创作、文学代际传承的基本方式是独创与因袭，独创对应着生物进化论中的变异，因袭对应着生物进化论中的遗传。过去100年来生物学中体系庞大而严密的遗传学已经建立起来了，现在来看遗传学已经构成了生物学、生物进化论的坚实基础。这就提示我们，文学进化论中也应该建立一门因袭学。笔者以为，这门有很大发展空间的因袭学必将成为文学进化论，乃至众多文学研究的基础。

遗传与因袭虽然是大致对应的，但其不同之处也很明显。生物遗传很多时候是且仅是对应着一个父本和一个母本，而文学因袭却对应着多个不同时代出现的文本，这种区别必然导致文学进化的进化路线与生物进化的进化路线非常不同。因此生物遗传学对我们的启发也就仅此而已，我们必须另起炉灶来讨论文学进化中的因袭与独创。

文学进化中的选择因袭

将因袭分为选择因袭与整体因袭，这是基于笔者文学研究的实践经验，觉得应该这么区分。但其实笔者长期未能想明白，选择因袭对应于生物学中的什么东西。直到本书定稿前几个月，笔者才意识到，文学进化中的选择因袭，对应于生物学上的转基因技术。

转基因技术是什么？转基因技术是基因工程技术中的一种，可以"把来自任何一种生物的基因放置到与其毫无亲缘关系的寄主生物中"❶。应用转基因技术可以按照人类的意愿任意改变生物的遗传特性，甚至创造出自然界原本不存在的新的生物类型。举例来说，例如把西红柿的基因转入葡萄中，让葡萄的果实，像西红柿那么大。再如把控制甘蔗"甜"的基因转入苹果中，让苹果出奇得甜。甚至可以把动物的基因转入植物中，形成某种我们需要的性状。

这实际上就是选择性地把生物的"基因片段"进行重组，然后移植。类似于从《太平广记》中选择一个文学基因，移植入西游故事中。足见，"转基因技术"的概念，与我们"选择因袭"的概念，是完美对应的。

第一节　小说戏曲中的选择因袭

一、选择因袭概说

因袭可以分为选择因袭与整体因袭。整体因袭能概括古今中外的众多文学现象，但仍然有很多文学现象用整体因袭是无法解释的。而且到了现代社会，作者们都以借鉴、抄袭为耻，就算是有一些借鉴、抄袭，自己也不会承认。所以整体因袭对步入现代文学后的文学现象的概括力在减弱。但文学进化中的选择因袭依然广泛存在，依然在发生根本作用。

文学进化中的选择因袭是指后代作品与前代作品写的不是同一个故事、事

---

❶ 王亚馥，戴灼华. 遗传学 [M]. 北京：高等教育出版社，1999：538.

件、主题，后代作品只是有选择地吸收、套用、化用了前代作品中某个或某些意象、情节、手法、技巧或用字用句，以充实到自己作品中，使自己的作品得到优化。选择因袭是文学演化中频繁发生的现象，对应于生物学上的"转基因技术"。不同之处在于，转基因技术在自然条件下很难发生，而选择因袭却是文学进化的基础之一，选择因袭使得文学在事实上得以进化。

在自然状态下，生物进化中极少发生"转基因"现象。而文学进化中的选择因袭则频繁地发生，会造成文学进化中大量"跨物种"的基因遗传，也会造成文学进化中大量"跨代际"的基因遗传。这就会形成文学进化路线、面貌与生物进化路线、面貌的极大不同。具体来说，选择因袭可以因袭前代任何一个文学作品的任何一个基因片段。比如《红楼梦》书中的选择因袭，可以来自小说《金瓶梅》，可以来自其他小说，也可以来自《西厢记》等戏剧。还可以完全地跨越物种、跨越文学样式，从诗歌、散文中吸取有效的文学基因。《红楼梦》中的一些情节，如史湘云醉卧芍药裀、晴雯之死等，是从李贺诗歌、事迹中进行了选择因袭。

可见，由于选择因袭的跨物种、跨代际特征，选择因袭拥有了一个无限大的文学基因库。这也导致文学进化突破了生物进化的物种内部基因传递的根本特性（马只能传承马的基因，不能传承狼的基因），而进入一个更广阔的进化境地。从理论上说，任何一个前代作品的任何一个文学基因、基因片段，只要后代作家觉得好，都可以进行移植"转入"。

这一点从进化路线上来说，会形成文学进化的"中心节点"特征。就是说，文学史上的经典作品，其文学基因被后来作品传承的概率最大。即文学史上的经典作品，因其文学基因被广泛传播，则它们拥有了塑造整体文学面貌的能力。当然也会出现一种情况：某种文学基因后来传播非常广泛，形成巨大的影响。然而这种基因最初产生于哪部作品，却很难得知。

从根本上说，文学进化是一种"人工"的进化，有着"转基因技术"的广泛应用。而生物进化是一种"非人工"的进化，并无"转基因技术"导致的任意性状的进化。

关于选择因袭在文学创作活动中的作用，可结合《红楼梦》中的有关选择因袭，进行逐一解释。

第一，《红楼梦》情节非常多，其情节选择因袭的来源是多样化的。

《红楼梦》可以从《金瓶梅》中选择因袭，可以从《西游记》中选择因袭，也可以从明末清初的才子佳人小说中选择因袭。甚至有些文学基因来自一些我们想象不到的作品，比如"黛玉葬花"这个情节。在《红楼梦》的全部故事中，"黛玉葬花"是影响较大的。清代许多画作、戏曲作品都重点铺写了这个情节，因为这个情节有浓烈的诗化意境。但这个情节并非完全来自曹雪芹的独创，俞平

伯先生指出此情节借鉴了唐伯虎的事迹。❶《红楼梦》中林黛玉一共有两次葬花，第一次是第二十三回：

> 宝玉一回头，却是林黛玉来了，肩上担着花锄，锄上挂着花囊，手内拿着花帚……林黛玉道："撂在水里不好。你看这里的水干净，只一流出去，有人家的地方脏的臭的混倒，仍旧把花遭塌了。那畸角上我有一个花冢，如今把他扫了，装在这绢袋里，拿土埋上，日久不过随土化了，岂不干净。"

第二次是第二十七回，在祭饯花神之日，宝玉去找黛玉。到花冢处发现黛玉一边流泪，一遍吟诗，吟的是《葬花吟》。《红楼梦》中曾两次提到唐寅及其画作。恰巧唐寅有过葬花之举：

> 唐子畏居桃花庵，轩前庭半亩，多种牡丹花，开时邀文征仲、祝枝山赋诗浮白其下，弥朝浃夕。有时大叫恸哭，至花落，遣小仆一一细拾，盛以锦囊，葬于药栏东畔，作落花诗送之。(《六如居士外集》卷二)

所以很可能曹雪芹是从唐寅的事迹得到的灵感，而从《葬花吟》的某些句子来看是因袭了唐寅的作品，由此可以坐实这种可能性。

> 一年三百六十日，风刀霜剑严相逼，明媚鲜妍能几时，一朝飘泊难寻觅。(《葬花吟》)
> 一年三百六十日，春夏秋冬各九十。冬寒夏热最难为，寒则如刀热如炙。春三秋九号温和，天气温和风雨多。一年细算良辰少，况又难逢美景何。(唐伯虎《一年歌》)

此处，要注意"黛玉葬花"中林黛玉的造型："却是林黛玉来了，肩上担着花锄，锄上挂着花囊，手内拿着花帚"。一位美人担着锄头，的是意境非凡。后来昆曲中有"黛玉葬花"这一场，未采用此造型，仅黛玉一人对着花冢伤感而已，场面较冷清。到民国时期梅兰芳表演的《黛玉葬花》用的正是黛玉担着花锄的造型，取得了很好的演出效果。❷

但是这样一个造型似乎也不是曹雪芹原创的。在《西游记》第五十九回孙悟空去找铁扇公主要芭蕉扇，铁扇公主的女仆就是这样的造型：

> 呀的一声，洞门开了，里边走出一个毛儿女，手中提着花篮，肩上担着锄子，真个是一身蓝缕无妆饰，满面精神有道心。

❶ 俞平伯. 红楼梦辨 [M]. 上海：上海古籍出版社, 1998. 见该书的附录"唐六如与林黛玉"。
❷ 马铁汉. 梅兰芳与《黛玉葬花》[J]. 红楼梦学刊, 2004 (4).

毛儿女的造型和黛玉的造型很接近。前面提到过《红楼梦》受到了《西游记》一定的影响，这种影响主要体现在《红楼梦》的神话叙事。尤其是《红楼梦》中的石头意象，深受《西游记》中孕育孙悟空的石头的影响。所以很可能《红楼梦》黛玉担锄的造型是受到《西游记》的影响。

第二，《红楼梦》中的选择因袭经常都是跨物种、跨代际的。

《红楼梦》从《金瓶梅》《西游记》中选择因袭一些文学基因，是跨文学物种的，但这些再怎么都是在小说文学样式内部进行的基因传承。然而事实证明，《红楼梦》甚至可以从诗歌、散文当中吸取文学基因。

李贺有《题赵生壁》一诗："大妇然竹根，中妇春玉屑……曝背卧东亭，桃花满肌骨。"《红楼梦》中有"史湘云醉卧芍药裀"一个情节：

> 果见湘云卧于山石僻处一个石磴子上，业经香梦沈酣。四面芍药花飞了一身，满头脸衣襟上皆是红香散乱。手中的扇子在地下，也半被落花埋了，一群蜜蜂蝴蝶闹嚷嚷的围着。又用鲛帕包了一包芍药花瓣枕着。

红学家蔡义江等人就认为，这一情节来自李贺的诗。可见，诗歌里面的意境、场景，亦可以被毫无关联的小说作品所选择因袭。从《红楼梦》的案例来看，选择因袭的来源是极其广泛的。正是这一点造成了文学进化的"杂乱"特征。

总之，中外文学史上大量实例表明，文学作品中存在着大量的选择因袭。众多作家都会尝试通过选择因袭，吸取前人作品中他觉得成功的手法、技巧、意象等，充实到自己的作品中，以优化自己的作品。也正是因为几乎每一个作者都孜孜不倦地对前人作品进行选择因袭，所以文学进化就得以可能。文学进化史也就同生物进化史一样表现出明显的家族相似。

二、选择因袭的分类

选择因袭可以分为因袭他人与因袭自身，其中因袭他人又可以区分为主要因袭一个文本个体与平均因袭多个文本个体两种。对这几种情况可分别讨论。

第一，主要因袭一个文本个体。

以常理来推测，作者因袭他人必然是会因袭多个文本个体，不可能存在说绝对只因袭一个文本个体的情况。绝对只因袭一个文本个体的情况按照之前给出的定义就是整体因袭，例如从《武王伐纣平话》到《封神演义》。但是我们很容易就会发现，整体因袭虽然是以某一前人作品为基础，但同时还会从其他作品中吸取素材。例如发生了整体因袭的《封神演义》至少就大量因袭了《乐毅图齐平

话》《三国演义》《水浒传》《西游记》等书中的情节。

可见"主要因袭一个文本个体"的提法有不妥当之处，但是按照哲学上"一与多""主要与次要"的区分，适当采用"主要因袭一个文本个体"的提法还是有理论意义的。从文学进化的实际来说，确实有很多作家声称主要受到某一个前辈作者的影响，例如黄庭坚之于杜甫，屈大均之于李白。也许他们的声称只是一时一地的冲动，后来由于被记载下来就让人误以为他们的声称是绝对的。

有时候"说什么"是不能为准的，关键还要看"做什么"。文学史上确实有作者在不作声明，或者声明了未被记载下来的情况下，对前代某唯一一位作家作品极尽选择因袭之能事。

《红楼梦》因袭《金瓶梅》可以说就是属于主要因袭一个文本个体的情况，《红楼梦》对《金瓶梅》的很多的细微的情节都有很巧妙的套用，这一点前文已详细谈论过。可再举一例。"爬灰"这个词见于《金瓶梅》第三十三回，指称不正当的男女关系，可以肯定《红楼梦》第七回末尾焦大痛骂"爬灰的爬灰，养小叔子的养小叔子"是从《金瓶梅》得到的灵感。但与《金瓶梅》津津乐道不正当男女关系不同，曹雪芹的小说思想偏雅，也许就这么游戏笔墨的一写，后来由于种种原因，在《红楼梦》接受史上，"爬灰"问题引起读者的广泛关注与讨论，对于小说传播来说是再成功不过的了。这也从一个侧面表明，《红楼梦》因袭《金瓶梅》有青出于蓝的地方。

在西方文学史上有两部作品的因袭关系类似于《红楼梦》《金瓶梅》之间的因袭关系，这就是古罗马诗人维吉尔的《埃涅阿斯记》与古希腊的荷马史诗。《埃涅阿斯记》主要因袭荷马史诗，从结构上看《埃涅阿斯记》前半部写埃涅阿斯的海上历险模仿《奥德赛》，后半部写特洛伊人与拉丁姆人的战争模仿《伊利亚特》。❶ 在细节上《埃涅阿斯记》和荷马史诗都有快到目的地却被风吹远了、游地府、铁匠神应女神之请为主人公铸造甲胄、举行葬礼竞技等情节。维吉尔对荷马史诗的因袭是方方面面的。

第二，平均因袭多个文本个体。

平均因袭多个文本个体的情况是文学发展史的常态，一般来说后辈作家虽然常常会发表对单独某一个前辈作家特别崇拜的言论，但他们在自己的作品中往往还是会博采众家之长。尤其是那些有创新精神、叛逆精神的作者，他们不会说在一个伟大前辈的阴影下自甘庸碌。所以文学进化中的选择因袭常常体现为平均因袭多个文本个体，只有这样后辈作家才能把前人的优点融会在一起，才不会说让人一眼看过去就知道作者在抄袭某前人。也正是由于这样一种了无痕迹的选择因袭，很多的事实上是因袭了的东西，我们不一定看得出来。但不管怎么说有的选

---

❶ 维吉尔. 埃涅阿斯纪 [M]. 杨周翰，译. 南京：译林出版社，1999：16.

择因袭还是有痕迹可循的，只要我们对作家本人的人生经历、阅读情况比较清楚，有些似乎没有痕迹的选择因袭也会比较容易辨认。

譬如《封神演义》虽然有整体因袭的成分，但也有很多选择因袭的成分。作者对前人的因袭很多，而且作者的文学技巧也不是太高明，有些因袭我们一眼就能看出来。如黄飞虎叛商的情节就是模仿《三国演义》关羽"过五关斩六将"，连黄飞虎的外貌"五绺长髯，飘扬脑后，丹凤眼，卧蚕眉"❶都是因袭模仿关羽。土行孙与邓婵玉的女高男矮的搭配，这是模仿《水浒传》里王矮虎和扈三娘这对夫妇的搭配。又如书中最后开列封神的名单就是模仿《水浒传》一百单八将天罡地煞的排列。《封神演义》还从百回本《西游记》中因袭了不少东西，书中有十几首诗词就是直接从《西游记》中照抄过来的。❷

又譬如清代中后期成书的《镜花缘》，有论者指出该书与明清时期《金瓶梅》《西游记》《红楼梦》《儒林外史》等多部小说都有因袭关系。其中有些因袭还是非常明显的，如全书最后一页，写仙猿把载有百花仙子们身世的泣红亭碑记托给作者李汝珍让他编纂成书，这显然是模仿《红楼梦》第一回空空道人把《石头记》抄录出来，后"曹雪芹于悼红轩中披阅十载，增删五次，纂成目录，分出章回。"

《镜花缘》中最重要的因袭还是在对《山海经》中海外诸国的记载的因袭。从第八回到第四十回这一部分是全书最出彩的部分，写唐敖、林之洋、多九公游历海外诸国的奇妙历险。但是作者的整个框架，唐敖诸人游历的君子国、小人国、白民国、两面国、女人国、轩辕国等海外三十多个国家都是以《山海经》中对海外诸国的只言片语的记载为基础的。所以问题很有讽刺性，福建、广东等地的百姓下南洋到今天印尼、马来西亚等地去谋生已经有五六百年的历史了。但李汝珍写海外历险的时候，他只能依靠战国时期成书的《山海经》的半虚半实的记载。

对于因袭多个文本个体这一点，杜甫曾作过明白的理论阐发。他在《戏为六绝句之六》中说"未及前贤更勿疑，递相祖述复先谁。别裁伪体亲风雅，转益多师是汝师。"诗中杜甫先发问我们首先应该学习谁的作品呢？然后说各个作家作品都应该学习。正是有了这种博采百家之长的理论自觉，杜甫才能够"不薄今人爱古人"，他在诗中赞美过学习过的诗人几乎涵盖了他之前的整个中国诗歌史。

由此可见，文学进化中的因袭并不是上下两代之间的单纯的因袭，文学进化中的因袭是跨代的，跨个体的，也就是说一个文本个体有可能因袭它之前的任何

---

❶　许仲琳. 封神演义［M］. 济南：齐鲁书社，1980：235.

❷　一个有意思的争论是，到底是《西游记》因袭《封神演义》，还是反过来《封神演义》因袭《西游记》。此争论由著名学者柳存仁引发，见柳氏《和风堂读书记》。大陆的学者徐朔方、黄永年等也多有研究，如黄永年：《今本〈西游记〉袭用〈封神演义〉辩证》，《陕西师大学报》1984 年第 3 期。

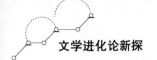

时代、任意数量的文本个体。这就决定了文学进化史常常会显得很杂乱，似乎没有规律。文学进化形成的进化序列也不会是线性的，而是杂乱的。对于这种由跨代跨个体的交叉因袭导致的文学进化序列，我们暂时无法提供一个便于理解的数学模型，所以只能称它为"杂乱的"，但实际上它显然不是完全杂乱的。简单地说，在跨代因袭的时候，由于文学的淘汰规律，我们能见到的前代作品必然都是一些经典，所以这种跨代因袭必然是以那些文学经典为中心据点的，也就是说文学经典的特性更容易被后起的作家因袭，这样一来文学进化应该会是有头绪可理的。

比如钟嵘《诗品》共评论了自汉魏至齐梁的122位诗人。但到现在这122人中，还有较多较完整作品存世的只有曹操、曹植、阮籍、嵇康、陶渊明、鲍照、陆机、谢灵运、沈约、谢朓等十几家。那么魏晋南北朝的诗歌影响后世主要是靠这十几个诗人（当然其他的诗人的作品的亡佚时间有先后，可能其中有人在后世有过影响）。以文学进化论的观点来看，后世诗人因袭的主要是陶渊明、三曹、谢灵运等少数几个。

据此我们可作一个推测式的结论：在文学进化史上只有那些经典文本才是能够控制文学进化方向的主要力量。而其他的二三流作品只能对文学进化史起到短暂的影响作用，当然这种短暂的影响也是很可观的。

第三，自我因袭（自我重复）。

自我因袭是指作者在自己的作品中反复使用某一词句、意象、情节、结构等等，自我因袭并不是说它的因袭绝对地不来自前人作品，而主要是指作者自己因袭自己、自己重复自己。自我因袭这种文学现象在古今中外的文学发展实况中是极为广泛的，虽然从读者角度来说大家愿意看到完全新颖的东西，但对作者而言完全新颖是极困难的，所以必不可免会有一些重复。

这种自我因袭在小说就体现为内容的重复。此种重复如把握不好很容易影响作品的可读性。《封神演义》中就存在大量自我因袭，这严重影响了全书的艺术性，可以推测书中这种大量重复可能是由于作者占有的材料有限，而又急于拼凑出一百回的篇幅。其实如果《封神演义》的作者能够实事求是，淘汰掉一些明显重复的情节，也许全书的艺术水准会更上一层楼。比如在《封神演义》的前身《武王伐纣平话》《列国志传》中，纣王只有一个儿子就是殷郊，殷郊归顺了武王，并最终手刃妲己，为母亲报了仇。《封神演义》作者把这一情节改成殷郊抵抗西岐义军，最终粉身碎骨，作者用了整整三回的篇幅来铺陈这一情节。这样一改，效果本来也挺好，但作者凭空给纣王增加了另一个儿子殷洪，结果又凭空增加了三回故事，而这三回故事与殷郊的三回故事情节严重重复。这样一种自我因袭是没有太多意义的。

在诗词作品中，自我因袭亦是极常见的，如同一个意象反复使用、同一个结构模式反复使用等。又如作者时常会将同一句诗照搬或者略作改写而放在自己另一首诗作中。典型的例子如晏殊的作品，晏殊被誉为"北宋倚声家之初祖"，他的名作《浣溪沙》：

> 一曲新词酒一杯，去年天气旧亭台。夕阳西下几时回。无可奈何花落去，似曾相识燕归来。小园香径独徘徊。

"无可奈何花落去"之后的三句是名句，但奇怪的是晏殊又在七律《示张寺丞、王校勘》中把这三句照抄了一遍：

> 上巳清明假未开，小园幽径独徘徊。春寒不定斑斑雨，宿醉难禁滟滟杯。无可奈何花落去，似曾相识燕归来。梁园赋客多风味，莫惜青钱万选才。

这一类型的自我因袭，在陆游、元好问等人的诗作中也有大量体现。比如据王立群先生研究，陆游诗歌中存在大量雷同现象，表现为构思的雷同、句意的重复、典故的滥用三方面。陆游现存诗歌作品有 9000 多首，但其中至少有 1500 条属于自我因袭的雷同诗句（此外陆游还有近两百条对其他诗人诗句的选择因袭）。❶ 如"暮年心事转悠悠"句被一字不改或略改动一字，用在了《春日》《九月初作品》《寄龚立道》《遣怀》等六七首诗中。很多时候，陆游将一些诗句略改动几个字，径直放在不同的诗中，如"病入新凉减，诗从半睡成"（《秋夜纪怀》）、"病得新凉减，诗因少睡成"（《夜坐庭中》）。后来也有论者认为陆游"自爱其句，因而重之"，总体看陆游大概通过不同情况的自我因袭，以发挥或试验出一些诗句适宜放的情境与位置。类似的自我因袭的情况，在其他诗人中也大量存在，比如元好问诗歌中重复的句子有 50 多例。❷

自我因袭如果单单是为了凑字数，挽救作者自身的灵感枯竭那当然是没有积极意义的，但有时候自我因袭也是能够起到创新效果的。因为也许通过几次自我因袭，作者更能够找到把一个内容要素的文学性发挥出来的方法。例如对晏殊来说，他根本就不能断定这三句是放在《浣溪沙》艺术效果好，还是放在七律《示张寺丞、王校勘》效果好，他只能重复使用这三句，然后通过比对其效果，通过文学的传播，在动态的实践中才能得出结论。

以上更多谈到了自我因袭的负面作用，但古代长篇小说作者在文学实践中成功摸索出了一套如何充分发挥自我因袭的艺术功用的方法，这种方法后来被金圣

---

❶ 参见王立群. 陆游爱国诗章的雷同现象 [J]. 河南大学学报, 1996（3）. 周青松. 论陆游诗中的复句 [J] 中国诗学研究, 2017（1）.

❷ 胡传志. 遗山复句论 [J]. 安徽师范大学学报, 2013（6）.

叹总结为"正犯法"❶。在《水浒传》中其实是有大量重复的，潘金莲的奸情与潘巧云的奸情，武松打虎与李逵杀虎之类。《金瓶梅》也有大量的自我因袭，如第二十回写西门庆毁花院，第五十回又写玳安砸蝴蝶巷。

又如《西游记》中孙悟空经常靠进入妖怪肚子的方法来制服妖怪，这一方法在书中使用不下 6 次。❷ 每一次都是既重复又出新。第一次使用是在第十七回，孙悟空对观音菩萨提议自己变成一颗金丹，观音菩萨变成道人，骗黑熊精吃。第五十九回中孙悟空变成一个蟭蟟虫儿，混在铁扇公主喝的茶里。铁扇公主喝了之后，孙悟空在她肚子里乱打。再如第六十七回到稀柿衕，悟空在与大蟒蛇打斗时被它一口吞进肚子里，悟空直接在蛇体内把蛇弄死。从这些反复的比较中，"孙悟空钻入妖精肚子"这一情节结构得到了大量运用，但每一次又有着巨大的不同。这些情境设定的不同，既不让读者觉得重复，又能表现出作者的写作才能，使用得相当成功。

古代小说家们找到了方法，一方面依靠自我因袭写出一些重复的内容，但另一方面又很注意在自我因袭时写出同中之异。这样的一同一异交叉进行就不会给读者因袭重复之感。这种通过带有差异的自我因袭方法运用到极致，就是通过重复来推同情节发展，衬托人物性格。最精彩的例子是《红楼梦》刘姥姥三入大观园，刘姥姥第一次入大观园使得故事得以展开，第二次入大观园时贾府达到极盛，而最后一次入大观园贾府已经衰败，凤姐病危。作者曹雪芹通过这样一种带有差异的自我因袭，使得整个情节的展开非常有序，且又不显得呆板，反而达到了使用那些完全新颖的情节所不能达到的艺术效果。可以说这种带有差异的自我因袭是古代小说家们发展出来的极有中国特色的创作技巧。

最后要注意的是，"自我因袭"这个概念，有着生物学上的重要理论依据。遗传学上有所谓"重叠基因"的概念，指"一段 DNA 序列成为两个或两个以上基因的组成部分"❸。研究表明，生物学上新基因的产生有两种途径，一种是基因突变，一种是重叠基因。"基因重复在基因和基因组的进化中起着重要的作用"❹，很多的重要基因，都是通过自我重复产生的。比如肌红蛋白基因与血红蛋白基因，就是通过基因重复而分化产生的。

概言之，从生物学上对类似"自我因袭"的基因重复的相关研究与作用评估来看，"自我因袭"在文学进化中的地位，比我们想象的要高得多。文学上的自我因袭，往往可以产生新的文学基因类型。我们应该把"自我因袭"提到文学创作基本手法的高度。对"自我因袭"所涉及的文学理论问题，应该有更多

❶ 金圣叹. 第五才子书施耐庵水浒传 [M]. 郑州：中州古籍出版社，1985：23.
❷ 郑祥琥. 论中国古代白话小说创作中的比较法 [J]. 语言与文化研究，2016（3）.
❸ 王亚馥，戴灼华. 遗传学 [M]. 北京：高等教育出版社，1999：110.
❹ 沈银柱. 进化生物学 [M]. 北京：高等教育出版社，2002：122.

更细致的研究。

第二节　选择因袭的标志物

笔者提出并论证了"相似即因袭"的观点。很多选择因袭，类似于古人说的"化用"，往往了无痕迹，或者虽有痕迹，但亦难以坐实。但也有很多情况下，作品之间的选择因袭，存在一类明显的标志物。有了这种标志物，我们就可以确凿地判断选择因袭的发生。这种标志物，大体有三种类型：直接标志物、半直接标志物、第三方标志物。

直接标志物就是作者直接照搬前代作品的人物，顺着往下写。或者作家直接指出自己的作品受哪部作品的哪些内容的影响。半直接标志物是作者自己在作品中或者在其他的自述中提到某个前代作品，有时是批评，有时是赞赏，也有时是谈到该作品对自己的影响。这种情况一般包含有对前代作品的确凿的选择因袭。第三方标志物是第三方在评价某作品时提到该作品与某前代作品的关系，此种情况往往反映了选择因袭的事实，亦可作为选择因袭的标志物。

一、直接标志物：顺着前代作品来写，或作家直接承认受到某作品影响

有时候一些作品会直接从其他作品中照搬人物或者顺着其内容往下写。比如《金瓶梅》直接采用了《水浒传》中人物西门庆、潘金莲等，这一点其实就可以看成是选择因袭的直接标志物。这种类型的直接标志物，外国文学中亦很多。比如古罗马维吉尔的《埃涅阿斯记》便存在明显的直接标志物。《埃涅阿斯纪》采用了倒叙的手法，在卷二中其故事直接就从特洛伊战争的后期开始写，写希腊人的木马计，写拉奥孔试图阻止特洛伊人搬木马进城，然后写特洛伊城破，写埃涅阿斯带着特洛伊遗民在城破之时逃出城市，经历海上漂泊，到意大利开始新的生活。《埃涅阿斯纪》等于是接着荷马史诗往下写。为了进行衔接，荷马史诗中的一些人物事件，维吉尔在《埃涅阿斯纪》中都进行了提及。类似于《金瓶梅》接着《水浒传》中的西门庆、潘金莲故事继续往下写。这一点就可以看作选择因袭的直接标志物。

直接标志物的另一类是作家直接承认自己的作品是受前代某些作品影响。比较典型的例子就是汤显祖的作品《牡丹亭》。《牡丹亭》在整体因袭《杜丽娘慕色还魂》话本之外，又同时选择因袭了多个作品。如果他自己不说，我们其实很难确定他的选择因袭来自何处。但好在汤显祖直接谈到了这个问题。在《牡丹亭·题词》中，汤显祖明确指出：

> 传杜太守事者，仿佛晋武都守李仲文、广州守冯孝将儿女事。予稍为更
> 而演之。至于杜守收拷柳生，亦如汉睢阳王收拷谈生也。

汤显祖直白地表达了自己对其他一些作品的选择因袭。李仲文故事见于《太平广记》卷319，出自《法苑珠林》，故事很短，不足300字；冯孝将故事见于《太平广记》卷276，出自《幽明录》，整个故事极为简短，不足100字；谈生故事见《太平广记》卷316，出自《列异传》，不足400字。这三个故事的共通之处是打开棺木而亡故多年的女子已经恢复肉身。在《牡丹亭》中，汤显祖正是因袭了开棺而丽娘恢复肉身，这一情节元素。

可见，汤显祖所选择因袭的关键文学基因就是"开棺而恢复肉身"这样一个情节。汤显祖在《牡丹亭·题词》中的自述，就是这样一个选择因袭的标志物。有了这个标志物，我们就能明白无误地确认因袭的存在与发生。而一旦没有这个标志物，则很多时候就容易出现争议。

现当代文学史上的重要因袭案例，如鲁迅因袭果戈里作品《狂人日记》，曹禺《雷雨》等剧作因袭美国剧作家奥尼尔作品，莫言因袭马尔克斯、福克纳等人的作品，基本上都有直接标志物。鲁迅等作家们都会坦然谈到自己所受到的西方作家的影响。如鲁迅谈及自己的作品与果戈里的相似问题说："后起的《狂人日记》，意在暴露家族制度和礼教的弊害，却比果戈里的忧愤深广。"曹禺则多次谈到自己对奥尼尔作品的学习，其中谈到《原野》对奥尼尔作品的因袭时说："采用奥尼尔在《琼斯皇帝》中所用的，原来我不觉得，写完了，读两遍，我忽然发现无意中受了他的影响。"莫言则在诺奖获奖演说《讲故事的人》中说："我必须承认，在创建我的文学领地'高密东北乡'的过程中，美国的威廉·福克纳和哥伦比亚的加西亚·马尔克斯给了我重要启发。"

可以说，胸怀坦荡的作家通常并不避讳这种因袭。或如汤显祖这般直接就在《牡丹亭·题词》中对选择因袭的来源加以说明，或如鲁迅、曹禺那样在其他的谈话中披露自己作品的选择因袭的来源。但客观来说，毕竟不是每个人都像文学大师那样胸怀坦荡，有很多作家会避讳这种选择因袭，明明发生了选择因袭，却不加说明，有时甚至加以掩盖。对于这种"无标记"的选择因袭，我们就要靠文本比对来确认，不排除有时会发生错认。但大体上，只要找到浓重的相似性，基本就可以确认因袭的存在了。

二、半直接标志物：作家貌似不经意地提到某些前代作品，或者作家对前代作品的一些赞扬与批评

当一个作家在作品中或其他自述中提到某一个或某几个前代作品，这种情况一般都应该作为选择因袭的标志物，而引起高度重视。只要我们认真去比对这几

部作品，往往能发现情节或内容架构的相似之处。比如，《红楼梦》一开篇就批评了才子佳人小说"至于才子佳人等书，则又开口'文君'，满篇'子建'，千部一腔，千人一面，且终不能不涉淫滥"。此后，曹雪芹又在第五十四回借贾母之口进行了更详尽的批评：

> 　　贾母笑道："这些书就是一套子，左不过是些佳人才子，最没趣儿。把人家女儿说的这么坏，还说是'佳人'！编的连影儿也没有了……怎么这些书上，凡有这样的事，就只小姐和紧跟的一个丫头知道？"

　　曹雪芹未点具体的小说之名，但在清初确实涌现出了三四十部才子佳人小说，如《平山冷燕》《玉娇梨》《好逑传》《画图缘》等。如前所述，一旦一个作者提到的前代作品，那就是选择因袭的重要标志物。曹雪芹虽然批判前代的才子佳人小说，但《红楼梦》本身何尝不是采用了才子佳人小说的模式？才子佳人小说往往要有科举的桥段，《红楼梦》中亦有，只是采用了批判性的态度。才子佳人往往有才子与佳人对诗的桥段，《红楼梦》中亦有大量贾宝玉与林黛玉诸人的对诗内容。

　　在《红楼梦》中，曹雪芹把他的观点概括到了回目中"史太君破陈腐旧套"，已经表明曹雪芹对此问题的重视。而很多时候其他作家，则不会有如此清晰重要的标志物，往往都是淡淡一说，有时甚至会带一些批评色彩，指出前代作品的某些不足。所以一旦某作家在作品中直接提到某前代作品，我们就要把它当成选择因袭的标志物，引起高度重视。

　　再比如笔者的研究表明，百回本《西游记》中有大量的情节，是因袭、借鉴、挪用自文言小说。《西游记》的作者吴承恩早已说过自己自小便喜爱文言志怪小说，并编过一部名为《禹鼎志》的文言小说集。而像吴承恩这样自己提到某些前代作品，以表明自己的选择因袭对象的来源的情况，在古代作品中是非常多的。古代的作家当对某个前代作品有较多选择因袭时，往往会在书中或其他自述中提到该作品，提到该作品对自己的影响。这些情况即是"直接标志物"或"半直接标志物"。

　　西方文学中最典型的例子就是塞万提斯的《堂吉诃德》。在小说中堂吉诃德读骑士小说入迷，开始模仿起从前骑士小说中的英雄事迹。堂吉诃德的很多行为，都是在模仿骑士小说中骑士的行为。因此《堂吉诃德》书中的很多内容，往往因袭自前代的骑士小说。只是很多时候，塞万提斯对这种因袭，采用了"戏拟"的方式。在小说第六章，塞万提斯也以半直接标志物的形式，提到了对他影响较大的一些骑士小说，部分作品是带着批评的口吻：

> 　　大家进了房间，女管家也跟着进去了。他们看到有一百多册装帧精美的

大书和一些小书……理发师递到他手里的第一本书是《高卢的阿马迪斯四卷集》……这本是《埃斯普兰迪安的功绩》，此人是高卢的阿马迪斯的嫡亲儿子……这本是《希腊的阿马迪斯》……这本是《普拉蒂尔骑士》……神甫又打开一本书，书名叫《十字架骑士》……再翻开一本书，是《奥利瓦的帕尔梅林》，旁边还有一本《英格兰的帕尔梅林》……一看原来是《著名白人骑士蒂兰特传》……❶

在这一章中，塞万提斯描述了堂吉诃德的书房，一一评述了他书房中的各种骑士小说。其中大部分都是批评态度，但其中几部，塞万提斯也流露出赞赏。比如 1508 年印行的《高卢的阿马迪斯》（Amadis of Gaul）一书，据研究，塞万提斯萌发写作《堂吉诃德》就是受该书的影响。《堂吉诃德》书中，塞万提斯对此书评价亦相当高：

理发师递到他手里的第一本书是《高卢的阿马迪斯四卷集》。神甫说："简直不可思议，据我所知，这本书是在西班牙印刷的第一部骑士小说，其他小说都是步它的后尘。我觉得，对这样一部传播如此恶毒的宗派教义的书，我们应该火烧无赦。""不，大人，"理发师说，"据我所知，此类书中数这本写得最好。它在艺术上无与伦比，应该赦免。"

在小说中，堂吉诃德经常会谈及阿马迪斯，一些内容明显是对《高卢的阿马迪斯》的选择因袭。足见，塞万提斯对这些骑士小说的提及与批评，可以作为选择因袭的半直接标志物。

三、第三方标志物：评论家所谈及的选择因袭

自古以来，伴随着大量的作家，亦有了大量的文学评论家。同一时代的文学评论家与作家，有相似的文化背景，相似的文化视野。作家知道的很多事情，评论家亦知道。所以很多情况下，评论家会指出作家的一些因袭。如古代的诗话材料中，通常都会搜集大量前人诗作因袭、化用、套用他人诗句的案例。这属于典型的第三方标志物。

再如古代的白话小说，从文言小说中选择因袭了大量的文学基因。为何会如此？前人已有论述。这与古代白话小说的生产机制分不开的。南宋罗烨《醉翁谈录》谈到南宋临安勾栏瓦舍的说话人时说：

夫小说者，虽为末学，尤务多闻。非庸常浅识之流，有博览该通之理。

---

❶ 塞万提斯. 堂吉诃德［M］. 刘京胜，译. 济南：山东文艺出版社，2008：33-39.

幼习《太平广记》，长攻历代史书。烟粉奇传，素蕴胸次之间；风月须知，只在唇吻之上。《夷坚志》无有不览，《琇莹集》所载皆通。动哨、中哨，莫非《东山笑林》；引倬、底倬，须还《绿窗新话》。论才词有欧苏黄陈佳句，说古诗是李杜韩柳篇章。❶

此处提到南宋说话人都要熟读《太平广记》《夷坚志》《绿窗新话》等传奇志怪小说集。很自然，当这些说话人在改编小说时会通过选择因袭把从前文言小说中的一些情节，放入白话小说中。因此，文言小说作为一个文学基因库，为白话小说提供了大量文学基因。所以当我们在研究后来的话本小说，甚至一些明清白话小说时，就要注意比对白话小说中有哪些内容是对前代文言小说的选择因袭。如《西游记》中就有大量情节，是因袭、借鉴、挪用自文言小说。

再如现当代文学史上，大量评论者都会谈及作家的因袭问题。鲁迅、曹禺、莫言等人对外国作家作品的各种选择因袭，早已为文学评论者所谈及，有的甚至被反复重点谈及，至今已近于老生常谈。以茅盾的小说《子夜》为例，《子夜》出版于1933年，瞿秋白在《子夜》发表不久，就指出《子夜》"带有明显的左拉影响"，并明确指出，影响来自左拉的小说《金钱》。自此以后，大量研究者都谈到过茅盾《子夜》所受的左拉《金钱》的影响。普遍的共识是《子夜》的主要人物、主要情节设计，基本都是从左拉《金钱》，模仿套用过去的。❷ 这些大量的关于茅盾《子夜》因袭自左拉《金钱》的评论，都属于选择因袭的第三方标志物。都有助于我们确定这些因袭的存在，并有助于我们判断因袭的程度与范围。

在西方文学发展过程中，也大量存在这种选择因袭的第三方标志物。比如古罗马文学往往有因袭古希腊文学之处，对此一些古罗马的文学理论家有过论述。贺拉斯（公元前65年—公元前8年）便提倡罗马的作家向古希腊学习，主张学习并采用古希腊的史诗、悲剧、喜剧等中的题材与技巧。在《诗艺》中贺拉斯便说："你与其别出心裁写些人所不知、人所不曾用过的题材，不如把特洛伊的诗篇改编成戏剧。""苏格拉底的文章能够给你提供材料。"❸ 贺拉斯只是总的谈到因袭问题，还没有具体说到某一罗马作品的因袭问题。但贺拉斯的话还是有很强的第三方标志物意义。

正是因为有这样一种学习模仿古希腊作家的风气，与贺拉斯同时代的罗马诗人维吉尔（公元前70年—公元前19年）在《埃涅阿斯纪》中，对荷马史诗

❶ 罗烨. 醉翁谈录 [M]. 北京：中华书局，1982：13.
❷ 方正. 从《子夜》看茅盾的左拉影响与独创性 [J]. 社会科学家，1996（5）.
❸ 亚里士多德，贺拉斯. 诗学·诗艺（英汉对照）[M]. 郝久新，译. 北京：九州出版社，2007：140.

《伊利亚特》《奥德赛》中的文学基因进行了广泛的选择因袭，维吉尔选择因袭的对象还包括其他一些古希腊诗人的作品。1766 年，德国戏剧理论家、美学家莱辛在《拉奥孔》一书中说："连小学生们也知道，罗马诗人维吉尔在他的史诗卷二里所写的关于征服和毁灭伊利翁的那一整段情节，都是从庇桑德那里与其说是摹仿来的，还不如说忠实翻译出来的。"❶ 莱辛所说庇桑德（Pisander）是公元前 7 世纪的古希腊诗人，作有一部史诗，该作品今已亡佚，但在维吉尔的时代还存在。像莱辛这种对维吉尔选择因袭的评论，显然可以算作选择因袭的第三方标志物。

莱辛还有一部作品《汉堡剧评》，是他于 1767—1768 年为汉堡民族剧院 52 场演出所撰写的 104 篇评论的汇编。在书中，莱辛详细评论了当时德国乃至欧洲的诸多戏剧作品。从鼎鼎大名的伏尔泰、狄德罗，到不甚知名的小剧作家，莱辛都有评论，其中很多地方就谈及了一些剧作的选择因袭问题。如评论伏尔泰戏剧《纳尼娜》的选择因袭：

> 有人喊道。这个人物也见过！这个人物是从莫里哀那里借用来的，那个人物是从戴斯托舍那里借用来的！……即使他从莫里哀剧作中没有吸收一点东西……简单来说，纳尼娜的故事即帕米拉的故事。❷

再如评价一部普通的作品《睁眼瞎》："这出小戏既是勒格朗创作的，又不是他创作的。因为他这出戏的标题和诡计及一切，都是从德·布罗塞的一出旧戏里借来的。"这些内容都是从同时代评论家的角度，点明了可能的选择因袭。

考虑到"选择因袭的标志物"的存在，则我们在文学研究中，就要注重搜集这种标志物。古代作家、评论家们关于因袭问题的只言片语都不能被轻易略过，都应引起高度的重视，加以搜集整理。然后在此基础上再确定选择因袭的范围与数量，以最终形成在文学进化论理论指导下文学基因的因袭的系统性研究。由此离建立一门关于文学基因之遗传状况研究的"因袭学"，也就不远了。

第三节　古代诗词中的选择因袭

诗词中的选择因袭问题，是诗词创作的一个根本问题。任何一首诗歌都可以从其他任意的诗歌作品中选取所需要的文学基因。这就使得诗歌的进化链条相对复杂一些。对诗词中选择因袭问题的探讨，自古以来就是诗学理论界的一个热点话题。

---

❶　莱辛. 拉奥孔 [M]. 朱光潜，译. 北京：商务印书馆，2016：86.
❷　莱辛. 汉堡剧评 [M]. 张黎，译. 上海：上海译文出版社，2002：110.

一、理论概述

诗歌中出现选择因袭这种现象，从诗歌一诞生就开始了。中国最早的诗歌总集《诗经》中就存在大量选择因袭。在不同的诗之间有很多的句子是互相选择因袭的。譬如"既见君子"这句诗，在《诗经》305 首中有 9 首用到：

> 既见君子，云何不乐。（《唐风·扬之水》）
> 既见君子，不我遐弃。（《周南·汝坟》）
> 既见君子，云胡不夷。（《郑风·风雨》）
> 既见君子，并坐鼓瑟。（《秦风·车邻》）
> 既见君子，庶几说怿。（《小雅·頍弁》）
> 既见君子，其乐如何。（《小雅·隰桑》）
> 既见君子，我心则降。（《小雅·出车》）
> 既见君子，我心写兮。（《小雅·蓼萧》）
> 既见君子，乐且有仪。（《小雅·菁菁者莪》）❶

这一类的互相选择因袭还有大量存在，如，"岂弟君子"分别见于《小雅·湛露》《小雅·青蝇》《大雅·旱麓》《大雅·泂酌》《大雅·卷阿》；"岂不尔思"分别见于《卫风·竹竿》《王风·大车》《郑风·东门之墠》《桧风·羔裘》；"扬之水，不流束薪"分别见于《王风·扬之水》《郑风·扬之水》；"有美一人"分别见于《陈风·泽陂》《郑风·野有蔓草》，等等。

在《诗经》之后，文人作家的作品中选择因袭成为一个比比皆是的明显的文学现象。此处稍作一些例举，限于篇幅，仅列名家名作：

（1）东汉张衡的《四愁诗》是很著名的七言诗：

> 我所思兮在太山，欲往从之梁父艰。侧身东望涕沾翰。美人赠我金错刀，何以报之英琼瑶。路远莫致倚逍遥，何为怀忧心烦劳。

张衡的灵感很可能是从《汉乐府·有所思》来的：

> 有所思，乃在大海南。何用问遗君？双珠玳瑁簪，用玉绍缭之。闻君有他心，拉杂摧烧之。摧烧之，当风扬其灰。从今以往，勿复相思。相思与君绝！鸡鸣狗吠，兄嫂当知之。秋风肃肃晨风飔，东方须臾高知之。

---

❶ 方玉润. 诗经原始 [M]. 北京：中华书局，2005.

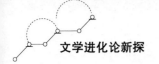

（2）南北朝时期著名的叙事诗《木兰辞》讲花木兰代父从军的故事，其开篇几句：

> 唧唧复唧唧，木兰当户织。不闻机杼声，唯闻女叹息。问女何所思，问女何所忆。女亦无所思，女亦无所忆。昨夜见军帖，可汗大点兵。

这个开篇显然因袭借鉴了汉乐府《折杨柳枝歌》：

> 敕敕何力力，女子临窗织。不闻机杼声，只闻女叹息。问女何所思，问女何所忆。阿婆许嫁女，今年无消息。

（3）陶渊明的名作《归园田居五首》其一：

> 少无适俗韵，性本爱丘山。误落尘网中，一去三十年……暧暧远人村，依依墟里烟。狗吠深巷中，鸡鸣桑树巅。户庭无尘杂，虚室有余闲。

其中的"狗吠深巷中，鸡鸣桑树巅"出自古乐府词"鸡鸣高树巅，狗吠深宫中"，只改动了两个字。

（4）李白的《结客少年场行》其中一联"笑尽一杯酒，杀人都市中"，从这句来看李白似乎杀过人并引以为豪。后来李白的友人魏颢从这句诗衍生出李白"曾手刃数人"的骇人说法。此说法也许是为给李白的豪侠性格增添光彩，但没有任何证据表明李白曾杀过人，而且唐代律令极严，就算李白杀过人，他怎么可能到处宣扬而不担心官府追究呢？其实，"杀人都市中"这句如此豪放的诗句并不是李白原创，原原本本抄自曹魏时期诗人左延年的古乐府辞《秦女休行》：

> 秦氏有好女，自名为女休。休年十四五，为宗行报仇……杀人都市中，徼我都巷西。

说李白的这句诗抄自《秦女休行》，除了字面的证据，亦有旁证。李白好拟古乐府，他曾专门拟作了这首《秦女休行》，盛赞了秦女休的豪侠之举。李白在诗中说："西门秦氏女，秀色如琼花。手挥白杨刀，清昼杀仇家。"从李白的拟作来看，无论是内容还是用语都没有脱离乐府旧作的藩篱。

（5）再一个李白的例子。李白在《侠客行》中说：

> 赵客缦胡缨，吴钩霜雪明。银鞍照白马，飒沓如流星。十步杀一人，千里不留行。事了拂衣去，深藏身与名……

所谓的"十步杀一人，千里不留行"，亦显示出李白有杀人的倾向。然而这样的诗句，亦原原本本来自因袭。见于《庄子·说剑》：

太子曰："然吾王所见剑士，皆蓬头突鬓，垂冠，曼胡之缨，短后之衣，瞋目而语难。"……曰："臣之剑，十步一人，千里不留行。"

（6）李商隐的名作《宣室》："宣室求贤访逐臣，贾生才调更无伦。可怜夜半虚前席，不问苍生问鬼神。"这首咏史诗写得极佳，胡仔《苕溪渔隐丛话》认为李商隐就是靠这首诗"一篇名世"。虽然李商隐是个非常有独创性的诗人，但这首诗他很可能是在阅读《史记·屈原贾生列传》时获得的灵感，全诗与《史记》上的记载极接近，可以确认是李商隐选择因袭了《史记》的这段记载：

后岁余，贾生征见。孝文帝方受釐，坐宣室。上因感鬼神事，而问鬼神之本。贾生因具道所以然之状。至夜半，文帝前席。既罢，曰："吾久不见贾生，自以为过之，今不及也。"居顷之，拜贾生为梁怀王太傅。

李商隐成功的地方在于在诗中掺入的自己郁郁不得志的人生感悟。

（7）人称"梅妻鹤子"的北宋著名隐士林逋，留有名作《山园小梅》：

众芳摇落独暄妍，占尽风情向小园。疏影横斜水清浅，暗香浮动月黄昏。霜禽欲下先偷眼，粉蝶如知合断魂。幸有微吟可相狎，不须檀板共金尊。

这首诗总体上看并不特别出色，出彩之处在第二联"疏影横斜水清浅，暗香浮动月黄昏"，正是这一联让林逋留名千古。可是他这一联几乎是照抄了五代南唐诗人江为的句子"竹影横斜水清浅，桂香浮动月黄昏"。

（8）北宋晏殊的名作《浣溪沙》：

一曲新词酒一杯，去年天气旧亭台。夕阳西下几时回？
无可奈何花落去，似曾相识燕归来。小园香径独徘徊。

其中的"一曲新词酒一杯"来自白居易《长安道》："艳歌一曲酒一杯"；"去年天气旧亭台"来自晚唐诗人郑谷的《和知己秋日伤怀》"流水歌声共不回，去年天气旧亭台"；这首小词的名句"无可奈何花落去，似曾相识燕归来。小园香径独徘徊"，存在自我因袭，在七律《示张寺丞、王校勘》中重复用了一次。

（9）北宋文坛盟主欧阳修的著名词作《蝶恋花》：

庭院深深深几许？杨柳堆烟，帘幕无重数。玉勒雕鞍游冶处，楼高不见章台路。
雨横风狂三月暮，门掩黄昏，无计留春住。泪眼问花花不语，乱红飞过

秋千去。

其中的"泪眼问花花不语，乱红飞过秋千去"确是杰作，但这并不是欧阳修独创的。洪迈《容斋随笔》卷十五"唐诗人有名不显者"条，提到记载于皮、陆《唱和集》中严恽的《惜花》绝句"春光冉冉归何处，更向花前把一杯。泪眼问花花不语，为谁零落为谁开？"很明显欧阳修的"泪眼问花花不语"是照抄了严恽的句子。

（10）列名苏门四学士的北宋词人秦观，他的名作《满庭芳》：

> 山抹微云，天连衰草，角声断谯门，暂停征棹，聊共引离尊。多少蓬莱旧事，空回首、烟霭纷纷。斜阳外，寒鸦万点，流水绕孤村。
> 销魂当此际，香囊暗解，罗带轻分。谩赢得青楼薄幸名存。此去何时见也？襟袖上、空惹啼痕。伤情处，高城望断，灯火已黄昏。

其中的"斜阳外，寒鸦万点，流水绕孤村"来自隋炀帝"寒鸦千万点，流水绕孤村"；"谩赢得，青楼薄幸存"来自杜牧的《遣怀》："十年一觉扬州梦，赢得青楼薄幸名。"最后一句"高城望断，灯火已黄昏"，曾季貍《艇斋诗话》认为化用了欧阳詹的诗句"高城已不见，况复城中人"。

（11）南宋大诗人陆游在著名的《游山西村》中，写出了千古名句"山重水复疑无路，柳暗花明又一村"。这一联诗蕴含着丰富的哲理，作为"名人名言"，屡为当代人所称引，堪称中国诗歌史上最著名的诗句之一。

然而钱锺书先生在《宋诗选注》就指出"这种景象前人也描摹过"，从王维到王安石、秦观等都有类似意思的诗句，如王安石的诗句"青山缭绕疑无路，忽见千帆隐映来"。更关键的是，宋人周晖《清波杂志》载，与陆游同时而略前的一位诗人强彦文，有诗句"远山初见疑无路，曲径徐行渐有村"。可见，陆游的这一千古名句，亦是从选择因袭而来。

（12）清代诗人龚自珍在大型组诗《己亥杂诗》中有一联名句："落红不是无情物，化作春泥更护花。"该名句中"落红"与"春泥"等意象及其组句方式，存在一个可查考的清晰的进化过程。因此，这一名句的诞生，是文学进化的结果，不能单纯理解为龚自珍个人的独创。

这样一种文学基因，较早见于北宋王安石《北陂杏花》："纵被春风吹作雪，绝胜南陌碾成尘。"王安石说的也是花被碾成尘，但说的是白色的杏花。类似的还有南宋陆游《卜算子·咏梅》："无意苦争春，一任群芳妒。零落成泥碾作尘，只有香如故。"至明末诗人归庄《落花诗》："化作春泥亦已矣，不堪堕在马蹄涔。"龚自珍显然从归庄《落花诗》因袭了"化作春泥"四个字。龚自珍在诗意上有一定原创，但字面上的因袭痕迹还是很明显的。

（13）再看一个白话小说中诗词选择因袭的例子。《红楼梦》第一回跛足道人向甄士隐念了一首《好了歌》：

世人都晓神仙好，惟有功名忘不了！古今将相在何方？荒冢一堆草没了。

世人都晓神仙好，只有金银忘不了！终朝只恨聚无多，及到多时眼闭了。

世人都晓神仙好，只有娇妻忘不了！君生日日说恩情，君死又随人去了。

世人都晓神仙好，只有儿孙忘不了！痴心父母古来多，孝顺儿孙谁见了？

从来论《红楼梦》的人，必要赞美这首诗偈，认为点明了全书的主题。但从这首诗偈的形式、内容来看这绝对不是曹雪芹的个人独创。在晚明冯梦龙编纂的话本小说集《醒世恒言·张孝基陈留认舅》中就有一篇韵文，其开头四句：

世人尽道读书好，只恐读书读不了！读书个个望公卿，几人能向金阶走？

很明显曹雪芹的《好了歌》从形式到内容到思想内涵都是从这首韵语的前四句因袭而来。曹雪芹只是把这四句，进行了模拟、扩充。

（14）初唐四杰之一王勃有一个名句"落霞与孤鹜齐飞，秋水共长天一色"。这不是出自诗歌作品，但有诗歌意境。然而从句法结构来看，这显然是因袭了前代庾信《马射赋》中的"落花与芝盖齐飞，杨柳共春旗一色"。

（15）最后再举一个唐人传奇小说中诗句选择因袭的例子。中唐蒋防《霍小玉传》讲霍小玉与大历十才子之一李益的爱情故事，李益迫于母亲的压力最终抛弃了霍小玉，酿成了凄惨的悲剧。小说中提到李益的一联诗"开帘风动竹，疑是故人来"。中唐元稹的《莺莺传》写张生与崔莺莺的爱情故事，小说中崔莺莺曾给张生一首定情诗"待月西厢下，近风户半开。拂墙花影动，疑是玉人来。"

似乎《莺莺传》中"拂墙花影动，疑是玉人来"是因袭了李益的"开帘风动竹，疑是故人来"。然而很难说李益的"开帘风动竹，疑是故人来"就是独创的。明人杨慎在《升庵诗话》卷五提到，这两联至少有一联是因袭了齐梁乐府"风吹窗帘动，疑是所欢来"。

以上这些例子，只是诗词作品选择因袭中的极小一部分，但由于都是名篇名句的案例，所以非常有典型性，有代表性。足以证明选择因袭在诗词创作中是广泛存在的。可以断言，在古代的诗词名篇名句中，至少有四分之一以上都存在明显的选择因袭。很多被认为是独创的诗句，往往来自对前人作品的模拟、化用。

二、古人对诗词中选择因袭的认识

选择因袭在诗歌创作中大量使用，因此在诗歌理论界也不断有对选择因袭的探讨。最早在理论上对此进行描述的是中唐诗僧皎然，他在《诗式》中根据因袭对象的不同，将选择因袭区分为"偷语""偷意""偷势"：

> 不同可知矣。此则有三同，三同之中，偷语最为钝贼。如汉定律令，厥罪必书，不应为。鄷侯务在匡佐，不暇采诗。致使弱手芜才，公行劫掠。若评质以道，片言可折，此辈无处逃刑。其次偷意，事虽可罔，情不可原。若欲一例平反，诗教何设？其次偷势，才巧意精，若无朕迹，盖诗人偷狐白裘于阛阓中之手。吾示赏俊，从其漏网。
>
> 偷语诗例　如陈后主《入隋侍宴应诏诗》："日月光天德"，取傅长虞《赠何劭王济诗》："日月光太清"。上三字同，下二字义同。
>
> 偷意诗例　如沈佺期《酬苏味道诗》："小池残暑退，高树早凉归"，取柳恽《从武帝登景阳楼诗》："太液沧波起，长杨高树秋。"
>
> 偷势诗例　如王昌龄《独游诗》："手携双鲤鱼，目送千里雁。悟彼飞有适，嗟此罹忧患。"取嵇康《送秀才入军诗》："目送归鸿，手挥五弦。俯仰自得，游心泰玄。"❶

皎然是从负面进行立论的，他把诗歌创作实践中大量存在的选择因袭，称为"偷"，并区分出"偷语""偷意""偷势"三个类别。皎然认为，偷语类似于剽窃是绝对不能做的，偷意也不应该，而偷势不在批判之列。从我们今天的理解来说，偷语就是直接把前人作品中的句子原封不动或者略作改动后放在自己的作品中。偷意、偷势是模仿前人作品的意境、风格。

在皎然之后，关于诗歌中选择因袭的最重要理论阐发来自黄庭坚。黄庭坚的论述在他之后的近千年中成为一套标准理论。每当人们讨论到诗词中的选择因袭时就多会引用黄庭坚的观点，后来学者在这一领域的研究，要么是对黄庭坚的基本论点作出或赞成或反对的评论，要么是在接受他观点的基础上提供一些具体例子。

黄庭坚的这一套关于诗歌中选择因袭的理论是由"无一字无来处""点铁成金""夺胎换骨"三个基本命题以及他自身一系列诗歌创作实践组成的。黄庭坚在《与洪驹父书》中谈道：

---

❶　何文焕. 历代诗话［M］. 北京：中华书局，1981：35.

> 自作语最难，老杜作诗，退之作文，无一字无来处。盖后人读书少，故谓韩、杜自作此语耳。古之能为文章者，真能陶冶万物，虽取古人之陈言入于翰墨，如灵丹一粒，点铁成金也。

"无一字无来处"的观点显然是黄庭坚对古代诗歌史深刻洞察的结果。"无一字无来处"包括用典与因袭两个方面。黄庭坚引作例子的杜甫诗、韩愈散文，我们调查一下就会发现，其中有些是用典，用几个字概括前代的一个故事。有的是因袭，从前人的诗作、六经、诸子散文作品中借用比较精彩的一句或几个字。黄庭坚的"点铁成金"论强调的是在对前人作品进行选择因袭后一定要使自己作品得到优化，不能既因袭借鉴了前人作品，结果自己作品反而不见起色。

黄庭坚的"夺胎换骨"论，最早并不是见于黄庭坚的著作，是见于与黄庭坚有密切关系的惠洪的《冷斋夜话》：

> 夺胎换骨法　山谷云："诗意无穷，而人之才有限。以有限之才，追无穷之意，虽渊明、少陵不得工也。然不易其意而造其语，谓之换骨法；规模其意形容之，谓之夺胎法。"❶

从逻辑关系来看，"夺胎换骨"论是黄庭坚"无一字无来处"论、"点铁成金"论的具体化、方法化。在这段引文中，夺胎法与换骨法是有区别的。换骨法指的是认为前人某诗的意境好，自己可以在自己作品中模仿这种意境，但并不因袭原作的语句，相当于道教中的换骨，从外表看人没变，但内在的骨骼有变化。夺胎法指的是因袭前人的语句，但又略加变化，使得整个意境与原作大不一样。在后来学者的论述中，夺胎换骨也常常不作区分，大体与我们提出的选择因袭相当。

"无一字无来处""点铁成金""夺胎换骨"这样三个理论命题既然是黄庭坚提出来的，那么黄庭坚的诗歌创作中必然会大量地实践这套理论。事实也正是如此，黄庭坚的诗集素号"难注"，他的诗中有大量的用典、大量的选择因袭，不是一个饱学之士根本无法将《黄山谷集》注得完满。后来任渊、史容等人注解的黄庭坚诗正是注重把黄庭坚诗歌中对前人的选择因袭爬梳出来。

此外，由于黄庭坚诗名很盛，在宋以后的诗话中有大量关于他选择因袭前人的材料。比如宋人曾季狸在《艇斋诗话》中便发掘黄庭坚选择因袭前人的诗例20多则。曾季狸师事韩驹、吕本中，服膺江西诗派的"点铁成金"论，故而对于诗歌创作中选择因袭的现象非常重视：

---

❶　宋代文学研究专家周裕锴指出，夺胎换骨法应是惠洪的见解，后人对这段话断句有误，把"夺胎换骨"发明权由惠洪移到了黄庭坚头上。此观点可备一说，但即使"夺胎换骨"真是惠洪提出的，也应是黄庭坚观点的自然延伸。见周裕锴. 惠洪与夺胎换骨法——一桩文学史公案的重判 [J]. 文学遗产，2003 (6).

山谷《谢人茶》诗云："涪翁投赠非世味，自许诗情合得尝。"出薛能《茶》诗，云："粗官乞与真抛却，只有诗情合得尝。"

荆公诗云："只向贫家促机杼，几家能有一钩丝。"山谷诗云："莫作秋虫促机杼，贫家能有几钩丝。"二诗语甚相似。

山谷诗云："王侯须若缘坡竹。"盖用王褒骂髯僮文云："须若缘坡之竹。"

山谷《雪》诗云"明知不是剪刀催"，本宋之问诗，云："今年春色早，应为剪刀催。"

山谷"堂前水竹湛清华"，用《选》诗谢叔源"水木湛清华"。

山谷《谢人惠笔》诗云"莫将空写吏文书"，用乐天《紫毫笔》诗"慎勿空将弹失仪，慎勿空将录制词"。

山谷"百年中半夜分去，一岁无多春再来"，全用乐天两句："百年夜分半，一岁春无多。"

山谷"试说宣城乐，停杯且试听"，取退之"番禺军府盛，欲说暂停杯"。

山谷"简编自襁褓，簪笏到仍昆"，取退之联句"爵勋逮僮隶，簪笏自怀绷"。

山谷"平山行乐自不思，岂有竹西歌吹愁"，出杜牧之诗"谁知竹西路，歌吹是扬州"。

山谷"胸中五色线，补衮用工深"，出杜牧之诗"平生五色线，愿补舜衣裳"。

山谷"马上时时梦见之"，"梦见之"三字出《选》诗"远道不可思，夙昔梦见之"。

山谷《渔父》词："新妇矶头新月明，女儿浦口暮潮平，沙头鹭宿戏鱼惊。"此三句本顾况《夜泊江浦》六言，山谷每句添一字而已。"新月""暮潮""戏鱼"，乃山谷新添也。❶

此外，南宋洪迈《容斋随笔》、南宋葛立方《韵语阳秋》亦都摘录了一些黄庭坚对前人选择因袭的诗例，称为"点化"，如葛立方云：

诗家有换骨法，谓用古人意而点化之，使加工也。李白诗云："白发三千丈，缘愁似个长。"荆公点化之，则云："缲成白发三千丈。"刘禹锡云："遥望洞庭湖水面，白银盘里一青螺。"山谷点化之，则云："可惜不当湖水

---

❶ 丁福保. 历代诗话续编［M］. 北京：中华书局，1981.

面，银山堆里看青山。"孔稚圭《白苎歌》云："山虚钟磬彻。"山谷点化之，则云："山空响管弦。"卢仝诗云："草石是亲情。"山谷点化之，则云："小山作朋友，香草当姬妾。"学诗者不可不知此。

这些都是服膺黄庭坚诗论的学者，历史上也有一些学者对"夺胎换骨"不满，认为是剽窃。如南宋吴曾在《能改斋漫录》中认为"夺胎换骨"是剽窃，并认为像黄庭坚这样富于独创性的诗人是不可能教后学剽窃的，一定是惠洪假借黄庭坚之名妄发议论。金人王若虚的看法，更具代表性。在《滹南诗话》中，王若虚对黄庭坚"夺胎换骨"论的不满溢于言表：

> 鲁直论诗，有"夺胎换骨，点铁成金"之喻，世以为名言。以予观之，特剽窃之黠者耳。鲁直好胜而耻其出于前人，故为此强辞，而私立名字。夫既已出于前人，纵复加工，要不足贵。虽然，物有自然之理，人有同然之见，语意之间岂容全不见犯哉？盖昔之作者初不较此，同者不以为嫌，异者不以为夸，随其所自得而尽其所当然而已，至其妙处，不专在于是也。故皆不害为名家，而各传后世，何必如鲁直之措意邪？

王若虚对"大量诗歌作品存在选择因袭"这个事实显然并不认同，认为这都是偶然的相似。后人对这种偶然相似，也不必在意，不必"私立名字"。可见，王若虚在选择因袭问题上，并没有引起足够重视。而那些赞扬"夺胎换骨"论的学者，都已经像黄庭坚一样认识到了"大量诗歌作品存在选择因袭"这个事实。因此在他们的诗话等著作中，爱好摘录古今诗人选择因袭前人作品的例子，把选择因袭作为一个重要的文学现象进行研究。比如写《艇斋诗话》的曾季貍。再如明人杨慎的《升庵诗话》中亦摘录了大量的诗人选择因袭前人的例子。

明代著名复古派文人、后七子领袖王世贞，自身诗文有很多模拟之作，因此他对黄庭坚的理论也较认同。但他更强调选择因袭前人作品后自己作品必须得到优化，否则只能点金成铁。在《艺苑卮言》中他嘲笑黄庭坚的"点金作铁"：

> 唐人诗云："海色晴看雨，钟声夜听潮。"至周以言则云："海色晴看近，钟声夜听长。"唐僧诗云："经来白马寺，僧到赤乌年。"至皇甫子循则云："地是赤乌分教后，僧同白马赐经时。"虽以剽语得名，然犹未见大决撒。独李太白有"人烟寒橘柚，秋色老梧桐"句，而黄鲁直更之曰："人家围橘柚，秋色老梧桐。"晁无咎极称之。何也？余谓中只改两字而丑态毕具，真点金作铁手耳。

对前人诗歌作品进行选择因袭，大多数情况下能够点铁成金，让作品得到优

化。但也有时会弄巧成拙，从艺术效果上不但没有优化，反而退化。王世贞的观点显然也触及"文学进化中优化与否"的问题了。

三、内隐记忆与诗词中选择因袭的形成

古代诗词中的选择因袭是大量存在的。那么，为什么古代诗词中会出现如此普遍的选择因袭？这种普遍的选择因袭是偶然的，还是必然的？如果是必然的，是否涉及诗歌创作上更本质的东西？此外，这些选择因袭从来源上有何区别？这一系列问题，值得深入探索。

从文学进化论的角度来理解选择因袭的问题，则古代诗词中诸多的互相抄袭借鉴，不但不是偶然的，而且是诗歌创作的一种基本方法。诗人们需要从前人作品中吸取可资利用的文学基因。因此，选择因袭是文学创作先天所附带的属性。凡有文学创作，则必然有因袭。甚至可以说，在古代诗词的名篇名句中，至少有30%以上都存在明显的选择因袭。这几乎是必然的，只是我们确认选择因袭时，有时会模棱两可，有时又会大费周章。

确定两首作品之间存在选择因袭，主要是因为这两首作品在用字用语，或思维方式、章法句法或者作品意境上有相似之处。但这种相似之处也完全有可能是偶然的。当然两首作品在用字用语上的接近，不会是完全出于偶然，但是两首作品在思维方式、章法句法或者是作品意境上有相似之处时则有不小的可能是出于巧合。

不同时代、不同地域的作者在面对同一个事物、事件时，完全有可能写出相似的诗作。因此，古代诗话在谈到两首作品有相似之处时，常常会指出这种相似不是因袭借鉴的结果，而是由于巧合，由于两位作者面对同一事物的相同的想法。但诗句用字用语的相似很多则都是因袭的结果。一句诗五个字，假如有三个字与前人诗句相同，那么这种相似出于因袭的可能性就很大了；假如有四个字与前人诗句相同，基本就可以确认是出于因袭；而假如全部五个字都一样，那显然就是照抄。因此，我们确认的选择因袭主要是两首作品在用字用语上有几个字一模一样，而通过两个作品思维方式、章法句法或作品意境上的相似来判断两个作品间存在因袭借鉴，很容易出现错误，我们也就尽量不从这个角度来考虑问题。

可以认为，古代诗词中大量出现选择因袭主要是由两大原因造成的：一个是因为内隐记忆，读前人作品多了不自觉的用了前人的句子但自己不知道还以为是自己独创的；另一个是有意对前人作品进行因袭借鉴、点化改造。这里着重讨论内隐记忆的问题。

20世纪80年代，美国心理学家相对于"外显记忆"提出了"内隐记忆"的概念，认为在人类记忆中除了那些我们明确知道自己记得的内容外，还存在一类

自己主观上没有意识到自己记住了，然而能够表现出来的记忆。❶ "内隐记忆"的概念提出后，引起研究界不小的震动，支持者引之为记忆研究的一次革命。但其实这个概念只是弗洛伊德"潜意识"概念的深化。外显记忆和内隐记忆的一大区别就是个体能不能明确意识到这个记忆的存在，至于外显记忆与内隐记忆在记忆的生理机制上是否真的有不同还有待进一步的研究。

古代诗词中选择因袭有一部分就是由这种内隐记忆导致的。对这一点古代的学者已有一定的认识。比如北宋学者刘颁在《中山诗话》中谈到苏舜钦的事例：

> 杜工部有"峡束苍江起，岩排石树圆"，顷苏子美遂用"峡束苍江，岩排石树"做七言句。子美岂窃诗者，大抵讽古人诗多，则往往为己得也。

刘颁认为苏舜钦选择因袭杜甫的诗句，并不是如皎然所谓的"偷语"而是苏舜钦写出后以为是自己独创的，根本不知道是从前读了杜甫诗句的影响。也就是说，是内隐记忆作用的结果。

又如南宋葛立方在《韵语阳秋》中，反驳有人提出的陈师道的诗句有很多是从杜甫诗句点化而来的观点时，认为：

> 客有为余言后山诗，其要在于点化杜甫语尔……余谓不然。后山诗格律高古，真所谓"碌碌盆盎中，见此古罍洗"者。用语稍同，乃是读少陵诗熟，不觉在其笔下，又何足以病公。

葛立方认为陈师道诗句虽然有很多是从杜甫的诗句点化而来，但并不是陈师道有意点化的结果，而是"读少陵诗熟，不觉在其笔下"，是内隐记忆的结果。客观地说，葛立方是在狡辩。明代王世贞在《艺苑卮言》卷四根据《韵语阳秋》这条材料中陈师道化用杜甫的诗例嘲笑陈师道"点金成铁"。

这个问题由于涉及内隐记忆，属于心理学范畴，专用古人的事例不能很好地说明，这里我举自己的一个亲身经历。

大一大二的时候，我学习写古诗，自己感觉写得还行。我有一首古风是这样开头的，"大梦谁先觉，行者乃自知"，当时自己感觉写得非常好，就差拿给别人欣赏了。后来有一次与同学在宿舍走廊里看电视，放的是《三国演义》讲刘备三顾茅庐。诸葛亮睡醒念了首绝句"大梦谁先觉，平生我自知。草堂春睡足，窗外日迟迟。"当时我听了心里一惊，难道！难道！我很自豪的一句诗居然是抄了《三国演义》的。我的诗与诸葛亮的诗就三个字不一样。但我之前是从来没有看过《三国演义》小说的，只是看过《三国演义》电视剧，难道我是看电视时不经意就记住了？我有些怀疑，因为我当时对《三国演义》不太感兴趣。我

---

❶ 彭聃龄. 普通心理学 ［M］. 北京：北京师范大学出版社，2001：344.

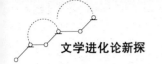

到大三才通读了《三国演义》小说。

　　这次写诗之后过了三年，我读《七侠五义》，发现第三十三回两次引用这首诗。我一下子恍然大悟，我想起很多年前大概是高中时候，有一天下午我与家人看电视，放的就是评书《七侠五义》，讲严查散进京赶考，碰上白玉堂，两个人一见如故，白玉堂要店家做鲤鱼，结果一个人全吃完了，还让严查散付账，把严查散的书童雨墨急坏了。白玉堂吃饱了就睡觉，睡醒了就念"大梦谁先觉，平生我自知。草堂春睡足，窗外日迟迟"。这一段故事非常幽默，我记得当时我们一家人都笑得嘻嘻哈哈。

　　现在回想起来，正是这段给我留下深刻印象的电视剧，让我无形中记住了"大梦谁先觉，平生我自知。草堂春睡足，窗外日迟迟"这首诗，结果才出现过了很多年，我自己写诗用到"大梦谁先觉"，自己不知道是因袭了别人，还沾沾自喜以为匠心独运。我想古人作诗，有些诗句平时读得很熟，自己创作时很容易就出现内隐记忆的干扰。

　　在内隐记忆导致的因袭之外，古代诗词中大量出现选择因袭的另一个原因是作者有意对前人作品进行因袭借鉴、点化改造。在黄庭坚揭示出"无一字无来处""点铁成金""夺胎换骨"这些主动因袭借鉴前人作品的诗歌创作方法后，因袭借鉴成为一种理论自觉，很多诗人都善于因袭借鉴前人作品。南宋杨万里曾说"初学诗者，需用古人好语，或两字，或三字"❶，这就是一种典型的教初学者因袭借鉴前人作品的例子。

　　那么在黄庭坚之前呢？在黄庭坚之前情况也是这样的。可以说黄庭坚正是观察到前人作品"无一字无来处"的事实后才提出他的诗学理论的。我们知道，中唐诗僧皎然已注意到诗歌创作中存在大量选择因袭，他出于当时中国禅宗界张扬自我，反对依傍他人的思潮将这种选择因袭贬斥为"偷"。但当时有很多人并不是这样的看法。盛唐时期的著名诗人王昌龄号称"诗家夫子"，一度有很多年轻人向他学习诗歌写作。他在《诗格》中谈道：

　　　　凡作诗之人，皆自抄古今诗语精妙之处，名为随身卷子，以防苦思。作文兴若不来，即须看随身卷子，以发兴也。

　　按照王昌龄的说法，盛唐诗歌界流行随身带一些前人佳作，在自己文思闭塞的时候，就从随身带的前人作品中寻找灵感。这是一条很重要的材料，它可以解释那些选择因袭是怎样发生的。我们可能会认为主动因袭借鉴前人作品主要是靠对前人作品的记忆，但人的记忆都是有限的，有些默默无名的诗句是不可能记得的。所以很多的选择因袭必然是"翻书"的结果，诗人在文思枯竭的时候，就

❶　傅璇琮. 黄庭坚和江西诗派资料汇编［M］. 北京：中华书局，2003：123.

翻前人的诗集，看到哪一句适合自己作品，就稍作变化有时甚而全盘拿来，放在自己诗里。

这是唐代的情况，在唐之前情况也应该是大同小异。北宋末期的学者叶梦得在《石林诗话》中谈道：

> 尝怪两汉间所作骚文，未尝有新语，直是句句规模屈、宋，但换字不同耳。至晋、宋以后，诗人之词，其弊亦然。若是虽工，亦何足道！盖当时祖习共以为然，故未有讥之者耳。

叶梦得批评了两汉文人作的骚文完全是在模仿屈原、宋玉的作品，同时批评南朝的诗人也存在大量的因袭模仿。

第四节　案例：《西游记》有关的选择因袭

古代小说中的选择因袭，非常多。尤以白话小说因袭文言小说中的情节居多。也正是因为这一点，古代文言小说集《太平广记》可以被称为一个基因库。限于篇幅，这里笔者仅选取百回本《西游记》，详尽探讨书中的各类选择因袭。❶如果进行更大范围的研究，会发现《金瓶梅》《红楼梦》等小说选择因袭之处，并不比《西游记》少。因此，此处的《西游记》选择因袭研究，仅仅是一个普通的有一定代表性的案例而已。要注意的是，古代每一部长篇小说，近现代每一部长篇小说，甚至外国的每一部小说，都存在大量的选择因袭。

一、《西游记》对前代作品的选择因袭

抛开西游故事成书从《大唐三藏取经诗话》到百回本《西游记》中整体因袭的成分不谈，只聚焦于百回本《西游记》从其他多种多样的作品中所进行的选择因袭。应该说，百回本《西游记》从其他诸多作品中因袭了大量情节元素，其中主要的一部分就是文言小说。百回本《西游记》的作者吴承恩曾在《禹鼎志序》中谈到了文言小说的问题：

> 余幼年即好奇闻。在童子社学时，每偷市野史稗言，惧为父师诃夺，私求隐处读之。比长，好益甚，闻益奇。迨于既壮，旁求曲致，几贮满胸中矣。尝爱唐人如牛奇章、段柯古辈所著传记，善模写物情，每欲作一书对

---

❶ 本节摘自郑祥琥. 文学进化中的因袭：以《西游记》为中心案例［D］. 天津：南开大学，2008.

之，懒未暇也。❶

吴承恩提到自己喜好唐人牛僧儒、段成式的作品，并且说想要作一部书与之比美。可见吴承恩对古代的文言小说，尤其是志怪小说非常喜好。由此，百回本《西游记》中因袭大量的古代文言小说的情节也就很自然了。仅从这一点来看，吴承恩作为《西游记》的作者，条件很符合。

另外要注意，在百回本《西游记》成书之前还有《大唐三藏取经诗话》《西游记平话》等几个阶段。在这些阶段中也会受到文言小说的影响。这里我们就不作区分，仅以百回本为准，按回目顺序进行罗列、分析。

第二回中菩提祖师跟孙悟空打的哑谜，因袭自《坛经》。字句如下：

> 祖师闻言，咄的一声，跳下高台，手持戒尺……将悟空头上打了三下，倒背着手，走入里面，将中门关了，撇下大众而去……原来那猴王，已打破盘中之谜，暗暗在心……祖师打他三下者，教他三更时分存心，倒背着手，走入里面，将中门关上者，教他从后门进步，秘处传他道也。❷

> 祖以杖击碓三下而去。惠能即会祖意，三鼓入室。祖以袈裟遮围，不令人见。为说《金刚经》，至"应无所住而生其心"，惠能言下大悟，一切万法，不离自性。❸

从《西游记》第一、第二回文字来看，里面大量的都是道教的内容，但此处孙悟空得到菩提祖师真传的情节，跟《坛经》慧能得弘忍真传的情节极为相似。在古代《坛经》也为道教内丹派别所重视，因此根据这样一个因袭似乎能够显示《西游记》作者有较深的内丹道教修养。

第五回中孙悟空偷蟠桃，这一情节直接来源于《大唐三藏取经诗话》，在"入王母池之处第十一"唐僧听说猴行者"八百岁时到此中偷桃吃了，至今二万七千岁不曾来也"后，怂恿他再偷三五个来吃。《大唐三藏取经诗话》关于偷桃的情节应该来自"方朔偷桃"的故事。据《汉武故事》：

> 东方国献短人，帝呼东方朔至。朔至，短人指谓上曰：王母种桃三千岁一子，此子不良，已三过偷之矣。❹

第六回中二郎神与孙悟空斗法，孙悟空变成麻雀，二郎神就变作雀鹰，孙悟空又变作大鹚老，二郎神变作大海鹤，反复变化多次。此情节在《西游记》中

---

❶ 朱一玄. 西游记资料汇编 [M]. 天津：南开大学出版社，2001：159.
❷ 吴承恩. 西游记 [M]. 武汉：长江文艺出版社，1981.
❸ 丁福保，注. 六祖坛经笺注 [M]. 济南：齐鲁书社，2012：6.
❹ 陈建根. 中国文言小说经典 [M]. 济南：山东大学出版社，1999：27.

是属于相当精彩的情节之一。第六十一回孙悟空与牛魔王斗法也因袭了这一结构模式：牛魔王变作天鹅，孙悟空就变成海冬青；牛魔王又变作一只黄鹰，孙悟空则变作一只乌凤，种种变化多端。这样一个结构层的因袭可能是因袭自《降魔变文》，当然《降魔变文》应是从某部佛经中因袭而来。❶《降魔变文》讲佛祖弟子舍利弗与外道师斗法，也是一物变一物，一物降一物：外道师变出水牛，舍利弗就化出狮子；外道师化出毒龙，舍利弗又化出金翅鸟王，种种变化，互相斗法。❷

第九回玄奘出身即其父母的故事，与周密《齐东野语·吴季谦改秩》的故事基本相同。这则故事后来被改编为戏曲《陈光蕊江流和尚》，后又被直接吸收到《西游记》中。

第十回中龙王行雨时为了不让算命人算中，故意将雨点克扣了三寸八点，导致被玉帝处罚。这一情节模仿李复言《续玄怪录·李卫公行雨》中李靖多洒几点雨结果酿成水灾，导致龙王一家受罚。❸

第八回、第十五回中玉龙由于纵火烧了殿上明珠，被他父亲西海龙王告上天庭，以忤逆的罪名处罚。后被观音点化变成了龙马，驮唐僧西天取经。这一龙变马的情节，类似于裴铏《传奇·许栖岩》中的对话"此马，吾洞中龙也，以作怒伤稼，谪其负荷"❹。

第十回中唐太宗入冥府遇崔判暗改生死簿还阳。这一情节见张鷟《朝野佥载》，鲁迅曾经指出这一点。

第十一回唐太宗入冥府种种见闻，这是南北朝文言小说中常见的情节模式。这种模式的作品很多，如《冥祥记·赵泰》。

第十二回唐僧前身如来的上座弟子金蝉子，由于不用心听如来讲法，被贬入轮回。这类似于李复言《续玄怪录·薛中丞存诚》中谈到的"中丞元是须弥山东峰静居院罗汉大德，缘误与天下人言，意涉浅俗，谪来俗界五十年"。

第十三回中，唐僧遇到由虎、野牛、黑熊变成的寅将军、特处士等三个妖怪。这直接来自裴铏《传奇·宁茵》的桃林斑特处士，南山斑寅将军的妖怪自称的用法。

第十九回，乌巢禅师授唐僧多心经，共 270 字。虽然《大慈恩寺三藏法师传》中有玄奘在蜀，逢异人授心经的记载，且后世通行的心经确为玄奘所译。但这一情节却是直接来自《太平广记》的记载："僧口授多心经一卷，令奘诵之。"

第三十回，奎木狼对宝象国国王言十多年前猛虎负一公主被他救了。猛虎负女

❶　季羡林. 西游记的外国渊源［M］//郁龙余. 中印文学关系源流论. 长沙：湖南文艺出版社，1987.

❷　刘荫柏. 西游记研究资料［M］. 上海：上海古籍出版社，1990：145.

❸　牛僧儒，李复言. 玄怪录·续玄怪录［M］. 上海：上海古籍出版社，1985：204.

❹　裴铏. 传奇［M］. 上海：上海古籍出版社，1980：89.

这一情节在不少文言小说中都有。如《续玄怪录·叶令女》"夜深有虎负女子来";《集异记·裴越客》"忽见猛虎负一物至"。这一回中奎木狼把唐僧变成虎。化虎故事在传奇志怪小说中有很多,如《续玄怪录·张逢》《广异记·费忠》《原化记·天宝选人》等。

第三十七回乌鸡国国王梦中对唐僧说妖怪变成全真,把他骗到八角琉璃井边,使井中放光,骗他往里看,然后把他推进井里,并盖上石板。这一情节类似于裴铏《传奇·马拯》中"遂诈僧云:'井中有异。'使窥之。细窥次,二子推僧堕井,其僧即时化为虎,二子以巨石镇之而毙矣"❶。

第三十七回悟空变作一只兔子,把出外打猎的乌鸡国太子引到唐僧处。这种出外打猎,追赶猎物从而进入异境的导路模式在传奇志怪小说中是比较多见的。

第三十八回悟空骗八戒去找宝贝,八戒下到八角琉璃井中,发现下面有个龙宫,八戒从里面把乌鸡国国王背出来。这与裴铏《传奇·周邯》中的一个情节类似:

> 因相与至州北隅八角井。天然磐石,而甃成八角焉,阔可三丈余。旦暮烟云蓊郁,漫衍百余步。晦夜,有光如火红射出千尺,鉴物若昼。古老相传云,有金龙潜其底,或元阳祷之,亦甚有应。

第四十七回唐僧师徒行到车迟国的陈家庄,讲到一个鬼怪要人民每年祭献一男一女两个儿童,否则要就降灾祸。这与出于《太平广记》的《李诞女》故事相似:

> 东越闽中有庸岭,高数十里。其下北隰中,有大蛇,长七八丈,围一丈。土俗常惧。东治都尉及属城长吏多有死者。祭以牛羊。故不得福。或与人梦,或喻巫祝,欲得啖童女年十二三者。都尉、令长患之。共求人家生婢子兼有罪家女养之。至八月朝。祭送蛇穴口。蛇辄夜出吞啮之。累年如此❷。

第六十七回唐僧师徒在稀柿同遇到一条红鳞大蟒。这与上引《李诞女》故事中的长七八丈,围一丈的大蛇相似。

第六十二回唐僧师徒到祭赛国,得知该国的宝贝被偷,审问抓到的小妖。原来乱石山碧波潭"有个万圣龙王……生女多娇,妖娆美色,招赘一个九头驸马,神通无敌。他知你塔上珍奇,与龙王合盘做贼,先下血雨一场,后把舍利偷讫。见如今照耀龙宫,纵黑夜明如白日。"这样一个镇国之宝被孽龙偷走的故事与《续玄怪录·刘贯词》中龙子偷罽宾国镇国碗的故事很接近:

❶ 裴铏. 传奇 [M]. 上海:上海古籍出版社, 1980:91.
❷ 李昉, 等. 太平广记 (第二百七十卷) [M]. 北京:中华书局, 1961.

此乃罽宾国镇国碗也。在其国，大禳人患厄。此碗失来，其国大荒，兵戈乱起。吾闻为龙子所窃，已近四年，其君方以国中半年之赋召赎。

第六十四中唐僧被一阵风卷走，到木仙庵与老松、老柏、老竹等物成的精怪作诗酬唱，妖怪作的诗都与妖怪的特点有关。这整个一回都是照搬使用了志怪小说中妖怪诗歌酬唱的故事模式。这一类故事最著名的是《东阳夜怪录》。吴承恩比较欣赏的牛僧儒《玄怪录》中的一篇《滕庭俊》也属这一故事类型。

第七十回在朱紫国，妖怪放火，悟空把酒一洒，化作雨水将火灭掉。这个杯酒灭火的故事最早来自《高僧传·佛图澄》。《太平广记》中也有类似故事，《太平广记》卷十一载有一个出自葛洪《神仙传》的"栾巴喷酒"故事：

后征为尚书郎，正旦大会，巴后到，有酒容，赐百官酒，又不饮而西南向喷之……乃发驿书问成都。已奏言："正旦食后失火，须史，有大雨三阵，从东北来，火乃止，雨着人皆作酒气。"

栾巴的这个喷酒灭火的典故似乎比较出名。在明万历年间出版的《三宝太监西洋记》第七回的一篇用于描写场景的骈文中提到了"栾巴喷酒"典故。

第七十九回土地告诉悟空进清华洞的办法"只去那南岸九叉头一棵杨树根下，左转三转，右转三转，用两手齐扑树上，连叫三声'开门'，即现清华洞府"。这种入异境的模式在志怪小说中很常见。如《柳毅传》中龙女告诉柳毅如何进龙宫：

洞庭之阴，有大橘树焉，乡人谓之社橘。君当解去兹带，束以他物，然后叩树三发，当有应者。因而随之，无有碍矣。

最后，《西游记》第二十四回中长得像婴儿的人参果，第五十四回中的女儿国，第五十九回中的火焰山，很可能是间接因袭自北宋熙宁之后成书的《青琐高议》"高言"篇。其间接因袭的中介，应是成书于南宋之前的《大唐三藏取经诗话》。此问题详尽考证，可参见笔者 2008 年硕士论文《文学进化中的因袭——以〈西游记〉为中心案例》附录部分。

二、《三宝太监西洋记》对《西游记》的选择因袭

《三宝太监西洋记》作者是罗懋登，全书共一百回，书成于明万历二十五年（1597 年）。全书情节冗长，很多地方都未脱因袭的痕迹，平均因袭了《三国演义》《水浒传》《西游记》《封神演义》等多部明代长篇小说，直接引用了关于吕

洞宾的话本小说《吕洞宾飞剑斩黄龙》、写无支祈的传奇《古岳渎经》等材料，还化用了"二桃杀三士"等故事的情节。值得注意的是，该书选择因袭《西游记》的地方最多。

《三宝太监西洋记》成书于万历二十五年，而现存最早的《西游记》版本是万历二十年金陵世德堂刻本。笔者推测，罗懋登所看到的应是世德堂本之外的版本，因为罗懋登在书中提到的《西游记》故事情节与世德堂本有些不一样。该书第二十一回，先用两千字谈到袁天罡算命、魏征梦斩老龙、唐太宗游地府，然后又简要谈及西游故事：

> 却说唐王许下了老龙超度，果真的要削发出家，前往西天雷音古刹，面佛求经……唐太宗准奏，大张皇榜，召集天下僧人。果真的就有一个僧人，俗姓陈，金山寺长老拾得的，留养成人，法名光蕊，有德有行，竟往长安揭了皇榜，面见太宗。太宗大喜，封为御弟，赐名玄奘，带了三个徒弟：一个是齐天大圣，一个是淌来僧，一个是朱八戒。师徒们前往西天取经。❶

所引与世德堂本略有不同，不知是罗懋登所引用的版本原话如此，还是他有所改动。不过从《三宝太监西洋记》严重的"抑道扬佛"的倾向来看，罗懋登是选择了对佛教最有利的说法，说唐太宗要出家为僧，而现在通行本没有这样的说法。

《三宝太监西洋记》大量因袭化用了《西游记》的情节，但罗懋登在因袭时往往要推陈出新，借用《西游记》的东西，却又加以变化。这里我们把《西洋记》因袭化用《西游记》的地方进行详尽罗列。

《西洋记》既然是讲郑和下西洋的故事，必不可少要有一个世界地理框架，书中采用的是东胜神洲、西牛贺洲、南赡部洲、北俱芦洲四大部洲的说法。这一说法虽然是来自佛教，是古代印度的世界地理观念，但《西洋记》应是直接从《西游记》中借鉴而来。《西游记》第一回开篇表述了一个天地生成的理论，把四大部洲的概念也镶入这套理论中。

《西洋记》第十三回提到无根水，后文又多次提到，这是从《西游记》中因袭而来。《西游记》第六十九回孙悟空说："井中河内之水，俱是有根的。我这无根水，非此之论，乃是天上落下者，不沾地就吃，才叫做无根水。"《西洋记》中的无根水则是"那长流的活水，通着江海，这就叫做是没根"。与《西游记》中的无根水仅作为药引不同，《西洋记》中的无根水是佛道做法使用的法器。

《西洋记》第二十九回，碧峰长老变成羊角道德真君，从其徒弟处骗得吸魂瓶，结果羊角道德真君又变成小兵混在观看宝瓶的官兵中把吸魂瓶拿回去了。这化用了《西游记》第六十一回，孙悟空变作牛魔王把芭蕉扇从铁扇公主处骗走，

---

❶ 罗懋登. 三宝太监西洋记通俗演义［M］. 上海：上海古籍出版社，1985：278.

而牛魔王又变作猪八戒，从孙悟空手里把芭蕉扇骗回。

《西洋记》第二十九回，碧峰长老向山神打听信息，这是受《西游记》中孙悟空常常向山神、土地打听妖怪的信息启发。

《西洋记》第三十回中原来羊角大仙是元始天尊的大徒弟下凡为害。这也是因袭化用《西游记》的情节模式，《西游记》中常常写到上界仙君下凡为害，如文殊菩萨的坐骑下凡。

《西洋记》第三十一回提到张天师念动紧箍子咒，这明显是从《西游记》中因袭来的。

《西洋记》第三十八回写张天师抓了72个一模一样的王神姑，结果分不清哪个是真身。这与《西游记》第五十八回六耳猕猴与孙悟空无法区分的情节类似，但《西洋记》更繁复，竟然设计出72个。

《西洋记》第四十一回提到冷龙，可以使热的东西变凉，这是从《西游记》中因袭而来。

《西洋记》第四十二回写碧峰长老用钵盂罩住火母，火母怎么也出不来，便让徒弟王神姑去向骊山老母求救，结果还是出不来。这是因袭化用了《西游记》第六十五回在小雷音寺黄眉怪"撇下一副金铙，把行者连头带足，合在金铙之内"。孙悟空请众仙帮助，费了极大力气才从里面出来。

《西洋记》第四十七回写船队进入女儿国，女儿国国王要与郑和结婚，而许多士兵喝了子母河的水怀上了小孩，只能派人去百里之外的圣母泉取泉水作解药。这与《西游记》第五十四回女儿国故事情节基本相同，只是《西洋记》中写得更风趣诙谐。

《西洋记》第五十八回写张三峰用悬丝诊脉的方法给永乐皇帝看病，这是因袭了《西游记》第六十八回孙悟空用悬丝诊脉的方法给朱紫国国王看病。

《西洋记》第八十二回提到的瞌睡虫也是从《西游记》因袭而来。在《西游记》中瞌睡虫仅是作为工具来用，而《西洋记》中却引申出与瞌睡虫对话，苍蝇、蚊子假冒作瞌睡虫的有趣情节。

总之，《三宝太监西洋记》选择因袭《西游记》的地方很多，以上所提均是比较确凿的。

第五节 案例：王维诗歌的选择因袭

本节具体研究古代诗词中的选择因袭。可以以王维诗为案例❶，详尽探讨王

❶ 关于王维诗歌，笔者主要参考了陈铁民校注的《王维集校注》，中华书局1997年版。其中有些诗例也参考了《历代诗话》中有关王维的材料。

维诗对前人作品的选择因袭。据陈铁民校注的《王维集校注》，王维现存诗歌作品共308题，367首。从中可发现，王维至少有60首诗存在对前人作品的选择因袭。

（1）王维《洛阳女儿行》：良人玉勒乘骢马，侍女金盘脍鲤鱼。❶

辛延年《羽林郎》：就我求珍肴，金盘脍鲤鱼。

（2）王维《济上四贤咏三首·崔录事》：解印归田里，贤哉此丈夫。

张协《咏史》：达人知止足，遗荣忽如无。抽簪解朝衣，散发归海隅。行人为陨涕，贤哉此丈夫。

（3）王维《济上四贤咏三首·郑霍二山人》：岂乏中林士，无人献至尊……息阴无恶木，饮水有清源。

晋代王康琚《反招隐诗》：今虽盛明世，能无中林士？
陆机《猛虎行》：渴不饮盗泉水，热不息恶木阴。

（4）《寓言二首》其一：骊驹从白马，出入铜龙门。问尔何功德，多承明主恩。

《陌上桑》：何用识夫婿，白马从骊驹。
应璩《百一诗》：问我何功德。三入承明庐。

（5）《寓言二首》其二：须识苦寒士，莫矜狐白温。

《文选·王微·杂诗》：讵忆无衣苦，但知狐白温。

（6）《鱼山神女祠歌·迎神》：吹洞箫，望极浦。

《楚辞·九歌·湘夫人》：吹参差兮谁思……望涔阳兮极浦。

（7）《鱼山神女祠歌·送神》：神之驾兮俨欲旋。

谢惠连《七月七日夜咏牛女诗》：沃若灵驾旋。

（8）《赠祖三咏》：高馆闃无人。

---

❶ 此处诗例，大体按顺序出自陈铁民编《王维集校注》，限于篇幅，以下不注明页码。

潘岳《怀旧赋》：高馆阒其无人。

（9）《齐州送祖三》：送君南浦泪如丝。

江淹《别赋》：送君南浦，伤之如何。

（10）《观别者》：车从望不见，时时起行尘。

江淹《别赋》：驱征马而不顾，见行尘之时起。

（11）《偶然作六首》其三：问君何以然，世网婴我故……忽乎吾将行，宁俟岁云暮。

陆机《赴洛道中作诗》：借问子何之，世网婴我身。
《楚辞·九章·涉江》：怀信侘傺，忽乎吾将行兮。

（12）《自大散以往深林密竹磴道盘曲四五十里至黄牛岭见黄花川》：静言深溪里，长啸高山头。

陆机《猛虎行》：静言幽谷底，长啸高山岑。

（13）《纳凉》：前临大川口，豁达来长风。

刘桢《公宴诗》：华馆寄流波，豁达来风凉。

（14）《赠房卢氏琯》：萧条人吏疏，鸟雀下空庭。

谢灵运《斋中读书》：虚馆绝诤讼，空庭来鸟雀。

（15）《上张令公》：垂珰上玉除。

鲍照《代白纻舞歌词四首》其二：垂珰散佩盈玉除。

（16）《归嵩山作》：清川带长薄，车马去闲闲。流水如有意，暮禽相与还。

陆机《君子有所思行》：曲池何湛湛，清川带华薄。
陶渊明《饮酒》之五：山气日夕佳，飞鸟相与还。

（17）《献始兴公》：侧闻大君子，安问党与雠……贱子跪自陈，可为帐下不。

文学进化论新探

刘琨《重赠卢谌》：苟能隆二伯，安问党与雠。

应璩《百一诗》：避席跪自陈，贱子实空虚。

（18）《和尹谏议史馆山池》：云馆接天居。

左思《代陆平原君子有所思行》：层阁肃天居。

（19）《寄荆州张丞相》：所思竟何在，怅望深荆门。

沈约《临高台》：所思竟何在，洛阳南陌头。

（20）《凉州郊外游望》：女巫纷屡舞，罗袜自生尘。

曹植《洛神赋》：陵波微步，罗袜生尘。

（21）《双黄鹄歌送别》：天路来兮双黄鹄，云上飞兮水上宿……主人临水送将归。

左思《蜀都赋》：其中则有鸿俦鹄侣……云飞水宿。
《楚辞·九辩》：登山临水送将归。

（22）《老将行》：昔时飞箭无全目，今日垂杨生左肘。

鲍照《拟古三首》：石梁有余劲，惊雀无全目。
《庄子·至乐》：俄而柳生其左肘。

（23）《赠李颀》：文螭从赤豹。

《楚辞·九歌·山鬼》：乘赤豹兮从文狸。

（24）《青雀歌》：青雀翅羽短，未能远食玉山禾。犹胜黄雀争上下，唧唧空仓复若何？

鲍照《代空城雀》：诚不及青鸟，远食玉山禾。犹胜吴宫燕，无罪得焚窠。

（25）《送李睢阳》：须忆今日斗酒别，慎勿富贵忘我为。

百里奚妻《扊扅歌》：百里奚，五羊皮，忆别时，烹伏雌，舂黄荠，炊扊扅，今日富贵忘我为。

（26）《登楼歌》：聊上君兮高楼，飞甍鳞次兮在下。俯十二兮通衢……时不可兮再得，君何为兮偃蹇。

鲍照《咏史》：京城十二通衢，飞甍各鳞次。
《楚辞·九歌·湘君》：时不可兮再得，聊逍遥兮容与。

（27）《叹白发》：俯仰天地间，能为几时客。

《古诗十九首》：人生天地间，忽如远行客。

（28）《辋川诗·文杏馆》：文杏裁为梁，香茅结为宇。

司马相如《长门赋》：刻木兰以为榱兮，饰文杏以为梁。

（29）《辋川诗·木兰柴》：彩翠时分明，夕岚无处所。

宋玉《高唐赋》：风止雨霁，云无处所。

（30）《辋川诗·乐家濑》：浅浅石溜泻。

谢朓《郊游诗》：潺湲石溜泻。

（31）《辋川诗·辛夷坞》：木末芙蓉花。

《楚辞·九歌·湘君》：搴芙蓉兮木末。

（32）《辋川诗·椒园》：桂尊迎帝子，杜若赠佳人。椒浆奠瑶席，欲下云中君。

《楚辞·九歌·东皇太一》：瑶席兮玉瑱，盍将把兮琼芳。蕙肴蒸兮兰藉，奠桂酒兮椒浆。

（33）《酌酒与裴迪》：酌酒与君君自宽，人情翻覆似波澜。

鲍照《拟行路难十八首之四》：酌酒以自宽，举杯断绝歌路难。
陆机《君子行》：休咎相乘蹑，翻覆若波澜。

（34）《春中田园作》：持斧伐远扬。

《诗·豳风·七月》：取彼斧斨，以伐远扬。

（35）《山居即事》：寂寞掩柴扉，苍茫对落晖……绿竹含新粉，红莲落故衣。

　　庾信《拟咏怀二十七首》：日晚荒城上，苍茫余落晖。
　　庾信《入彭城馆》：柳庭垂绿穗，莲浦落红衣。

（36）《田园乐七首》：萋萋芳草春绿，落落长松夏寒。

　　孙绰《游天台赋》：籍萋萋之纤草，荫落落之长松。

（37）《辋川别业》：雨中草色绿堪染，水上桃花红欲燃。

　　梁武帝《宫殿名诗》：林间花欲然，竹径露初圆。

（38）《林园即事寄舍弟紞》：青簟日何长。

　　江淹《恨赋》：夏簟清兮昼不暮。

（39）《郑果州相过》：五马惊穷巷，双童逐老身。中厨办粗饭，当恕阮家贫。

　　庾信《奉和永丰殿下言志诗十首》其四：五马遥相问，双童来夹车。
　　汉乐府《陇西行》：左顾敕中厨，促令办粗饭。

（40）《崔濮阳兄季重前山兴》：故人今尚尔，叹息此颓颜。

　　《古诗十九首·客从远方来》：相去万余里，故人心尚尔。

（41）《秋夜独坐》：白发终难变，黄金不可成。

　　江淹《从建平王游纪南城诗》：丹沙信难学，黄金不可成。

（42）《晚春严少尹与诸公见过》：松菊荒三径，图书共五车。烹葵邀上客，看竹到贫家。

　　陶潜《归去来兮辞》：三径就荒，松菊犹存。
　　沈约《咏菰诗》：匹彼露葵羹，可以留上客。

（43）《春夜竹亭赠钱少府归蓝田》：夜静群动息。

　　陶潜《饮酒其七》：日入群动息。

（44）《送杨长史赴果州》：别后同明月。

　　谢庄《月赋》：隔千里兮共明月。

（45）《和陈监四郎秋雨中思从弟据》：袅袅秋风动……忽有愁霖唱。

　　《楚辞·九歌·湘夫人》：袅袅兮秋风。
　　谢瞻《答灵运》：忽获愁霖唱。

（46）《与胡居士皆病寄此诗兼示学人二首》：因爱果生病。

　　《维摩诘经·文殊师利问疾品》：从痴有爱，则我病生。

（47）《恭懿太子挽歌五首》其五：西望昆池阔，东瞻下杜平。

　　沈约《钟山诗应西阳王教》：南瞩储胥观，西望昆明池。

（48）《座上走笔赠薛璩慕容损》：希世无高节，绝迹有卑栖。

　　陆机《赴洛二首》：希世无高符，营道无烈心。

（49）《苦热》：赤日满天地，火云成山岳。草木尽焦卷，川泽皆竭涸……长风万里来，江海荡烦浊。

　　应璩《与广川长岑文瑜书》：顷者炎旱，日更增甚，沙砾销铄，草木焦卷。
　　陆机《前缓声歌》：长风万里举，庆云郁嵯峨。

（50）《送崔五太守》：使君年几三十余，少年白皙专城居。

　　《陌上桑》：三十侍中郎，四十专城居。为人洁白皙，鬑鬑颇有须。

（51）《杂诗》：五桃新作花。

　　鲍照《拟行路难十八首之八》：中庭五株桃，一株先作花。

（52）《沈十四拾遗新竹生读经处同诸公之作》：闲居日清净，修竹自檀栾……何如道门里，青翠拂仙坛。

　　阴铿《侍宴赋得竹》：夹池一丛竹，青翠不惊寒……湘川染别泪，衡岭

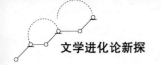

拂仙坛。

(53)《田家》：卒岁且五衣。雀乳青苔井，鸡鸣白板扇。

　　《豳风·七月》：无衣无褐，何以卒岁。
　　傅玄《杂诗三首之三》：鹊巢丘城侧，雀乳空井中。

(54)《息夫人》：莫以今时宠，能忘昔日恩。

　　冯小怜的绝命诗：虽蒙今日宠，犹忆昔时怜。

(55)《送秘书晁监还日本国》：积水不可极，安知沧海东。

　　谢灵运《行田登海口盘屿山》：莫辨洪波极，谁知大壑东。

(56)《积雨辋川庄作》：漠漠水田飞白鹭，阴阴夏木啭黄鹂。

　　李嘉佑：水田飞白鹭，夏木啭黄鹂。

(57)《辋川闲居赠裴秀才迪》：渡头余落日，墟里上孤烟……复值接舆醉，狂歌五柳前。

　　陶潜《归田园居》：暧暧远人村，依依墟里烟。

(58)《山居秋暝》：随意春芳歇，王孙自可留。

　　《楚辞·招隐士》：王孙游兮不归，春草生兮萋萋。

(59)《山中赠别》：春草年年绿，王孙归不归。

　　《楚辞·招隐士》：王孙游兮不归，春草生兮萋萋。

从王维的案例可以看出，古代诗人对前人作品的选择因袭是大量存在的。即使在其全部诗歌中亦占有很大比例。其他的诗人，如谢灵运、李贺、陆游，也有大量诗句来自选择因袭。这里限于篇幅，不提供其他诗人的案例。

文学进化中的整体因袭

上一章详述了文学进化中选择因袭涉及的种种理论问题。选择因袭总是着眼于作品中的小结构、小元素、小细节，这往往显得很零碎。也正是因其零碎，选择因袭在古今中外文学发展实际中虽大量、频繁地发生，却未能被文学研究界提升到重要的理论地位。而整体因袭是比较明显而集中的文学现象，学者们对整体因袭也已经有了很多认识。中国学者徐朔方提出了"世代累积型集体创作"的概念。西方学者则提出"主题学"，此提法源自对民间故事的研究，学者们注意到在民间故事中同一个故事往往有很多变种，因而可将其归纳在同一个"主题"之下。"主题学"的理论已经注意到整体因袭这个现象，但是没有把"整体因袭"这个概念提出来。因此也就不能认识到整体因袭与选择因袭是文学进化中同一个变量的不同参数设置，区别只在于所因袭的文学基因的数量、范围。

选择因袭只选择性地因袭一段文本中的一个或几个基因。而整体因袭则对一段文本中的绝大多数基因进行了整体因袭。整体因袭与选择因袭之区别，表面上是因袭的内容多少，但正是这种数量上的不同导致了文学进化路线的不同。选择因袭导致一种文学进化中提纯与优化，而整体因袭相对来说提纯的方面少，优化的方面多。借鉴生物学理论，选择因袭对应于转基因技术，整体因袭则对应于生物学上的"直系繁殖"。所谓生物学上的"直系繁殖"可分为：有性生殖和无性生殖。人类、哺乳动物是有性生殖，需要父代与母代的结合，才能产生子代。而无性生殖则是不需要两性生殖细胞的结合，直接由母体产生下一代新个体的生殖方式，包括细菌的分裂生殖、水螅的出芽生殖、蕨类植物的孢子生殖等。

文学进化中的整体因袭，会产生类同于生物生殖中无性生殖的效果，从上一代母体会直接"产生"下一代个体。例如通过整体因袭，从上一代的《西厢记诸宫调》直接产生了下一代的《西厢记》杂剧。正是因为这种类似于生物学上无性生殖的效果，整体因袭打破了"抄袭"的固有缺陷，具有了重要的创造性的进化意义。从定义上说，整体因袭是一个作品对某个前代作品的整体的因袭，即从人物到情节到内容到结构的整体因袭。但这种因袭有时又是创造性的，会带来文学进化进程中的大幅度优化。

另外，从进化效果上，整体因袭可导致垂直进化与模拟两种进化类型。整体

因袭的作用方式与诸多效果，值得深入探究。

第一节　整体因袭的第一个类型：垂直进化

　　文学进化中的整体因袭可以导致垂直进化的产生。即在一个故事、事件的范围内，后代作品以前代作品为基础，整体上因袭前代作品。同时，后代作品相对于前代作品，在情节内容上大体保持稳定，变化的是叙述方式、作品规模，以及作品的意义指向等。这个类型的整体因袭是古今中外文学发展中一种极为普遍的现象。以中国文学来说，这种整体因袭其实就导致了垂直进化。比如西厢记故事的垂直进化：从元稹的唐传奇《莺莺传》到金代董解元的《西厢记诸宫调》到元代王实甫的杂剧《西厢记》再到明代的《南西厢》等的一个完整的上千年发展过程。

一、中国古代文学史上的整体因袭

　　在这种故事流变过程中，前一部作品往往成为后一部作品的基础，后一部作品在前一部作品的基础上，整体因袭了前一部作品的诸多要素。对整体因袭前人作品的作者来说，我们今天所谓的"抄袭"并不是一件丢脸的事，反而是一种光荣，代表了对文学传统的继承。从客观效果来说，这个类型的整体因袭确实是常常能起到青出于蓝的优化效果，到今天几乎没有人把这种整体因袭贬斥为低劣的抄袭。比如元杂剧《西厢记》虽然由金代董解元的《西厢记诸宫调》整体因袭而来，但明清时期被读者津津乐道的是《西厢记》而不是《西厢记诸宫调》，以至于《西厢记》作者王实甫在文学史上的地位比董解元重要多了。问题是没有董解元的前期努力，王实甫能否把《西厢记》发展到新的高度？董解元的文学史地位该如何评价，他算不算是大作家？

　　这其实挺尴尬的，客观上是抄袭，但抄的人比被抄的人得的分数要高，结果人们还不好直接指责抄袭。由于这种尴尬的原因，学者们对这种事实上是抄袭的整体因袭研究不够全面，学者们不愿去揭这个底，不愿去谈及这其中的评价问题，导致这样一种普遍的整体因袭似乎被遗忘了。

　　这样一种带有故事流变色彩的整体因袭，在中国古代文学史上例证非常多。例如《三国演义》成书过程就是带有典型的整体因袭痕迹，从汉末的三国纷争本事，到西晋陈寿的《三国志》到北宋司马光等人以曹魏为正统的《资治通鉴》三国部分，到南宋朱熹以蜀为正统的《通鉴纲目》，到宋代说话艺人"说三分"，到刊于元代的《三国志平话》，再到元代众多的三国戏，最后到元末明初罗贯中的杰作《三国志通俗演义》。又比如《封神演义》从商末周初的对中国史影响巨大的武王伐纣的历史事件，到先秦、秦汉间记载此事的《尚书》《史记》等史书，再到魏晋唐宋间文人就此事的言论，再到元代的《武王伐纣平话》以及明嘉靖年间成书的《春秋列国志传（卷一）》，最后在明代隆庆万历年间形成了我们今天看到的反映神魔纷争的一百回的长篇小说《封神演义》。

再如被誉为"东方莎士比亚"的明代戏剧家汤显祖，他的《临川四梦》无一例外都是根据前人的文言小说改编的。《紫钗记》是敷演唐代蒋防的《霍小玉传》，《南柯记》敷演唐代李公佐的《南柯太守传》，《邯郸记》敷演唐代沈既济的《枕中记》。汤显祖最著名的作品《牡丹亭》，其故事情节整体因袭了《杜丽娘慕色还魂》话本。同时又选择因袭了多个作品，在《牡丹亭·题词》中他提及了多个文言小说作品。从这种频繁的整体因袭中，可以看出汤显祖对古代文言小说非常熟悉。事实也正是如此，汤显祖曾编过志怪小说集《续虞初志》四卷，另外王世贞编的文言小说集《艳异编》是请汤显祖作的序。可以说正是由于对古代文言小说的爱好，汤显祖在创作自己的作品时才能够信手拈来，从容地吸收前人作品的精华。通过整体因袭与选择因袭，在前人精彩作品的基础上，提高自己作品的经典性，使自己作品得到优化。

以上主要是整体因袭前人的例子，自然还有被后人整体因袭的例子。典型的就是洪迈《夷坚志》，该书收集了大量宋代及宋以前的小故事、奇谈怪闻。据《醉翁谈录》记载，宋代的"说话"艺人对《夷坚志》非常重视。因此宋元话本中有不少作品是整体因袭了《夷坚志》。到明代，《夷坚志》影响依然广泛。据研究，明代有 10 种戏剧取材于《夷坚志》。比如叶宪祖杂剧《生死缘》整体因袭自《夷坚甲志》卷四《吴小员外》，沈自徵杂剧《霸亭秋》整体因袭自《夷坚三志辛》卷八《杜默谒项王》，傅一臣杂剧《买笑局金》整体因袭自《夷坚志补》卷八《王朝议》。

二、中国现当代文学史上的整体因袭

这种由整体因袭导致垂直进化的例子，在现当代文学史上亦时有发生。最典型的是"伤逝"故事的垂直进化。香港作家亦舒 1982 年出版的小说《我的前半生》，因袭、沿用了鲁迅 1925 年作品《伤逝》中相关人物与情节、意蕴的设定，男女主人公都叫涓生、子君，故事都聚焦于女性自立的问题。从艺术效果、社会影响等诸方面来看，《我的前半生》可以看作是对《伤逝》的一次成功的垂直进化。类似的例子还有，作家格非 1996 年的作品《半夜鸡叫》是改编了 20 世纪50 年代小说《高玉宝》中的著名故事"半夜鸡叫"。

现当代作家改编古典作品的案例则更是不胜枚举。鲁迅《故事新编》中的 8

个短篇小说即因袭改写了嫦娥奔月、大禹治水等古典神话传说。老作家汪曾祺
1987 年之后连续创作发表的系列作品《聊斋新义》，是对清代蒲松龄《聊斋志
异》中诸多故事的整体因袭。再如当代作家苏童 2006 年的小说《碧奴》整体因
袭了"孟姜女哭长城"故事，只是将孟姜女的名字改为了碧奴。当代作家叶兆
言的小说《后羿》亦源自整体因袭。当代作家李碧华 1986 年的小说《青蛇》改
写了白蛇传故事。

诸如此类的案例，已逐渐在当代文学界形成一种"风尚"：通过整体因袭来
改写从前的旧故事，让旧故事焕发新的光彩。可以预见的是，未来这种"由整体
因袭导致垂直进化"的现象，在当代文学的演化中会越来越成为一种常见现象，
甚至成为一种主流现象。不排除未来中国文学经典的诞生，也会是以这种类似
《三国演义》成书的垂直进化方式。

三、古今中外改头换面的整体因袭

所谓"改头换面的整体因袭"，是故事传播中，人物、地点、具体用语，甚
至国别都变了，但故事的主要框架保持不变的现象。这样一种改头换面的整体因
袭，往往伴随着一个故事在全世界流行开来，尤其在民间文学中很常见。各种不
同的民间故事在世界各地流传，虽基本故事框架稳定，但面貌却呈现出多种多样
的变异。如"天鹅仙女下凡"故事在世界各地都有多样化的流传，都带有改头
换面的整体因袭的特性。

类似的，中国古代的传奇志怪小说篇幅短小精悍，而数量又非常大，这就导
致在传奇志怪小说之间存在大量改头换面的整体因袭。传奇志怪小说中的整体因
袭的经常情况是一个作品跟另外一个作品情节内容大体相似，只是时间、地点、
人物姓名不同。典型的如《大唐西域记》中"烈士池"故事的传播，一个印度
修炼故事，却被换成了中国道教修炼故事的面貌。在《太平广记》中有三篇故
事与此有整体因袭关系，李复言《续玄怪录·杜子春》、薛渔思《河东记·萧洞
玄》、裴铏《传奇·韦自东》，这三篇作品一度并行，它们之间当然是有生存竞
争，最后由于各种原因李复言的《杜子春》在竞争中胜出，被改编为话本小说
《杜子春三入长安》收入《醒世恒言》。到清代又分别被改成了传奇戏曲，如胡
介祉的《广陵仙》、岳端《扬州梦》。到 1920 年日本作家芥川龙之介又将李复言
《杜子春》改编为同名短篇小说《杜子春》。

这一类的例子还有很多。李公佐的《谢小娥传》讲的是谢小娥为父夫报仇
的故事。这应是一则真人真事。后来欧阳修编《新唐书》此事载入《新唐书·
列女传》。谢小娥是洪州豫章人，此地素号民风悍烈、崇尚侠义，这也是能涌现
谢小娥这样奇女子的社会文化背景。此后李复言将此篇略作改动，题为《尼妙

寂》收入《续玄怪录》。李复言的改动主要是在叙事角度上，因为谢小娥事迹是李公佐的亲身经历，所以《谢小娥传》用的是第一人称叙事，古汉语中表示"我"的人称代词"余"在小说中频繁出现。而李复言的《尼妙寂》则用的是第三人称讲故事的形式，李公佐仅仅是故事中的一个人物而已。

收于《太平广记》的《幽名录·庞阿》、陈玄祐《离魂记》《灵怪录·郑生》《独异志·韦隐》之间有明显的整体因袭。这些故事的核心情节都是一个女子因思念一个男子而魂魄出窍，与那位男子生活在一起一段时间，然后魂魄与真身相见合在一起。这些故事是以古代关于魂魄的见解为基础的。古代理论家认为人有三魂七魄，有时候可以其中一个魂魄出壳，而真身依然活灵活现。这些故事之间经过竞争最终陈玄祐《离魂记》胜出，到元代郑光祖据此作《倩女离魂》杂剧。这实则也是类似民间文学中的改头换面的整体因袭。

四、西方文学中的整体因袭

在西方文学史上，整体因袭也是大量发生的文学现象。国人较熟悉的是关于《浮士德》"世代累积"成书的情况。浮士德是德国历史上一个真实人物，据一些资料记载，他于1480年生于当时德国地区的某小城，擅长占星术、炼金术等法术，他宣称自己与魔鬼订约，后来由于渎神被驱逐，于1540年在一个小村自杀。他死后有一些民间故事书籍记载他的故事，1587年德国有人出版了浮士德的故事《浮士德的一生》。曾就读于剑桥大学的马洛，根据当时英译的一本德国故事集，于1592年写出了《浮士德博士的悲剧》。100多年后德国戏剧家莱辛曾试图写一部浮士德的戏剧但没有完成，之后克林格尔把浮士德的故事写成了一部长篇小说《浮士德的生平、事业及下地狱》。克林格尔的作品直接启发了歌德，歌德用了几十年的时间写成了名著《浮士德》，主要反映的是学者的个人权力欲、情欲与探求知识的寂寞之间的矛盾。

西方很多作家都是把目光投向古希腊、古罗马神话、圣经故事，所以他们的作品有很多都是由这些故事改编、扩充而来。比如17世纪英国诗人弥尔顿的几部作品都是从圣经的记载整体因袭而来。他的名作《失乐园》就是从《旧约·创世纪》的亚当、夏娃在蛇的引诱下偷吃智慧果，被逐出伊甸园的故事扩充、改编而来。再如17世纪法国剧作家高乃依的《美狄亚》《俄狄浦斯》等剧作，很多是取材自古希腊神话。

又比如希腊神话中普罗米修斯盗天火的故事，早在古希腊时代就有人据此改写为文学作品。古希腊三大悲剧家之一的埃斯库罗斯曾写作《普罗米修斯》三部曲，今仅存第一部。后来英国浪漫主义诗人雪莱又写了著名的诗剧《解放了的普罗米修斯》。

　　莎士比亚作为西方文艺复兴时期的文学天才，很善于借鉴前人。莎士比亚很多作品都存在整体因袭的情况，他很善于从前人的作品中发现可以利用的材料。西方莎士比亚研究的一个重要领域是研究莎剧的素材来源。莎士比亚现存戏剧37部，多数都存在整体因袭的情况。例如《罗密欧与朱丽叶》，该故事最早是意大利维罗纳的一个传说，在民间传说过程中故事不断丰富，意大利作家班德尔最早将该故事写成小说，到1562年英国诗人阿瑟·布洛克根据达·波托的法文译本，写成叙事诗《罗密欧与朱丽叶悲史》，莎士比亚就是根据阿瑟·布洛克叙事诗创作了《罗密欧与朱丽叶》悲剧，该剧对从前的故事仅仅略有改动，但改动后作品脱胎换骨有了全新的意蕴。

　　莎士比亚的"四大悲剧"均是整体因袭的结果。《奥瑟罗》的故事主要取材于意大利小说家辛斯奥的故事集《寓言百篇》中的《威尼斯的摩尔人》；《李尔王》的故事最早记载于12世纪的《不列颠王国史》，其后收入15世纪的一本故事集《罗马人的伟绩》。在莎士比亚之前有几十位作者以这个故事为题材进行创作，但影响都不大。而莎士比亚的改编却化腐朽为神奇，使这个古老的故事变成了一部艺术珍品；《麦克白》取自霍林西德的《英格兰、苏格兰和爱尔兰编年史》中的一段记载。

　　莎士比亚最著名的作品《哈姆雷特》更是典型的整体因袭。丹麦历史学家萨克索·格拉姆玛提库斯在12世纪末所著《丹麦史》里首先记载了这个故事。1576年，法国作家贝尔福雷的《悲剧故事集》中首次收有这个故事的改写本。16世纪80年代，伦敦舞台上曾上演过托马斯·基德的类似复仇剧《西班牙悲剧》。1601年，莎士比亚把它重新改编，把一段中世纪的封建复仇故事改写成一部深刻反映时代面貌、具有强烈反封建意识的悲剧，哈姆雷特的形象也成为世界文学中著名的艺术典型。

　　莎士比亚其他作品的整体因袭，又如其第一部喜剧《错误的喜剧》几乎完全是根据古罗马剧作家普劳图斯的喜剧《亲生兄弟》改编的；《第十二夜》取材于英国作家巴纳比里奇的《与军职告别》一书；《雅典的泰门》的故事情节主要来源于罗马历史学家普鲁塔克《希腊罗马名人传》中安东尼传和阿克旺传。

　　在整体因袭之外，莎士比亚也很善于选择因袭前人作品中精彩的情节。如《威尼斯商人》中订立割一磅肉的契约这个情节，取自于意大利作家乔万尼·弗林提奥的短篇小说集《傻瓜》。三匣选亲的情节取自中世纪的《罗马人的伟绩》一书中的第66个故事。

　　类似的，法国古典主义戏剧家莫里哀（1622—1673年）的诸多作品亦存在对前代作品的整体因袭。❶ 1661年的三幕诗剧《丈夫学堂》取材自古罗马作家泰

---

　　❶ 郑克鲁. 法国文学史［M］. 上海：上海外语教育出版社，2016：136-141.

伦斯的《阿德尔夫》；1662 年的五幕诗剧《丈夫学堂》取材自意大利的一则故事及另一部法国作品《防不胜防》；1667 年的三幕散文剧《打出来的医生》整体因袭自中世纪的故事诗《农民医生》；1668 年的著名作品《悭吝人》取材改编自古罗马作家普劳图斯的戏剧《一坛黄金》，虽人物形象设定、时代背景有所改变，但主体内容、情节元素大体继承下来，故而莫里哀所创造的著名吝啬鬼形象阿巴贡，实则是文学因袭的产物。

一个更典型的例子是，英国诗人拜伦的名作《唐璜》（Don Juan）所涉及的整体因袭。据研究，唐璜可能是西班牙的一个真实历史人物，大概于 1603 年被西班牙国王封为爵士，后来他的故事进入文学传播领域。[1] 1607—1625 年，蒂尔索创作了一部戏剧《塞维利亚浪子，或曰石客》包含现在已知最早的唐璜形象，风流倜傥的唐璜形象树立起来了。此后相继出现了一些表现唐璜的舞台戏剧作品。据说 1658 年，一个意大利剧团把唐璜故事带入法国，风流倜傥的唐璜形象很受法国人的喜爱，到 1677 年，短短 20 年间，法国就出现了五部涉及唐璜的作品。[2] 1665 年莫里哀创作的讽刺喜剧《唐璜》便是其中一部。1787 年莫扎特创作了两幕歌剧《唐璜》。直到 1820 年左右拜伦创作了长篇叙事诗《唐璜》，这是唐璜故事流变中的一个文学经典。但此后还相继诞生了大量关于唐璜的作品，如巴尔扎克的《长生药水》、普希金的《石雕客人》、大仲马的《堕落天使》等。

到现代，据统计在西方各国文学中林林总总有近千种关于唐璜的作品。其数量之多，是令人难以想象的。足见唐璜是一个在西方文学中非常活跃的题材。可以说唐璜是一个"箭垛"式的人物，各国作家都倾心于这一形象。这其中的很多作品之间，显然都存在明显的整体因袭。

五、中外结合的整体因袭

自古以来，很多文学作品在中国、印度、西方之间有复杂的流传与整体因袭关系，文学史上有大量的中外结合的整体因袭，比如，"赵氏孤儿"戏剧在西方多次被改编，元杂剧《包待制智勘灰栏记》在西方多次被改编。

再比如中越结合的徐海、王翠翘故事。明嘉靖年间中国东南沿海闹倭寇，但这些倭寇并不都是日本人，有不少中国游民也夹杂在其中打家劫舍。有一个叫徐海的，聚众横行海上，多次洗劫江浙地区。后胡宗宪任职浙江，劝降徐海，并买通其宠妾王翠翘。徐海决意投降，但官军出尔反尔，四设伏兵，最后徐海溺水而亡。明代古文家茅坤的《纪剿除徐海本末》记载了此事，书后还特意记载了王翠翘的情况：徐海死后，王翠翘被官军捕获，被配人为妾，途经钱塘江，王翠翘

---

❶ 尚景建. 文学，历史抑或神话？——论唐璜形象的起源［J］. 外国文学，2014（1）.
❷ 刘久明. 论莫里哀对唐璜传说的改编［J］. 外国文学研究，2010（2）.

为徐海殉情，跳江而死。

此事随即进入文学领域，明代周楫《西湖二集》中有一篇《胡少保平倭战功》就讲该故事，《虞初新志》卷八收有《王翠翘传》，胡旷《拾遗录》中也有《王翠翘传》，崇祯末年刊刻的《三刻拍案惊奇》也有一篇讲此故事。这样一个集强盗、阴谋、爱情于一体的故事很受当时小说家的关注，诸多文人纷纷对之进行自己的整体因袭式改写。到清代康熙时，出现了一部二十回的集大成的《金云翘传》，作者是青心才人。至此这样一个整体因袭的文学进化过程似乎就应该结束了。

但到乾隆嘉庆时期，越南涌现了一个著名的文学家阮攸，他曾作为如清岁贡正使来过中国。他把青心才人二十回本《金云翘传》改写为越南喃传这种韵文体小说，题名为《断肠新声》。全书共 3254 句，故事情节与二十回本《金云翘传》基本相同。《断肠新声》在越南获得巨大影响，在越南文学史上的地位就相当于中国的《三国演义》《水浒传》。

这是个很有意思的文学现象，在中国《金云翘传》毫无疑问是三流作品，而在越南相同的故事却成为名著。当然我们必须看到，在明末有一段时期，众多的文人对这个故事很感兴趣，但随着清初定鼎以后大家的兴趣就冷却下来了。这也许是时代的影响，也许是越南更注重海洋文化吧。

第二节　整体因袭的第二个类型：模拟

以上是文学进化中整体因袭的第一个类型，这个类型由于导致了垂直进化，是被学者们正面评价的。整体因袭的另外一个类型就没这么幸运了，学者们一般约定俗成地把这个类型称为"模拟"。关于模拟与垂直进化的联系与区别，要注意以下几点：

第一，诗歌中的模拟，有时亦可被视为垂直进化。就是说，诗歌模拟中的有些作品，其实是符合垂直进化的定义的。但另外有些模拟，因其作品较大偏离了原作的轨道，故不被视作垂直进化。

第二，模拟与垂直进化的界限有时是难以区分的，如果强行对其区分，则可以说垂直进化更强调主题的一脉相承性，而模拟则会改变原作的主题与立意，是由因袭而起但走入不同的主题、立意。因此小说史中一些从前被视为"机械模拟"的续书，其实亦可以看作该文学物种垂直进化的新阶段。

第三，从艺术效果看，垂直进化往往带有"优化"的一面，而模拟则往往优化的层面不多。故而文学史上对"模拟"是持普遍的批评态度的，虽然这种"模拟"现象在文学史亦是广泛存在的。

要之，关于文学史上的"模拟"现象，必须进行深入研究，尤其是对相关案例的深入研究。

一、模拟的内涵与外延

"模拟"是个中性词，如果语义不变而转换成褒义词那就是"复古"，转换成贬义词就是"剽窃"。与带有故事流变色彩的整体因袭一样，模拟也是在文学发展史上广泛发生的，其广泛度甚至超过垂直进化。垂直进化仅仅比较多地发生于小说戏曲等文学样式，而模拟却是诗歌散文小说戏曲等一切文学样式中都广泛发生的。所以从理论上说，如果对其界定略作放宽，则诗歌领域的有些模拟，也可以被视作诗歌领域的垂直进化；小说领域一些续书式的模拟，亦可被视作垂直进化。

从与生物学的比较来看，这种"模拟"可类比于生物学上的"返祖"现象。所谓的"返祖现象"（Atavism），是指有的生物体偶然出现了祖先的某些性状的遗传现象。这种返祖现象常常可以周期性地消失，有时经过许多代又突然出现，而且回到了祖先的原型上。比如鸡鸭经过人类的驯化，已经不会飞了，但鸡鸭的后代中还是会出现一些具有飞行能力、能飞到一定高度的后代。如果这种能飞的后代持续繁衍，则鸡鸭的种群中就会恢复到祖先的飞行水平。文学上的"模拟"现象，与生物学上的"返祖"是有很大类同性的。

对文学上的模拟现象与生物学上的返祖现象进行类比，可以发现，返祖是一种退化，模拟很多时候也是一种退化。从文学进化论的角度，模拟主要是对古代作品中已经失去进化活力、不再传播的文学基因，进行了因袭，等于是激活了一些不再有活性的古代作品的文学基因。

可以给"模拟"下一个定义，模拟是整体因袭的一种，指的是某作者紧盯某一个前代作品，因袭该前代作品的诸多文学基因，在人物形象、故事内容、主题意境、用词用句等方面借鉴该前代作品，有时力图要得该前代作品之风神甚至达到能够以假乱真的程度。模拟的发生往往伴随着作者对前人的崇拜。被模拟的作品一般是当时的文学经典，而模拟的作品由于新意不够很难取得突破，文学成就往往一般。

"模拟"是古代诗歌批评中广泛使用的概念，今天的学者继承了古人的观点。由于古代的诗歌创作、诗歌阅读的蓬勃发展，古代诗歌批评家已经注意到在不计其数的诗歌作品中有大量的作品其实都是在从前作品的模式内腾挪变化，可以说是了无新意，而且这种"模拟"现象虽名家亦在所难免。今天的学者由于非常重视"创新"，所以对这种"模拟"现象研究不多评价也不高，这就使得人们对这种广泛存在的模拟现象视而不见，人们似乎忘记了它的存在。这种情况

下，我们今天对古代文学的真实存在的把握是极其片面的，不是历史的更不是唯物主义的，而恰恰是唯心主义的。学者们总是用我们能感知到的东西来代替实际存在的东西，这样一种唯心主义发展到极端就是有些东西明明能够感觉到它的存在，却硬性封闭我们的感官不听不看不关心，于是存在的也就好像不存在了。

诗歌中的模拟现象是非常广泛的，虽然模拟出来的佳作很少。譬如《昭明文选》卷三十、卷三十一收录了一些拟古诗，这些诗多是对前人作品的整体因袭，师法前人的谋篇布局、遣词造句，又融入自己的感悟试图出新。如书中收录的西晋著名文人陆机《拟古诗》12 首（陆机现存诗共 107 首），基本上都是拟《古诗十九首》，每一首在内容上都是因袭相应原题。可举一例进行对比：

> 迢迢牵牛星，皎皎河汉女。纤纤擢素手，札札弄机杼。终日不成章，泣涕零如雨。河汉清且浅，相去复几许。盈盈一水间，脉脉不得语。（《古诗十九首·迢迢牵牛星》）

> 昭昭天汉晖，粲粲光天步。牵牛西北向，织女东南顾。华容一河冶，挥手如振素。怨彼河无梁，悲此年岁暮。跂彼无良缘，睆焉不得度。引领望大川，双涕如沾露。（陆机《拟迢迢牵牛星》）

可以看出，陆机把《古诗十九首》原作的朴素变成了当时诗坛流行的文雅、华丽。应该说陆机的这种对《古诗十九首》的整体因袭也算是成功的，否则不会被收入《文选》这部经典诗歌选集。而且当时的诗歌评论家钟嵘也有过赞扬，但现在来看他的这些拟作同原作比，根本就不是一个档次。

这种模拟的文学思想，在古代文学发展历程中连绵不绝，有时甚至会一度成为主流的文学思想。最典型的就是明代前后七子的复古模拟思想，其流风所及导致明代中后期诗坛一片模拟复古之声。以后七子领袖李攀龙的作品来看，其《沧溟先生集》有 14 卷，其中古乐府就有两卷，如《有所思》《陌上桑》等。这些古乐府几乎都是模拟古人的作品。罗宗强先生在《明代文学思想史》中指出，李攀龙共有乐府诗 217 首，其中题旨与乐府古题相同的 158 首，相近的 19 首，不同的才 30 首。这些作品中"有的文字直接引自古辞……有的是文字从古辞引申……有的文字虽有很大不同，而题旨与古辞完全相同"❶。可举其卷一中的《天马歌》为例：

> 天马下，阊阖开；汗以血，騑离哉！河之精，龙之子；视浮云，无万里。绝流景，蹑遗风；今安驾？幸回中。

> 天马倈，从西极；经千里，归有德。天马倈，竦予身；挟飞电，化

---

❶ 罗宗强. 明代文学思想史 [M]. 北京：中华书局，2012：526.

若神。

　　天马徕，循东道；承灵威，服帝皂。天马徕，岁执徐；挟四海，将安如？

　　天马徕，出崎山；逝昆仑，排玉关。天马徕，龙为友；北击胡，驱群丑。

然而从其标题、立意、内部结构、用词用句等多方面来看，该作品都是模拟了作于汉武帝时期的古乐府辞《天马歌》：

　　太一况，天马下，霑赤汗，沫流赭。志俶傥，精权奇，籋浮云，晻上驰。体容与，迣万里，今安匹，龙为友。

　　天马徕，从四极，涉流沙，九夷服。天马徕，出泉水，虎脊两，化若鬼。

　　天马徕，历无草，径千里，循东道。天马徕，执徐时，将摇举，谁与期？

　　天马徕，开远门，竦予身，逝昆仑。天马徕，龙之媒，游阊阖，观玉台。

把两首《天马歌》进行对比，即可发现，李攀龙《天马歌》是对古乐府辞《天马歌》的整体因袭，基本上是"字规句模"。难怪后来清代很多人批评前后七子是"剽贼前人"。仅从这两首《天马歌》来看，说李攀龙的《天马歌》是对汉乐府辞《天马歌》的垂直进化，亦是可以的，因为它们已经大体符合了垂直进化的定义。古代诗歌史上，类似李攀龙《天马歌》这种已经可以被称为"垂直进化"的模拟，还有不少。宋人郭茂倩《乐府诗集》中所收同题作品，很多带有垂直进化的性质。

进一步研究可发现，中国古代诗歌史的发展线索之一，往往表现为"模拟与反模拟"的斗争。很多时候的模拟，都属于整体因袭的范畴。而反模拟的呼声，则是要求去除严重的整体因袭，要求较多的创新，但在这种创新中，亦不反对选择因袭。

二、小说续书涉及的模拟或垂直进化问题

在小说领域，模拟现象的发生常常体现为"续书"模式。续书模式是古代文学发展史上一个极其明显的现象，虽然当代的文学史研究从反对模拟的角度出发，对这种续书模式评价很低，但不可否认的是直到今天还有续书，如张恨水的《水浒传续》，又如当代人给《红楼梦》作的多种续书。对于中国古代小说的续

书问题，已有不少学者进行了研究，提供了大量的可参考材料。❶

　　非常值得注意的是，一些大部头小说作品如四大名著都有续书。甚至可以说，在古代每一部著名的小说，都会有它相应的续书群落。比如《水浒传》的续书群落。据研究，从明代到近现代《水浒传》的续书有近 20 部。如俞万春《结水浒传》、陈忱《水浒后传》、青莲室主人《后水浒传》、冷佛《续水浒传》、刘盛亚《水浒外传》、张恨水《水浒别传》等。

　　更典型的是《红楼梦》的续书。清代后期出现了《后红楼梦》《续红楼梦》《红楼复梦》《红楼幻梦》《补红楼梦》《红楼梦补》等十几部续书，也许故事情节不同，但是它们都得继承《红楼梦》原作的人物设置人物形象，续书中的贾宝玉、林黛玉、薛宝钗与原作中性格都是一样的，不同的是发生的具体故事情节不同。它们都是对《红楼梦》原著亦步亦趋、字规句模，这些作者都是笼罩在《红楼梦》的阴影下不能自拔，也不想自拔，所以他们被批评为"机械模拟"。

　　其实宽泛来说，《红楼梦》等小说的续书，带有很强的垂直进化特征。因为这些作品，都有着对《红楼梦》等原著中文学基因的大量继承，大量整体因袭。只是它们的具体故事不一样了，但是他们还是可以被称为"同一个文学物种"，即"红楼梦文学物种"。

　　疑难问题在于，《红楼梦》的续书，能不能被称为是对《红楼梦》原著的垂直进化？这还可以再商榷。如果将之称为垂直进化，则可以说：《红楼梦》原著完成后，其后续的垂直进化，有十几个方向，形成了下一代的十几个垂直进化的作品。如果这不被视作垂直进化，则姑且名之为"后期进化"吧。

　　概而言之，《红楼梦》原著的成书过程，虽然不是垂直进化的结果，但《红楼梦》产生以后，其续书却有着鲜明的垂直进化特征。这其中涉及的模拟与垂直进化的关系问题，未来可进一步探究。

三、模拟所带来的竞争优势

　　那么，我们怎么来解释作为整体因袭之一的"模拟"现象呢？在影视行业中，有个词叫"致敬"，说的就是这种模拟。说的是一个导演，在自己的影片中有意用前代导演影片的桥段。这被视为向前代导演致敬。

　　这种"致敬"的观念，可以解释一部分模拟现象的发生，就是因为前代作品太好了，后辈作家对之异常欣赏，于是在自己的作品中对之加以模拟，也是对前代作家的一种致敬。这样的理解是说得通的，但还没有说到问题的本质。

　　我想还是应该从生存竞争的角度来看待这种模拟。显然这样一种"模拟"

---

❶　王旭川. 中国小说续书研究［M］. 上海：学林出版社，2004.

使得后辈作品在激烈竞争中获得优势。正如一部电影火了之后，大量类似的电影就会筹拍、上映，这都可以说是一种模拟。这种模拟在竞争中是有优势的。因为优秀的作品塑造了读者的阅读期待视野，后来的作品你要符合读者的阅读期待视野，必然会有模拟前代作品的地方。

故而，试图获得优势是模拟现象发生的原因。文学上的模拟也应该归结到优势的获得。但现在一个最明显的事实是，几乎没有哪个模拟的作品能够望其原作的项背。因之所谓的优势也就无从谈起。不过也许我们应该从另外一个角度来看待这种"优势"。所谓优势，来自比较，与他人比较与自己比较。既然由模拟产生的优势不是来自与他人比，那么就应该来自与自己比。

对照文学史上作家的个人创作史，我们发现从作家个人的角度来说模拟的发生通常在两个状态下，一是作家的文学生涯开始起步还没有形成自己的风格，自己的套路，他们需要模拟来使自己尽快达到高水平。当然并不是每一个作家都能够走出模拟阶段的，只有那些成名作家才谈得上有所突破，有时甚至成名作家都未脱除模拟的痕迹。而对大多数普通作者，他们永远不能走出模拟的圈子。

然而我们看到的模拟之作常常是名家的作品，有时甚至是成名以后的作品，这怎么解释？对作家而言模拟发生的另一个状态就是灵感枯竭的状态。历史上"江郎才尽"是很著名的灵感枯竭的故事，每一个作家不管名气多大，都要面临灵感枯竭。我们不可能永远能写出新的东西，灵感枯竭随时可能到来，就像是加满油的汽车，随时有可能把汽油用光，用光以后就需要重新加油。模拟其实就是作家突破灵感枯竭的一种方式。

总而言之，模拟现象是作家在非巅峰状态的一种创作现象，突显模拟现象的文学史地位必然需要文学史观的转变。文学欣赏总是紧盯着经典作品，但是文学研究必须把目光放宽到非经典作品，否则无所谓文学研究。从前很多自以为的文学研究说到底不过是文学欣赏，真正的文学研究必然是研究文学有关的一切，这当然包括那些非经典作品，甚而半成品、废品、文学垃圾。

文学进化中的独创

文学创作非常需要独创。20 世纪 80 年代，一位著名作家曾说："艺术创作就意味着标新立异，重复别人的形式和手法同重复自己的一样令人乏味。"❶ 这段论述在现当代诗人作家中是非常有代表性的，就是大家都非常强调独创性。即使有很多的因袭，也往往避而不谈，喜欢强调自己作品的独创性一面。

但关于什么是"文学创作中的独创"，还是值得深入研究的，尤其是需要从进化论遗传变异的角度，探讨文学进化中的独创。在第五章，笔者将文学进化中的独创分为了重组性独创、开拓性独创（突变性独创）、适应性独创。文学进化中的独创，有其复杂与精微的一面，需要深入分析。

第一节　独创的三种类型

笔者一直强调一个观念：文学进化中的独创与因袭严格对应于生物进化中的变异与遗传。其实近百年来，大量学者已认识到文学演化中存在继承与革新的现象。不过他们的认识仅仅止步于这对概念本身，他们未能在这对概念的基础上得出关于文学发展的更为本质看法。他们关注的更多的是文学作品的价值判断、美学判断。至于文学作品内容上的继承与革新，往往并非关注的重点，很多时候都是提及一下，一带而过。学术界至今未能对继承与革新本身作出更为细致的分类研究与实证研究。所以其实我们只是掌握了继承与革新这对概念，但对这两个概念背后所代表的东西、所意味着的事情，知道得并不多。

笔者参考文学发展中继承与革新的概念，将其改换为因袭与独创，同时将它们与生物进化中的遗传与变异严格对应起来，从而由生物进化论推导出文学进化论。从方法论上，这是以生物进化论的理论体系为参考，来思考文学进化论。从前的文学进化论者多数也都是采纳了这一方法，借助生物进化论来思考文学进化论。但他们对生物进化的理解，因时代限制而不全面，因此对文学进化的理解也

---

❶　乔以钢，李新宇. 现代中国文学（1949—2008）[M]. 天津：南开大学出版社，2013：306.

必然是不全面的。

应该说，将文学进化中的因袭与独创，同生物进化中的遗传与变异对应起来，是富有启发性的。前几章，我们将因袭区分为选择因袭与整体因袭，这样区分是一种依托文学研究经验的经验分类，最初并非是受生物进化论的启发。这主要是由于生物进化中的遗传来自一个父本和一个母本，而文学进化中的因袭却父本、母本个数不确定，所以很难直接进行类比。相对来说，文学进化中的独创，与生物进化中变异的对应程度，要比因袭与遗传的对应程度高很多。

严格来说，独创与变异可直接类比。直接类比恰恰能抓住该问题的本质。相反不直接类比，独立对独创进行抽象思考，反而容易迷失方向。笔者对此问题的思索过程就较曲折。起初，笔者将"独创"分为三类：延续性独创、开拓性独创、适应性独创。但这个分类看起来存在严重问题，问题有二：首先是找不到理论根据，只是凭感觉对文学创作中的独创进行了分类，并无严格的理论依据。当时笔者并未注意到生物学上对此问题的认识。其次延续性独创与因袭是明显有重叠的。从逻辑上这种重叠是必需的，因为很多时候既是独创又是因袭。这样问题也就来了。单纯从概念上考虑，怎么可能既是独创又是因袭呢？对此笔者百思不得其解，整整思考了半年，后来才恍然顿悟了问题的实质，遂又循着新思路去查找遗传学书籍。才发现，原来遗传学上对这个问题早就区分清楚了，只是非生物学专业的人不知道而已。

大众对生物进化中的遗传与变异这对概念在认识上存在一个极大误区，正是此误区使笔者最初关于独创的分类难以深入下去。2008 年，笔者就"独创"问题与学者交流时，多次被驳得无言以对。有学者指出："不是遗传就是变异，不是变异就是遗传，这不是很清楚的事吗？"当时笔者竟无法回答这个疑问。按照这种看法，遗传与变异这对概念是互补的，一个文学作品中的内容，不是遗传就是变异，不是变异就是遗传。最初笔者也是这么认为的。但在实际操作过程中，发现这明显又不对。因为最初，笔者就从逻辑上划分出延续性独创，所谓的"延续"，等于是说存在一类既是因袭又是独创的成分，这怎么可能呢？所以笔者从一开始对此问题的理解就存在无法弥补的矛盾。但是后来参考了遗传学上对此的分类，所有的疑惑都迎刃而解了。

对非生物学出身的人来说，遗传与变异似乎是一对互补的概念，不是遗传就是变异，不是变异就是遗传，但其实在遗传学上二者并不是一种简单的互补关系。按照遗传学教科书的解释，生物的后代和亲代相似的现象叫作遗传。生物的亲代与后代或后代不同个体之间的性状有差异的现象叫作变异。也就是说相似被称为遗传，差异被称为变异。从这个定义来看，似乎得出遗传与变异具有严格互补性的结论是没问题的。

但其实遗传学上的很多概念都并不严格，极易导致混乱。其实在遗传学的实

际操作中，遗传学家们突破了遗传与变异定义本身的限制。在遗传学上，根据遗传物质的改变方式，将可遗传的变异分为了三种，包括：基因重组、基因突变、染色体变异。● 基因突变大致上说就是从前在基因库中没这个基因，现在突变出这个基因，可以说基因突变是一种纯粹的变异。

最大的问题出在基因重组。基因重组大体是指把基因库中既有的基因重新组合。对基因重组来说，一方面是分别从父系、母系把双方既有的遗传物质继承过来，另一方面是对这些遗传物质进行重组，即截取一部分父系基因，同时截取一部分母系基因，把这两种基因对接起来。也就是说基因重组带有遗传与变异的双重特性。因此，隶属于变异的基因重组并不是纯粹的变异，而是带有遗传特征的变异。即既遗传了父系的特征，也遗传了母系的特征，把二者结合起来了，形成了一个新的个体。这个个体有类似父本的地方，但并不是父本本身；也有类似母本的地方，但也不是母本本身。

明白了这一点，我们对独创的分类就找到了理论依据。既然生物学上的变异至少分为基因重组与基因突变，那么文学上的独创也可以分为重组性独创与突变性独创（或称开拓性独创），再加上一类为适应社会环境而形成的适应性型独创，共为三类。重组性独创就等同于我最初提出的延续性独创，它把从前作品中的遗传物质因袭过来，同时加以组合改换、化用套用，最终一方面延续了从前作品的性质，另一方面又将这种性质推到了一个新的高度。重组性独创不给文学技法的基因库增加新的基因，只是把从前的基因进行组合套用，而开拓性独创却必须是要产生出从前的文学技法的基因库中从未有过的基因，是一种新的基因，而不是仅仅对旧有的基因进行排列组合。

第二节　重组性独创

重组性独创的概念，对于理解文学基因的遗传变异非常关键。重组性独创由文学因袭而来，但又突破了单纯的因袭。通过对旧的文学基因进行新的剪裁、修饰、新的排列组合，重组性独创可以创制出新的文学性状。例如诗歌中意象的组合，其实质便是文学基因的组合。

但从纯粹数学上排列组合的角度，重组性独创的这种新的排列组合方式，会有在数量上被穷尽的阶段。至此阶段，则欣赏层面上文学的活力就大大下降，文学创作就将走入由缺乏创新导致的衰败期。因此，重组性独创虽很重要，但往往并非文学进化阶段的标志性因素。

● 刘庆昌. 遗传学［M］. 北京：科学出版社，2007：105.

一、重组性独创的定义与作用

在生物学中，基因重组是指非等位基因间的重新组合，是不同 DNA 链的断裂、连接而产生 DNA 片段的重新组合，形成新的 DNA 分子的过程。基因重组将来自不同父本、母本的基因进行新的组合，能产生大量的变异类型，但只产生新的基因型，不产生新的基因。

生物学上的基因重组对应到文学进化论中就是重组性独创，就是一个作者从前人作品中因袭一些遗传基因，同时将这些遗传基因进行改头换面的重组。必须指出的是，重组性独创不产生新的文学基因，它只是将前人创造出来的文学基因，运用到新的情况，发展到更加完美的状态。因此从定义来说，重组性独创大致是指后辈作家在前人框架下，通过因袭前人的不够圆满的作品，在此基础上加以独创使自己的作品变得更加精致、更加适宜。

可以说重组性独创是文学进化中独创的主要类型，大部分作者、作品都是靠重组来求新，重组后的东西也许不是前无古人，但是已经能够打动一部分读者了。以李白为例，李白显然是中国文学史上最伟大的天才之一，他的作品无疑是非常有独创性的。但其实李白作品的一部分内容并非完全原创的。无论是主题意境，还是用词造句，李白作品中有很多夹带前人的文学基因。

李白现存诗歌近千首，其中乐府诗约 150 首，多为旧题乐府，还有歌行体 80 多首。以擅长的文学体裁来说，李白诗歌取得最高成就的是乐府诗，特别是旧题乐府。李白研究专家郁贤皓教授赞叹道："李白以他的生花妙笔，运用各种艺术手法，把旧题乐府写得出神入化，无与伦比，发展到顶峰。从此以后，再也无人能用乐府旧题写出超越李白的作品。"❶ 李白一些脍炙人口的作品很多是旧题乐府，如《长干行二首》《子夜吴歌四首》《关山月》《乌栖曲》《行路难三首》《将进酒》《蜀道难》等。乐府诗就相当于命题作文，其形式与主题都是固定的，且有之前很多人的同题作品可以参考，所以创作乐府诗并不是完全依靠原创。

例如《行路难三首》第一首明显因袭借鉴了南朝诗人鲍照的同题作品《拟行路难十八首》其一、其六，如鲍照诗"对案不能食，拔剑击柱长叹息"，李白改为"停杯投箸不能食，拔剑四顾心茫然"。虽然有这样一种因袭，却掩饰不住李白的天才独创。在这首诗的结尾李白写出了"长风破浪会有时，直挂云帆济沧海"这样的千古名句，这显然不是鲍照能写得出的。这就是一种典型的重组性独创，虽然是沿着前人的路数下来的，但是能够到达前人不能到的境界。

李白的文学独创中有很多都是属于重组性独创，把前人不够完美的地方进行

---

❶ 郁贤皓. 李白：人民最喜爱的伟大诗人［M］//中国李白研究会. 中国李白研究. 合肥：黄山书社，2002：8.

深加工，取得更好的艺术效果。而且很多重组也许对文学研究专家来说能看出它并非原创，但是对普通读者只能感到一种浑圆的意境，完全不可想象这种紧密联系的有机的文字，其实是李白从不同作品中因袭并且重组而来的，李白的才华就在于对这种重组运用得得心应手。

《三国演义》也存在这个问题。该书无疑是一部文学名著，但是对作者罗贯中来说真正完全来自个人原创的东西很有限，他参考了大量的材料，包括《三国志》《资治通鉴》《通鉴纲目》《三国志平话》、三国戏等。那么难道罗贯中就靠抄袭前人文字而成为文学家的吗？显然，罗贯中的一部分独创就体现在重组上，要把这些大大小小的材料综合起来，熔为一炉，也是非常需要创造力的。一般的作者很难有这种驾驭能力，其思路很容易会被材料淹没。相反，罗贯中的重组性独创能入能出，各种不同人物都写得很精彩，而在主题上又能一以贯之。

二、因袭与重组性独创的关系

重组性独创是对文学进化中遗传物质的重组，因此重组性独创就是以因袭为基础的，这也就带给我们一个重新思考因袭的全新视角。总的来说，因袭只是特指后代作品从前代作品中因袭了一些不同的遗传物质，这种因袭使得我们能够在两个作品间看到明显或者不明显的相似性。但是我们能看到的因袭实际上主要都是重组，因袭只是一种手段，一个过程，其结果就是重组性独创。前面提到晏几道《临江仙》从翁宏的《春残》因袭了两句诗"落花人独立，微雨燕双飞"，晏几道对翁宏作品一字未变地照搬了，没有进行改换，只是将其前后的句子进行了改变。这相当于一个球星从一支球队转会到另一支球队，球星还是他自己，但与他配合的其他球员变了，由此给这个球星发挥能力的空间与条件，也就大不一样了。同一句诗在不同其他诗句的配合下，效果显然可以大相径庭。

重组性独创的基础是文学基因的因袭，重组性独创通过从前人作品中因袭相关的文学基因，来实现一种独创。这种独创有两种类型：一种是因袭来的遗传物质几乎没什么改换，而只是把与它搭配的相关的文学元素进行调整。如晏几道因袭"落花人独立，微雨燕双飞"，句子本身没变，变的是与这个句子搭配的其他的句子。又如《金瓶梅》中西门庆之死因袭《赵飞燕外传》中的汉成帝之死，他们的死亡过程几乎相同，只是《金瓶梅》把对应的人物作了调整。

另一种是对因袭来的文学基因进行了比较大的改换。比如前面提到的《西游记》从各种文言小说中因袭的桥段，这些桥段都进行了改头换面。吴承恩对大量文言小说中的桥段，进行了剪裁、重新拼接，类似于父系 DNA 与母系 DNA 的拼接。这种重组，通常都是匠心独运的，包含了作者对诸多文学问题的看法。

三、重组性独创导致的家族相似

由于重组性独创与因袭有一定联系，也由于重组性独创只是既有文学基因的重新拼接、重新排列组合，故而重组性独创并不带来文学面貌的彻底改变。相反，重组性独创会带来一定的家族相似。此一点易于理解，既然是对此前基因的拼接、重组，则一种浓郁的相似性是必然发生的。单纯的重组性独创，一代代传承下去，必然会形成文学面貌的代代相传又代代相似。比如唐代诗歌的面貌，说到底会有些相似，比如边塞诗的昂扬风格，说到底是相似的。晚唐诗的意境，不同诗人之间亦有很大相似。

文学史现象表明，当这种重组性独创导致的家族相似的代际传承，发生了几次以后，文学往往变得越来越不活跃。有特点的新作品越来越难产生。最后必然形成一种类似于近亲繁殖的现象。父系基因与母系基因越来越趋同，则很难再进行新的组合了。理论上重组性独创带来的家族相似，趋于极致，则必然是一种模拟，文学就走入了死胡同。

总而言之，重组性独创会形成并强化文学进化中的家族相似。重组性独创的过度使用，最终会导致文学陷入机械模拟、无从发展的境地，而开拓性独创则能够打破家族相似，带来、引入新的文学基因，给文学进化以新的刺激，形成新的进化动力。

四、重组性独创与文学基因的排列组合

当前生物基因的研究，已经与高等数学结合起来了。结合点在哪里？生物基因的氨基酸分子不同的排列组合形成不同的蛋白质，最终形成不同的生物性状。这就涉及对不同排列组合的数学分析，这一点在文学基因分析中也是如此。

文学进化中的重组性独创，实则是对更小的文学基因的排列组合而已。比如A基因、B基因、C基因、D基因，其排列组合无非是ABCD、CBAD、DBCA、ACDB等几十种。一旦传承了几代，各种不同的排列方式，都出现以后，那么再往下就很难再重组出新的文学面貌了。则可以说，当文学基因的重组，被穷尽了，不再能够产生新的独创，文学的活力也就慢慢消失了。文学发展必然走入一种无可奈何的模拟。于是乎这就需要一种突变，需要一种开拓性独创。

以七律来说，一共8句，每句7字，共56字。按照一定的平仄规则，把相应的汉字往里填即可。从数学上，汉字在其中的排列组合方式有3000^{56}种（假设有3000个常用字）。这个数目看起来近于无限大，但考虑到常用的文字组合方式、用语的组合方式、意义表达方式，则实际上的组合并没有这么多。也许有意

义、有价值的组合方式在几亿种左右。极有文学价值、艺术水平的组合方式在几千种左右。

而随着时间的推移，历经唐宋元明清近现代，古今诗人创作的七律数量越来越多。唐代几千首，宋代上万首，元代上万首，明代几万首，清代几万或上10万首，再加上朝鲜日本的汉诗人创作的七律几万首。这从数学上就把其中的排列组合给逐渐穷尽了。后来的诗人很难不重复前人的诗句。而为了规避前人的诗句，也就不得不越来越剑走偏锋，采用更为生僻的文字组合，实现所谓的"陌生化效果"。正如王安石所说："世间好语言，已被老杜道尽。世间俗语言，已被乐天道尽。"讲的就是诗歌语言的各种排列组合方式都被杜甫、白居易等大诗人所使用了。后代的诗人想独创出新的语言形式、表达形式，尤其是表达出未被前人使用的语言形式，越来越难。

所以诗歌这种文学样式发展到明清时期，虽然作品数量依然很大，但是有文学价值的表达形式越来越难以创制。而由于没有更好的作品涌现，所以欣赏层面上的文学活力，就越来越差。故而虽然明清时期诗歌数量比唐宋时期要多很多。但通常都认为明清时期是诗歌的衰落期。所谓的"衰落"，并不是数量上说，而是从作品质量或艺术效果上说，尤其是从作品的社会影响上说。

这种文学基因的排列组合问题，在小说创作中也是存在的。比如百回本《西游记》的故事情节。当西游故事逐渐走入取经阶段后，唐僧、孙悟空师徒四人与各神仙妖怪的"故事关系"，形成了一种排列组合。从笔者的研究来看，百回本《西游记》不断从文言小说基因库中选取素材，不断对这些基因进行新的重组变化。问题是小说基因库中的素材数量是有限的。《太平广记》亦不过5万则故事，且其中还有大量相近相似的。在《西游记》基本的人物关系设定下，并不能无限地创制出新的故事情节。

好在《西游记》仅一百回就结束了。如果《西游记》需要写到二百回，则从作者的角度如何写出新的情节就成了问题。在不增加取经师徒人物设定的情况下，想凭空创造出新的情节，就非常难了。类似的情形，也见于《三国演义》《水浒传》等其他小说。

第三节　开拓性独创

重组性独创对此前的文学基因进行新的剪裁、修饰，新的排列组合。但从数学上的排列组合角度，旧的基因的各种组合方式迟早会有快用完的一天。因此，这就需要创制出新的文学基因。也正是这一点，开拓性独创可以给文学进化以新的刺激、新的动力，形成文学进化的新的热点。

开拓性独创诞生之后，会逐渐传播开。其传播有时是直接取代从前的旧基因，也有时是加入从前的旧基因，形成新的排列组合。一旦开拓性独创的基因，传播到了一定程度和范围，则文学总体的面貌就发生了改变。故而，任何一个开拓性独创都有着改变文学总体面貌的可能性。因此，开拓性独创在文学进化中，往往就能起到进化里程碑的作用。

一、开拓性独创的形式与性质

开拓性独创（突变性独创）对应于生物变异中的基因突变，指并非继承而来，而是新诞生的一种基因。故而开拓性独创，也可以被称为突变性独创，指一个作家从事了开拓性的文学创作，发明出了一些崭新的技巧、方式、人物形象、审美范式等，创作出了从前完全没有的文学基因。

譬如《太平广记》中的文言小说构成了一个文学基因库，各种各样的文学情节都有。如仅关于虎的故事，在《太平广记》中就从第 426 卷到第 431 卷，有6 卷之多，包含各式各样虎的故事。这就是一个关于虎故事的基因库。后来很多作品中关于虎的故事，都是从这个基因库中选取。《水浒传》"武松打虎"故事中的官府悬赏，"李逵杀虎"故事中进虎穴见虎子等情节，跟《太平广记》虎类故事中"白虎"篇、"李琢"篇、"王太"篇在一些细节上有明显的相似之处，可能受其影响，存在选择因袭。而开拓性独创就在于，不从这个基因库乃至别的基因库中进行基因选取，完全就是自创的。从前没有的文学基因被突然制造出来，不存在任何的套用、化用、类比，也不存在对其他文学基因的剪裁、拼接、重组。

开拓性独创在文学进化中是有很大体现的。比如《红楼梦》虽为文学经典，但《红楼梦》中写家庭生活、家庭宴饮的小说模式，并非由它开创。之前明末的《金瓶梅》中就有大量写家庭生活、家庭宴饮的内容。一定程度上说，在长篇小说大量写到家庭生活、家庭宴饮，可以算是《金瓶梅》的一种开拓性独创。

文学上很多后来人所共知，或者运用很广的模式、桥段，往往有其源头。总有一个开拓性独创突变出这个全新的文学基因。后来作品中的应用只是对这个文学基因的遗传并加以一定的重组性变异。

譬如《三国演义》中的那种"先将官单打，再士兵对打"的战争模式，后来在《水浒传》《封神演义》等作品中都有传承。典型如《三国演义》中的关羽"斩颜良文丑"，《水浒传》中矮脚虎王英与扈三娘的打斗，《封神演义》中两军阵前的神仙斗法，等等。但这种"先将官单打，再士兵对打"的模式并非古代战场的实景。古代的将官通常并不需要身先士卒，将官的主要作用是指挥，而不是一个人冲上去单打独斗。但在《三国演义》以至后来的《水浒传》《封神演

义》，都大量运用了这种将官单打独斗的模式。以至将官单打独斗的胜负，会决定随后士兵们战斗的胜负。这种模式显然只是一种文学上的演绎，只是为了便于小说的表达，为了更好刻画将官，更好地进行情节构建。

这种模式作为一个文学基因，自然会有一个起源。会有某一部作品，开拓性地独创出这种模式，后来被大量作品广泛使用。至于文学史上是哪一部作品，独创出这个基因，则需要深入调查。有可能这样拥有开拓性独创的作品，已经不存在了，所看到的都是后来对它进行因袭的作品。

可以说，文学上的很多内容、写法、模式等文学基因，都有其创始。我们撰写《中国文学进化史》，其中一个重要方面就是要把这种新出现的文学基因，它的起源、创制过程，随后的应用，梳理清楚。

另外，文学进化中的开拓性独创，正是文学进化的一大动力与条件。光靠从前存在的文学基因，很难演化出新的文学经典。需要不断涌现出、变异出新的更有意思的文学基因，文学才会不断进步式的发展。如果所有的作家都陈陈相因，不去独创新的文学基因，只是以模拟的方式来继承、因袭从前的文学基因，则文学难以得到进步。后来我们在文学史上看到有一些时期，文学变得机械模仿古人，这就是缺乏创新，缺乏开拓性独创，缺乏新的文学基因的创制与传播。这也可以看出，文学基因的开拓性独创，是相当有难度的一件事。

所以，每一个新的文学基因的创制，都是在给总体的文学基因库添砖加瓦。因此一些优秀的传播很广的文学基因，往往有单独拿出来命名或研究的价值。《中国文学进化史》这样的书与《中国文学史》之类的著作不同，就在于要对一些重要的文学基因进行进化史的研究。

二、开拓性独创的几个现象

从定义上说，开拓性独创必须是要产生出从前的文学技法的基因库中从未有过的基因，是一种新的基因而不是仅仅对旧有的基因进行排列组合。而纯粹的创新，往往难度极大，充满了无数的歧途与错误的可能性，或试错成本极高，极容易被埋没。基于这一点，则应注意到涉及开拓性独创的几个现象。

第一，文学经典不一定就含有开拓性独创。

单纯从文学内部因素来看，很多文学经典不一定就有很多开拓性独创。很多文学经典都大量包含一些对前代文学基因的重新剪裁、拼接的重组性独创，真正的开拓性独创有时并不多。譬如《红楼梦》一书，毫无疑问是文学经典。《红楼梦》中当然会有少量的开拓性独创，但它最多的还是重组性独创，甚至大量的直接的因袭。如晴雯之死从李贺之死的史实中套用而来，是一种重组性独创。再如贾宝玉、林黛玉、史湘云等人对诗的情节，在各种才子佳人小说，尤其是很多文言小说都大量存在，这也都是一种重组性独创。那么，《红楼梦》独一无二的开拓性独创到底是什么呢？有，应该是有，但并不多。似乎可以说，那种弥漫在小说中的诗化意境，算得上是《红楼梦》的开拓性独创了。似乎在《红楼梦》之前，乃至《红楼梦》之后的小说中，都极少能看到这种醉人心田的诗化意境。

第二，开拓性独创有可能会出现在一些并不太好的作品中。

开拓性独创需要打破一些常规，故而其作品的文学性、经典性往往得不到保证。所以开拓性独创往往并非诞生于文学经典，往往在一些不起眼的作品中出现。故而文学史上有"点铁成金"之说，就是慧眼发现前人作品中真正的"好东西"。这种"好东西"因其诞生于普通作品中，很容易就被埋没了。一种开拓性的独创，常常领先于时代，不能被时代所完全接受。故而含有这种开拓性独创的作品，往往也不能被同时代所接受。那么这种开拓性独创只能被沉淀在故纸堆中，等待后来"寻章觅句"的文学家们，对之进行吸收、改换、二次加工，尤其是加以一定的重组性独创。

这样也就延伸出了一个理论问题，就是一些看起来普通的作品，甚至已经佚失的作品，在文学史上是否重要？问题的要害在于，这些看似普通的作品，有时是包含了极为重要的开拓性独创。这种开拓性独创作为一种文学基因，是因这部作品而诞生在文学基因库中。因此这部看似普通的作品，也就在文学进化史上占有了一席之地，因为它孕育了一种崭新的文学基因。

第三，开拓性独创数量虽少，但影响巨大，直接影响文学面貌。

这样一种纯粹的创新，显然是很难的，数量也是相对较少的。但开拓性独创在文学进化中扮演了一个极重要的角色。因为新基因的出现，往往会带来文学性状、文学面貌的巨大改变。

开拓性独创诞生出的新基因，不一定能够传播开来，然而一旦传播开来，常常会带来文学面貌的很大改观。所谓的文学史的转折，或风气的嬗变，往往都与开拓性独创有关系。比如清代中后期宗宋诗人的"以考据为诗"，这貌似延续了宋人的"以学为诗"，但其实区别甚大。翁方纲以及道咸宋诗派的"以考据为诗"大体是一种适应性独创，但严格来说最初这是一种开拓性独创。在诗中连篇累牍，令人不忍卒读地大量堆砌文献考据，在唐人诗中几乎没有，宋人诗中也极少。但到清人就发明了这样一种东西。翁方纲等人并不觉得"以考据为诗"有什么不妥，反而很欣赏这种诗歌面貌上的创新。

可以说，一个时代的文学面貌，一般是由几种重要的基因支撑着的。一旦这几种基因发生了改变，尤其是开拓性独创的发生，则文学面貌不可避免要发生改换。据生物学家研究，人类和黑猩猩基因的功能区域差异只有 0.75%，可以说差别并不大，然而人类和黑猩猩呈现出的面貌却差异甚大。与此类似，带有支撑性的文学基因的改变，就会导致文学面貌的极大改变。

因此，当两个时代文学面貌的差异巨大，或者两部作品面貌的差异巨大，其根源都在于某些基因的存在或缺失。从这种巨大差异中，常常可以辨识出开拓性独创。文学进化史的研究，很重要一点就在于锁定、找出、描述好那些开拓性独创。

三、开拓性独创的传播与重组

开拓性独创的基因诞生之后，存在一个传播的问题。如何传播？传播到多大程度，多大范围？是否在传播中又发生新的变异？这些问题都是开拓性独创涉及的重要理论问题。

很多开拓性独创，不具备"高传播性"，只是简简单单传播了几次，就无法再在下一代作品中继续传播，也就绝灭了。但有的开拓性独创，最终传播开了。这种"传播"实际上是一个"广义的传播学"问题。

开拓性独创有时候是在默默无闻、无人关注的状态下传播，在不经意之间就形成了大范围的传播，改变了整个文学的面貌。类似于流行感冒病毒的传播，不经意之间，形成了成片成片的传播。

有时，开拓性独创的基因被某个后来成为文学经典的作品所采纳，从此该独创性基因附着在文学经典中。由于文学经典的巨大权威性，该独创性基因甚而成为某种基本的文学法则，塑造了文学总体的某种基本面貌。

总体看，开拓性独创在前期多是默默无闻的传播。但只要它能传播开，它必定会在某个时候引起较大关注。而在传播的过程中，开拓性独创的基因也会进一步发生变异。也就是说，在开拓性独创的基础上，又诞生进一步的开拓性独创。

当然，开拓性独创在传播过程中，更多的则是混入从前旧有的文学基因当中。以一种不为人所注意的状态，混入基因库，形成与旧基因进行各种新的排列组合的新的理论可能性与现实实现过程。

比如传统上只有 A、B、C、D 四基因，其排列组合无非是 ABCD、CBAD、DBCA、ACDB 等几十种。在文学进化过程中，这几十种基因组合逐渐都出现了。文学发展陷入了无创新的境地。这时诞生了开拓性独创的 X 基因。X 基因在随后迅速传播，逐渐与传统的 A、B、C、D 四基因进行各种排列组合。于是乎以崭新排列形式 XABCD、XCBAD、DBXCA、ACDBX 等为基础的新的文学面貌出现了。也正是在这个意义上，开拓性独创具有改变文学面貌的巨大潜力。

文学进化中的适应性独创

第八章参考生物进化中变异的类型，提出并剖析了文学进化中独创的类型，包括重组性独创与开拓性独创。但在生物学史上关于变异曾有一个一直很有争议的观点，就是拉马克提出的获得性遗传，指的是生物在外在环境的刺激下发生变异，进而完美地适应环境。获得性遗传确实是能够解释生物与自然环境之间完美的适应性，例如长颈鹿的长颈。长颈鹿以树叶为生，化石记录表明，古代长颈鹿的颈比现代长颈鹿要短得多。在生存竞争中，谁的颈长，谁就能吃到更多的树叶，而为了吃到更高处的树叶，长颈鹿就拼命伸长颈子，久而久之，它的颈就真的更长了。

达尔文接受了拉马克的获得性遗传观点，并在此基础上提出了自然选择学说。认为环境有两种作用，一是诱发变异，包括定向变异和不定变异；二对大量的变异进行选择。达尔文亦认为，只有获得性遗传能够解释生物与环境之间完美的适应性，环境如果不能够刺激生物产生新的性状，并且这种性状是可遗传的，那么很多现象不好解释。但19世纪末，德国遗传学家魏斯曼用切断老鼠尾巴的试验，证明生物被环境刺激的变异不能被遗传。魏斯曼提出种质说，彻底否定获得性遗传，由此也导致了新达尔文主义与新拉马克主义的长期论战。

在这些激烈的争论中，各方学者都试图要解释生物与自然环境之间几乎完美的适应性。抛开种种争论不谈，生物与自然环境的这种神奇的适应性是在漫长的进化过程中形成的，一切都可以用进化来解释。针对这种神奇的适应性，有一种观点认为根本不存在那种指向更高阶段的进化，大多数的所谓进化都不过是一种对变化中的自然环境的适应，仅仅是适应自然环境而已。这一点在文学进化中的体现也是非常明显的。丹纳进化论的"种族、环境、时代"三要素说，正是着眼于文学进化中这种明显的对时代环境的适应性。

第一节　适应性独创与文学环境的五大生态因子

在文学进化中显然也是存在这样一种神奇的适应现象的。文学史表明，社会

变迁、文化思潮等因素的变化都能够在文学作品上得到反映，也就是说一个时代的文学作品同那个时代的社会物质条件、文化思潮等有非常巧妙的适应。譬如晚明小说《金瓶梅》描绘了北宋徽宗亡国前期的一幅腐朽不堪、丑恶不堪的社会生活图景，谁知这部小说出版后，才几十年明朝就灭亡了。这部小说简直是谶语，我们不禁怀疑是作家有先见之明，还是纯粹的偶然。因此，文学与社会的关系很值得思考。

一、文学生存环境的五大生态因子

文学能够很好地适应其生存环境，那么对文学而言，其生存环境包括哪些内容呢？一切文学都不过是人工创造出来，给人阅读欣赏的一大片紧密相连，有复杂意义关系的文字，但这种文字系统确有其生存环境。其生存环境，主要包括五方面：①社会环境、社会结构、社会状态以及自然环境；②承载文学的工具与载体如语言文字、笔墨纸张、传播媒介等；③社会心理、社会风俗习惯、社会审美状况以及人们的阅读心理、阅读期待、审美偏好等等；④影响人们观念的思想体系，以思想体系为基础的社会团体；⑤权力体制、政治体制及其对文学的管控。

这五个方面，恰好就一一对应于生态学中，植物生长涉及的五大生态因子，即土壤、水、空气、阳光、温度。❶ 因此这五大方面，可以被称为文学生存环境的五大生态因子。逐一类比来说，培育文学的"土壤"是什么？显然是社会环境、自然环境。文学生成需要的"水分"是什么？应该是承载文学的语言文字，还包括纸、笔等技术条件。文学所需要"呼吸"的"空气"是什么？应是社会心理、社会风俗习惯、社会审美等心理因素。文学"光合作用"需要的"阳光"是什么？文学面临的"气温""气候"又是什么？这些问题并不是简单、机械的类比。很多地方，对我们会有极大启发意义。

若进一步严格来类比，探讨植物的光合作用。植物的光合作用是在阳光的照射下，通过叶绿体的加工转换，将空气中的二氧化碳与水，合成各类碳水化合物、各类有机物，从而构筑植物自身。影响光合作用的主要是三大因素：二氧化碳浓度、阳光的强度与温度。❷ 这是一个神奇的生物化学过程。文学的生成，难道不也是有一个这样神奇的生物化学、生物物理过程吗？

作家通过大脑的构思，将一种思想性的东西，用纸笔记录下来。文学作品从一种无形的东西，变成了一页页带字的纸。在这个过程中，社会心理、社会审美、读者的阅读期待等思想性的东西（可类比为空气），在"阳光"的照射刺激下（这种"阳光"是什么？），与语言文字（可类比为水分）发生了生化、物理

---

❶ 曹凑贵. 生态学概论 ［M］. 北京：高等教育出版社，2006：82.
❷ 王元秀. 普通生物学 ［M］. 北京：化学工业出版社，2016：58.

作用，最后就形成了一页页的文学作品。构成文学作品的物质材料，是纸、墨、文字，但文字中蕴含的是一种高级的思想性的东西。这种"高级的思想性的东西"，是由初级的社会心理、社会审美、读者的阅读期待等思想性的东西转换而来。

而促成这种转换的，是一种"宣传的需求""表达的需求"。作家个人会有表达的需求，但更大规模的表达的需求，是一种以思想体系为基础的社会团体、宗教团体的宣传需求。绝大多数文学作品，本质上是一种宣传品。刺激文学作品诞生的，本质上是一种宣传需求。产生这种宣传需求的以思想体系为基础的社会团体及其力量。它们可以被视为文学光合作用中的"阳光"。比如佛教为了传教，会制造大量的通俗文学作品。没有佛教，没有佛教的传教需求，历史上大量的文学作品，就压根不会诞生。将之类比为"阳光"，是恰当的。

当然要注意，只是植物、微生物需要阳光，才能合成自身需要的有机物。这是一个由太阳能转换成生物能的过程。但动物并不需要阳光，动物靠捕食植物、微生物或其他小动物为生。类比到文学上，确实一半左右的文学作品是因各宗教团体、各社会团体的"宣传需求"而诞生的。但另外有些商业化的文学作品，并非为了宣传，而是为了牟利，为了经济利益，它们并不是需要宗教团体、社会团体的"阳光的照射"，它们靠其他的文学作品广泛传播后，所带来的"利润潜力"等刺激，而被创作出来，类似于动物捕食：一个文学作品"消化了"另一个文学作品，寻求"物质、能量"，从而构筑自身。

此外还要注意，在植物光合作用中，除光照强度、二氧化碳浓度之外，温度也会起到很大作用，原因是温度会影响植物酶的活性，最终影响光合作用的效率。文学作品生成中的"光合作用"何尝不受到"温度"的巨大影响？政治体制权力体制对文学的调控，便是这种"温度"。当权力体制对文学创作，采取"寒冬般严厉的态度"，则各文学物种的进化都会受到制约；当权力体制对文学创作，采取了"春天般温暖的态度"，则各文学物种都会进化活力大大提升，迎来文学发展的春天。

总之，以上类比，尤其是对植物光合作用的类比，都非常有启发意义。当我们仔细思考其中涉及的诸多细节问题、逻辑关系后，就会认为这种对五大生态因子，土壤、阳光、空气、水分、温度的类比，不但是恰当的，而且是精妙的，是极富启发意义的，甚至是一种必不可少的看待文学的视角。

二、适应性独创的发生

由于文学的生存环境大体由这五大生态因子构成，适应性独创也必然是针对这五个方面的。所以我们对适应性独创的研究要分类进行。这里我们只讨论如何

发生适应性独创，而不讨论如何将这些独创出的元素遗传下去。

第一，对文学创作所面临的社会环境、社会结构、社会状态以及自然环境的适应性独创。

文学是现实世界的反映。西方文学理论自古希腊以来，就提出了"文学模仿现实"的观点，柏拉图、亚里士多德等古希腊哲学家都有这方面论述。至近代，西方各文论家都进一步强调这一点。如法国启蒙思想家狄德罗指出：文艺的这种模仿"模仿得愈完善，愈能符合各种原因，我们就会愈觉得满意"❶。正是基于这种"文学模仿现实"的观念，当外在自然、外在社会发生了变迁，那么文学也必然要变迁。文学作品的适应性变异，随之也就产生了。正如雨果所说："世界既然罹受了一次如此深刻的革命，那么在精神领域也不可能不发生类似的变化"❷。文学作品的适应性独创，正是为应对自然环境、社会环境的变化而自发产生的。

必须强调的是，西方学者所说"文学模仿现实"，其所谓的"现实"是包括自然环境与社会环境而言的。自然环境对于文学的影响，丹纳已有论述。而中国古人早已注意到这个问题。南朝刘勰在《文心雕龙》中称之为"得江山之助"。例如，自然环境对一些山水诗、山水散文、艺术散文，是有明显影响的，因为这些作品都是在描摹自然。可以说，自然环境与社会环境就是文学作品诞生的"土壤"，离开了这种"土壤"，文学没有理由存在。

再如社会政治领域的改朝换代，也会对文学有较大影响，形成文学作品的适应性改变。因为通过改朝换代，社会结构、经济结构发生了变化，文学就要对之进行适应。马克思主义文艺理论强调的经济基础决定上层建筑，正是从这一角度来看待文学问题。

第二，对承载文学的工具与载体如语言文字、笔墨纸张、传播媒介等的适应性独创。

文学作品的生成，首先需要语言文字。语言文字是文学的载体，没有语言文字，就无所谓文学。一切文学最终都要体现为语言文字的排列。语言文字发生变化，文学也会发生变化。从文言文到白话文的变化，对中国文学而言，便经历了很大改变，但这种变化只是"表层"的改变。因为一方面汉语从文言文进化为白话文，看起来变化很大，其实变的并不多，主要是"之乎者也"等文言虚词有较大变化。剥除文言虚词，文言文与白话文其实差别并不大；❸另一方面，文学作品的结构、人物形象、意象、意境等不会因为语言文字的变化而大变。故而

❶ 狄德罗. 绘画论［M］//伍蠡甫. 西方文论选（上卷）. 上海：上海文艺出版社，1963：382.

❷ 雨果. 雨果论文学［M］. 柳鸣九，译. 上海：上海译文出版社，1980：28.

❸ 孟昭连. 之乎者也非口语论［M］. 南京：江苏人民出版社，2017. 该著对上古汉语的"口语""书面语"关系问题，有精湛阐发。

语言文字对于文学的影响，具有某种稳定性。从这个意义上，语言文字可类比为生物构筑自身的水，生物的每一个细胞都是由水分构成的。

其次，文学作品需要用笔墨写在纸上，或写在计算机界面上，又或者写在甲骨上，写在竹简上，这些都是物质的条件。物质与技术条件，会深刻制约文学的发展状况。因为写在纸张等媒介上的文学，白纸黑字，易于保存，不易变化，与口头文学的随意传承、迅速变化完全不同。

与物质环境相似，在每一个时代其物质与技术条件都在发生变化。比如印刷术、造纸术，在唐宋时期有较大发展。这些技术条件的变化，相应地就推动了文学的发展。文学作品可以变得越来越长。到明清时期的大部头作品《三国演义》《红楼梦》等，动不动近百万字上百回。这么多的字数，在先秦，在秦汉时期，所需要的竹简，显然是普通人难以承受的。所以秦汉时期的各类文学作品，总是较为简洁。故事情节中应该展开的部分，往往并未完全展开。而后来《三国演义》《西游记》等作品，在其垂直进化过程中，篇幅越来越长，这恐怕跟技术条件的变革有直接关系。

第三，对社会心理、社会风俗习惯、社会审美状况以及人们的阅读心理、阅读期待、审美偏好等的适应性独创。

在笔者看来，社会心理、社会风俗习惯、社会审美状况、读者的阅读期待是文学作品随时"呼吸"的空气。空气是构成植物新陈代谢的基本成分，离开了空气，植物不能生长。社会心理、社会审美状况、读者的阅读期待等也必然会通过"生化作用"，成为文学作品构筑自身、"新陈代谢"的组成成分。文学作品在意义层面的很多内容，究其实质，就是种种社会心理、社会风俗习惯、社会审美状况、读者的阅读期待"固化""文字化"而成的东西。因之，社会心理、社会风俗、大众审美偏好、读者的阅读期待，会强有力地影响文学物种的变异过程。

作家为了要适应社会心理的变化，适应大众审美的偏好，满足读者的阅读期待，必然要更改文学作品的内容。一部不适应社会心理的文学作品，是很难传播开的。在古代的初级商品经济环境下，很多的通俗作品往往要迎合社会心理，才能够畅销。这一点与当下，其实并无太大差别。因此，有大量的独创，是这个类型的适应性独创。

罗宗强先生在《玄学与魏晋士人心态》（1991 年）一书中提出了"文人心态研究"的范式。争论在于，文人心态研究可不可以构成一个独立的客观的范畴实体？笔者觉得，可以仿照心理学上"九型人格"的理论，把文人心态分成：希望型心态、失望型心态、绝望型心态、进取型心态、功利型心态、无为型心态、冲突型心态、平淡型心态、愤懑型心态、愉悦型心态、忧郁型心态、苦闷型心态等。更进一步，可以将"文人心态研究"作为文艺心理学的一个重要组成

部分。

那么，在文学进化论中，是否需要"文人心态"这个概念？在笔者看来，文人心态是广义的社会心理、社会心态的一部分。文学的适应性独创，就需要对社会心理、社会心态进行适应。要点在于，作家正是通过自己的"心态"，去感知更广泛的社会心态，即所谓"将心比心"。所以，"文人心态"恰恰是文学作品适应性独创发生的一个重要中介。作品中属于社会心理、社会心态、社会审美的内容，归根结底是通过"作家心态"而正面或侧面反映出来的。

更深一层，作家正是通过自己的心态、自己的心理活动，去感知社会热点，去感知社会关切，从而在作品中通过自己的适应性独创来回应社会关切、回应社会热点。社会关切是一种心理性的东西，这种东西"不作为实体存在"，但会反映在社会生活的方方面面。一部伟大作品只有反映且回应了社会热点、社会关切，才能被那个时代的读者所认同，所感同身受。反之，作品中没有这种对社会热点、社会关切的剖析与回应，作品就很难引起大众关注、共鸣。正基于此，伟大的作品总能深刻揭示、反映出其所在时代的大众心路。汤显祖的《牡丹亭》正在于紧贴了时代对"自由恋爱"的呼唤。鲁迅《阿Q正传》正在于切中了时代对"民族性格"的沉思。

从中国文学发展史上垂直进化的实例来看，后辈作家有将前代悲剧性故事改为团圆喜剧的倾向。如元稹《莺莺传》中张生和崔莺莺，虽一度鱼水谐和、如胶似漆，但最终张生还是抛弃了崔莺莺。但到金代董解元的《西厢记诸宫调》中却一改从前的悲剧为二人终成眷属。王实甫《西厢记》杂剧因袭了这个路数，张生中状元后娶莺莺为妻，成为一出才子佳人的浪漫喜剧。

秋胡戏妻故事亦是如此。故事最早见于东汉刘向《列女传》，讲秋胡新婚五日就去外地做官，一去五年方回，见路旁有一采桑少妇，秋胡不禁调戏她，被拒绝。然后秋胡回家一看，刚刚那个少妇竟是自己妻子。秋胡妻子见是自己丈夫，愤而投河自尽。此故事本质上是个悲剧。刘向之所以把它选入《列女传》显然是表彰秋胡妻的贞烈。此后该故事受到历代作家关注，汉乐府有《秋胡行》，唐五代敦煌遗书有《秋胡变文》，元杂剧有石君宝《鲁大夫秋胡戏妻》。现存《秋胡变文》结尾残缺，故事结局如何难以确定。到元杂剧《鲁大夫秋胡戏妻》中发生了一个重要改变——从悲剧变成了喜剧。有可能是元杂剧作家石君宝将故事中秋胡妻子愤而自杀，改为秋胡夫妻在母亲的劝告下和好如初。

这样一种改悲剧为喜剧的独创，显然是为了适应社会心理。中华民族几千年的发展史总体上是顺利的，这种总体上顺利的历史过程养成了中国人乐观的天性，人们总是相信存在美好的东西，总是愿意把事情往好的方面想。所以为了适应社会心理，很多作品都有一个光明美满团圆的结局。典型的如清初顺治、康熙两朝大量涌现的才子佳人小说，这些小说有三四十部之多，在当时影响极大，其中的《好逑传》甚至在欧洲产生巨大影响。❶ 才子佳人小说固定的有一个团圆的结局，才子总是能与佳人们在冲破种种难关后相守在一起。这种美好而甜蜜的婚姻在现实中肯定是大量存在的，不能说是那些作者在粉饰太平，欺瞒读者。

到近代以来由于国势颓唐，士人内心往往很苦闷。个人的不得志与国势的衰败胶着在一起，使得士人都被一种悲观失望的心态所笼罩。连魏源、龚自珍这样有影响的士人都要在佛教中寻求心灵的平衡。这种普遍的悲观心态，使得到五四运动前后，悲剧开始受到推崇。如胡适认为，"中国文学最缺乏的悲剧的观念"，"这种观念乃是医治我们中国那种说谎作伪思想浅薄的文学的绝妙圣药。"❷ 这种情况下《红楼梦》由于具备悲剧性更是尤其受到推崇，王国维《红楼梦评论》认为"《红楼梦》者，悲剧中之悲剧也。其美学上之价值即存乎此。"俞平伯认为"譬如社会上都喜欢大小团圆，于是千篇一律地发为文章，这就是窠臼；你偏要描写一段严重的悲剧，弄到不欢而散，就是打破窠臼，也就是开罪读者。所以《红楼梦》在我们文艺界中很有革命精神"❸。

这样一种崇尚悲剧的文化氛围，也直接导致五四时期多数有影响的作品都具有悲剧性，作家们都通过自己的独创去适应这种社会心理氛围。就以爱情婚姻题材来看，鲁迅《伤逝》中涓生与子君的爱情悲剧；老舍的《骆驼祥子》中祥子娶了五大三粗的虎妞，更悲伤的是虎妞最后难产而死；巴金的《家》中二少爷与鸣凤的相爱导致鸣凤跳水自杀；郁达夫的《沉沦》继承《流东外史》代表的留学生文学却写主人公因压抑而自杀。这些爱情悲剧都是适应性独创的结果，是对社会心理、社会审美氛围的一种适应。

第四，对影响人们观念的思想体系及其团体的适应性独创。

思想体系是人类社会发展过程中必然呈现出来的一种文化聚集现象。总会有一些人，他们的观点比较接近，结果他们的思想形成一个系统从而在整个社会中起着大则全面控制，小则局部影响的作用。在中国史上这种自然聚集的思想体系有多种，儒学、玄学、禅宗、道教、理学、心学等。这些思想体系或轮流或并立地在某一个历史阶段对整个社会的观念形成或大或小的影响。文学必然也要受到这些思想体系的深刻影响，类似于阳光对万物的照耀，所谓"天不生仲尼，万古如长夜"，就是把孔子与儒家思想比为太阳。

很多时候以某种"思想体系"为基础，会形成社会团体。其中最重要的是一些宗教团体，佛教、道教、基督教、伊斯兰教等，这些宗教团体有着极为强烈的传教需求，因此会制造大量的用于宣传的文学作品。中外文学史上大量的作品，实则都跟这些教派有关。

---

❶ 《好逑传》在国外的译本有30多种。歌德曾经高度评价这部小说。
❷ 见胡适《文学进化观念与戏剧改良》，收于《胡适文存》卷三。
❸ 俞平伯. 红楼梦辨 [M]. 上海：上海古籍出版社，1998：98.

非宗教的团体，典型的是儒学的团体。比如理学在朱熹的时代，已形成了一个学术团体。中晚明的"王学"，亦形成了一个讲学的团体。这些社会团体需要"宣传自身"，便会制造大量用于宣传的文学作品。有时候这些社会团体，甚至能够取得国家政权。如太平天国最开始只是一个带有宗教性质的团体。在太平天国统治时期，制造了大量文学作品。而反对太平天国的清政府、湘军与相关士绅，亦制造了大量诋毁太平天国的文学作品。而儒家思想对文学的影响，其实也跟儒家团体（尤其是汉武帝"罢黜百家，独尊儒术"后的儒家）与国家政权的结合有关。

因此，这种"思想体系及其团体"对文学的影响，类似于阳光对植物的影响。阳光给植物提供的是能量，通过光合作用，植物构筑自身，而"思想体系及其团体"往往也能给文学创作提供"动能"。百回本《西游记》的诞生跟道教内丹派别的"传教需求"有关。元杂剧中"神仙道化剧"与当时的道教有很大关系。而魏晋以来，寺庙的俗讲，亦诞生了变文等多种文学样式。

历代与国家政权紧密结合的儒家，亦有大量宣传自身的需求。八股文的诞生与发展，源自科举这种人才选拔体制，但八股文的"代圣人立言"，何尝又不是儒家宣传与巩固自身的手段？宋代理学兴起后，理学对于文学的影响，是通过教育体制与科举体制发生的，因此，八股文被大量制造，以至形成了《儒林外史》中看到的诗歌创作依附于八股文创作的面貌。

另一方面，类似于动物不需要阳光，有一部分文学作品不需要受宗教团体、社会团体的刺激而诞生。但是，当一个思想体系成形并逐渐开始对社会产生影响，那么一方面靠着这些思想体系的号召力、其下属文学作品的传播力影响力，另一方面为了寻找灵感，自然会有独立的文学家愿意去接受这些东西，这类似于动物的捕食与消化。因为作家会像动物一样"感到思想知识的饥饿""感到没有灵感"，需要"充饥"，需要补充"能量"。作家就会去向宗教团体、社会团体下属的文学作品寻求灵感、寻求能量。也就是说，经过宗教团体、社会团体下属的诸多文学作品的"二次刺激"，一些独立的，不附属于宗教团体、社会团体的文学作品诞生了。

但要看到，这些独立的文学作品中表现出来的思想，多是对既有思想体系的适应，如果我们对那些思想体系相当熟悉，那么对这些独立文学家的思想观念，便可以进行有效的分析。玄学对文学的影响，禅宗对文学的影响，理学对文学的影响都当作如是观。从竞争角度，亦可以认为，是因为新的东西问世以后，一个文学家能够接受它并反映在自己的作品里，常常可以使自己作品获得新的特质从而在激烈的文学生存竞争中获得极大优势。

以对禅宗思想体系的适应而言，唐代诗人王维和白居易作品中的禅宗就很不一样❶，这倒不是由于他们自身的独创性，而是被他们适应的禅宗本身就不一样。王维与白居易的生年相差 70 年，在这期间禅宗发生了两次很大的变化：第一次是从主张渐修渐悟的北宗禅发展到主张明心见性顿悟的南宗禅；第二次是从慧能的南宗禅发展到属于南宗法系，受老庄影响，提倡"平常心是道"的洪州禅。这不同禅宗发展阶段，其思想很不一样。

王维早年受信佛的母亲影响接受的是北宗禅，到后期又接受了慧能的南宗禅，王维诗中的禅主要是一种空明、静寂的禅意，如《终南别业》中所说"行到水穷处，坐看云起时"的淡然，又如《辋川集》20 首表现出来的明秀、空寂。白居易就不同，白居易被贬江州司马后，较多接受了洪州禅，同马祖道一的几位亲炙弟子有密切来往。洪州禅提倡"平常心是道""无念、无相、无著"，讲究在日常生活去修行。所以白居易后期诗歌中充满了细碎的生活琐事，而王维那种空明、静寂的禅意早已荡然无存。

第五，对权力体制、政治体制的适应性独创。

探讨文学作品的变异，很重要一点是要看到权力体制对文学的干预。对于权力在文学中的作用，法国思想家福柯已有很多论述，其他相关学者的论述也非常多。总的来说，因为文学是一种影响人心的宣传品，所以权力体制必然会向文学作品施加影响。如朱元璋删改《孟子》一事，对圣贤作品尚且如此，对同时代人的作品，当然会有更严厉的执法。所以我们看到朱元璋时代，戏曲小说创作一度都陷于沉寂，这一时期的作品非常强调宣扬封建道德。此种情况在古代文学作品的创制过程中非常多见，在现当代文学发展中的体现亦很明显。所以一个故事作为文学物种的垂直进化过程，往往就要去适应其所处时代的权力体制，由此会产生大量的适应性独创。

权力体制对文学控制的松紧程度，实则是文学作品赖以生存的气温、气候。当权力体制调整到适宜文学发展，就可以认为是文学作品的"春天"；当权力体制对文学进行各种严酷的调控，则是文学作品的"严冬"。古今中外历史上，权力体制、政治体制对文学调控的松紧程度不同，所以也便塑造出了不同的文学面貌。古代王朝对于文学的态度，往往能决定该朝代文学艺术的繁盛与否。

综合来说，以上五个方面大体构成了文学的生存环境，文学就是在这五大生态因子的影响下不断地去适应它的生存环境。文学作品必须适应其生存环境，才能生存下来，才能得到传播，而不能够适应生存环境的文学作品只能被淘汰掉。完成这种适应依靠的是一种独创。在真实的历史进程中这五大因素都在不断变化，有创造力的作家敏锐觉察到这种变化，然后在其作品中通过独创来适应它。

❶　孙昌武. 禅思与诗情［M］. 北京：中华书局，1997：179.

因为有了这种适应，他们的作品才能在变动不居的文学生存环境中获得优势，传播开来，甚至成为文学经典。当然还有另外一种情况是文学作品本身没变，变的是文学生存环境。结果使得从前不是特别适应的文学作品，一下子变得非常适应。或者完全相反，从前非常适应的文学作品，一下子变得很不适应甚至被淘汰掉。

在文学上，环境的变化必然会促使文学自身产生变异，这是一个必然过程。这个过程便包含了适应性独创。按照获得性遗传的理念，首先是环境刺激生物产生变异，其次要这些变异还必须能遗传下去。在文学进化中也是这样，先有适应性独创，然后还有一个将这些独创出来的文学基因遗传下去的过程，这靠的是后起作家对前代作家的因袭。必须指出的是，文学与环境之间获得适应的适应性独创的过程常常是一个剧烈的过程。或者是一个充满了内心冲突，充满了内心挣扎的痛苦过程，罗宗强先生提出的"文人心态研究"，正是基于这一点。

而一旦某个或某类作家主动进行了适应性独创，将这些独创的文学基因遗传下去就比较顺畅了，后来的作家较少能感觉到这种剧烈的挣扎过程，他们可能会认为那些变异的发生都是自然而然的。

第二节　适应性独创的平行性

在遗传学中，有所谓"基因突变的平行性"的观点。遗传学上的例证表明，亲缘关系相近的物种遗传基础相近，往往会发生相似的基因突变，此种现象被称为突变的平行性。[1] 在文学的遗传变异中，显然也存在这种因遗传物质接近，外在环境接近，而导致的突变平行性。这一点尤其体现在适应性独创中。

一、相似生态环境导致的平行性变异

所谓的适应性独创，是去适应外在社会环境、外在物质载体、社会心理与社会审美状况、外在思想体系与外在权力体制，类似于植物去适应土壤、水、空气、阳光、气温这五大生态因子。在同一个时代，比如明代，每一个文学物种，如李白故事、苏轼故事、汉武帝故事、西游记故事等，其演化是面临着大体相同的环境生态因子，即面临着大体相同的外在社会环境、社会审美状况与权力体制等的作用。那么在这种情况下，这些不同文学物种，在同一时期产生的适应性变异，必然会有趋同的性质。这一点是很容易理解的。

---

❶ 刘庆昌. 遗传学 [M]. 北京：科学出版社，2007：109.

比如明代道教氛围对文学进化的影响。嘉靖皇帝很崇尚道教，据说严嵩就是因为善写青词而得宠，由此整个社会上道教非常兴盛。那么在这种大的社会氛围中，大量文学物种的进化都受到道教思想的影响。最典型的是《西游记》，西游取经故事是个佛教故事，西天取经是去天竺，向如来佛祖取经。这个故事实在很难有道教因子的大量插入。然而事实却是，嘉靖年间出版的世德堂本《西游记》，明显被改造为了一个道教故事。书中有大量全真教、内丹道教的内容。如果只看《西游记》电视剧这种感觉还不强烈，但只要翻看世德堂本《西游记》，道教的元素就会扑面而来，里面大量采用了全真教人物如马丹阳等人的修道诗词。也正是因此，清代的几部《西游记》评点著作，都注重凸显西游故事的道教内丹特征，比如清初汪象旭出版的《西游记》冠名《西游证道书》，便是强调西游取经故事的道教一面。

与此类似，李白故事在明代的进化呈现出了平行性。李白虽然崇尚道教，但在明代之前的李白故事中，道教元素并不明显。但明代的多种李白故事，都非常注重凸显李白身上的道教色彩。最明显的是明代著名文人屠隆的传奇戏《彩毫记》。该剧的道教色彩最为浓厚，这一点实则成为这部作品的一大特色。体现在关目设置上就是设置大量涉及仙道的内容，比如第三出"仙翁指教"，第五出"湘娥访道"，第十五出"游玩月宫"，第二十四出"访道仙翁"，第三十四出"蓬莱传信"，第三十八出"仙官列奏"。这些仙道内容的加入，就使得整部《彩毫记》有着浓厚的仙道文化意蕴[1]，近乎元杂剧中的"神仙道化剧"。这当然跟明代中期以后整个社会浓厚的道教文化氛围有关。

再如武王伐纣故事在明代的进化。武王伐纣故事本来与道家并无太大关联。但受明代嘉靖年间道教社会氛围的影响，这个故事也道教化了。书中以道教最高天神元始天尊为重要的神仙结构依托，构筑了阐教、截教两大教派的纷争。武王伐纣的历程，变成了道教神仙互相斗法的历程。这样一种道教化的历程，显然并不是孤立的，而是时代风气下的必然结果，与其他同时代的文学物种的进化，有某种平行性。

因此，可以很清楚地得出结论，西游故事、武王伐纣故事与李白故事这三个文学物种在明代的进化，呈现出了趋同性或曰平行性。即这三个文学物种的适应性变异，受到明代道教文化的影响，而展现出强烈的道教文学色彩。由此来推断，其他一些故事，一些文学物种，在明代的进化，很可能也会带有同样强烈的道教色彩。这种进化的平行性，源自社会环境、权力体制对作品的塑造与改造。

---

❶　郑祥琥. 李白故事流变及其文化意蕴［J］. 天中学刊, 2017（6）.

二、作品篇幅越进化越大的平行性变异

再一种平行性的变异，便是各文学物种在垂直进化过程中，篇幅变得越来越长。如从唐传奇《莺莺传》到元代的《西厢记》杂剧；从元代的《三国志平话》到明代的《三国志通俗演义》；从元代的《武王伐纣平话》到明代的《封神演义》等。很明显可以观察到，在故事内容大体稳定的情况下作品篇幅变得越来越大。如《莺莺传》不过是一篇篇幅中等的传奇小说，而当垂直进化到《西厢记》杂剧时已经是 5 本 21 出的庞然大物了。又如《三国志平话》不过 3 万字，而经过垂直进化成为《三国志通俗演义》就达到 80 万字。再如从宋江故事的寥寥几百字，到《水浒传》的 96 万字，字数越来越多。而且在小说戏曲领域的各文学物种，几乎都是这样，篇幅越来越大。这是一种典型的平行性发展。

那么，为什么绝大部分的文学物种都会变得篇幅越来越大？从生物学上看，进化从细胞开始，到小鱼，最后到巨大的鲸鱼、恐龙。文学的进化也是这样，篇幅必然会越来越长，这是进化的规律。至于这种规律产生的原因，首先就跟文学环境五大生态因子中的技术条件有关系。随着造纸术、印刷术的大发展，明代时具备了大篇幅文学作品的制造与传播的条件。如果单纯用竹简，一部《三国演义》得消耗多少竹简？这岂是普通读者所能承担的？

另一方面从审美的角度来说，为什么垂直进化是篇幅越来越长，而不是变得越来越篇幅短小精练？因为从人的阅读心理来解释，快乐的时光总是短暂的，当我们欣赏一部深深吸引我们的文学作品时，我们内心深处总是害怕将它读完，因为读完了我们的乐趣就结束了。正是由于这种心理，作品的篇幅变得越来越长。为了适应受众的这种心理，作家将作品改编得更长，让人能够在更长的时间内享受作品带来的精神愉悦。由此也形成了绝大部分文学物种在垂直进化过程中篇幅越来越大的平行性特征。

三、对五大生态因子的不同适应性

最后也要看到，生物对生态因子的耐受性是不同的。有的生物嗜热，有的生物厌光，有的生物厌氧，有的植物习惯酸性土壤，有的植物却适宜碱性土壤。因此，在大体相同的外在生态因子的作用下，相同的土壤，相同的气温，相同的水分，相同的阳光照射，生物还是会展现出不同的适应程度。

回到文学上，在社会环境、审美环境、权力体制调控等大体相同的生存环境状况下，不同文学物种还是会展现出不同的适应性，不同的"活性"。某种对大家都相同的环境，可能会对某些文学物种显得更适宜，这些文学物种因此便演化得更快更繁盛。但也可能对另外一些文学物种却显得很严酷，不适宜它们生存，这些文学物种便演化得更慢更沉寂。因此，在文学史上可以看到，同一个题材，同一个文学物种，在不同的朝代，有着不一样的进化活跃度。归根结底在于这个朝代的文学生存环境，其生态因子，可能就不适宜该物种的进化。那么这个物种在这个朝代只能相对沉寂，蛰伏下去，等待下一个历史阶段，等待生态因子向有利于它进化的方向发展。

　　正如明代的道教氛围，有利于道教故事的进化，凡是涉及道教的故事，在明代都会有较好的进化表现。然而那些不涉及道教的故事，尤其是纯粹佛教的故事，可能就不适宜生存了。它们在明代就得不到大发展。所以西游记故事在明代就成长为了文学经典，而在元末与西游故事知名度差不多的宋太祖赵匡胤故事，则因其不适应明代的综合环境，未能在明代有更进一步的进化。所以赵匡胤故事便无可奈何地沉寂下去了。

文学个体、文学样式与文学总体的进化 　第十章

生物进化论中，有"个体"的概念。"个体是物种组成中最基本的单位，物种由许多个体组成"，"由个体组合为组群，由组群组合为亚种，由亚种组合为种"❶。考虑到这种层级区分，则从概念上，"文学个体""文学物种""文学样式""文学总体"，这四个概念形成了概念层级上的递增。诸多文学个体组成了文学物种，若干文学物种组成小的文学样式（文学小类、文学亚类），若干小的文学样式组成大的文学样式（文学大类），大的文学样式组成了文学总体。层级不同，其进化面貌自然也会不同。

文学物种是文学进化的基本单元。但文学物种只是一个中层的概念，在文学物种之下，有文学个体的概念；在文学物种的上一层，则有文学样式（文学类型）的概念；在文学样式之上一层，则是总体的文学。谈文学的进化，当然要由低到高，分别论述从文学个体、文学物种，到文学样式、文学总体所涉及的进化问题。这其中会有不同视角，也会有不同的理论总结。

这其中的要点在于，文学物种的进化主要体现为垂直进化，而文学样式的进化则并非垂直进化。文学样式的进化有时体现为"起源、发展、高潮、衰落"的进化模式，有时又体现为进化中止的停留模式，又或者体现为其他的进化模式。

第一节　版市差异与文学个体

众所周知，世界上没有两片完全一样的叶子，也没有两个完全一模一样的人。这种现象，在文学进化中体现为什么呢？

仿照生物学上的物种概念，我们确认了文学物种的概念。因此，仿照生物学上"生物个体"的概念，亦可以推导出"文学个体"的概念。这一点对理解文学是如何存在的也很关键。

---

❶　沈银柱. 进化生物学［M］. 北京：高等教育出版社，2002：181.

以犬科动物来说，比如我们日常生活中所见到的"狗"，是属于一个物种。那形形色色狗的差异，仅仅是狗物种内部的品种差异。即使是同一个品种的狗，比如一只母狗产下的一窝小狗，这些小狗虽血缘相同，但也会有一定差异。这种差异，就是同种动物之间的个体差异。这正如人与人之间的差异，同是人，却长得很不一样。首先有人种的区别，有黑人、白人的区别；其次即使是亲人，是兄弟姐妹，也长得不一样。不同的人一般不容易会被混淆。那么这种同种动物的个体差异，在文学上是否有对应物？其对应物又是什么，意味着什么？

此问题可由简单到复杂渐次分析。先看戏曲领域的情况，譬如关汉卿的著名悲剧《窦娥冤》，现存有三个全本，即《古名家》杂剧本、《元曲选》本、《酹江集》本。据元杂剧研究专家邓绍基先生研究❶，《酹江集》本是按照《元曲选》本重刻的，只有少量曲文有变化。而《元曲选》本和《古名家杂剧》本则有较多差异。由此来说，这三个版本虽然都叫《窦娥冤》，但其实内部有大量的文字不同。

则出自关汉卿的《窦娥冤》原本，跟这三个版本可能或多或少都会有差别。这种差别有些是刊刻时候的错字、错句，或者刊刻时的修改，有些则是有意识的修订、删改。所以从文字校勘的角度，这三个《窦娥冤》全本甚至都不能被称为"同一个东西"。我们平时的文学欣赏中，只是有意识地忽略了这种版本差异。

如果说，窦娥的故事算一个文学物种，有其自身的发展演变。则单纯论及关汉卿《窦娥冤》的不同版本，应该类比为动物个体之间的差异，类似于人与人或者兄弟姐妹之间的差异。

要之，版本差异不是文学物种的差异，只是同一物种下的个体差异。这种个体差异，有时会很大。比如《西游记》的版本差异。尤其是百回本《西游记》出现了 62 万字本、42 万字本、46 万字本的差异。

西游记取经故事是一个文学物种，宋元时期的《大唐三藏取经诗话》、元末的《西游记杂剧》、明初的《西游记平话》、明中叶的百回本《西游记》等，是属于这个物种在进化不同历史阶段的形态。这些作品并不诞生于同一个时代，有些在后来只是作为一种"文学化石"的存在。而百回本《西游记》则大体产生于一个时代。但必须看到百回本《西游记》有着令人瞠目结舌的内部差异：现存最早的百回本《西游记》，是明万历二十年的金陵世德堂本《西游记》，该版本约 62 万字。在此基础上又出现了万历三十一年（1603 年）的杨闽斋本《新镌全像西游记传》，共 46 万字。另有一个差不多同时代的《唐僧西游记》共 42 万字。这两个 40 多万字的版本都题为"华阳洞天主人校"，且都是百回本，基本可以确定它们都是在 62 万字的世德堂本基础上删改而成。由此来看，这三个百回

---

❶　邓绍基. 从《窦娥冤》的不同版本引出的几个问题［M］//元剧考论. 北京：人民文学出版社，2017.

本《西游记》，显然就是属于同一个文学物种的同时代三个个体。它们之间从 62 万字，到 46 万字、42 万字之间的差异，便是属于个体差异。可类似于人与人之间的差异，或黑人与白人之间的差异。

这一点拿《红楼梦》版本来看，就看得更清楚。《红楼梦》存在程本、脂批本两大版本系统。同样都是《红楼梦》这些内容，有程甲本、程乙本、甲戌本、庚辰本、己卯本、蒙王府本、乾隆抄本等几十个版本，这些版本在每一页的文字上，都会有或大或小的差异。比如程甲本与程乙本的差异。乾隆五十六年（1791年），程伟元、高鹗以木活字排印出版《红楼梦》。程甲本出版后，程伟元高鹗发现程甲本有很大不足，尤其是刊刻时候的错字、错句。于是他们又用几个月对之修订，第二年重新出版，是为程乙本，并明言程甲本是"初印时不及细校、间有纰缪"。

据王佩璋研究，程、高在修订时采用"叶终取齐"的方法，内文大量修改，但最后每回的字数都差不多，以保证页码不变，方便印刷。据杜春耕先生研究，《红楼梦》120 回中有 38 回程甲程乙字数相同，其他各回字数不同，但亦差距在几个字，十几个字不等。总体来看，程甲本共 727037 字，程乙本为 727775 字。总字数程乙本比程甲本只多了 738 字。❶ 杜春耕先生的统计，证明王佩璋所说"叶终取齐"是对的。

程甲本程乙本总数字差不多，但内部的改动，却有上千条。❷ 只是有意识地在大量删改之后，保持总字数不变，以方便印刷。而程甲本、程乙本内文的这些不同之处，据研究，却达两万字。考虑到去除标点，程本《红楼梦》只有 72.7 万字，则两万字的差异，已经很大了。基本上是每页都不同。所以严格来说，程甲本与程乙本都不能被称为"同一本书"。

程甲本与程乙本之间有较大差异是必然的，不足为奇。那么程乙本之间呢？本来同为程乙本，它们之间不应该有什么差异。然而据刘世德先生研究，中国书店藏本、浙江图书馆藏本、吴晓铃藏本、杜春耕藏本这四种程乙本，内部亦有大量文字差异。❸

则《红楼梦》的几十种版本之间，有着形形色色的不同，这种不同不能被视作物种之间的差别，而应该是同一个物种下属的不同个体之间的差异，甚至兄弟姐妹之间的差异。这种差异在《红楼梦》的 72.7 万字中，有时候会达到 2 万字。但我们通常都忽略这种差异，认为其对故事的主体影响不大。

其实这个问题在诗歌上反而更严重。如果说小说作品，多几个字少几个字，对故事发展影响不大。那么诗歌呢？比如一首七绝、七律，一共才 28 个字、56

---

❶ 杜春耕. 萃文书屋程甲程乙再考 [J]. 红楼梦学刊, 2014 (1).
❷ 张德维. 谈《红楼梦》程乙本对程甲本的修改 [J]. 文学与文化, 2014 (3).
❸ 刘世德. 四种《红楼梦》程乙本的差异 [J]. 红楼梦学刊, 2012 (5).

个字。如果有几个字不一样，则该诗所表达的意思、意境有可能大相径庭，甚或截然相反。

以李白诗歌为例，其作品存在大量的版本差异。比如李白的诗《静夜思》："床前明月光，疑是地上霜。举头望明月，低头思故乡。"但另外一个版本的《静夜思》则是："床前明月光，疑是地上霜。举头望山月，低头思故乡。"这毫无疑问是同一首诗，但其第三句，一个是明月，一个是山月。这种差别意味着什么？

这有点类似于生物进化中的突变。从 DNA 角度来看，生物突变的原因之一，是 DNA 复制时候，必然产生的差错。比如一万次复制里，有一次复制错误。正如我们去复印图书，复印很多次，总会有发生文字复印错误的时候。

李白《静夜思》的这种版本差异，也带有这种性质，不同的李白诗集、唐诗选本中都选有这首作品。但在流传过程中，很容易发生复制的"变异"，由"举头望山月"变成了"举头望明月"。这种现象在古代诗歌的传播过程中是大量存在的。如果我们搜罗不同诗歌版本，会发现大量的诗歌，在短短的文字中，就存在着不少的文字差异。

普通的、不著名的诗歌作品其文字有个别字的差异，也就算了。但有时候甚至一些著名诗作，都会有整句整句的版本差异。最典型的便是《坛经》中六祖慧能所说的《得法偈》。宋元明清以来《坛经》的版本会有文字差别，但经中慧能所说《得法偈》几乎都是一模一样的，即"菩提本无树，明镜亦非台。本来无一物，何处有尘埃。"然而 1922 年有日本学者在斯坦因所获敦煌经卷中发现一个《六祖坛经》版本，与通行本大相径庭：

菩提本无树，明镜亦无台，佛性常清净，何处有尘埃。（敦煌本）

则第三句完全不一样，通行本是"本来无一物"，敦煌本作"佛性常清净"。由此整首偈语的意思就完全不一样，其宗教含义亦大相径庭。通行本"本来无一物，何处有尘埃"接近道家学说，反映了禅宗融合儒道的特点。而敦煌本"佛性常清净，何处有尘埃"佛教意味更强，但与前两句似乎并不搭配。

以上都属于有写本、刊本的书面文学，而在民间靠口头相传的民间文学，这种差异就更为明显，以至于成为民间文学的一个基本特征。故而钟敬文先生在《民间文学概论》一书中，就认为民间文学存在四大基本特征，其中之一便是"变异性"，认为"民间口头文学的绝大部分作品，几乎经常有不可避免的变动。这种变动不是个别的，而是大量的；同时也不是偶然的，而是必然的"❶。

同一个民间故事，比如牛郎织女的故事、天狗吃月亮的故事，在不同地区的

---

❶　钟敬文. 民间文学概论 [M]. 北京：高等教育出版社，2010：24.

流传中，会出现大量的"异文"。大家都能知道这是同一个故事，只是各地在该故事的具体细节上，会有大量不同。这种"不同"，相当于书面文学的版本差异。从进化论的角度来说，是属于同一个文学物种下诸多个体的差异。具体来说，就类似人与人之间、兄弟姐妹之间的差异。

总之，正如世界上没有两片完全相同的叶子，同一个作品往往也会有各种版本差异。应该充分认识到同一文学作品的"版本差异"，要认识到它在进化中的重要作用。也可以说，这种"版本差异"正是文学进化在文学最基层上的体现。

第二节　文学物种与文学样式之关系

生物学的分类，经历了几百年的发展过程。各种分类，错综繁杂，都不一样。比如李时珍在《本草纲目》一书中将植物分为草部、谷部、菜部、果部和木部5部，又将动物分为虫部、鳞部、介部、禽部和兽部等。这样的分类与西方差异很大，如亚里士多德将动物分为有血的动物和无血的动物。又如将生物分为水生生物与陆生生物。这样的分类，自然会有大量模棱两可之处。例如鲸鱼在水中生存，但鲸鱼其实是哺乳动物。鳄鱼显然不是鱼类，而是水陆两栖动物。蝙蝠能飞，但蝙蝠并不是鸟。

而现代生物学对生物的分类，是按照进化来分类，按照诸多生物在进化树图上的亲缘关系远近来分类。将生物按照"界、门、纲、目、科、属、种"7个层级进行分类。"界"分为动物界、植物界、原生生物界、原核生物界、真菌界。往下则分为"门"，如动物界可分为脊椎动物门、无脊椎动物门。而脊椎动物门，又可以分为哺乳纲、两栖纲、鸟纲、软骨鱼纲等。再往下哺乳动物纲，可以分为食肉目、灵长目、食虫目等。食肉目，可以分为猫科、犬科等。而猫科动物，有14属40种，包括：虎、狮子、豹、猫等。据说，已知的36种猫科动物，它们都源自1800万年前的一个共同的祖先。

一、传统的文学分类

文学上的分类，显然也是错综复杂的。但有一点是肯定的，无论是东方还是西方，其传统的分类，都不是按照进化亲缘关系来分的。

比如亚里士多德在《诗学》中提出"要研究诗歌的种类、各种类的具体功能和构成"❶，书中他主要聚焦了"史诗和悲剧诗、喜剧和酒神颂"。则在亚里士

---

❶　亚里士多德. 诗学［M］//亚里士多德全集（第九卷），苗力田，译. 北京：中国人民大学出版社，2016.

多德看来，悲剧诗跟喜剧诗是两种不同的诗歌类型。而在后来的西方文学研究者看来，亚里士多德所说的悲剧诗和喜剧诗，并没有太多区别，其实是同一种类型。也就中世纪以来所说的戏剧，并非我们现在通常所认为的"诗"。

在近现代西方学者看来，亚里士多德区分文学的标准是，是否有韵。无韵的是散文，有韵的是诗。戏剧有韵，所以归入诗。由此才出现了"亚里士多德的《诗学》初步把史诗、戏剧和抒情诗指定为诗的基本种类"。但是"大部分现代文学理论倾向于废弃'诗与散文两大类'这种区分方法，而把想象性文学区分为小说（包括长篇小说、短篇小说和史诗）、戏剧（不管是用散文，还是用韵文写的）和诗（主要指那些相当于古代的'抒情诗'的作品）三类"。❶

故此，西方学者基本是把文学分成了小说、戏剧、散文、诗歌四大类。此观点深刻影响了中国。以现代中国来看，文学作品一般分为：诗歌、小说、散文、戏剧。这种分类是从西方引进的。中国传统的文学分类，并不如此。传统上中国古人关于文学分类，有各种现在不被列为文学大类的名称，如乐府、曲、八股文、传奇戏、话本、子弟书、词话、弹词、宝卷等。这些类别现在看，都并非准确的文学分类。

按照"诗歌、小说、散文、戏剧"四大类的分法，还是相对更准确的。在此大的分类之下，诗歌又可以分为诗、词、曲三个系统。而再往下，诗的分类则有多种。按照是否有格律，可分为格律诗、非格律诗。格律诗可以分为律诗、绝句。按照诗歌字数的多少，可分为四言诗、五言诗、七言诗、杂言诗等。小说可以分为文言、白话两大系统。按照诸多《中国文学史》著作上的分类，则有唐传奇、宋元话本、明清拟话本、章回体白话小说等不同的名目。这些都属于传统的文学分类。

二、武侠、科幻与猫科、犬科之分

鲁迅先生在《中国小说史略》中将白话小说，分为了讲史小说、神魔小说、人情小说、谴责小说等。鲁迅先生的分类，其初衷并非是按照文学进化中的亲缘关系来分的，而是以"主题"来分类。但其实鲁迅先生的分类，已经暗含了文学进化中的亲缘关系。因此，这一分类，非常值得我们重视，属于文学上的一种基础理论。以现代眼光来看，鲁迅先生的分类实则是对类型小说的早期分类。

时至今日，从类型小说的角度，中国小说可以分为科幻小说、武侠小说、侦

---

❶　韦勒克，沃伦. 文学理论［M］. 刘象愚，等译. 杭州：浙江人民出版社，2017：224.

探公案小说、言情小说、官场政治小说、神怪小说、历史小说、战争小说等。❶那么这种种类型，比如武侠小说，是否已经称得上是一个"文学亚样式"或"文体"？此问题难于下结论。但有一点值得思考：这种分类是否可以对应到生物分类中"界、门、纲、目、科、属、种"的层级？

比如武侠小说是一个大类，武侠小说门类下，有几百上千种作品，金庸的几十种，古龙的几十种，梁羽生的几十种。其内部又可以分为更小的类型，如夺宝的武侠小说、帮派的武侠小说、侦探的武侠小说等。这些作品之间很多内容、很多桥段或多或少会有类同、类似、互相因袭之处。简而言之，众多武侠小说都共享了一定的"武侠基因"，尤其是共享了一些带有武侠根本特性的文学基因，如拜师、练武、比武、仇杀、探险等，因而武侠小说之间绝大多数都带有很强的家族相似。问题在于，这些不同的武侠小说之间是什么关系？武侠小说与科幻小说或言情小说又是什么关系？

正如生物分类中，哺乳动物纲下属的食肉目有猫科、犬科之分。猫科动物有14属40种，如虎、狮子、豹等；犬科动物有13属36种，如狗、狼、狐狸等。以此类推，"武侠小说"可相当于猫科，其下属的几千种作品，如《射雕英雄传》《小李飞刀》《边城浪子》《白发魔女传》等，则相当于虎、狮子、豹等不同的猫科物种。而"科幻小说"就相当于是犬科，其下属的作品，如《弗兰肯斯坦》《海底两万里》《三体》等，则相当于如狗、狼、狐狸等不同的犬科动物。

可见，关于类型小说的分类，其实更符合进化亲缘关系的分类。关于类型小说的研究，应当成为文学进化论研究的一个重要领域。归根结底在于，类型小说之间也许差异很大，如武侠小说与言情小说显然差异极大。但类型小说内部的各作品，则共享了大量的文学基因，因此展现出极大的家族相似。这一点其实更接近"进化树图"中，关于小说之间亲缘关系的描绘。

参考生物学上对"界、门、纲、目、科、属、种"的层级分类，可以说，文学样式中除文学大类之外的文学亚样式、文学小类等文学类型，大体就处在生物学上纲、目、科、属这一个层级。准确说，文学亚样式、文学小类更接近于"科""属"的层级。故而，武侠小说与科幻小说的区别，可类比为猫科动物与犬科动物之分。就是说，它们属于同一个纲目，但分属不同科。

因其"同纲目，不同科"，故而武侠小说与科幻小说在文学基因上有亲缘关系，但亦有很大不同。有亲缘关系是因为他们来自同一个纲目，往往拥有该纲目共同的基因，如小说结构方面的基因，小说叙事、故事悬念等方面的基因。一些武侠小说与科幻小说的隐约可见的近似性，就是这样来的。

---

❶ 此处对类型小说的分类，参考了电影学上对好莱坞类型片的分类。黄会林等编《电影学导论》指出，美国电影中较成熟的类型片有西部片、喜剧片、恐怖片、科幻片、灾难片、战争片等。韦朋编《世界经典电影鉴赏》认为好莱坞电影可以分为西部片、科幻片、爱情片、恐怖片等12个类型。

而不同之处则在于他们分属不同的科。因其分属不同的科，则会有大量的差异性基因。尤其是那些标志着武侠与科幻之分的基因，如科幻小说中的"宇宙飞船文学基因"，不见于武侠小说。科幻小说中的"外星人文学基因"，一般亦不见于武侠小说。而武侠小说中常有的"侠义""诗酒风流""快意恩仇"等文学基因，一般也往往不见于科幻小说。科幻小说以理性情感居多，不善于描述武侠中的"快意恩仇"。

三、同"科属"但不同"种"的文学个体的基因差异

如果说武侠小说与科幻小说、言情小说是"同纲目，但不同科"，故虽有一定亲缘关系，但亦有大量不同。那么"既同纲目，又同科"的情况会如何？例如同是科幻小说，凡尔纳的《海底两万里》与《地心游记》有怎样的进化关系？

这就存在一个问题：同一个"科、属"，但不同"种"的生物个体之间的遗传变异关系是怎样的？如同属灵长目人科之下的大猩猩与人类，其基因的遗传变异关系是怎么样的，其 DNA 的差异有多大？据科学家研究，大猩猩是与人类最接近的物种之一，二者基因组相似度高达 98.8%。也就是说，人类与大猩猩的差异，只有 1.2%。足见，当两个生物物种"既同纲目，又同科属"，则其会有极高的亲缘性。它们的大部分基因，是属于同一"科、属"的共有基因，也许能占到基因总量的 90%。但亦有大量标志其"物种区别"的差异甚大的独特基因。毕竟人跟大猩猩不一样，就不一样在那 1.2% 的独特基因。没有那 1.2% 的独特基因，人类就无从诞生了。

相应的，同属一个"科、属"，但不同"种"文学个体之间的遗传变异关系问题亦类似。"同纲目，同科属，但不同种"的文学个体间会有明显的家族相似，会共享来自同一个纲目、同一个科属的大量共通的文学基因。这种共享的基因，也许能占到其基因总量的一大半，甚至 90%。但由于不是一个文学物种，又会有大量标志其物种区别的不同基因，大量的变异。《金瓶梅》与《红楼梦》两部长篇小说的之间基因差异，就是这种"同纲目，同科属，但不同物种"的文学个体之间的关系。

可再举西方文学中的海岛故事为例，该类型在西方文学中已逐渐成为了一个近于武侠、科幻的文学类型，包含大量的作品。早在荷马史诗《奥德赛》中就有经过海上漂流，到达一个岛的故事。这样一种海岛故事，逐渐分化出不同的类型，如海岛生存故事、海岛探险故事、海岛寻宝故事、海岛凶杀故事。则海岛故事作为一个文学小类，近于生物分类上说的"一个科属"。其后续演化，就形成了同一文学纲目、同一文学科属下不同文学物种的分化。其中，法国科幻小说家凡尔纳 1874 年的小说《神秘岛》与英国小说家笛福 1719 年的小说《鲁滨孙漂流

记》就从属于这一科属。二者有大量相似的文学基因，其关系在多个方面都体现出同属"海岛故事"这一科属，但隶属不同文学物种之间的文学个体的复杂的基因遗传变异关系。

笛福的《鲁滨孙漂流记》在西方文学史上影响很大，刺激产生了大量作品，有些作品直接就是它的续书，或者对它的改编改写，可看作是垂直进化，如法国作家图尼埃的长篇小说《礼拜五——太平洋上的灵薄狱》。但有些则并非垂直进化，只能算是"轻度模拟"，对其文学基因有大量的选择因袭，典型的就是凡尔纳的《神秘岛》。

凡尔纳最初创作了一部名为《鲁滨孙叔叔》的海岛小说，与《鲁滨孙漂流记》有较强亲缘关系。因其书名的相似，二者某种程度上可算同一个文学物种或亚种。但《鲁滨孙叔叔》出版失败，几经波折。不得已之下，凡尔纳对该作品进行了大量的改头换面，形成了1874年发表的《神秘岛》。虽然已经没有了"鲁滨孙"这一核心文学基因，但《神秘岛》对《鲁滨孙漂流记》的选择因袭是全方位的，吸收了《鲁滨孙漂流记》中诸多的文学基因，甚至可以说已近于"模拟"。

如《鲁滨孙漂流记》中简略写到登上小岛中心的高山，查看地形，《神秘岛》中进行了详写；《鲁滨孙漂流记》详细写了从几粒小麦生长出大量的小麦，乃至用小麦做面饼，《神秘岛》中也谈到了从一粒小麦培育出大量小麦，只是相对简略很多；《鲁滨孙漂流记》中详细写到造独木舟，《神秘岛》中详细写如何造大船；二书都写到了巡游整座岛，尝试坐船离开岛，只是《神秘岛》一书后出转精，造船与乘船巡游的过程更复杂更曲折。此外更重要的，二书都较详细谈到了与外来人在岛屿上的斗争。

二书的不同，主要是人物设定上不同，《鲁滨孙漂流记》是孤身一人到一个小岛，《神秘岛》是五人到一个小岛。但不同之中又有相同，仿照《鲁滨孙漂流记》中鲁滨孙与黑人"星期五"的关系。《神秘岛》中亦有白人工程师史密斯与其黑人奴隶纳布之间的关系。此外，二书中主人公都有一条狗陪伴，但《鲁滨孙漂流记》中的小狗作用小些，而《神秘岛》中的小狗在推动情节发展上起到了更大的作用。

总之，因其属于"同一个纲目，同一个科属"，属于一种文学亚样式中更细分的某种文学小类，《鲁滨孙漂流记》与《神秘岛》，《金瓶梅》与《红楼梦》等作品之间，都有很强的基因亲缘性，虽然它们不是同一个题材、同一个物种，但其故事有类似性，共享了大量的基因。从生物学上看这种亲缘性，实质就是同一个科属之下的不同物种之间的关系。要点在于，它们共享了大量的相同相似的文学基因。

而不在同一个科属之下的文学作品，其相似的文学基因就很少了，正如《封

·172·

神演义》与《红楼梦》之间,《浮士德》与《鲁滨孙漂流记》之间,其相似的基因就很少了,最多是共享了一些长篇小说结构方面的共同基因。但其基因的差异性远多于相似性。

四、文学个体与文学类型的关系

考虑到文学上的"物种"是文学进化的基本单元。而笔者提出,三国故事、西游故事、李白故事等,是不同的物种。同时,很多不同的诗,亦是不同的物种。则从层级上说,文学样式高于文学物种,文学样式又由文学物种组成,则文学物种与文学样式(文体)存在一种值得分析的关系。

这种关系具体来说就是,文学的最底层是亿万的文学个体,很多文学个体可以归入一个文学物种,如西游物种中的不同文学个体。而若干的文学物种又可以归入某一种小的文学样式,如武侠、科幻、言情等不同的小说类型。若干小的文学样式可以归并为一个大的文学样式。大的文学样式最终归入"诗歌、戏曲、小说、散文"的最高分类。

举例来说,比如按照我们对类型小说的分类,神怪小说可以独立成一类(也就是鲁迅先生所说的"神魔小说"),其中包含了大量不同的物种,如西游故事、封神演义故事、八仙故事、钟馗故事等。而西游故事是属于神魔小说中的一个物种,《大唐三藏取经诗话》《西游记杂剧》、百回本《西游记》则是这个物种的不同历史阶段的个体。

再比如李白的《静夜思》、杜甫的《绝句》(两个黄鹂鸣翠柳)、朱熹的《观书有感》,是不同的文学物种,其不同的版本是不同的文学个体。但是这三个作品,第一首可以归入"五绝",后两首归入"七绝"。无论是"五绝"还是"七绝",都可以归入"绝句诗"这个文学小类,并最终又归入"诗"这个大类。

从进化角度,文学小类有小类的进化问题,大类有大类的进化问题。则文学进化论亦必须聚焦文学样式(文学分类中的小类或大类)的进化问题。文学样式的进化,与文学物种的进化,并不相同。

文学物种的进化,主要体现为垂直进化,具体说就是西游故事的进化历程,李白故事的进化历程。而文学样式的进化,并不体现为垂直进化。西方自亚里士多德至温克尔曼、黑格尔等人所形成"起源、发展、高潮、衰落"的进化模式,实则主要就是讲的文学样式的进化。而 20 世纪初,美国学者曼利在《文学样式与生物进化的新理论》一文中提出的"突变论",也是在探讨文学样式。

第三节 新文学样式的出现、发展与定型

关于文学样式的进化问题，必须分层讨论。因为所谓"文学样式"有文学大类、文学小类（亚类、文体）之分。诗歌、戏剧、小说、散文是大类。诗歌中的绝句、律诗，戏剧中的诸宫调、元杂剧、明清传奇戏，小说中的章回体、话本、弹词、宝卷等都是小类。主要的变动，发生在文学小类中。经常会在文学小类中，诞生某种新的文学样式（亚样式、文体），或某种旧的文学样式灭绝掉。

一、"一代有一代之文学"与文学样式

传统文论中"一代有一代之文学"的文学观，其本质是着眼于新的文学样式的出现与定型。这样一种新文学样式的出现与定型，一度被"错误地认为"对应于生物进化论中新物种的出现。但按照笔者的分析，文学样式并不是物种。文学样式的层级，要比文学物种高一级。文学样式的进化与单纯文学物种的进化，会有很大不同。

根据学者们约定俗成的提法，亦根据不同文学样式在体制上的不同，我们可以确定种种不同的文学样式。文学可分为诗歌、散文、戏曲、小说四大样式。诗歌门类下在文学史上曾涌现出四言诗、五言诗、七言诗、乐府诗、杂言诗、词、自由诗等非常流行的文学样式、文学亚样式；散文门类下曾涌现出散文、赋、骈文、四六文、八股文等小类；戏曲门类下在文学史上分化出金院本、诸宫调、元杂剧、南戏、传奇等体制明显不同的文学样式、亚样式。

小说门类下曾分化出文言短篇、变文、长篇章回体、白话短篇、弹词、子弟书、宝卷等小类。另外小说亦可以按照题材类型来分，分为：武侠小说、科幻小说、言情小说、侦探小说、神怪小说、历史小说等，这种类型小说的分类反而更符合进化树图的描绘。

而"一代有一代之文学"的说法，概括的是一种现象：每个时代都有其比较强势或完美的一种或几种文学样式、文体。诚如王国维所说："凡一代有一代之文学。楚之骚，汉之赋，六代之骈语，唐之诗，宋之词，元之曲，皆所谓一代之文学，而后世莫能继焉者也。"唐代的诗，宋代的词，元代的曲，明清时期的小说，都属于这些时代中最强势的文学样式。当然，要注意到文学样式之下，有文学大类与文学小类之区别。诗歌是一个文学大类，而唐诗、宋词都是属于诗歌大类之下的两个平行的小类。

二、突变导致文学小类的诞生

曼利在《文学样式与生物进化的新理论》一文中用"突变理论"来分析西方中世纪神秘剧（Mystery Play）、道德剧（Morality Play）和奇迹剧（Miracle Play）这三种戏剧小类的进化问题。曼利认为这三种剧的产生都源自突变，突然凭空产生的，产生之后就变得稳定，很少产生进一步的进化或变化。然后就这么一直定型下来。

曼利的分析是有一定道理的。因为他涉及的三种戏剧，虽然亦属于文学样式，但其实只属于文学大类之下的小类，即文体。这种"小类"在中国文学中有大量，如八股文、诸宫调、变文、元杂剧、子弟书、弹词等。这些文学小类，到底是怎么形成的？譬如变文到底是怎么形成的？是否也有一个漫长的进化历程？似乎就没有，变文很可能是突然有一天出现在当时寺院的俗讲当中，由当时一些僧人创制，创制之后也就变得稳定，直至其消失于历史中之前，未产生太大变化。

这一点看八股文，就更清楚。八股文亦属于一种层级较低的文学小样式。据史书记载，八股文是由朱元璋与刘基等人创立的，内容主要是谈四书五经，代圣人立言，而形式上主要由八组排比句组成。八股文一经创制之后，形制就变得稳定，虽然在明中叶随着学人对此的钻研更深入，有了一些变化。但大体上八股文的形制是相对稳定的。直至清末，亦未产生大的进化。

而且从"起源、发展、高潮、衰落"的进化模式来看，八股文的起源期比较短暂，很快就进入发展期、高潮期。明清两代的绝大多数时候，八股文都处于繁荣期（虽然其内部可能分阶段）。同时八股文的"衰落期"也非常短暂。清末1905年取缔科举考试后，八股文基本就消失在历史舞台上。属于类似恐龙的"突然死亡"，非正常的绝灭。

可见，有很多文学小类，都是因为突变，而突然出现在文学舞台上。如果环境适宜这种文学小类的"生存"，则它能够持续存在、发展下去。而一当环境变得不适应其"生存"，那就会绝灭。八股文的绝灭就是典型例子。再如变文，一度比较兴盛，但宋代以后就失传了。至今只是在敦煌遗书中找到了一些古代变文的样本。变文本身早已退出了文学进化的历史舞台。类似突然出现的文体，还有诸宫调、回文诗、胡适创制的新诗等。当然也要看到，有很多文体是逐渐诞生的。比如孟昭连教授《白话小说生成史》所探讨的白话小说的漫长的渐进的诞生历程。

三、新文学样式诞生的基因本质

很多新的文学样式（文体）是因突变诞生的，也有的是逐渐诞生的。文学样式的形式与本质，往往由若干种基本基因决定。这几种基本基因就限定了一种文学样式（文体）的基本特点。

譬如词的基本基因在于言情，所谓"南唐小词"是也。而当苏轼、辛弃疾给词注入了"说理""家国情怀"的新基因，则词的面貌亦发生很大改变。再如武侠小说，它的本质与特点，就是由"武侠"这种大的基因类型决定的，万变不能离其宗。八股文的本质则是"四书五经，代圣人立言"，离开了四书五经，就无所谓八股。再如"诏书"这种文体的本质是"代皇帝下令"。"表"这种文体的本质是"向皇帝进言"。

正是因为几种基因决定了某一文学样式的基本形态。所以在文学进化历程中，基因的排列组合方式逐渐出现，会自然带来该文学样式的逐渐繁荣。而当基因的排列组合方式被逐渐穷尽，作家便不再能写出新意，这种文学样式的衰落也就必然发生。

文学样式（文体）的诞生与发展，需要社会条件与文学条件能够支撑其基本基因的稳定存在。长篇小说的基本基因之一是"长篇"，这要求纸张等载体的发达。造纸术与书籍印刷术不高度发达，则长篇小说难以诞生，难以持续发展。再如科幻小说的基因本质，在于"科学幻想"。中国古代没有科幻小说，是因为没有科学的繁荣。所以科学的逐渐繁荣，必然刺激科幻小说的诞生与发展（发展至今，科幻小说仍不能够称得上是一种独立的文体）。

文学样式（文体）的绝灭，被淘汰，也与基本基因的进化、覆盖、替代有关。诸宫调的基因本质是一种说唱文学，其形式体制方面的基本基因有多种。而所谓的进化，便涉及基本基因的进化。一旦基本基因发生了重大的进化，发生了覆盖甚至替代，则诸宫调就难以继续存在。最终导致诸宫调逐渐向元杂剧进化，或者说元杂剧在竞争中将诸宫调灭绝掉。

武侠小说的基本基因"武侠"，八股文的基本基因"四书五经，代圣人立言"。这些基本基因就像支撑一栋大厦的几根顶梁柱。一旦这几根顶梁柱发生了变化，文学大厦自然会发生根本变化，新的文学样式必然因之而诞生，因之而绝灭。

四、文学样式的定型

从文学样式的发展演变史来看，诸多的文学小类在形成之后，存在一个能否逐渐发展壮大，乃至定型的问题。文学史上有很多的文学小类（文体），由于自身体制的不够成熟，流传得不够广泛，最终不能够定型下来，不能够成为独立的文体。

要注意的是，新的文学小类的定型，往往并无明显的标志。这一点与文学物种的形成不同。生物物种、文学物种的形成定型，都有其标志。地球上上千万的物种都是在 30 多亿年漫长的历史时期逐渐分化出来的，当两个近亲亚种变得不能交配或交配不能产生后代时就表示分化出了新的物种。文学物种的形成，亦存在这种生物学上的"生殖隔离"现象。但文学进化中，新文学样式的定型却找不到类似生物进化中的生殖隔离这样标志新物种形成的标志性特征。

由于不存在这样一种明显的标志，所以很多时候判断某种新的文学形式是否可以称得上是一种新的文学样式，都只能从外观上进行区分。有时，其外观上的区别会很明显，例如律诗在体制上与四六骈文差别非常明显，五言诗与七言诗在形式上区别亦非常明显。

但有时其形式区别往往又并不明显或存在较大模糊性，此时的判断就存在主观性。尤其面对文体分化中，必然出现的模糊性之时，判断的标准不好掌握。如楚辞中的《离骚》，一般认为是诗，因此屈原被认为是诗人。但从后来的文学演化来看楚辞有向辞赋散文方向发展的进化趋势。循此则屈原何尝不可以被称为散文家？再如宝卷、变文、弹词等是否已可被称为一种新的文学样式，还是都仅仅是一种白话小说的早期形态？

另外一个重要问题是：不同的文学样式能否定型下来的关键因素是什么？笔者觉得主要因素有两方面。

第一，在该文学小类下，能否诞生大量的同类作品。

八言诗、九言诗，作为文学小类，不能够成立，原因之一便是在该文学小类之下，没有足够多的文学作品。离开了大量的同类文学作品，则一个文学小类的形成，也就无从谈起了。

而八股文是在明初由朱元璋等人创制的，这种文体因与科举考试联系起来，故而获得了空前繁荣的发展。明清两代的八股文，几乎都是处于繁荣期、鼎盛期。诞生了数以亿计的八股文作品，亦诞生了大量的优秀八股文选本、墨卷。正是基于这海量八股文作品的存在，则"八股文"作为一个文学小类，作为一种文体，就是存在的。

再如"宝卷"作为一个文学小类应也是成立的。宝卷是古代民间社会流行的一种通俗文学形式，元代以来一度广泛流行，内容主要是宗教故事。据车锡伦编《中国宝卷总目》，截至 1998 年国内外有近百家机构收藏有各类宝卷近 1600

种，包含不同版本 5000 余种，且近年来还不断有新发现。❶ 数量如此之多，称之为一个文学小类，应是无疑义了。所以一般不把宝卷放到白话小说类别中，而是单独列类。

第二，在该文学小类下，能否诞生若干经典作品。

从文学发展实例来看，文学样式能否定型的另一关键因素是在这种文学样式、小类下能不能出现为人们广泛接受的文学经典。如果在这一文学样式下能够生成文学经典，那么后辈的作者就会以模仿这种文学经典为荣，这种文学样式自然能够推广开，否则这种文学样式在出现之后很难得到大发展。

可见，文学经典的出现，是某种文学样式、亚样式、文学小类能否定型的关键因素之一。就如子弟书，这个文学小类虽逐渐定型，今存作品有 400 多种，但其中并未出现经典作品，故而并不能流传开。再如今存宝卷虽近 1600 种，但由于未有传播广泛的文学经典的出现，故而宝卷虽多，其影响却有限，虽有一定程度定型，但亦逐渐绝灭了。

而诗歌中的五言绝句、七言绝句，作为一个文学小类，能够成立、定型，显然是因为这种文学小类中不但诞生了海量的作品，而且关键之处还在于，其中诞生了大量的经典作品，以至这种文学小类的地位越来越重要，最终上升到文学总体面貌的高度。

第四节　进化论的"起源、发展、高潮、衰落"模式

"起源、发展、高潮、衰落"模式被认为文学进化论的一个基本模式。大量文学样式、亚样式（文学小类）的进化都符合这一模式，如四言诗的进化、赋的进化、话本小说的进化、章回体白话小说的进化等。

南朝文学理论家刘勰（465—520 年）在《文心雕龙》中提到的一些文体，如诗、乐府、赋、颂、赞、祝、盟、铭、箴、诔、碑、哀、吊、谐、诏、策、檄、移、封禅、章、表、奏、启、议、对、书、记等，其进化历程，很多时候都是符合这一模式的。以刘勰的时代来看，这些文体的大多数，当时都正在经历进化的高潮期。但是到今天，随着封建社会的结束，很多文体都衰落以至绝灭了。比如"封禅"这种文体，大概在唐宋以后就基本绝灭了。而"章、表、奏、启"之类与封建制度紧密相连的文体，虽然延续到了明清时期，但现代以来，亦绝灭了。

综合来看，"起源、发展、高潮、衰落"的进化模式，是可以适用于诸多文

学样式（文学小类）的。当然，关于这一进化模式，还有很多问题值得深入探究。

一、"起源、发展、高潮、衰落" 进化观念的形成

文学样式乃至其他事物的进化，有其起源、发展、高潮、衰落期。据韦勒克《文学史上进化的概念》一文所说，此种观点最初在亚里士多德著作中就有所呈现，后为诸多西方理论家所延续、拓展，如温克尔曼在《希腊艺术史》中的论述。至近代，比较重要的阐发来自德国哲学家黑格尔。黑格尔在《美学》一书中说："每一门艺术都有它在艺术上达到了完满发展的繁荣期，前此有一个准备期，后此有一个衰落期。因为艺术作品全部都是精神产品，像自然界的产品那样，不可能一步就达到完美，而要经过开始、进展、完成和终结，要经过抽苗、开花和枯谢。"❶ 此后的文学进化论者基本都延续了黑格尔的观点，且很多时候都是把此一点当作进化论的核心框架、核心内涵。如 20 世纪初的文学进化论者西蒙兹在《伊丽莎白时代戏剧研究》（1919 年）一书中就认为伊丽莎白时代的戏剧经历了一个萌芽、扩张、鼎盛和衰亡的过程。此种进化论分期模式，亦在分析其他事物的进化中，可被屡屡见到。如 1905 年，美国艺术史家塔贝尔在《希腊艺术史》中说：

> 在迈锡尼文明时期，雕塑艺术几乎不存在，除了小雕像的制作和小物品的装饰物。我们现在开始叙述这种艺术兴起的情况，然后它逐渐成为一种独立而占主导地位的艺术，期间它臻于完善，后来又衰落。❷

塔贝尔研究了希腊雕塑艺术的发展历程，认为它经历了从无到有，从初兴到完善，最后趋于衰落的历程。客观来说，塔贝尔的观点是延续了 18 世纪德国美术史家温克尔曼在《希腊艺术史》中的相关论断。

对自亚里士多德以至温克尔曼的进化观念，韦勒克已有一定分析。1962 年在《文学理论》一书中，韦勒克把此种 "起源、发展、高潮、衰落" 的分期论当成了文学进化论的最核心观念，且他对这种观念是持批判态度的。

此种观念也进入中国，比较早的是 1920 年梁启超在《清代学术概论》中探讨清代学术的发展历程时所指出的：

> 佛说一切流转相，例分四期，曰生、住、异、灭。思潮之流转也正然，例分四期：一、启蒙期（生），二、全盛期（住），三、蜕变期（异），四、

---

❶ 黑格尔. 美学（第三卷）[M]. 朱光潜，译. 北京：商务印书馆，1979：5.
❷ 塔贝尔. 希腊艺术史 [M]. 殷亚平，译. 上海：上海三联书店，2016：63.

衰落期（灭）。无论何国何时代之思潮，其发展变迁，多循斯轨。❶

则也是以这一模式来看待清代学术的发展历程。实际上胡适的文学进化论，也主要是从这个角度来把握文学进化历程的。后来中国的学者多有沿袭。譬如郭英德教授在《明清传奇史》中也是从"传奇生长期—传奇勃兴期—传奇发展期—传奇余势期—传奇蜕变期"的角度来分析明清传奇的发展历史的。

从以上中西方文学进化论者的相关论述来看，"起源、发展、高潮、衰落"的观念，长期以来就被认为是文学进化观念的一个基本模式。诸多的进化论者都从这个角度来看待进化问题。很多人一谈到进化问题，就首先想到了"起源、发展、高潮、衰落"的模式。

但关于这一进化模式，有多方面问题。问题首先在于，这种关于事物发展过程"起源、发展、高潮、衰落"的区分，是否称得上是一种进化观念呢？

客观来说，这种观念并不是始于进化论。诚如梁启超所言，佛经中早已对事物发展规律有"生、住、异、灭"的看法。而早在亚里士多德哲学中，就有了关于事物"生成和衰灭"的论述，如亚里士多德在《天象论》中说："万物的生灭（成坏）这种变化实际依凭于太阳的运转。"❷ 则这种"起源、发展、高潮、衰落"的观念实则是一种自然观念。从万物，尤其是动物甚至人类的生命历程中，就可以看到生老病死的规律，在植物则有"一荣一枯"盛衰变迁。这种现象应该说是人类自古就有所认识的。

而正是这种由动植物生命历程所归纳出来的"起源、发展、高潮、衰落"观念，一旦挪用到文学领域，就必然形成文学或文学样式之发展历程的"起源、发展、高潮、衰落"观念。这种观念可以说本质上是属于一种"通用的哲学"，可以在各种事物中见到，并不见得就是进化论的核心内涵。

但是由于诸多的进化论者、文学进化论者，都已经约定俗成，把"起源、发展、高潮、衰落"观念当成进化论的核心观念。我们也可以延用，将之作为文学进化论的一个观点。

二、"起源、发展、高潮、衰落" 的分期是否客观存在？

"起源、发展、高潮、衰落"作为一种分期，是人为的。任何一个存在发展阶段，存在发展程度差异的事物，我们总可以根据这种"发展程度差异"，而指出其中一段是起源期，一段是发展期，另一段是高峰期。因此这种分期论，就存在一个分期是否客观的问题。换个角度发问，就是什么是"繁荣期"？"繁荣期"

---

❶　梁启超. 清代学术概论 [M]. 桂林：广西师范大学出版社，2010（2）.
❷　亚里士多德. 天象论　宇宙论 [M]. 吴寿彭，译. 北京：商务印书馆，2011：90.

的标准是什么？

比如子弟书这种文体的进化历程。它兴起于清初旗人子弟中，至清末逐渐绝灭，至今所存子弟书有400多种，算上已经亡佚的估计近千种。从清初到清末的200多年中，子弟书的发展阶段显然是起伏不定、有起有落的。我们显然可以根据这种"发展程度差异"，区分出子弟书发展的"起源、发展、高潮、衰落"四阶段。薛宝琨等撰的《中国说唱艺术史论》便采纳了这一思路，将子弟书发展分为了四期：发生期（清初至乾隆朝时期）、繁荣期（乾隆至道光朝时期）、分化期（道光以后至光绪朝初期）、衰微期（光绪末至民国初期）。

现在问题在于，所谓的"繁荣期"，是否有一个标准？达到什么样的程度，可以称得上繁荣？如果没有一个关于"繁荣"的定量标准，则任何存在发展阶段差异的事物，我们都可以区分出"起源、发展、高潮、衰落"四阶段。稍微发展好一点，我们就可以称之为"高潮期"或"繁荣期"了。这样显然是不行的。这只是一种偷换概念。把稍微发展好一点，称之为"繁荣期"，这只是一种"修辞手法"而已，并不科学。

此外，还有一个"进化活力"的问题。所谓"繁荣期"一定是有很大进化活力的。一定是产生了很多创新性的作品，甚至是一些经典性的作品。没有流传甚广，影响甚大的经典性作品，就只是简单地把"发展相对较好的时期"称之为"繁荣期"。这显然是不对的。只是一种偷换概念。

可见，定义"高潮期"或"繁荣期"一定要有一个标准。只有繁荣到一定程度，我们才能说某种文体进入了"繁荣期"。很多时候，稍微发展得好一点的，我们只能称之为"正在加速发展"。

从这个意义上，子弟书这种文体的进化历程中存不存在繁荣期，就存在疑问了。毕竟这种文体只存在了200多年。相对于历史上一些大的文体，一些进化上千年的文体，区区200多年的历史，是比较短暂的。200多年，甚至都不够其走出"发展的幼稚阶段"。正是因为子弟书只进化了200多年，时间较短，所以它并未成为一种较主流的文学样式。所谓的"繁荣"，只能是说它相比自身的各阶段，有一个发展较好的阶段。但子弟书的这种"繁荣"跟五言诗的繁荣，显然不是一个量级，不可同日而语。

因此，笔者认为，我们只能说，在乾隆朝时期，子弟书有过发展较好的阶段，但并未进入真正意义上的"繁荣期"。很多发展不够成熟的文体的所谓"繁荣期"问题，都应该从这个角度来看。为严谨起见，应该要从新创作品数量和进化活力上定出一个是否进入"繁荣期"的通用标准。

三、文学进化中的衰落

什么是"进化中的衰落"，也是引起了很大误解的问题。按照文学进化论

"起源、发展、高潮、衰落"的模式，"衰落"似乎很好理解。但这其中，其实有两个维度的理解：第一个维度是由于某文学样式中不再产生经典作品，就说这种文学样式衰落了。比如明清的诗歌，长期被认为衰落了。理由并不是因为明清人不再创作诗歌，而是因为明清诗歌的"好作品"少。第二个维度是一种文学样式创作的人少了，产生的新作品少了，有的甚至近于绝灭了，便说该文学样式衰落了。

其实学者们对文学进化"起源、发展、高潮、衰落"模式的诸多争议，很多时候就是在这"两种理解"上出现了偏差。比如"明清诗歌衰落了"的观点，只是认为明清诗好作品少。然而从作品数量来看，明清人创作的诗歌数量远大于唐宋诗。《全清诗》虽未编成，但数量有几十万首。而康熙时编的《全唐诗》不过近 5 万首。单纯从数量上来看，明清诗不仅未衰落，而是进一步繁荣了。

所以理解"衰落"，一定要注意这"两个维度"。文学进化论角度理解的"衰落"，首先应该是数量上的衰落。从这个角度来看，明清诗歌相对于唐宋诗歌，并没有衰落。明清诗歌的数量远大于唐宋诗歌。

而所谓的"明清诗歌没有好作品"，是一种文学欣赏层面的东西。其实明清诗歌的很多作品，如果出现在唐宋时期，那都是经典作品。比如署名司空图的《二十四诗品》。清代以来，《二十四诗品》被认为是唐末司空图的作品，近现代的文学批评史著作中，对《二十四诗品》都赞叹至极。但陈尚君、汪涌濠等学者却指出，《二十四诗品》很可能是元朝人的作品，被阴差阳错当成了唐末司空图的作品。于是乎关于《二十四诗品》的评价马上就降格了。从前认为《二十四诗品》很有文学性的人，也不再赞叹了。为什么？因为在元代的诗歌理论、诗歌创作中，《二十四诗品》只能说是一个中等水平的作品。在元代，类似《二十四诗品》这种格调的作品，很多人都能创作，已经没有了新意。

所以明清诗歌相对于唐宋诗歌，质量上并不见得就有多差。在明清诗歌中属于今人看来是普通作品的诗歌，比如王士禛的很多"神韵诗"，其艺术水准相对于唐宋人的诗，并不见得差。只是王士禛的"神韵诗"比唐宋人的作品，晚了六七百年，已经成为"熟套"，没有了新意，没有了创新性。

要之，明清诗歌相对于唐宋诗歌，从数量上看并未衰落。谈论文学进化中的"衰落"问题，都应该首先从新作品的数量角度来考察。当然也要适度结合作品质量的考察。毕竟作品的质量与数量是有一定正相关性的。对于其他文学样式的"衰落"问题都应该如此来看。

最后也要注意，作品的"质量"，并不是固定不变的，它有水涨船高的相对性特征。因为作品的"质量"，往往与"创新性"直接相关。当我们说一个作品"质量"好时，往往指的是它有一定创新性。然而随着文学基因排列组合的被逐渐耗尽，越到后期，越难有创新性。没有了创新性，读者也就提不起兴趣。文学的"衰落"，往往也同没有创新性、作品陈陈相因、无法给读者提供新感受有关。

四、是否一定有衰落？

从生命角度来说，人类为什么有死亡？人类为什么不可以在青年时期，就停止生物进程，永远停留在青年时期？当代生理学家对此进行了大量的研究。假设未来能够发明一种方法刺激人类细胞永不停止自我更新，则人类就会攻克死亡，永葆青春。类似的，这一话题转用到文学上，为何一种文学样式不可以永远停留在某一繁盛期？或者为何某一文学样式不可以永远停留在某种状态，不再变化？或者为什么一定有衰落？换言之，是什么东西促成了某些文学样式之衰落的必然出现？

究其原因，大概在于：第一，某文学样式长期发展后，必然导致人们审美疲劳的出现。人们对相似的内容，已经兴趣越来越低。大众兴趣的丧失，很容易会导致一种文学样式不再受到关注，衰落也就必然发生。这一点看现当代的武侠小说就很清楚（虽然武侠小说称不上是一种独立文体）。中国的武侠小说有其发生、发展的历程。至20世纪八九十年代，金庸、古龙的武侠小说在大陆获得巨大关注，人们的审美热情被激发。以此为基础，武侠电影在八九十年代亦获得了空前发展。但随着时间流逝，审美疲劳发生了，人们逐渐对武侠小说失去了兴趣，因为内容越来越相似，大家都看过，或者能想象到。与此相应，武侠电影也逐渐发生衰落。足见，武侠小说的衰落主要原因是审美疲劳的作用。

第二，从文学基因的排列组合来看，某文学样式经过若干世代的繁荣，其文学基因的排列组合方式逐渐被穷尽了。创新变得越来越难。后出的作品，往往是对前代作品的机械模仿，因袭的痕迹很重。这样不能给读者带来新鲜感，该文学样式必然会衰落。也就是说"进化活力"会丧失，越到后期创新越来越难，好作品越来越少。曹雪芹批评清初才子佳人小说"千部共出一套"，说的就是内容没有新意。才子佳人小说最关键的几种文学基因，其排列组合方式被逐渐穷尽，作家们限定在"才子佳人模式"下，已经写不出新东西了。自然就会衰败。

第三，人类社会的科技发展水平、社会发展水平，在不断发生变化。每隔几百年，就会发生面目全非的变化。这种社会的"变化"，会引发文学生存条件的变化，最终导致新的样式诞生，旧的样式衰落。反之，如果人类社会各方面长期稳定，则文学样式亦可以稳定在某一发展阶段。比如八股文的衰落与绝灭，就是因中国社会的大变局。科举取消了，八股文自然就绝灭了。若明清封建王朝长期持续下去，科举制度继续长期存在，则八股文也可以长期稳定发展。

概而言之，由于审美疲劳、文学基因排列组合方式逐渐被穷尽、进化活力丧失、社会环境变化等多方面原因，某一文学样式的衰落很容易发生。但是衰落也

并不是必然发生的。某一文学样式也可能长期处于发展期或繁盛期，比如五言诗其实就是长期处于繁盛期。"一代有一代之文学"的观念，便忽视了一些文学样式虽有衰落，但依然在发展，持续在传承的事实。正如宋代不只有词，宋代也有诗。明清不只有小说，明清也有大量的诗。古体诗一直在发展，很难说就衰落了。

看文学史上五言诗的发展，汉代的《古诗十九首》，魏晋南北朝时期陶渊明等人的一些经典五言诗作品，其水平与历史影响并不比唐代的五言诗要低。至宋代，苏轼、黄庭坚的一些经典作品也可以比肩李、杜。因此可以认为，五言诗在汉代、魏晋南北朝、唐、宋等朝代都有较大的繁盛期。最多是说，进入明代，诗歌处于某种影响上的衰落期。但明代人所创作的诗歌数量、五言诗数量并不少。

另外，进入衰落期以后，文学样式也不一定就绝灭了。比如"赋体"，以汉代为繁盛期，进入唐宋便进入衰弱期。但明清时期赋体，还是继续存在，还有作家继续创作赋，只是已很衰弱了。因此，衰弱期有可能延续很长时间，比繁盛期要长。

五、文学样式的诞生条件与进化阶段的交错

文学进化史表明，各文学样式的起源期、繁盛期、衰落期的开始、结束以及持续时间长短不一样。唐宋时期是诗歌的繁盛期，但小说的最高潮显然不在唐宋。白话小说起源于宋代，到明清时期才进入繁盛期。而文言小说以魏晋、唐、宋为繁盛期，到明清则进入衰弱期。可见，诗歌、白话小说、文言小说的繁荣期并不重合，其进化的各个阶段也都互相错开。文言小说的繁荣期，恰恰是白话小说的起源期。而白话小说进入繁荣期，文言小说则进入衰落期。

所以关于文学样式的起源期、发展期、繁荣期、衰弱期，并无可以一刀切的标准，需要具体问题具体分析。每一种文学样式都不尽相同。可以进一步来讨论的是，为什么在某一个时代，某一种或几种文学样式进入繁盛期？又或者为什么在某一历史时期，所有的文学样式都进入衰败期？这显然是一个文学生态的问题。

每一种文学样式（文体），其进化虽然会受到社会环境、物质环境、社会审美心理等的平行性影响，展示出一定的平行性，但归根结底其进化都有自己的积累与进程。文学样式的发育、成熟、衰弱，有其自身的发展逻辑，所需要的条件不一样。这必然导致各文学样式的进化起点不一样。四言诗的进化起点在先秦，词的进化起点在唐末五代，白话小说的进化起点在宋代。由此导致了各不同文体的错开。

另一方面，也可以说，在不同的社会条件，不同的物质、文化、文学条件

下，新的文学样式会逐渐被孕育、诞生，然后进化，最终也会有绝灭。先秦有先秦的社会文化文学条件，因此诞生了四言诗，但没有诞生话本小说，因为条件不够。南北宋有南北宋的社会文化文学条件，这种条件就决定了话本小说的诞生。当代有当代的社会文化文学条件，自然亦会孕育出当代的新的文学样式。比如网络文学的诞生与进化。

此外，也要看到文学物种的进化也有其起源期、发展期、繁荣期、衰弱期。比如三国故事的进化，在魏晋隋唐是起源期，三国故事开始受到一定的关注被传播；在宋代是发展期，说话艺人开始以"说三分"为业，开始聚集出庞大的受众群；至元明则进入繁荣期，出了大量的三国戏，且最终出现了长篇小说《三国演义》；至清代三国故事的进化，则进入衰落期，新诞生的好作品已不多了，进化的变异程度也越来越少，频率越来越低。可见，文学物种的进化阶段也有自身的积累与进程，其进化不积累到一定程度，不出现大量的带有诸多变异性基因的好作品，则其文学进化链条中集大成性的文学经典作品很难出现。

第五节 文学样式的其他几种进化模式

文学样式、文学小类（文体）的进化，其进化模式较多体现为"起源、发展、高潮、衰落"的模式。这称得上是一个主流模式，但文学样式、文学小类（文体）的进化显然存在其他的模式。因此，不能用"起源、发展、高潮、衰落"模式简单概括所有文学样式、文学小类的进化。应该看到各文学样式、文学小类存在多种多样的进化模式。按照进化繁盛程度的由弱到强，大体包含如下几种。

一、八言诗进化模式

八言诗进化模式——诞生阶段即困难重重，未能进化出一定基础数量的作品，后续进化难以开展，很快面临绝灭。

文学进化史上，有大量的文学小样式，展现出了一种要往前发展的苗头。但这种"苗头"始终都只是一种"苗头"，未能诞生一定基础数量的作品，也未能进一步往前发展。这是进化史上最常见的现象，毕竟不是任何文学形式都能够发展壮大的。无论是八言诗、九言诗，还是回文诗之类，都是只展示出一种苗头。但实际并未能获得较多发展。最终只是徒具一种新颖的形式，离发展成一种独立的文体还距离甚远。此种情况属于进化不成功的案例，在文学进化史上是广泛存在的，是进化金字塔的塔基。

而刘勰《文心雕龙》、萧统《昭明文选》中所提到的南朝时期就已经比较成熟的章、表、书、记等几十种文体❶，则是文体进化金字塔的塔身中段部分。后来历史上继续发展壮大的部分文体，如绝句、律诗、章回体小说、书信等才是文体进化金字塔的塔尖。

二、诸宫调进化模式

诸宫调进化模式——逐渐或突然诞生，有一定发展，产生了一定数量的作品，已接近于一种独立的文体，但后续乏力，很快面临绝灭。

此种进化模式，以诸宫调最有代表性，类似的还有六言诗、变文等。简单来说，就是虽然产生了，也经历了一定的发展，诞生了一定数量的作品，有成为一种独立文体的趋势。但繁盛程度不够，最终因各种原因未能进化成一种独立的长期存在的成熟文体，很快也就消亡了。文学史上有大量短期存在的"不成熟文体"，都属于这种进化模式。

以诸宫调的进化来说，据研究，诸宫调在北宋神宗熙宁之后，由山西艺人孔三传创制。北宋亡国后，流行于北方金国。到元初，也有一定流传。但随着元杂剧的兴盛，诸宫调逐渐绝灭。从现存资料来看，诸宫调在金朝有一定程度的发展，一度产生了几十种，甚至近百种作品。现在存目的有 21 种❷，流传至今的有三种，以董解元《西厢记诸宫调》影响最大。"诸宫调"逐渐有成为一种文体的趋势，但这种趋势未能持续下去。到元代，"诸宫调"在元杂剧的竞争压力下，逐渐失去活力。诸宫调从突然产生到大体灭绝，持续了近 300 年的时间，大约在 1070 年至 1350 年间，诸宫调完成了从诞生到绝灭的进化历程。

变文亦是如此，从诞生到绝灭，经历的时间并不长，早早就消失在文学舞台上。现存变文大概 30 多种❸，再加上早已佚失的，应有上百种，数量算不上繁多。关于其名称、起源以及能否称得上是一种成熟的文体，学术界都是有争议的。再如六言诗，在北宋时期经历过一个初级的发展，当时的各诗人先后创作的六言诗总数有几百首以上，如苏轼有 24 首，黄庭坚有 52 首，惠洪有 90 多首。但也仅此而已，六言诗未能获得更大的发展，至元明时期便早早失去了进化活力。

---

❶ 张少康.《文心雕龙》的文体分类论——和《昭明文选》文体分类的比较［J］.江苏大学学报，2007（1）.

❷ 盛志梅.中国说唱文学之发展流变［M］.北京：中国社会科学出版社，2013：139.

❸ 同❷52.

三、宝卷进化模式

宝卷进化模式——逐渐或突然诞生，有一定发展，已逐渐成为一种独立文体，但后续发展中未至真正意义上的高潮期，便面临衰落，以至绝灭。

中国文学史上有大量的文体，如宝卷、子弟书、弹词，有了一定的发展，甚至有一定进化为大文学样式的苗头。然后随着时间推移，社会环境发生变化，这种"文体"未能达到真正意义上的高峰期，只是平平淡淡的发展，有时发展得相对较好，但最后无可奈何地进入衰落期。总之就是一种普普通通的存在。

宝卷这种文体有典型性。据研究今存各类宝卷近 1600 种，其作品数量不可谓不多。但离通常意义的"高峰期"还有一些距离，亦未能诞生经典作品。最终走向衰落。宝卷在文学史上的地位是普通的，并未成为文学研究的主流标的。

子弟书这种文体的进化历程也类似于宝卷。今存子弟书有 400 多种。但子弟书的进化历程比较短暂，只是存在于清初至清末的 200 多年。虽然在这短暂的 200 多年中，会有发展相对较好的阶段。但由于时间短暂，作品数量也有限，还很难说子弟书就进入了真正意义上的进化高潮期。很多古代文学史上二流的文体，都是属于这种情况。相对于五言诗等一流文体的影响巨大的高峰期，子弟书的发展最好的阶段，称不上是真正意义上的高峰期。

四、八股文进化模式

八股文进化模式——突然诞生，迅速进入繁荣期，突然绝灭。

此种进化模式通常都不是纯文学的进化模式，往往与某种独特社会机制有关，生存与灭亡都与此种机制紧密相连。以八股文最为典型。还包括与封建行政制度相关的其他一些应用性文体。

八股文在明初被朱元璋等人制造出来❶，随即被全国性推广，随后维持了长时间的繁荣期，而且这种繁荣期几乎是匀速推进的，并无明显的高潮期。而八股文的退出历史舞台也是突然发生的。1906 年清廷取消科举考试，八股文也就退出了历史舞台，并无一个缓慢衰退的衰落期。可见，八股文的进化模式，可以总结为"突然诞生、迅速进入繁荣期、突然绝灭"。

而从时间线来看，从大约洪武十七年（1384 年）至 1910 年的近 530 年中，八股文完成了从突然诞生到突然绝灭的进化历程。在这 530 年中，八股文长期都处于繁盛期，不计其数的八股文作品被撰写出来，不计其数的八股文"选本"

---

❶ 刘尊举. 八股文文体形成考辨［J］. 文艺研究，2016（10）.

在图书市场流转。虽然在这 530 年的较长进化史中，八股文内在体式、风格，有过几次大的变化，但它长期都处于繁盛的高峰状态。

五、绝句进化模式

绝句进化模式——逐渐或突然诞生，持续发展，有高潮期、极盛期，但处于进化停留状态，未见明显衰落或衰落期漫长。

绝句这种文学样式是如何诞生的？有其逐渐发展的历程，从汉魏时期就逐渐诞生，六朝时期逐渐发展，至于唐宋时期形成高潮期。明清后，经典作品相对较少，但数量仍然越来越多，故而不能说是衰落。五四以后，古体诗整体衰落，绝句也有一定程度衰落。但客观来评估，这种衰落，远没有到绝灭的程度。只能说是"衰落期漫长"。

类似于绝句，西方的十四行诗（Sonnet）也处于进化停留状态，未见明显衰落。据研究，意大利诗人连蒂尼（约卒于 1248 年），创制了这种形式。意大利诗人彼特拉克（1304—1374 年）将之发展完善，讲求一定的押韵格式。彼特拉克创作了近四百首十四行诗，成《抒情诗集》。16 世纪初，十四行诗体传到英国，受到英国文学界的欢迎。到 16 世纪末，十四行诗已成为英国最流行的诗歌体裁。后来莎士比亚亦有大量十四行诗。到现当代，西方依然有大量的人创作十四行诗。甚至流传到中国，中国的诗人冯至即以善写十四行诗著称。从创作数量上十四行诗的创作并未见衰落。

以上谈到的都是一些文学小类的进化模式。如果问题聚焦到文学大类，探究诗歌、散文、小说、戏剧这四种大的文学样式的进化。我们就会发现，以上模式都不适用。这四大文学样式（文学大类）从来都没有过衰落期，一直都处于繁盛期，只是其下属的文学小类不断在生、灭。

以诗歌而论，从中国文学诞生以来，诗歌作为一个文学大类从未有一天衰落过。先秦的四言诗、汉魏六朝的五言诗、唐代的格律诗、宋代的词、元明清时期的各种诗词，乃至现当代的现代诗、旧体诗词，诗歌作为一个大类，哪里有过衰落？你可以说四言诗，在汉代以后就衰落了，新创的作品数量越来越少。这确实符合事实。四言诗的进化，确实有一个起源、发展、高潮、衰落的过程。但是四言诗只是诗的一种，只是一个文学小类。诗歌的大类从未衰落，衰落的只是大类中的小类。由此也就需要引入"文学总体的进化面貌"问题。

第六节　演替与文学总体的进化面貌

最后要聚焦到文学总体的进化。这正如地球上生物的总体进化，无论是恐龙占领地球，还是人类占领地球，反正地球从某一个时期起，就充满了各类生物。即使某一时期发生系统性的地质灾难，但很快地球上依然会活跃着各式各样的生物。文学总体的进化也是如此。某一个历史时期，占主流的文学样式、文学小类，通常都会有变动，所谓"各领风骚数百年"，所谓"一代有一代之文学"。这也就是生态学上所说的"演替"。❶

演替是生态圈中的基本现象，以植物生态而论，一个植物群落占领一片土地，可以维持几千上万年。但逐渐会有新的植物物种入侵，最终这片土地会被以该新植物物种为中心的群落占领，从前的植物群落就消失了。演替实则是生物与环境的共同进化，生物改造环境，而被改造的环境则刺激新的更适宜的物种的生长。所以沙漠可以演替成一片郁郁葱葱的森林。一大片裸露而坚硬的岩石，最初只能生长苔藓，进而可以生长小草、小灌木，但经过千万年演替，可逐渐大树成林。

在文学生态圈中，演替作用亦很明显。文学与诞生文学的环境，长期互动，互相协同进化，使得环境越来越适宜诞生文学作品。在这个过程中，文学的整体面貌不断演替，形成"一代有一代之文学"的面貌。先秦的文学面貌、汉代的文学面貌、唐代的文学面貌、明代的文学面貌，几乎完全不同。究其实质，就是因为发生了文学群落的"演替"。就像一片土地，开始是由小草占领的，后来变成了小灌木占领，若干年后这片土地成了一片茂密森林。

因此，文学的总体的进化面貌，最直观的便是"演替"。一眼望去，各个时代的文学面貌完全不同，所谓"一代有一代之文学"。但是，从生态学来说，"演替"是生物与环境的共同进化，并非单指生物变化而言。所以文学的演替，除了文学自身的变化外，诞生文学的社会环境、社会心理、审美状况亦有巨大变化。离开"文学生存环境"，单纯来讲"文学进化"，是讲不清楚"演替"问题的。这实质上是一个"文学生态学"的问题。

这里我们还是剥除对文学环境的讨论，聚焦在文学本身。应该说，无论文学面貌如何演替，文学环境如何变化，但人类总是离不开文学。因此，人类社会的文学作品，自古至今都是很发达的。区别只在于每个时代，占主导地位的作品形态、文学样式的形态不一样。

这就存在一个文学整体或整体文学的进化面貌问题。韦勒克《文学理论》中有"总体文学"的概念，指的是全球总体的文学。在文学进化论中显然需要"文学总体"或"文学整体"这样一个概念，类似于生物学中对全球生物进化的总体描述。考虑到文学个体的进化、文学物种的进化、文学样式的进化与文学总

---

❶　尚玉昌编《普通生态学》一书，详细讨论了生态演替的问题。提供了"湖泊演替为森林""沙丘演替""弃耕农田的演替"等6个演替案例。书中指出，演替分自发演替和外因导致的演替，在演替中，物种会互相取代。

体的进化，各有各的特点，各有各的模式。由此，探讨"文学总体的进化面貌"就成为文学进化论的应有之义了。综合来看，除去"演替"之外，文学总体的进化面貌还包括如下几个方面：

第一，文学总体的进化是一种带有很大进步成分的演化。文学总体中的各文学物种，随着时间推移，存在由简单到复杂的进化。

这一点对中国文学史稍作观察就很明显，从最早甲骨文时代的一些文字占卜记录，到《诗经》时代的四言诗，到唐宋时期的"诗国高潮"，再到明清小说的兴盛，尤其是大部头作品《水浒传》《红楼梦》的诞生。这其中明显存在着文学作品的复杂程度越来越高、内在技巧越来越精巧的现象。这是最基本的进化规则。如果说，文学总体的进化，称得上是一种"进化"。那么这个"进化"指的就是这种由简单到复杂的进步性变化。

但是文学总体的进化，很多时候仅仅是一种演化，仅仅是各文学物种对生存环境的适应，无所谓进步与退步。文学演化在很多时候是杂乱无章的。只是这种适应生存环境的演化，由于统一受到生存环境的影响，受到自然选择，则最终演化的结果会形成某种"同一性""趋同性"。即同一个时代诞生的各文学个体，会有诸多方面的类似性。这都是适应生存环境的结果。

第二，某一时间点同时存在的文学物种，构成一个进化树图。同时存在有高级的物种，亦有低级的物种。

类似于生物进化，由于文学进化中由简单到复杂的总趋势的存在，且各文学样式不断分化，不断产生新的文学物种，则就使得文学进化可以构成一个"进化树图"，不同的文学样式、文学物种在进化树图上处于不同的位置，有不同的亲缘关系。

当然，这种"由简单到复杂的进化"，只是一种总趋势。在实践中，在文学高度发达的明清时期，也会有大量的简单文学作品，如《聊斋志异》中三两行的小说。故而在同一个时间点上，高级的文学物种与低级的文学物种是并存与共存的。

有时高级的文学物种与低级的文学物种甚至是一种互相依存的关系。比如《红楼梦》小说中的那些诗，都是依存于小说而存在的。

第三，文学总体中的各文学样式、文学类型都在各自进化，以"起源、发展、高潮、衰落"为基本进化模型，并有多种其他进化模型。

文学进化史上，不断有新的文学样式产生，也不断有旧的文学样式逐渐衰亡，以至于绝灭。适应生存环境的文学类型，会突然诞生或逐渐诞生，迅速进入繁荣期，并且维持很长时间。不太适应环境的文学类型，则诞生之后，缓慢发展，很难进入高峰期。因此文学进化史上，前前后后诞生了大量的文学样式、文学小类。如《文心雕龙》中提到的章、表、书、记等几十种文学小类。而现在流行的诸多文学小类，大多都是诞生在《文心雕龙》之后。

文学样式不断地产生，不断绝灭，总体维持着一个平衡。因此，文学总体中的各文学样式，无论是文学大类，还是文学小类，都是经历着自己的进化过程，有自身的生与灭。"起源、发展、高潮、衰落"为基本进化模型，适用于诸多的文学样式，如四言诗的进化、中国小说的进化、戏曲的进化。但也会有其他的一些模式，如八股文的突然诞生、突然绝灭。

第四，文学物种之间、大小文学样式之间都存在生存竞争。

各文学物种之间，是存在竞争的。如三国故事与西游故事、李白故事之间会有竞争。竞争中占优势的就是优势物种，不占优势的则是劣势物种。相对于三国故事、西游故事的繁盛，李白故事则相对劣势一些。另有很多更为劣势的物种，甚至很难进入我们的视野。

与此同时，文学样式之间也有竞争。譬如戏曲与小说之间明显有竞争。一本四出的元明杂剧与不限回数的明清传奇戏，甚至南戏，都有竞争。尤其在明代，有的作家偏于喜好创作杂剧，有的作家偏于喜好创作传奇戏。这正像同是诗歌创作，有的诗人擅长七律，如杜甫。有的诗人擅长歌行乐府，如李白。每个诗人擅长的诗歌体式并不一样，这其间就有诗歌样式之间的竞争。

这种种竞争，最终会形成"一代有一代之文学"的文学史面貌，就是每一个时代都有这个时代最拿手，发展最好的一种或几种文学样式。每种文学样式中，也有若干种发展最好的文学物种。唐代的诗、传奇小说，宋代的诗、词、小说，都是其时代中发展最好的文学样式，其他的文学样式自然就发展得不好了。

第五，选择因袭、整体因袭的并行，导致与生物进化不同的文学进化面貌。

整体因袭的存在，使得文学"生殖"类似于生物学上的无性繁殖，形成垂直进化。西游故事的进化、水浒故事的进化，都是典型的垂直进化。与此同时，文学进化中的选择因袭，类似于生物学上的转基因技术。而由于这种类似转基因技术的选择因袭的大量应用，导致不同文学物种之间可以频繁植入文学基因。这导致文学进化的面貌与生物进化面貌不完全相同。

垂直进化

第十一章

文学进化中的垂直进化指的是后一代作品通过整体因袭前一代作品，变得形式上越来越精巧，或篇幅越来越大，情节内容越来越复杂，艺术成就大体上越来越高的一类进化现象。垂直进化在诗词、散文、小说戏曲等文学样式的进化历程中，虽形式很类似，但所起到的作用有很大不同。分类来说，垂直进化在小说戏曲、史传散文领域很重要，但在诗词，在艺术散文等领域则比较边缘（前提是不把诗歌史上的模拟现象，归入垂直进化）。

第一节　垂直进化的性质与特点

物种是生物进化的基本单元，而从时间向度来看，物种形成有一个漫长的进化历程。以人类的进化而言，就存在一个从原始动物，进化成灵长类动物，再进化成人猿、原始人的纵向过程。基于生物进化中的这个纵向历程，法国生物学家拉马克提出了"垂直进化"概念，后来这一概念略作变化，被广泛应用到生物学研究中。至今，垂直进化已成为生物进化论的重要概念，用于指称从有机大分子到单细胞生物、从单细胞生物到多细胞生物、从低等生物到高等生物这样一种生物个体越来越复杂、越来越完善的纵向进化过程。

可以把这个概念借鉴到文学进化论中。在文学史上确实存在这样一种单个文学物种变得内容越来越复杂、篇幅越来越大的现象。从中国文学史来看，这样一种垂直进化是广泛存在的，构成了中国文学史的一个最基本的特点。只不过由于从前学术界的研究多局限于文学经典，对非经典作品的研究相对较少，所以垂直进化作为中国文学发展的一个最基本特点一直未被单独提出。

从文体分类角度来看，垂直进化是小说、戏曲的重要进化方式、成书方式。在小说戏曲领域，通过垂直进化可以诞生文学经典。实际的考察表明，小说戏曲中大量的、最少占一半以上的文学经典都是通过垂直进化而诞生的。这说明，垂直进化是小说戏曲领域最重要的经典生成手段之一。

垂直进化是中国小说、戏曲成书过程的最常见方式，因而形成了一种文学传统。中国古典小说中的很大一部分作品，如《西游记》《三国演义》《水浒传》等，都有着较为复杂、多样的垂直进化过程，往往在不同时代有着不同层次的作品，最终才汇集成了后来我们看到的经典作品。古典小说戏曲研究专家徐朔方先生把这样一种成书过程称为"世代累积型集体创作"。而从文学进化论角度，这显然是一种典型的文学进化现象，值得从文学进化论的角度进行深入剖析与研究。关于这些问题，将在后面的章节陆续论述。

在诗词领域，多种形式的垂直进化也有一定数量的发生，比如宋人苏轼把中唐韩愈的诗《听颖师弹琴》改编为《水调歌头·昵昵儿女语》，辛弃疾把陶渊明四言诗《停云》改编为词作《声声慢》。案例搜集表明，诗词领域的垂直进化涉及的作家有几十人，涉及的作品有上百篇。但客观来说，垂直进化并非诗词领域经典作品诞生的主要途径，连次要途径都算不上。甚至可以说，在诗词领域几乎就没有因垂直进化而诞生的文学经典。

在诗词领域，选择因袭是重要的经典产生方式，整体因袭只是作为一种较边缘的文学现象而存在（不考虑整体因袭导致的模拟现象）。如果不仔细去搜寻诗词进化中由整体因袭导致的垂直进化案例，很多时候我们都甚至注意不到这种垂直进化现象的大量存在。

而在散文领域，尤其是史传散文领域，垂直进化现象也大量发生，构成了经典史传散文形成的一个重要途径。《后汉书》《晋书》等的形成，都有着鲜明的垂直进化进程。而在其他艺术散文领域，垂直进化现象就不多见了，其影响也有限。在艺术散文领域，垂直进化发生的数量比诗词领域还少，其作用也更为边缘。

除以上在不同文体中，垂直进化作用的不同之外，垂直进化还有一些特点值得注意。从垂直进化角度来研究中国古代小说戏曲的进化，可发现垂直进化带有如下特点。

第一，扩充性。

小说戏曲领域的垂直进化往往具有扩充性的特点。往往是从一则短小精悍的文言记载，扩充为一个几万字的中篇作品，最后又扩充为几十万字近百万字的大部头作品。典型的如元稹《莺莺传》不过是一个 3500 字的文言小说，通过垂直进化成为王实甫五本二十一折近 7 万字的《西厢记》，内容有了大幅度的扩充。这种现象在小说戏曲领域是广泛存在的，可以确定为小说戏曲垂直进化的一个基本特征。相反，小说戏曲领域"浓缩式"的垂直进化则非常罕见。

第二，绝灭性。

在小说、戏曲领域中这样一种垂直进化往往带有绝灭性，就是说由于竞争的激烈，在更高级阶段的作品问世后较低阶段的作品很容易就佚失掉。比如百回本《西游记》流行开来后，平话本《西游记》现在就不流传了。南戏《琵琶记》

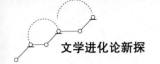

在明初流行后，其前期作品《赵贞女蔡二郎》也没有保存下来，仅存几支残曲。这些未被完全保存下来，仅留下题目或少数内容的文学作品，便成为"文学化石"。

但这也不是绝对的，之所以会有这种绝灭性，首先是由于古代保存、翻刻书籍很不容易，一旦一个作品无人问津就很容易佚失。而如获得较好的保存，低级阶段的作品也是能够保存至今的。如《三国志通俗演义》流行了几百年，但《三国志平话》还完好地保存着。这种绝灭性还来自更高阶段作品对较低阶段作品的自然淘汰，后起的作品在吸收前期作品的优点后青出于蓝自然把前期作品淘汰掉。所以假如较低阶段的作品与较高阶段的作品相比还有很大的互补性、可读性，那么较低阶段的作品也可以保存至今。如《西厢记》流行开后，元稹的《莺莺传》依然被人们作为美文阅读。

第三，时代性。

垂直进化的很重要一个特性，是其时代性。垂直进化各不同阶段的作品，在不同的时代诞生，自然就会打上各自时代的印记。在垂直进化过程中，有因袭的层面，因袭保证了主体内容的延续。同时也有独创的层面，下一代作家们会将其所处时代的社会环境、社会心理、社会关切、社会热点等以"适应性独创"的方式反映、凝固到作品当中。下一代作品于是就具备了其所处时代的时代特点。

所以，同一文学物种在其垂直进化的各不同阶段的作品，必定会带上其所处时代的"土壤""阳光""空气""温度"等环境因素的烙印。于是其垂直进化各阶段的作品，会展现出明显的不同。阅读其作品，扑面而来的是不同时代的时代气息。这一点在绝大多数文学物种的垂直进化进程中都可以明显观察到。

第四，跳跃性。

垂直进化的另一个重要性质是其跳跃性。在生物进化论中，虽然变异就是突变，是跳跃的，但是总体来说生物进化是连续的而不是跳跃的。普通的文学进化也应该如生物进化那样是连续的而不是跳跃的，但作为文学进化典型形式的垂直进化确实是跳跃的。一个作品从某个中间阶段，也许过几十年也许过上百年才进化到下一个阶段，其中间隔的时间是没有固定的。我们明显可以观察到垂直进化的跳跃过程：隔一段时期突然出现一个作品，再隔一段时期又突然出现一个作品。

由于这种跳跃的存在必然涉及进化速率的问题。速度本是物理学的一个概念，后来生物进化论将这个概念挪用过来，提出进化速率用于描述生物进化的快慢。这里我们也挪用此概念，用于描述垂直进化从一个阶段到另一个阶段的变化快慢。简单来说，一个题材垂直进化的快慢就是看在一段固定长度的时间或者100 年或者 1000 年之间围绕这个题材出现了多少个作品。作品数量多，就说明其进化速度快，也就说明其进化动力大，进化进程很活跃。

有了进化速率的概念，相应的必须定义垂直进化的进化起点、进化终点这样两个概念。进化起点指的是垂直进化过程起步的那个作品或事件。进化终点指的是垂直进化过程终止的那个作品。后文会详细论之。

第二节　诗词散文中的垂直进化

由于诗词散文在自身形式上的限制，垂直进化并不是这些以精巧见长的文学样式中广泛发生的进化形态。垂直进化也并不是这些领域文学经典生成的重要方式。垂直进化现象在诗词散文进化史中的地位是非常边缘的（史传散文除外）。但是作为一种现象，尤其是从文学进化论理论完整性、自洽性角度来看，诗词散文中的垂直进化现象，依然值得重点研究。

而小说戏曲的垂直进化在文学作品的垂直进化中，属于最主流、最显著的。关于这些问题，将在后面的章节详细论述。

一、诗词作品的垂直进化

垂直进化是小说、戏曲这些文学样式中的典型的进化类型，但垂直进化很少在诗词等抒情性文学样式中发生。这一方面是由于中国的叙事诗很不发达，另一方面是由于抒情性的诗词确实很难去垂直进化，这就使得涉及诗词作品的垂直进化较少，因此也就非常珍贵。这极少量的涉及诗词作品的垂直进化对验证垂直进化理论是极为有价值的，它们能够证明在小说、戏曲中频繁发生的垂直进化现象在诗词领域中也能够正常发生。也就是说通过这些涉及诗词作品的垂直进化的案例，能够说明垂直进化的普适性。

另外要注意的是，从理论上说，如果对其界定略作放宽，则诗歌史上很多"模拟"现象其实可以被视为垂直进化。如李攀龙的《天马歌》，完全可以被视作汉乐府辞《天马歌》的垂直进化。不过也有很多模拟作品，不能归入垂直进化。所以这一点需要具体问题具体分析。为方便起见，这里我们采用一刀切的方法，恪守严格的定义，暂时不将模拟现象，归入垂直进化。

因此，这里我们只讨论诗歌史上那些毫无争议的垂直进化案例。

（一）诗词之间的垂直进化

诗词间垂直进化的例子比如从韩愈诗《听颖师弹琴》，到苏轼词《水调歌头·昵昵儿女语》。苏轼在词前小序中说："建安章质夫家善琵琶者，乞为歌词。余久不作，特取退之词，稍加隐括，使就声律，以遗之云。"二作全引如下：

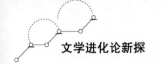

　　昵昵儿女语，恩怨相尔汝。划然变轩昂，勇士赴敌场。浮云柳絮无根
蒂，天地阔远随飞扬。喧啾百鸟群，忽见孤凤凰。跻攀分寸不可上，失势一
落千丈强。嗟余有两耳，未省听丝篁。自闻颖师弹，起坐在一旁。推手遽止
之，湿衣泪滂滂。颖乎尔诚能，无以冰炭置我肠！（韩愈《听颖师弹琴》）

　　昵昵儿女语，灯火夜微明。恩怨尔汝来去，弹指泪和声。忽变轩昂勇
士，一鼓填然作气，千里不留行。回首暮云远，飞絮搅青冥。众禽里，真彩
凤，独不鸣。跻攀寸步千险，一落百寻轻。烦子指间风雨，置我肠中冰炭，
起坐不能平。推手从归去，无泪与君倾。　　（苏轼《水调歌头·昵昵儿女
语》）

　　稍作文字比对，即可发现，苏轼的这首词是从韩愈的诗垂直进化而来。苏轼
用"隐括"来指称这种手法，此后这种"隐括"的说法，便流传开来，多数都
是一种典型的诗词领域的垂直进化。再如由杜牧《九日齐山登高》垂直进化为
苏轼《定风波·重阳》：

　　江涵秋影雁初飞，与客携壶上翠微。尘世难逢开口笑，菊花须插满头
归。但将酩酊酬佳节，不用登临恨落晖。古往今来只如此，牛山何必独沾
衣。（杜牧《九日齐山登高》）

　　与客携壶上翠微，江涵秋影雁初飞，尘世难逢开口笑，年少，菊花须插
满头归。酩酊但酬佳节了，云峤，登临不用怨斜晖。古往今来谁不老，多
少，牛山何必更沾衣。（苏轼《定风波·重阳》）

　　苏轼作品中这一类的例子还有三四个。类似的例子还有南宋人蒋捷将杜甫的
五言古诗《佳人》，隐括为词作《贺新郎》。又如北宋周邦彦将刘禹锡《金陵五
题·石头城》《金陵五题·乌衣巷》，隐括为词作《西河·金陵怀古》：

　　佳丽地，南朝盛事谁记。山围故国绕清江，髻鬟对起。怒涛寂寞打孤
城，风樯遥度天际。断崖树、犹倒倚，莫愁艇子曾系。空余旧迹郁苍苍，雾
沉半垒。夜深月过女墙来，伤心东望淮水。酒旗戏鼓甚处市？想依稀、王谢
邻里，燕子不知何世，入寻常、巷陌人家，相对如说兴亡，斜阳里。

　　周邦彦《西河·金陵怀古》入选了近现代朱祖谋所编的《宋词三百首》，故
而这首词可以被看作是极罕见的由垂直进化而来的诗词领域经典作品，虽然该作
的经典性其实也有限。

　　再如南宋词人辛弃疾把陶渊明的四言诗《停云》改为词作《声声慢》。辛弃
疾非常推崇陶渊明，在他的626首词作中竟然有70多首涉及陶渊明，这些作品
多是对陶渊明作品字句的选择因袭。但也有整体因袭的情况，辛弃疾曾把陶渊明

的四言诗《停云》改为词作《声声慢》，这是一种明显的垂直进化。二作如下：

> 霭霭停云，时雨濛濛。八表同昏，平路伊阻。静寄东轩，春醪独抚。良朋悠邈，搔首延伫。停云霭霭，时雨濛濛。八表同昏，平陆成江。有酒有酒，闲饮东窗。愿言怀人，舟车靡从。东园之树，枝条载荣。竞用新好，以招余情。人亦有言，日月于征，安得促席，说彼平生。翩翩飞鸟，息我庭柯。敛翮闲止，好声相和。岂无他人，念子实多。愿言不获，抱恨如何！（陶潜《停云》）

> 停云霭霭，八表同昏，尽日时雨蒙蒙。搔首良朋，门前平陆成江。春醪湛湛独抚，限弥襟、闲饮东窗。空延伫，恨舟车南北，欲往何从。叹息东园佳树，列初荣枝叶，再竞春风。日月于征，安得促席从容。翩翩何处飞鸟，息庭树、好语和同。当年事，问几人、亲友似翁。（辛弃疾《声声慢（隐括渊明停云诗）》）

从陶渊明四言诗《停云》到辛弃疾词作《声声慢》显然是一次完美的垂直进化过程，辛弃疾的作品完全是对陶渊明作品的改编，从词汇到意境都是完全按照陶渊明原作。

从苏轼、周邦彦、辛弃疾等人的尝试之后，宋词发展中也逐渐形成了所谓的"隐括体"，把古人的诗或文改编为一首词。南宋人林正大在这方面创作最多。唐圭璋所编《全宋词》收林正大词 41 首，其中 39 首为此种"隐括体"，每首先录古人诗文，然后隐括成词。如《一丛花》隐括杜甫《饮中八仙歌》《声声慢》隐括杜甫的《丽人行》《水调歌》隐括李白《襄阳歌》《意难至》隐括李白《蜀道难》《贺新凉》隐括欧阳修《醉翁亭记》《水调歌》隐括欧阳修的《庐山高》诗、《江神子》隐括黄庭坚《题杜子美浣花醉归图》。林正大的这种隐括词所隐括对象相当广泛，不仅涉及前人的诗，前人的辞赋、散文，他也进行改编。

（二）扩充式的垂直进化

小说戏曲中的垂直进化是扩充式的。往往是从一个一两万字的作品，垂直进化为一个几十万字的大部头作品。以上诗词案例都是典型的垂直进化，但这些例子与小说、戏曲、散文的垂直进化案例中，后一个作品极大扩充前一个作品是不一样的。那么诗词垂直进化中，有没有后一个作品从篇幅上大幅扩充前一个作品的例子？

这样的例子也是有的。譬如寇准扩王维 28 字作品《渭城曲》，为 78 字的词作《阳关引》，篇幅扩了 1.5 倍。王维的著名诗篇《送元二使安西》又名《渭城曲》《阳关三叠》，只有 4 句 28 个字："渭城朝雨浥轻尘，客舍青青柳色新。劝君更尽一杯酒，西出阳关无故人。"而寇准对之进行改编，实为一种垂直进化：

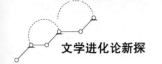

　　塞草烟光阔，渭水波声咽。春朝雨霁，轻尘歇、征鞍发。指青青杨柳，又是轻攀折。动黯然、知有后会甚时节。更尽一杯酒，歌一阕。叹人生，最难欢聚易离别。且莫辞沉醉，听取阳关彻。念故人、千里自此共明月。一洗前人儿女沾巾之态。（寇准《阳关引》）

　　寇准的这个例子，扩充的幅度还是有限。更典型例子是，《乐府诗集》中所收隋文人薛道衡的乐府作品《昔昔盐》，紧接着收录了唐人赵嘏的一个作品。薛道衡《昔昔盐》一共 20 句，结果赵嘏把每一句都扩充为一首五律，成《昔昔盐二十首》。显然从薛道衡《昔昔盐》到赵嘏《昔昔盐二十首》是一个严格的垂直进化过程。此处把二作附在下文，赵嘏的二十首只选五首：

　　薛道衡《昔昔盐》
　　垂柳覆金堤，蘼芜叶复齐。水溢芙蓉沼，花飞桃李蹊。采桑秦氏女，织锦窦家妻，关山别荡子，风月守空闺。恒敛千金笑，长垂双玉啼。盘龙随镜隐，彩凤逐帷低。飞魂同夜鹊，倦寝忆晨鸡。暗牖悬蛛网，空梁落燕泥。前年过代北，今岁往辽西。一去无消息，那能惜马蹄。

　　赵嘏《昔昔盐二十首》
　　○　垂柳覆金堤
　　新年垂柳色，袅袅对空闺。不畏芳菲好，自缘离别啼。因风飘玉户，向日映金堤。驿使何时度，还将赠陇西。
　　○　蘼芜叶复齐
　　提筐红叶下，度日采蘼芜。掬翠香盈袖，看花忆故夫。叶齐谁复见，风暖恨偏孤。一被春光累，容颜与昔殊。
　　○　采桑秦氏女
　　南陌采桑出，谁知妾姓秦。独怜倾国貌，不负早莺春。珠履荡花湿，龙钩折桂新。使君那驻马，自有侍中人。
　　○　暗牖悬蛛网
　　暗中蛛网织，历乱绮窗前。万里终无信，一条徒自悬。分从珠露滴，愁见隙风牵。妾意何聊赖，看看剧断弦。
　　○　空梁落燕泥
　　春至今朝燕，花时伴独啼。飞斜珠箔隔，语近画梁低。帷卷闲窥户，床空暗落泥。谁能长对此，双去复双栖。

　　赵嘏等于是把薛道衡诗的每一句，都扩充为一篇诗，从篇幅上是大大拉长了。这一点显然属于扩充式的垂直进化。这些例子证明，垂直进化现象在诗歌中也是存在的。虽然并不普遍，但确实是或多或少存在。这证明文学领域的垂直进化理论确有普适性。但也要看到，这样一种扩充的垂直进化由于诗词自身精炼的体制的限制很难实现。其实我们也很难想象怎样把李白《静夜思》，扩充为一首长篇古风或者七律，这样一种扩充可以说不是文学创作，仅仅是文字游戏而已。正是因为它是文字游戏，故而在古代诗歌史上也就未被推广开了。

（三）诗词与散文小说混杂的垂直进化

另外还要注意的是，诗歌垂直进化中也会有涉及叙事诗的垂直进化。比如见于《太平广记》的《冯燕传》仅 400 余字，作者是与李贺有交往的沈亚之。这篇作品讲冯燕因偷情而杀人的故事。故事最后，多次杀人的冯燕俨然成了义士。到晚唐，著名的诗人、诗论家司空图创作了热情赞扬冯燕义举的 480 字的长篇七言歌行《冯燕歌》，用叙事诗的形式把沈亚之《冯燕传》重新叙述了一遍。这是一次典型的垂直进化，从一篇 400 余字的文言小说垂直进化为一篇 480 字的七言歌行，两个作品一个是文言小说，一个是诗歌，相差有几十年的时间。

当然也要看到从《冯燕传》到《冯燕歌》，这还是叙述文学的进化，只是包含了叙事诗。这种现象虽然很多，如白居易《长恨歌》《琵琶行》等诗歌作品后来的垂直进化，但这些现象对诗歌领域的进化而言，并非典型现象。关键问题还是在于上文所讨论的，抒情性诗歌如何发生垂直进化。

二、散文作品的垂直进化

散文作品要发生类似小说、戏曲的那种垂直进化应该是怎么样的呢？很难想象后代散文家整体因袭前代散文作品，加以扩充，从而发生垂直进化。试想我们怎么可以在一篇逻辑严密、意境圆融的散文中加进一些文字而不影响原作的整体效果，这看起来似乎是不可能的。比如有谁可以在王勃的《滕王阁序》上加进 500 字而整个作品艺术水平不减反加？但考诸中国散文史，尤其是把视野放宽到史传散文，则会发现中国古代散文中的垂直进化现象其实是显著存在的。

比如从《春秋》到《春秋左氏传》的垂直进化。《春秋》相传是孔子作的，按照《孟子》的记载"孔子成春秋而乱臣贼子惧"。从文本来看，《春秋》是非常简略的，记录了 242 年的历史，总共不过 2 万字，每一年的历史记载都只有聊聊几十字。比如鲁哀公元年的记载是：

> 元年春王正月，公即位。楚子、陈侯、随侯、许男围蔡。鼷鼠食郊牛，改卜牛。夏四月辛巳，郊。秋，齐侯、卫侯伐晋。冬，仲孙何忌帅师伐邾。

鲁哀公元年为公元前 494 年，孔子 58 岁，已开始周游列国。在《春秋》中，

孔子简要记录下了这一年发生的大事。这非常像现代报纸标题的集成，用几个字概括几千字的文章。所以王安石讥之为"断烂朝报"。后来，孔门弟子或其他人根据《春秋》加以扩充，形成了《春秋左氏传》，详尽地解释孔子所提到的历史事件及其内情，篇幅达20多万字。这显然就是一种典型的垂直进化现象。

且《春秋》的垂直进化，并不是往一个方向，而是往三个方向。在《春秋》的基础上，出现了三部解释《春秋》的著作，即《春秋左氏传》《春秋公羊传》《春秋穀梁传》。这三部著作都是对《春秋》的垂直进化，而且三者是平行的，各有侧重，《春秋左氏传》侧重于讲解《春秋》记载的历史事实，而《春秋公羊传》《春秋穀梁传》侧重于指明《春秋》中的"微言大义"。在出现这三部著作后，《春秋》不再是单行本，我们所读到的任何《春秋》版本都是带这种"传"的，否则根本没有必要读《春秋》，因为孔子的记载太简略。就如《春秋》第一年记载中的一句"夏，五月，郑伯克段于鄢"，在孔子的时代也许这是朝野共知的事件，但秦汉以后如果没有注疏，读者根本就不知道这说的是什么。

《春秋》的垂直进化是非常典型的，各方面都符合我们关于垂直进化的定义。那么是不是古代对历史文献的"注疏"都带有垂直进化的特点，可以称之为垂直进化呢？这必须仔细区分。纵观中国散文史，我们能看到一种"注经"的传统。一般的注疏，还谈不上垂直进化。但有时候，一些从事注疏、义理阐释的学者往往是在借着原典说自己的话，此种情况偶尔亦可以看成垂直进化。

以朱熹的《四书章句集注》为例，这便算得上是一次成功的垂直进化。这样一个垂直进化过程对《论语》也许没什么，但对《孟子》却是极为关键的。因为在汉唐的很长一段时间《孟子》都仅仅是一本普通先秦诸子著作，是不能与五经并称的。但通过朱熹《孟子章句集注》，《孟子》的重要性被重新认识，孟子本人也被尊为直追孔子的亚圣，可见经过一次垂直进化《孟子》这个作品得到了优化。如《孟子·尽心上》第一章，原文仅仅几十个字："孟子曰：'尽其心者，知其性也。知其性，则知天矣。'"而经过垂直进化后达到400多字。很多内容其实都已经脱离了《孟子》原意，都是一种意义层面（义理）上的垂直进化。

散文领域的垂直进化，其实多发生在史传散文领域，如从《旧五代史》垂直进化为《新五代史》，从《旧唐书》垂直进化为《新唐书》，从旧《元史》垂直进化为《新元史》。从诸家的《后汉书》垂直进化出范晔的《后汉书》。这些都可以视作垂直进化。

譬如以新旧《唐书》的李白传而论，《旧唐书·李白传》连标点只有387字，而《新唐书·李白传》则有775字，后者的篇幅是前者的一倍。《旧唐书·李白传》有的"竹溪六逸""高力士拖靴""永王征召"等，《新唐书·李白传》都有，且细节更为丰富。而《旧唐书·李白传》没有的内容，《新唐书·李白传》也增补了，比如范传正寻访李白墓的事迹以及李白孙女的故事。这样一种精细化、扩充化，显然都严格符合垂直进化的定义。将《旧唐书》到《新唐书》的变化称为垂直进化，是合理的。

散文领域发生极少的，是艺术散文领域的垂直进化。尤其是历史上被奉为散文正宗的唐宋八大家散文，或晚近声势巨大的明中后期散文、清代桐城派散文，与之相关的垂直进化案例极少。

第三节　小说戏曲垂直进化的进化起点与终点

一、垂直进化的进化起点

每一个垂直进化都有相应的进化起点。但有时由于作品佚失，我们找不到垂直进化的进化起点或者我们认为是进化起点的作品其实并不是真正的起点。在不考虑这样一种未知因素的情况下，可对进化起点作些探讨。中国文学垂直进化的进化起点，主要有三类：名人事迹、文言小说、民间故事。

（一）名人事迹

中国古代的名人主要包括帝王将相、文人学者、道士和尚等，他们构成了中国史的主干。他们每个人都或多或少留下了一些故事，这些故事往往在流传一段时间后就被记载为文字进行传播，这些名人事迹易于成为垂直进化的进化起点。而且有时候由于世俗社会对名人的推崇，会把一些不是真发生在名人身上的故事附会到他们身上，经常的情况是这种附会一旦发生了就会迅速提高垂直进化的进化速率与活跃度，短时间内产生大量的文学作品。毕竟名人总能引起后来人的崇拜与怀念。

第一，帝王将相的事迹。帝王将相的故事在古代小说戏曲中是一个大类。比如宋太祖赵匡胤故事、伍子胥故事、李广故事、裴度故事。以唐玄宗与杨贵妃故事为例，白居易写了《长恨歌》来描摹这段缠绵的爱情故事，白居易的朋友陈鸿写了《长恨歌传》，到金元之际的白朴写了一本四折的杂剧《唐明皇秋夜梧桐雨》，后来清初洪昇创作了五十出的传奇剧《长生殿》。洪昇在《长升殿·自序》说："余读白乐天《长恨歌》及元人《秋雨梧桐》杂剧，辄作数日恶。"则此一文学物种的进化起点，便是唐玄宗与杨贵妃的爱情故事。

第二，文人学者的事迹。文人学者的事迹，如司马相如故事、东方朔故事、李白故事、杜甫故事、韩愈故事、苏轼故事等。仅以司马相如卓文君故事来说，

司马相如是汉武帝时期的著名文学家，他的《子虚上林赋》是非常著名的作品。司马相如在后世的一大"看点"是他与卓文君的爱情故事，这段爱情故事被誉为"千古私奔之祖"。《史记·司马相如列传》中记载了他与卓文君的爱情事迹。他们的本事成为一系列垂直进化的进化起点，在南宋《醉翁谈录》中就著录了话本《卓文君》。《清平山堂话本》中有《风月瑞仙亭》。元杂剧中有关汉卿《升仙桥相如题柱》、孔仲章《卓文君白头吟》、无名氏《卓文君驾车》等.

第三，道士和尚的事迹。这一类属于宗教故事，如张道陵故事、吕洞宾故事、玄奘故事、济公故事等。仅以许逊故事为例，许逊是西晋著名道士，以他为崇拜核心的道派在古代很繁盛，比如宋元间兴起的"净明道"。许逊在正史无传。六朝刘义庆《幽明录》有关于他的记载，引自《许逊别传》。隋末唐初王度的著名传奇作品《古镜记》中曾提到"见道士许藏秘，云是旌阳七代孙"，看来当时有道士以许逊的子孙自居。初唐时胡惠超作《晋洪州西山十二真君内传》，其中就主要写许逊的故事。到明万历时，邓志谟著《许旌阳得道擒蛟铁树记》二卷十五回。晚明冯梦龙将邓志谟的这部作品大量删改后，收为《警世通言》最后一篇《旌阳宫铁树镇妖》。

第四，附会而成的名人事迹。这一类故事值得重点研究。比如吕洞宾黄粱梦的故事。这个故事的进化起点并不是来自吕洞宾的事迹。从这个故事的核心情节来看开始是与吕洞宾无关的。这个故事的进化起点可以看作文言小说。在南朝刘义庆《幽明录》有"焦湖庙祝"一篇，仅百余字。到中唐沈既济的传奇小说《枕中记》其中提到的是吕翁而不是吕洞宾。经过宋元内丹道教南北宗的共同努力，终于把《枕中记》中的吕翁附会为吕洞宾。元代马致远与人合作完成了杂剧《邯郸道省悟黄粱梦》讲汉钟离用做梦的方法度脱吕洞宾。明代三十二出的传奇《吕真人黄粱梦境记》也是演汉钟离用做梦的方法度脱吕洞宾。这种"吕洞宾自己经历黄粱梦"是属于内丹道教北宗的话语系统的叙事。

而内丹道教南宗的话语系统的叙事则是吕洞宾用黄粱梦的方法度卢生。这个系统的戏剧作品如元末明初谷子敬《邯郸道卢生枕中记》、车任远《邯郸梦》、佚名《黄粱梦》、徐霖《枕中记》这些作品都佚失了。之所以会出现这样大面积的绝灭恐怕主要原因是汤显祖的《邯郸梦》横空出世。《邯郸梦》三十出，是汤显祖继《牡丹亭》之后又一部重要作品，是"吕洞宾黄粱梦故事"的集大成。

再如唐伯虎点秋香的故事。唐寅，字伯虎，才名显于吴中，由于科场案被牵连取消科举考试资格，遂放浪形骸。据研究，这个故事很可能不是发生在唐寅身上的，后来在明代《泾林杂记》中才附会到唐寅身上。冯梦龙的《情史》中曾收入《泾林杂记》的这个故事。冯梦龙又据此写成了白话小说《唐解元一笑姻缘》收于《警世通言》卷二十六。又有孟称舜的杂剧《花前一笑》，卓柯月的杂剧《花舫缘》。到清代出现吴音弹词《笑中缘》共七十二回。又有《三笑姻缘》，一名《点秋香》，不署撰者姓名，三卷不分回。清代吴毓昌在此前基础上又作《三笑新编》。在这个故事的垂直进化的过程中，自从故事的主角附会为唐伯虎后进化速率就大大提高。

（二）文言小说

古代的文言小说取得了非常高的成就。[1] 文言小说在中国文学进化史中有重要中介作用，文言小说作为一个整体是一个海量的文学基因库，后来很多白话小说家都从中选取所需要的文学基因。因此，文言小说作品常常成为文学物种垂直进化的进化起点。这样的例子非常多，元稹《莺莺传》便是最为典型的例子。

之所以古代文言小说能够成为大量垂直进化的进化起点，是与古代白话小说的生产机制分不开的。南宋罗烨《醉翁谈录》谈到南宋临安勾栏瓦舍的说话人时指出，古代的说话人都要熟读《太平广记》《夷坚志》等传奇志怪小说集，很自然当这些说话人在改编小说时会通过整体因袭把从前的文言小说发扬光大。

唐传奇的一些著名作品，如《补江总白猿传》、陈玄祐《离魂记》、中唐李公佐《谢小娥传》、李朝威《柳毅传》、杜光庭《虬髯客传》、晚唐袁郊《红线传》、晚唐裴铏《昆仑奴传》等都作为垂直进化的进化起点，在后来进化出了大量的"同种"文学作品。[2]

这里仅举裴铏作品的垂直进化为例。晚唐裴铏是古代道教文学的代表作家，他的文言小说集《传奇》在古代影响极大，"传奇"二字甚至成为人们对唐代文言小说的统称，后又成为明清戏曲的名称。《传奇》中的作品很多都成为后来一系列垂直进化的进化起点，如《聂隐娘传》。《醉翁谈录》妖术类即有话本名目《聂隐娘》，后出现多种类似作品，最终垂直进化为清人尤侗的传奇戏曲《黑白卫》。

裴铏《传奇》诸篇中在后世最为活跃的是《裴航》，该篇讲裴航在蓝桥驿偶遇云英一见钟情，通过了寻找捣药的玉杵的考验最终与云英喜结仙缘成为神仙眷侣。这个团圆版的"魂断蓝桥"在后来的垂直进化中极为活跃。《清平山堂话本》中有"蓝桥记"，内容全同《裴航》，只是把《裴航》结尾反映神仙思想的部分删去了。《绿窗新话》有"裴航遇蓝桥云英"。宋戏文有《杵蓝田裴航遇仙》。元杂剧有庾天锡《裴航遇云英》。到明代有吕天成传奇戏《蓝桥记》，龙膺的传奇戏《蓝桥记》，清代有黄兆森《蓝桥驿》杂剧。纵观裴航故事的进化史，其垂直进化极为活跃，可惜没有形成经典性的作品。

---

[1]　参见李剑国《唐前志怪小说史》《唐五代志怪传奇叙录》《宋代志怪传奇叙录》等著作。

[2]　关于唐传奇在后世被改编的情况，可参考谭正璧《话本与古剧》。该书有"唐人传奇给与后代文学的影响"一节。同时可参考程国赋. 唐代小说嬗变研究［M］. 广州：广东人民出版社，1997.

（三）民间故事

民间故事作为垂直进化的起点可以分为两类，一类是本国的民间故事，一类是源于外国的民间故事。中国有一个特殊情况在于，由于古代的文言小说、笔记小说特别发达，所以很多源于本国的民间故事，很早就被记录下来，成为书面故事。故而在《中国民间故事史》一类的书中，会大量谈到古代的文言小说集。则有时文言小说中的故事与民间故事会难于区分。

第一，源于本国的民间故事。

很多故事虽然被记录在各类笔记小说中，但最初多是流传于民间。这一类故事很多都成为垂直进化的进化起点，比如李娃传故事。郑元和与李亚仙的故事很可能是唐代的一个民间故事，后来被说唱艺人加以敷演。元稹所作《酬翰林白学士代书一百韵》诗有"光阴听话移"之句，元稹自注云："又尝于新昌宅说一枝花话，自寅至巳，犹未毕词也。"白行简根据"一枝花话"写成传奇小说名篇《李娃传》。南宋罗烨《醉翁谈录》中收有《李亚仙不负郑元和》话本，云："李娃，长安娼女也，字亚仙，旧名一枝花。"到元代高文秀作元杂剧《郑元和风雪打瓦罐》，已佚。现存石君宝一本四出的杂剧《李亚仙花酒曲江池》。至明初朱有燉在前人基础上改编为杂剧《李亚仙花酒曲江池》，又有徐霖的传奇《绣襦记》，还有话本《李亚仙记》等。

第二，源于外国的民间故事。

古代中国与外国有很多的交往。这种交往有两条主要途径：一是通过西域的丝绸之路，二是通过泉州、广州等港口的海上丝绸之路。由于这种频繁的交流，尤其是佛教的传入，所以有大量外国的民间故事流传到中国。对此刘守华先生在《中国民间故事史》一书中已有大量介绍，比如通过佛经翻译，有大量印度、中亚民间故事进入中国。❶ 这些故事有一些就成为垂直进化的进化起点。

比如玄奘《大唐西域记》中转述的印度、中亚故事，其中有明显民间口头文学特征的有 20 余则。❷ 最典型的是书中所载印度民间传说"烈士池"。该故事以《大唐西域记》为中介，进入中国后很快就以道教故事的面目出现了。中唐李复言写成传奇小说《杜子春》，到明代又被改编为话本小说《杜子春三入长安》收入《醒世恒言》。清代又分别被改成了传奇戏曲，如胡介祉《广陵仙》、岳端《扬州梦》。到 1920 年日本作家芥川龙之介又将李复言的《杜子春》改编为同名短篇小说《杜子春》。

又如见于《圣经·旧约》的"所罗门王断案"故事，在世界上广为传播，很早就进入中国。汉末应邵《风俗通义》记颍川有妯娌两人争儿，这可能是通

---

❶ 刘守华. 中国民间故事史［M］. 北京：商务印书馆，2012：471.

❷ 同❶490.

过口头传播的结果。译于北魏的佛经《贤愚经》也记载有一则类似的故事。到元代戏剧家李行甫据《贤愚经》的记载创作了一本四出的杂剧《包待制智勘灰栏记》。该剧在中国的影响一直不大。但由于此故事与西方圣经中"所罗门王断案"故事有异曲同工之妙，所以《包待制智勘灰栏记》一经传入西方就引起巨大的反响。❶ 该剧在 1832 年由儒莲译为法文，后又被译为德文。1925 年德国诗人克拉本特将其改编为五幕剧《灰栏记》。到 1944 年德国戏剧大师布莱希特应美国白老汇剧场之邀写成史诗剧《高加索灰栏记》，获得好评如潮。由此，元杂剧《包待制智赚灰栏记》在国外知名度极大。笔者曾听一位国外政治学者来华讲学中谈到这个故事。但当时在座的听众都不是中文系的，大家几乎都没听过这个故事。以至于她有些愕然：一个在西方有很大影响的中国故事，中国人自己却并不知道。总之，这个"所罗门王断案"故事成为一系列垂直进化的进化起点，而且这种垂直进化是跨国界、跨文化圈的。

二、垂直进化的进化终点

在生物进化论中，很多时候是不存在所谓进化终点的，随着时间推移生物会无限进化下去。但也有时，由于"生物绝灭"的发生，绝灭前的最后一个形态，成为该生物物种的进化终点。文学进化也是如此，随着时间推移文学会无限进化下去，而作为文学进化典型形式的垂直进化也应是无限过程。考虑到"文学物种绝灭"时有发生，一些处于灭绝前夕的作品，可以视为进化终点。

另外，由于垂直进化的跳跃性，从上一代作品到下一代作品不是连续的而是跳跃的，这就使得会不会出现下一代作品是没有事先预兆的。当某一代人面对某一题材的垂直进化过程时，展现在他们面前的最后一个作品常常会被他们认为是进化终点。

以上两种含义的进化终点，都值得注意。但垂直进化中更多的情况则是无进化终点。已经有了一个比较经典的作品，在若干年后还是有后辈作家看中了这一题材，通过整体因袭的方式对从前作品进行新的加工产生出新的进化成果。那么从前的所谓进化终点，不过是进化过程中的一个中间阶段而已。例如西厢记故事，在从元稹《会真记》垂直进化到金代董解元《西厢记诸宫调》时，也许会被当时人看成这一题材已到达进化终点。但过了几十年，到元代就垂直进化出王实甫《西厢记》杂剧。无论从哪个方面来看，《西厢记》杂剧都是非常经典的，似乎该故事到此就达到其终点了。然而这一垂直进化过程依然在继续，到明代又出现了新的后起作品《南西厢记》。

---

❶　梁工. 所罗门断案故事在东西方的流变 [J]. 中州学刊, 2000 (2).

可见，试图确定进化终点往往是不可靠的，试图去定义进化终点这个概念也是不明智的。要想看到大量的进化终点，除非有大规模的"文学绝灭"发生。这一点恰好在中国文学史上发生了。近代中国发生了废除科举、废除文言的根本文化变革，使得中国文化出现很深断层。以五四运动为界，大量文学物种的垂直进化进程都戛然而止。由此对于绝大多数垂直进化我们都可以确定其进化终点。当然也不排除，中国又会重新兴起一股复古思潮，使得从前被打断的垂直进化又能够继续发生下去。我们认为的终点，依然不是终点。

从定义来说，进化终点是垂直进化终结的那个作品。那么进化终点有什么共性呢。大概可以这么认为，多数情况下进化终点的实现都是获得经典性的那个作品。在一个垂直进化过程中由于经典性作品的出现，就会打消后辈作家对同一题材重新创作的念头，于是进化的动力也就丧失了。例如李白的著名故事，李白去登黄鹤楼，但是不敢题诗，为什么呢？因为从前崔颢有一首《黄鹤楼》。这首诗被认为是古今七律的压卷之作，杰出到连李白都不敢贸然相比，所谓"眼前有景道不得，崔颢题诗在上头"。可见经典性作品的出现确实能够打消后起作家的创作冲动。当然这也不是绝对的，经典作品有时也会刺激下一代作品的出现。

而在一个垂直进化过程中假如还没达到相当的经典性，那么必然会有后起的作家对处于低级阶段的作品不满，后起作家会对从前作品的缺点与不足无法忍受，这也必然会刺激他们在从前作品的基础上进行再加工，创作出水平更高的作品，直到实现某种难以逾越的经典性。比如现存《三国演义》最早版本嘉靖本《三国志通俗演义》，卷首有庸愚子蒋大器作于1494年的序，序里提到："前代尝以野史作为评话，令瞽者演说，其间言辞鄙谬，又失之于野，士君子多厌之。"这里蒋大器明确指出从前的"说三分"的不足，对新的更好的三国作品的出现做出呼唤。罗贯中三国新作的出现，与蒋大器等人的种种期待，不无关系。

也有的时候，在垂直进化的过程中一个题材已经实现了经典化，但由于文化思潮、文化权力等文学生存条件的变化，已经实现经典化的作品又显现出某种不足。这种情况下已经停止了的垂直进化又会获得新的进化动力，进化出新的成果。典型的例子还是西厢故事，元代王实甫《西厢记》杂剧敷写崔莺莺与张生爱情故事，已达到相当经典的程度，但到明代由于当时昆曲艺术的迅猛发展，《西厢记》杂剧所采用的北曲不适应昆曲的演唱风格，于是就出现作家把《西厢记》情节关目不变而文辞大大改动以适应南曲的演唱风格。这就出现了李日华、陆采等人的《南西厢记》。

通常的进化终点都是标志其实现经典性的那个作品，但在某些垂直进化过程中由于一直产生不了经典性作品，结果垂直进化并不是终止于一个作品，而是停在水平相当的几个作品上，从理论上还需要更高水平的文人进行加工产生一个更具经典性的作品。则此种情况下的进化终点只是暂时的终点，如条件适宜必然会有后代作家在前人作品基础上进行重新加工，创造出能够取代作品的经典性作品。

这种情形最典型的是杨家将故事。杨家将故事经历一系列垂直进化过程，到明代后期终于产生了两种比较不错的集大成作品。一是熊大木所编《北宋志传》，另一是《杨家府世代忠勇通俗演义》。这两个作品虽是杨家将故事的集大成之作，但它们都还是比较粗糙的，很多细节处理还不够精致，有些情节漏洞百出。这与杨家将故事在古代的巨大影响很不相称，从理论上说还需要一个高水平的文人对其进行深加工。但可惜这样一个期待中的文人一直没用出现，这也算是一种缺憾吧。最终，杨家将故事到其阶段性进化终点时，并未形成一个经典性作品。

第四节　进化流程与进化活跃度

古典小说戏曲研究专家徐朔方先生提出了古代小说戏曲成书模式上的"世代累积型集体创作"概念。徐先生说的"世代累积型"，就接近于笔者提出的垂直进化。如果进一步探究这个问题，既然是"世代累积型"，那么其内部又分为哪几种累积模式？或者说在"世代累积"的过程中，有哪些规律值得总结？又或者这种"世代累积"有没有带有普遍性、通用性的规则？

这些问题平移到文学进化论中，就是垂直进化的进化流程是怎样的呢？从古代文学发展的实际可以归纳出两种主要的流程，即单线扩充过程与多线归并过程。这两个过程的区别是很明显的。我们可以找到大量的其中一个过程起主导作用的实例，但在文学进化的实际流程中两个过程常常交叉进行，也就是说在很多作品的成书过程中两种过程都是包含的。

一、单线扩充过程

垂直进化的单线扩充过程是指由进化起点开始从一个作品经过整体因袭到另一个作品，再从这个作品变到另一个作品，甚至继续下去直到进化终点的比较清晰的单线过程。典型的例子如从中唐元稹的传奇小说《莺莺传》到金代董解元《西厢记诸宫调》，再到元代王实甫《西厢记》杂剧，再到明代崔时佩、李日华的《南调西厢记》，最后明嘉靖初的陆采因不满李日华的作品而重新创作《南西厢记》，情节关目都仿《西厢记》杂剧，但把曲词进行了删改。

在单线扩充进程中，故事的发展并不复杂，若干个作品先后出现，后一代作品吸收借鉴前一代作品的文学基因。

二、多线归并过程

垂直进化的多线归并过程是指在达到进化终点时对之前几个单独进行垂直进化的不同作品进行整合。多线归并过程的发生主要是由于整个故事的情节含量太大，内部每一个故事都有其单独的垂直进化，到了某个时候有作者将其归并，统一于一个主题之下，形成一个系统而庞大的故事。

典型的例子如包公故事。包公故事在宋代即开始流传❶，在元杂剧中有众多包公戏，现存 10 种：关汉卿《包待制三勘蝴蝶梦》、郑廷玉《包待制智勘后庭花》、李行甫《包待制智勘灰栏记》、佚名《包待制陈州粜米》、佚名《玎玎珰珰挡盆儿鬼》等，另外还有一些间接涉及包公的杂剧。而已佚的九种杂剧中有几种与现存的题材相同，如《包待制三勘蝴蝶梦》《开仓粜米》等。这些包公戏显然是很多作家单独创作出来的，开始时显然是没有规划的。但随着包公故事的蓬勃发展，这些单独的故事逐渐会有归并的倾向。1967 年，上海古墓发现一批明代成化年间刊行的说唱词话，其中有 8 种包公故事《包待制出身传》《仁宗认母传》《包龙图陈州粜米记》《包龙图断曹国舅公案传》等。其中在《仁宗认母传》开篇罗列了包公所断的众多案件，这说明包公故事在经过一段时间的多线发展后，已明显开始归并到一个主题之下。

到明万历年间出现了一个集大成的作品《百家公案》共一百回 96 个故事。《百家公案》从不同渠道吸收了大量的材料，元杂剧有多种都被吸收，而上面提到八种唱本其中 6 本被吸收，另外还有一些别的来源。到明末清初又出现《龙图公案》，该书有接近一半的篇幅抄自《百家公案》。应该说《百家公案》《龙图公案》都还是比较粗糙的。到清代嘉庆、道光年间的著名说书艺人石玉昆讲说包公公案，有人把他的讲话记录下来并加以删改形成《龙图耳录》。《龙图耳录》经过删改后形成了名著《三侠五义》。包公故事长达七八百年的垂直进化过程终于走到了它的进化终点。

类似的再如岳飞故事。岳飞故事作为一个文学物种，一直广受关注，不断出现各种版本的岳飞故事。到明代至少出现了四部关于岳飞的小说。❷ 分别是：①熊大木编《武穆演义》，嘉靖三十一年刊，八卷本。②于华玉编《重订按鉴通俗演义精忠传》，万历年间刊本。③余登鳌编《岳王传演义》。④邹元标编次《精忠全传》。此外还包括一些岳飞戏。这些故事有合并的倾向，终于在清代出现了钱彩编次的 80 回本《说岳全传》，成为岳飞故事的集大成作品。

从进化流程来看，存在一个进化活跃度的问题。生物进化论中有进化速度的

---

❶ 王林飞. 包公故事的文本演变及文化意蕴 [D]. 天津：南开大学，2015.

❷ 郑振铎.《岳传》的演化 [M] //郑振铎. 中国文学论集. 长沙：岳麓书社，2011：237.

概念，指生物变异的速度。与进化速度相关，可定义"进化活跃度"的概念。在进化进程中，可发现有的作品进化非常活跃，在短时期内涌现出了大量的作品。而有的作品，则很不活跃，往往一个朝代就出现一两个作品。可以对同一故事或不同故事在唐宋元明清不同时代的进化活跃度进行统计学研究，会找到大量有意思的案例与数据。

各种故事，其进化活跃度都不一样，但越是著名的故事，其进化活跃度越高。元杂剧时代的三国故事、水浒故事，都非常活跃，形成了大量的三国戏、水浒戏。影响进化活跃度的有多方面因素。作家与读者对一个故事越关注，其进化活跃度自然就越高。一个故事更能迎合社会舆论、权力体制，则其进化活跃度亦会越高。相反，被权力体制封杀的作品，就很难得到进化。

由于时代变迁、规定性条件的变迁，各种故事在不同地域、不同历史阶段的进化活跃度亦呈现出巨大不同。有的故事在宋代、元代很活跃，但到明代并不活跃。典型案例如一些唐传奇改编的作品，在元杂剧中还是很活跃的。但是到明代，逐渐形成了以三国水浒西游等为中心的故事群，从前的很多故事，其进化活跃度就逐渐冷却了。读者们对一些普通的唐传奇故事，已经并不关心了。

有的故事在明代很活跃，但在清代不活跃。比如王翠翘故事明末清初的时候，一度很活跃，清代时就沉寂下去。但是该故事转移到越南后，却突然获得了极大的进化活跃度。

文学经典的形成，往往需要较高的进化活跃度，需要出现较多的作品，才容易在这些作品的基础上集成出一个更优秀的作品。而那些进化活跃度较低的故事，往往不受关注，其进化出文学经典的概率，也相对较低。

总之，在文学进化过程中，进化活跃度是一个很重要的指标。进化活跃度能说明很多问题。导致文学物种的进化活跃度发生上下波动的诸多因素，值得进行更深入的研究。

第五节　垂直进化中的中途崛起

我们现在看待垂直进化问题，会不自觉受进化结果的"误导"，总是以后来的最终结果来衡量最初或中间的过程。这其实会有巨大错位。我们的观察视点常常是在《三国演义》《西游记》《水浒传》等已经成为文学经典以后，再往前回溯其发展历程。然而整个的进化历程，非常像一场长跑。最开始跑在前面的，不一定会坚持到最后。中途处于差不多位置的，后面却会出现巨大分化。

以长跑作为参考模型，会发现，在文学物种漫长的垂直进化进程中，会出现如下一些情况。

第一种，有的文学物种，虽然处于进化的初级阶段，自身还有很多不完善，但一开始就影响很大了。其优势地位，在垂直进化的各阶段都保持住了，如三国故事。

第二种，有的文学物种在进化的最初，或者进化的中段，都显得较为一般。然而在某个时候，在某个进化进程中，却发生了脱胎换骨的变化，一跃成为文学经典，如水浒故事、西游故事。

第三种，有的文学物种在进化的最初或中段，都很有影响，然而却缺乏后劲。待到下一个进化阶段，却慢慢地落后，以至最终该文学物种未能进一步发展壮大，未能诞生文学经典，如赵匡胤故事，再如大量的宋元话本。

以《水浒传》而论，该文学物种并不是一开始就成为文学经典的。据郑振铎先生研究，在宋元时期，虽然已经有了水浒故事，如《宣和遗事》中已经有关于水浒故事的较详细介绍，到元代有了大量水浒戏，在元末有了一种罗贯中编次的《水浒传》。然而这些作品相比其他文学物种，其文学性与艺术效果并不占优。可以说，在宋元时期，水浒故事的作品，只是当时较为普通的一种文学作品。如果时间定格在元末，则水浒故事只是一种普通故事，还远远谈不上是文学经典。

然而到了明嘉靖时期，永定侯郭勋或其门客将水浒故事进行了重新编订出版，这成为后来《水浒传》的"祖本"。郭本《水浒传》让水浒物种达到了进化的顶峰，一下子在各种文学物种中突显出来。《水浒传》从此开始跻身文学经典的行列。"《水浒传》的伟大，只是郭本的伟大……有郭本，《水浒传》才会奴视《三国》，高出《隋唐》。无郭本，则《水浒传》不过终于《三国》《隋唐》之境地而已。"❶ 在郑振铎看来，水浒故事在其进化历程的前半部分时间，其文学性与影响是超不过隋唐演义故事的。只是等到嘉靖年间，郭勋本《水浒传》的出现，才让《水浒传》一下子脱胎换骨，远远超过了《隋唐演义》的水平。

这样突然崛起或逐渐落后的例子，在漫长的文学进化历程中是很多的。比如在元末明初，赵匡胤故事与唐僧西游记故事的艺术水准、影响力，大体在同一个水平，甚至赵匡胤故事的文学性、影响力还要比西游故事强一些。在成于朝鲜李朝的汉语教科书《朴通事》中有一段记载：

———"我两个部前买文书去来。"

———"买甚么文书去？"

———"买《赵太祖飞龙记》《唐三藏西游记》去。"

———"买时买四书、六经也好。既读孔圣之书，必达周公之理。要怎么

---

❶ 郑振铎：《水浒传》的演化［M］//郑振铎. 中国文学论集. 长沙：岳麓书社，2011：136.

那一等平话？"❶

这里提到《赵太祖飞龙记》《唐三藏西游记》两个平话作品。其中《赵太祖飞龙记》还排在前面，说明该作品在当时的影响可能要大于《唐三藏西游记》，或至少可以说这两个作品的名声在当时是大致接近的。总之在这一阶段，两个文学物种的社会影响其实相差不大。当时人恐怕不会相信在后来，西游故事的影响力会远远超过赵匡胤故事。

然而伴随着下一阶段垂直进化历程的洗礼，世德堂本《西游记》出现以后，《西游记》引起了轰动。当初没有完全展现出亮点的《唐三藏西游记》发生了脱胎换骨的变化。以至于到今天《西游记》成了列名"四大名著"，代表中国文化面貌的名著，并且在当代其影响力越来越大。《西游记》改编的各类影视剧占领了各类屏幕。而《赵太祖飞龙记》却最终沦为无人问津的三流作品。

为更好理解为何一度与西游齐名的赵匡胤故事会最终沦为三流作品，可从其垂直进化历程来考察。这部小说讲宋太祖的事迹，赵匡胤是历史上少有的执政尚宽的开国君主。《录鬼簿续编》载罗贯中有《宋太祖龙虎风云会》杂剧，后来产生了平话本《赵太祖飞龙记》，在明清时期产生了一部《飞龙传》。乾隆十四年（1749年）吴璿曾阅读过这部小说，认为"视其事，则虚妄无稽；阅其词，则浮泛而俚"，该作品的水平较为一般。当时他正专心于举业没心思对这个作品进行再加工。转眼过了20年，吴璿依然功名无成，他有感于"发愤著书"的传统，"于是检向时所鄙之《飞龙传》，为之删其繁文，汰其俚句，布以雅驯之格，间以清隽之辞，传神写吻，尽态极妍"❷。可惜这部作品此时已很难引起较大社会反响了。

总结来说，在元末明初之时，西游故事与赵匡胤故事水平差不多，但在后续进化中，西游故事的文学性得到了突然的大幅度提升，而赵匡胤故事的文学性未能在垂直进化中得到很大提升。这里面有作者水平的问题，有机遇与时代遇合的问题，也有其题材自身的限制，自身优劣性带来的效应。反正体现为结果就是《西游记》突然崛起，《赵太祖飞龙记》无奈沉沦。

考虑到历史往往是一种结果，而不是一种可能性。那么是不是说，如果在明代，各种条件朝有利于赵匡胤故事进化的方向发展，是不是说赵匡胤故事也可以进化出一部文学名著？换个角度来说，是不是说，很多在后续垂直进化中失去活力或进化失败的文学物种，其实如果当时条件适宜，也是可以发生脱胎换骨变化，最终成为文学经典，或至少是优秀文学作品的？这些问题都不好回答。历史无从假设。

---

❶ 朱一玄，刘毓忱. 西游记资料汇编［M］. 天津：南开大学出版社，2001：110.
❷ 吴璿. 飞龙全传［M］. 合肥：安徽文艺出版社，2006：1.

可再举一个垂直进化中逐渐失去活力的例子。冯梦龙"三言"（《喻世明言》《警世通言》《醒世恒言》）有 120 篇作品。这 120 篇作品中，属于宋元旧本的，郑振铎认为有 35 种，徐朔方认为 20 种左右。❶ 明人话本约 50 种，还有一些难以考订年代。这些宋元话本、明代话本都有其垂直进化历程，有其早期的形态，宋元时可能都在"勾栏瓦舍"由说书人讲述过。此外剩余的由冯梦龙自己创作的作品，也都有其早期故事来源，谭正璧《三言二拍资料》对这些作品的早期来源，有详细勾稽。故而这些作品都有其垂直进化的不同阶段的形态，其中一部分在清代还以戏曲的形态继续流传，有其垂直进化的下一代作品出现。

然而考其版本状况，"三言"在 1620—1627 年由冯梦龙分批刊刻后，崇祯末期虽有《今古奇观》之选（主要选了"三言"中作于明代的作品），但"三言"本身逐渐在中国就停止流传了，清末时候国人都不知道有这些作品。1924 年，日人盐谷温为研究中国小说在日本各图书馆查访古籍，才发现有这一套可称为"三言"的书。此后中国研究者才从日本将这些作品陆续带回中国，到 1947 年以后这些作品才重新在国内流传。则这些宋元时代的白话小说作品，也许在当时属于较好的作品，明代还能流传。但到清代以后，随着《三国演义》《水浒传》《西游记》相继加冕为文学名著，读者的注意力都被文学经典所吸引，这些"三言"中的作品就愈发显得平淡无奇了。再加上清政府不断查禁"禁书"❷，"三言"就在中国停止流传了，退出了文学史舞台。可见，这些作品在垂直进化过程中，绝大多数都没有得到提升。从一个普通的故事，经过几轮垂直进化，还是一个普通故事。在文学生态圈中，是一种不引人注意的存在。或者说，由于三国、水浒、西游太过引人注目，其他的文学物种已经很难获得太大生存空间了。这是一个自然现象。

综上所述，各文学物种的文学性高低，在垂直进化过程中，会像长跑中一样有进有退。有的文学物种在下一轮进化中会突然大幅进步，以至于异军突起、大放异彩，牢牢占据文学经典地位；而大多数文学物种则稍稍进步，不温不火，相对位置变化不大，不足以成为文学经典；还会有少数文学物种停滞不前，甚至大幅退步，以至于退出优秀作品的行列，乃至最终销声匿迹，消失在文学进化的历史长河中。

第六节　案例：《西游记》垂直进化进程研究

由于资料的保存与勾稽，《西游记》的垂直进化过程还是较为清晰的。从唐

---

❶ 傅承洲. 明代话本小说的勃兴及其原因 [J]. 中国文学研究，1996 (1).
❷ 程国赋. 三言二拍传播研究 [M]. 北京：中国社会科学出版社，2006.

初玄奘漫游印度访求佛典，到他死后弟子所作的《大唐大慈恩寺三藏法师传》，再到北宋神宗熙宁以后成书的《大唐三藏取经诗话》，到元代吴昌龄的《唐三藏西天取经》杂剧，再到元末明初的平话本《西游记》与《西游记》杂剧，最后到百回本《西游记》的横空出世，这样一个由整体因袭导致的越来越趋于优化的垂直进化是显而易见的。这里我们结合其进化各阶段的主要作品，探析其垂直进化过程，追踪西游取经故事如何一步一步变得完美。这样的案例分析，有助于我们重新认识中国文学史上其他垂直进化实例的进化情况。

一、垂直进化的进化起点：玄奘取经本事

贞观元年（627 年）玄奘在长安上表陈述西行求法意愿❶，未获允许，便私自随人出玉门关。玄奘于贞观三年（629 年）到达高昌王城（今吐鲁番），受到少时游历隋朝各地的高昌王麹文泰的礼遇，与玄奘"约为兄弟"，并恳求他留驻高昌为国师。玄奘拒绝了，随后在麹文泰派的随从人员护卫下经焉耆、龟兹、越凌山，入今阿富汗北部，后沿今巴基斯坦北部，到达克什米尔。

玄奘在克什米尔受王族优待，停留两年学习佛教经纶。后又在中印度泥湿伐罗国学《经部毗婆沙》。他巡礼了释迦牟尼出生之地迦毗罗卫国、初转法轮之地波罗奈城等圣地。后到那烂陀寺拜该寺住持戒贤法师为师，学《瑜伽师地论》。5 年后，到伊烂拿国学小乘经论。最后回那烂陀寺，用梵语写了《会宗论》《破恶见论》，得到高度评价。

贞观十八年玄奘回国，唐太宗听说后很感兴趣，要求玄奘"速来与朕相见"。贞观十九年正月，玄奘抵达长安，带回佛经 657 部。在回国途中从克什米尔过印度河遇到风浪，翻船落水，丢失了十分之一经书及一些花果种子。回国后，玄奘在弘福寺住下，开始译经。第二年便译出《大菩萨藏经》等 5 部，并开始译《瑜伽师地论》。

贞观二十年（646 年），玄奘写成《大唐西域记》。该书流传极广，至今在新疆考古和敦煌遗书中均有发现。唐高宗麟德元年（664），玄奘逝世。玄奘死后，其弟子慧立将其事迹写成五卷，20 年后另一位弟子彦悰又加以补充编订，成 10 卷本《大慈恩寺三藏法师传》刊行于世。

二、垂直进化第一阶段：文言小说中的记载

玄奘逝世以后，他的故事迅即进入文言小说领域，被广泛传播，成为西游故

---

❶　关于玄奘生平的描述主要参考了《大慈恩寺三藏法师传》《大唐西域记校注》等书，详见笔者2008 年的硕士论文《文学进化中的因袭——以〈西游记〉为中心》，此处从略。

事的第一个阶段。尤其在宋初的《太平广记》载有多个相关故事，如这个：

> 沙门玄奘俗姓陈，偃师县人也。幼聪慧，有操行。唐武德初，往西域取经，行至罽宾国，道险，虎豹不可过。奘不知为计，乃锁房门而坐。至夕开门，见一老僧，头面疮痏，身体脓血，床上独坐，莫知来由。奘乃礼拜勤求。僧口授多心经一卷，令奘诵之。遂得山川平易，道路开辟，虎豹藏形，魔鬼潜迹。遂至佛国，取经六百余部而归。其多心经至今诵之……（出《独异志》及《唐新语》）❶

由于《太平广记》成为后来宋代说书人的必备参考书，这则故事可以被看作西游故事的雏形。故事中"口授多心经一卷"，在后来百回本《西游记》中依然保留。故事下文中"摩顶松"的内容，亦在百回本《西游记》中有使用。

三、垂直进化第二阶段：《大唐三藏取经诗话》

现存西游故事的最早一个白话作品是《大唐三藏取经诗话》。据研究，它应作于北宋末或南宋初，其作者对玄奘西游本事有些了解，但对细节了解很少，基本是在"玄奘天竺求法"的框架下进行了文学想象。作品中已出现孙悟空的雏形，他自称"我是花果山紫云洞八万四千铜头铁额猕猴王"。

《大唐三藏取经诗话》中大量情节、元素在后来百回本《西游记》中都有发展。书中提到的过流沙遇深沙神、火类坳、女人国、偷蟠桃（人形果），衍生出百回本的多个重要情节，即唐僧收沙僧、孙悟空偷蟠桃、孙悟空偷人参果、过火焰山、过女人国。再如书中"过长坑大蛇岭处第六"，猴行者在妖怪肚子里变出猕猴，这个小细节后来演化形成了百回本《西游记》"孙悟空钻进妖怪肚子"的重要情节模式，被反复使用6次。因此，称这样一种内容情节上的扩充是垂直进化非常贴切。

《取经诗话》作为西游故事垂直进化的一个重要阶段，涉及外国文学基因的因袭问题。五四运动以来，胡适、季羡林等人认为孙悟空形象受印度神猴哈努曼的直接影响。❷ 他们的结论是拿百回本中的孙悟空与哈努曼进行直接比较而得出的，但显著的事实在于孙悟空是由猴行者垂直进化而来的。要证明孙悟空受哈努曼的直接影响，首先要证明猴行者受到哈努曼影响。然而猴行者与哈努曼之间的相似性其实较少。

另外，中国固有的猴故事亦足以提供文学基因。汉代著作中即有"南山大

---

❶ 转引自刘荫柏. 西游记研究资料［M］. 上海：上海古籍出版社，1990：120.
❷ 胡适1923年的论文《西游记考证》最早提出孙悟空可能受到哈努曼影响的问题。此说并不确。

玃，盗我媚妾"的记载，到唐代出现了唐传奇名篇《补江总白猿传》。说中国本土猴故事催生出《大唐三藏取经诗话》应是合理的。可以说，百回本《西游记》中孙悟空形象有其垂直进化的来源，与哈努曼并无直接因袭关系，连间接的因袭关系都很牵强。

四、垂直进化第三阶段：平话本《西游记》与《西游记》杂剧

元人吴昌龄的《唐三藏西天取经》只存残稿，难以判断其故事发展状况。相对来说，在西游故事进化史上这一阶段更重要的作品是平话本《西游记》和杨景贤《西游记》杂剧。

平话本《西游记》

从一些资料记载来看在元末明初存在一个平话本《西游记》，在朝鲜李朝时期的汉语教科书《朴通事》提道："买《赵太祖飞龙记》《唐三藏西游记》去。""买时买四书、六经也好。既读孔圣之书，必达周公之理。要怎么那一等平话？"书中还提到了车迟国与伯眼大仙斗圣的故事，主要内容与百回本《西游记》相应回目比较接近。在后来边暹等人作的"谚解"中又提到了西游的主要难关：

> 今按法师往西天时，初到师陀国界，遇猛虎毒蛇之害，次遇黑熊精、黄风怪、地涌夫人、蜘蛛精、狮子怪、多目怪、红孩儿怪，几死仅免。又过棘钩洞、火炎山、薄屎洞、女人国及诸恶山险水，怪害患苦，不知其几：此所谓刁蹶也。❶

从这个提要来看，平话本《西游记》已经大体具备了百回本《西游记》的体系，但很可能平话本的体系是以唐三藏为中心的，而孙悟空只是从属的护法地位。

杨景贤《西游记》杂剧

元末明初杨景贤有六本二十四出的《西游记》杂剧。从内容来看，不能排除《西游记》杂剧诞生于平话本《西游记》之前的可能性。杨景贤的西游取经故事很紧凑，没有平话本中遇到的那么多难关。第一本是敷衍唐僧出身故事，第二本写唐僧开始西游，提到木叉卖给唐僧受罚孽龙变成的马，第三本讲收服孙行者以及孙行者除妖，第四本讲收服猪八戒，第五本讲过女人国以及过火焰山遇铁扇公主，第六本讲取经与回东土。从其故事情节来分析，可得出两点结论。

---

❶　朱一玄.西游记资料汇编［M］.天津：南开大学出版社，2001：111.

第一，《西游记》杂剧是与唐僧为中心的，孙行者与猪八戒都是陪衬，而且杂剧中的孙行者与哈努曼一点相似性都没有。

第二，从第五本讲西行路过女人国以及过火焰山来看，《西游记》杂剧有很强的从《大唐三藏取经诗话》直接垂直进化而来的痕迹。《大唐三藏取经诗话》提到的火类坳、女儿国在杂剧中都作为主要内容。而《朴通事》中提到的车迟国内容以及"谚解"中提到的其他难关都不见踪影。这很让人怀疑是《西游记》杂剧先诞生，还是平话本《西游记》先诞生。

五、垂直进化第四阶段：百回本《西游记》

现存最早的《西游记》版本是明万历二十年（1592 年）金陵世德堂刻本《新刻出像官板大字西游记》，从西游故事成书史来看这个版本是一个新的高峰。从这个百回本《西游记》的文本来看，它与此前的西游故事有两点非常明显的区别：

第一，西游故事说到底是个佛教故事，但是百回本《西游记》却有极强的道教背景。首先，百回本《西游记》中的很多情节明显是谈道教内丹修炼；其次，书中一些回前诗来自《性命圭旨》《鹤鸣余音》《渐悟集》等内丹道教著作，这说明百回本的作者有将西游故事向道教故事转化的倾向；最后，书中的一些回目由道教内丹术语组成，如第四十回"婴儿戏化禅心乱　猿马刀归木母空"，第八十三回"心猿识得丹头　姹女还归本性"等。陈洪、李安纲等研究者对《西游记》涉及的内丹道教问题，都有很深入的阐发。❶

第二，百回本《西游记》一改从前西游故事以唐僧为中心的叙事结构，变成以孙悟空为中心。此前，不管是《大唐三藏取经诗话》还是《西游记杂剧》都是以唐僧为中心的，平话本《西游记》很可能也是。但到百回本却一改从前以唐僧为中心的故事结构，将孙悟空提到主角地位。百回本《西游记》从孙悟空出生说起，讲孙悟空学道、大闹天宫，被压在五行山下，后保唐僧到西天取经，最后修成正果。就是为了形象地表现出心猿从无法无天，到受到制约，经过艰苦的修持，最终修成正果。为了凸显孙悟空这只心猿的中心地位，百回本作者把现在《西游记》第九回的唐僧出身故事删去了。《西游记杂剧》中用整整一本四出的篇幅讲唐僧出身故事，但到了百回本《西游记》，由于作者特殊的用意，唐僧也就退居西游故事的二号主角，他的出身故事自然就被删去了。

可见，在西游故事垂直进化的这一阶段，发生了两大转向：由佛教背景到道教背景；由唐僧主角到孙悟空主角。这两大转向，便体现出了进化的特性。可以

---

❶ 陈洪.《西游记》与全真教之缘新证［J］. 文学遗产，2015（2）.

说，正是西游故事中的某些东西吸引了一位有道教背景的文人，这位文人看中了西游故事与道教内丹内容的兼容性。其实，无论是平话本《西游记》还是《西游记杂剧》孙悟空和白龙马都是已经具备了的。猿和马组合在一起，很容易让有内丹学知识的人联想到道教内丹术语"心猿意马"。杨景贤《西游记杂剧》在第十出"收孙演咒"就使用了"心猿意马"一语。

可以推测，至明代嘉靖以后一位有内丹道教背景的文人在西游故事中看到了孙悟空和白龙马正好对应"心猿意马"的概念，才使得他参与到西游故事的垂直进化中，对西游故事进行大幅度改写。笔者仔细研究了《吴承恩诗文集》，从道教内丹以及其他信息来看，吴承恩是百回本《西游记》的作者无疑。❶

六、垂直进化的第五阶段：后期进化

百回本《西游记》存在一个续书群落，包括董说《西游补》、梅子和《后西游记》、无名氏《续西游记》、陈景韩《新西游记》，以及民国以来的《也是西游记》《西游新记》等。这些续书可以看作西游故事的后期进化。所谓"后期进化"是笔者定义的一个概念，用于描述进化高峰之后的后续进化情况。《西游记》的续书几乎都继承了百回本《西游记》的原有格局、人物形象、人物关系、情节设定等大量的基础基因。因此，"后期进化问题"，其实带有很强的垂直进化特征。有时候，可以把续书等后期进化问题，看作垂直进化的新阶段。

现代以来，关于西游故事的各种改编、新编，亦可以看作后期进化，如当代人写的关于西游故事的网络小说《悟空传》等。当代一些涉及西游故事的影视剧，如《大话西游》《西游·伏妖篇》等，其文学剧本亦可以被看作是西游故事在当代的后期进化，或垂直进化的新阶段。

以上所述关于西游记故事的垂直进化历程，只重点谈到了其进化中的几个重要节点，其他一些较为枝节性的作品，在此不多讨论。类似西游故事垂直进化历程，也可以关注三国故事、水浒故事等，都可以给研究者以极大启发。

---

❶　对于吴承恩是否为《西游记》作者，笔者有《吴承恩的道教思想与〈西游记〉作者问题新论》一文专门论之。

文学进化中的杂交、绝灭与停留

物种的生与灭，是生物进化的核心环节。在文学进化中也是如此。文学物种的诞生，生殖隔离的形成，又或者文学物种的绝灭，都在文学进化中起到很重要的作用。这些问题都需要一一论述。

第一节　生殖隔离与杂交

物种形成的重要标志是生殖隔离的形成。生殖隔离让物种保持了纯洁与稳定。当两种生物不能交配或交配不育，这就表示它们已经进化成两个独立的物种了。与此同时，杂交也是自然界的一种常见现象。因为很多时候生殖隔离并不是源自内在因素，有时是因地理隔绝，有时是因生物发情期的错开，又或者是生物体型的不匹配。但自然界的实践证明，杂交是广泛存在的：鲸鱼可以和海豚杂交，马可以和驴杂交，水稻之间亦可以杂交。

回到文学上，文学物种之间的生殖隔离是明显存在的。各种故事之间，仿佛有一道无形的墙，互相之间不能混杂。西游记故事、八仙故事、钟馗捉鬼故事、封神演义故事、济公故事，虽然都属于神魔小说，但它们之间在故事发展上并不互相混杂。西游记故事不会谈到八仙，封神演义也不会提到钟馗、济公。就是说一种自然生成的生殖隔离，把这些文学物种隔离开了。也正是有生殖隔离的存在，文学物种才成其为物种。生殖隔离让文学物种保持了纯洁与相对稳定。

李白故事与唐玄宗、杨贵妃故事的关系，最有代表性。本来这两个故事有很强的亲缘关系，因为李白的人生与唐玄宗有较深联系。元明时期的李白小说戏曲中，往往会提到"玄宗赐酒""李白为杨贵妃赋《清平调》"等内容。但是这两个故事之间逐渐形成了生殖隔离。清人洪昇本来是想创作一部关于李白的戏曲，修改后转成写唐玄宗杨贵妃爱情的戏曲，这个稿件中还包含李白故事。但在最后的修改中，洪昇发现李白故事不适合被夹杂在唐玄宗杨贵妃故事中，于是最后我们看到的《长生殿》把李白有关的内容全部删除了。洪昇在《长生殿·例言》中叙述了他的整个创作过程，一开始他只是想写李白，"忆与严十定隅坐皋园，谈及开元，天宝间事，偶感李白之遇，作《沉香亭》传奇。"❶ 这部《沉香亭》传奇没有保存下来，应是以李白带醉为唐玄宗作《清平调》为中心。但洪昇的思路并没有止于此，他进一步将思路聚焦于宫廷，"因去李白，入李泌辅肃宗中兴，更名《舞霓裳》"。觉得还不满意，最终改成了以李杨爱情为中心的《长生殿》，且其中李白故事全部删去。

这个例子是非常有代表性的。一种无形的生殖隔离在李白故事与唐玄宗杨贵妃故事中逐渐形成，最终李白故事与唐玄宗杨贵妃故事成为两个物种。这种现象在文学进化中，多有发生，值得引起注意。

在生殖隔离之外，文学进化中也存在各种杂交现象。以文学物种而论，水浒传故事与三国故事，从理论上可以杂交，只是实践中未见。水浒故事与岳飞故事，有了很少量的杂交，在清代小说《说岳全传》中，涉及一些水浒的人物与情节。水浒故事与岳飞故事的这种杂交，属于生物学上的近缘杂交，杂交的两个品种此前的亲缘关系较近。

生物学上另有一种远缘杂交，杂交的两个品种亲缘关系非常远。譬如武王伐纣故事与佛教中托塔天王、哪吒的故事。这两组故事，其亲缘关系非常疏远。武王伐纣是中国历史上的一个重要事件，在《尚书》等先秦典籍中有大量记载。而托塔天王、哪吒故事是一个佛教故事，见于多种佛经，哪吒为毗沙门天王之子。❷ 这两组故事本身是不搭界的。在元代的《武王伐纣平话》中就没有哪吒故事，明嘉靖年间成书的《春秋列国志传（卷一）》也无哪吒故事，但最后在明代隆庆万历年间的百回本《封神演义》中两组故事进行了杂交。哪吒故事被杂交入武王伐纣故事中，除了哪吒故事早期所自身具有的"剔骨肉还父母"的内容之外，《封神演义》增加了大量关于哪吒的内容，使得书中的哪吒形象更为丰满。通过《封神演义》的传播，哪吒成为中国文学中非常经典的人物形象。

正是因为《封神演义》是几组非常疏远的文学物种杂交的结果，所以在《封神演义》中还是留下了诸多逻辑漏洞。如书中的托塔天王李靖，其原型为唐太宗的大将李靖，这就存在时间上的错乱。再如书中大量引用了《孟子》的言论，而孟子本人出生于武王伐纣后六七百年。从《封神演义》的构思来说，作者之所以会让几组本风马牛不相及的故事进行杂交，正说明作者本人缺乏严格的时间观念。而反过来，恰是因为作者缺乏严格的时间观念，他才会把风马牛不相及的故事放在一起。好比秦琼战吕布、武松战张飞一样的"穿越故事"发生了。

生殖隔离与杂交是一对带有辩证性的概念。这两个概念代表了文学进化中的一种对立现象：一方面是文学物种趋向于独立发展，互相不混杂；另一方面文学

---

❶ 洪昇. 长生殿 [M]. 太原：山西古籍出版社，2005（3）.
❷ 刘文刚. 哪吒神形象演化考论 [J]. 宗教学研究，2009（3）；郑阿财. 佛教经典中的哪吒形象 [C]. 第一届哪吒学术研讨会论文集，2003.

物种之间又会有一些杂交的发生。质言之，依靠生殖隔离，文学物种保持了自身的稳定；依靠杂交，文学物种又保证了文学基因来源的多样性。

第二节 绝 灭

"绝灭"是生物进化论中的一个术语。据生物学家估计，地球上存在过的物种大约有99%已经绝灭。生物学家把生物绝灭，分为常规绝灭和集群绝灭。常规绝灭"表现为各分类群中部分物种的替代，即新种的产生和某些老种的消失"❶。集群绝灭，则为非正常的绝灭。进化中的"集群绝灭现象"在生物学上是有明显案例的，最典型的就是恐龙的突然绝灭。

"绝灭"的概念与逻辑体系可以平移到文学进化中。讨论文学进化中文学物种与文学样式的"绝灭"现象，是非常有意义的。要注意的是，文学绝灭存在文学物种的绝灭、文学类型的绝灭两种情况。因此，笔者认为，文学绝灭的定义，会比生物绝灭的定义要宽泛些，有狭义、广义之分。

在笔者看来，狭义的文学绝灭指的是一个文学物种不再有新的进化，即不诞生新的改编作品。广义的文学绝灭也可以指一个文学物种的个体，不再被出版，或者彻底佚失了，不能被今人读到。我们通常所说一部作品的亡佚，便可以被视为广义的绝灭。

一、文学物种的绝灭

类似于生物物种达到几百万种，文学物种其实也有上百万种。体现在小说领域，就是一个个的故事。比如三国故事、西游故事，到今天并未绝灭，因为各种关于三国、西游故事的改编层出不穷。以西游故事而论，周星驰的电影《大话西游》，便可以看成西游故事在当代的最新进化。

但小说史上，大量的小说到今天已无人问津了。欧阳健《中国通俗小说总目提要》，共收小说1160部。另据朱一玄等编《中国古代小说总目提要》除白话小说外，还有海量的文言小说。仅以《太平广记》为例，该书500卷，收录的文言小说达6970篇。这些小说作品，绝大多数在当今的时代，不再有改编本，不再有新的进化。这都可以看作发生了绝灭。当然这种绝灭是正常的文学物种的替代，是自然发生的。

若再考虑广义的绝灭概念，绝大多数小说不但没有新的改编、进化，甚至都

---

❶ 沈银柱. 进化生物学 [M]. 北京：高等教育出版社，2002：209.

很难被人读到，有的早就亡佚了。如《汉书·艺文志》中先秦"小说家"条目下的小说集，全部都亡佚了。这种亡佚，基本都是绝灭。更典型的是，自从明中叶百回本《西游记》诞生并取得文学经典地位后，西游故事进化前期的诸多作品，逐渐就绝灭了。清末时期，国人都不知道《大唐三藏取经诗话》《西游记》杂剧等作品的存在。这些作品都是民国时期在日本的图书馆、档案库中发现的。到清末，西游故事进化早期的诸多作品，早已被遗忘，在中国范围多数都绝灭了，不能被读者所读到。这些作品在日本也都是半绝灭状态，都是被遗忘在档案库中，长期处于无人知晓状态。真正为大家所阅读的，主要是作为经典文本的百回本《西游记》。

类似于西游故事垂直进化中的这种绝灭，在三国、水浒等故事的垂直进化历程中亦多有发生。经典作品诞生后，由于经典作品的高超艺术水准与巨大影响，往往会让前期作品相形见绌，因其"较低水平"而逐渐失去读者群，失去影响，变得无人问津，最终绝灭。这一点也正导致了前一章所述的垂直进化的绝灭性特征。

总体来看，文学物种的绝灭属于生物学上的常规绝灭。文学物种的绝灭，往往是在自然选择的竞争中，作品不受欢迎，自然而然就失去传播力，失去影响力，最终无人问津，消失掉。而文学样式的绝灭，则不同。文学样式的绝灭，有自然选择的因素，但很多时候往往是文化生态变化导致的非常规的绝灭。必须注意到文学物种绝灭与文学样式绝灭的巨大不同。

二、文学样式的绝灭

对于文学样式、文学类型的绝灭，古人已有一定的观察。明人胡应麟《诗薮》指出："宋人不得不变而之词，元人不得不变而之曲，词胜而诗亡矣，曲胜而词亦亡矣。"站在明代的历史节点，明代的诗与词都不发达，所以胡应麟有"诗亡""词亡"的感叹。但当时只能说是诗词的"衰弱""衰败"，并未绝灭。到了清代，诗词创作又进入"繁盛期"，虽然好作品少，但单纯论作品数量却比唐宋还要多。

因此，当辛亥革命以后，胡适高举文学进化论的大旗发动文学革命的时候，他们所面对的文学绝灭现象还是很少的，只有四言诗的绝灭、变文的绝灭等少数几个案例，所以当时的学者并没有系统来讨论文学进化中的绝灭现象。时间只过了一百年，物换星移，我们今天回望从前会发现在过去的 100 年中在中国文学进化史上发生了大规模的文学绝灭事件。伴随着文言文的退出历史舞台，多种文学样式与大量的文学物种在当代都绝灭了。这正如 6500 万年前有一颗小行星撞在地球上，导致占据地球长达上亿年的恐龙彻底绝灭。

　　这里我们有必要回顾过去 100 年中国文学生态变化中的文学样式与文学物种的绝灭现象。1894 年中日甲午海战以后，中国的文化生态开始发生剧烈变化。1905 年清廷下诏废除科举。科举一废除，统治中国文章史 500 多年的八股文一夜之间就死亡了。八股文的绝灭类似于恐龙绝灭，是突发性事件，从废除科举的那一天开始，八股文的绝灭就只是时间问题了。

　　八股文很快就绝灭了，但是别的文学样式、文学物种依然生存得很好，1911 年的辛亥革命甚至都没给别的文学样式造成太多冲击。1919 年前后发生了影响深远的新文化运动，陈独秀、胡适、鲁迅等人是这场运动的主将。但是他们的文学活动并未对此前的文学样式造成很深杀伤，文坛上亦然活跃着古体诗领域的"同光体"，小说领域的鸳鸯蝴蝶派的旧文人。旧体诗词、桐城散文、章回体小说都还活跃在民国文坛。

　　概言之，新文化运动的关键威力并不是那段时间对旧体文学的杀伤力，而是给未来开辟了道路，后来的历史表明旧体文学是在后来才遇到生死困境。中华人民共和国成立后，尤其是 20 世纪 80 年代以来，旧体文学逐渐就退出历史舞台了。

　　第一，散文领域的绝灭。

　　八股文早就绝灭了，自不用说。但类似的，骈文也已经绝灭了，主要原因是当代人的古典文学修养，难以支撑起骈文创作。虽然前些年一度有城市赋的创作潮，但也已无力挽回骈文的绝灭。另外，古文也大体绝灭了，主要限于一些古文的爱好者在写作，但已经谈不上是文学创作了。

　　第二，小说领域的绝灭。

　　在小说领域，文言笔记小说已基本绝灭。而白话笔记小说，从一开始就没诞生，从未存在过。那么白话章回体小说呢？

　　相较而言，古代白话章回体小说的命运要特殊一些。从晚清梁启超号召"小说界革命"以来，小说的地位在中国日渐凸显。在梁启超的眼里小说简直是救国图强、开启民智的"灵丹妙药"。而在新文化运动中，小说的地位也大大地被推扬。胡适、鲁迅这两位新文化运动的主将，他们的文学研究都主要是古典小说研究，而不是传统的诗词、散文研究。从这种迹象来看，似乎古代白话章回体小说必将在新的时代大放异彩。但在这种巨变中，西方的小说体裁、小说观念占据优势，而白话章回体小说逐渐在衰落。到现在白话章回体小说似乎有绝灭的可能，但这只是一个大体趋势，现在还不能绝对地说章回体小说就一定会绝灭。20 世纪涌现出了张恨水这样杰出的章回体小说家，他的作品《春明外史》《金粉世家》《啼笑因缘》等都是名著。可惜在改革开放后较长一段时间，白话章回体小说的创作并未进入复兴期。

　　总之，虽然当代小说对白话小说有一定的继承，但纯粹的白话章回体小说，已经极为衰败。如果得不到振兴，则离绝灭亦不远了。未来会不会振兴，还有待观察。

第三，戏曲领域的绝灭。

戏曲领域也发生了大面积的绝灭现象。这个过程中，还发生了外来物种即西方话剧对中国本土戏曲的取代。古代戏曲在元代是一个高潮，在明末清初又是一个高潮，但五四运动以后至今日传统戏曲一蹶不振，不要说创作新的剧本，就是旧有的优秀作品，其演出本身也得不到传承。

有意思的是，"文革"时期有些亮点，在文学较为萧条的情况下，当时搞出了八个样板戏。这些戏曲采用了很多古典戏曲的元素，但又具有与时俱进的特点。可惜20世纪80年代以来，连样板戏类型的戏曲作品也没有了。戏曲作为一种文学样式，已濒临绝灭。

从当前的发展趋势来看，戏曲越来越偏离了与文学的良好互动，越来越变成一种单纯的舞台艺术，已经很难再涌现优秀的作者与作品。而最近二三十年由于电影电视的发展，戏曲受到的冲击太大，已经很难再振兴。戏曲的绝灭已成定局。相信今后戏曲的存在只是作为一种纯粹舞台艺术的存在，跟文学不会有联系了。

第四，诗词领域的绝灭。

古体诗词领域，情况稍微好一些。胡适在发起新文化运动时，虽然主要打击的就是旧体诗词，然而旧体诗词的强大生命力，超出了一般人的想象。其实近代以来，从革命领袖，到文学家，很多人都会从事旧体诗词创作，有的人甚至有流传甚广的旧体诗词集。比如毛泽东、朱德都有古典诗词集，而且毛泽东的一些作品水平还相当高，如《沁园春·长沙》《沁园春·雪》等一些篇章都是非常经典的作品。与此同时，鲁迅、郭沫若、茅盾、田汉等现当代作家，也都有大量的旧体诗词创作。❶

改革开放以后，20世纪八九十年代写古典诗词的人越来越多，有多种著名的古典诗词刊物，种种迹象表明在遭受重大打击以后，古典诗词正在复苏。这也许就像当恐龙在灾难中彻底绝灭时，别的哺乳动物经受住了考验，在灾难过后又逐渐繁荣起来。但是到底古典诗词能不能在新的时代获得新的生命，还很难判断，因为虽然写的人很多，但盘点之后会发现优秀的作品太少了。

综上所述，近百年来，中国文学领域出现了大量旧体文学的绝灭现象。这些现象其实还有进一步研究的必要。比如为什么会有绝灭？绝灭之后留下的生存空间，由什么文学物种占据？表面的绝灭之后，有否复活的可能？这些问题未来还可以进一步探讨。

---

❶ 郑祥琥. 评李遇春的《中国当代旧体诗词论稿》[J]. 文学教育，2011（2）.

第三节　文学化石

在生物进化中，与绝灭现象相联系的是化石的存在。既然恐龙已经绝灭了，我们如何知道地球上曾经存在恐龙呢？因为化石的存在。人类从地层中挖出过大量或完整或零碎的恐龙骨骼化石，证明恐龙在地球上广泛存在过。对应到文学上，显然也存在文学化石。而关于文学化石在文学进化史上的作用，尤其是文学化石的生态位价值，应该予以重点评估。

一、文学化石的生态位

什么是文学化石？给文学化石下定义，会有些困难。这涉及古代文学作品，比如《西厢记》或《西厢记诸宫调》，到底是"活的"，还是"死的"。有学者会认为，只要还有文本存在的作品，即使是先秦的作品，都是"活的"。"死的"作品貌似是已经佚失的作品。这一看法符合直观思维，但并不符合生物学上的类比。考虑到探讨文学作品是"活的"还是"死的"，需要绕几个弯，这里我们直面问题，即：如何来区分文学化石与"活的"文学作品？

可如此下定义：总体上，当代人创作的文学作品，当代人对古代作品的改编，甚至选编，都是"活的"文学作品。而古代留存下来的文学作品、古版书、影印版古籍等都已经"死去了"，基本都可以称为文学化石。因此，除去现当代的文学作品之外，剩下的包括流传至今的文学作品，或者一些残篇，一些仅知名字的佚失作品，都应该被称为"文学化石"。就类似生物学上，除去现在还活着的生物，剩下的早就死了的生物，基本都可以被称为"古生物"，其残存至今的遗体，都可以被称为化石。

从这个角度来看，文学研究如果研究现当代文学，则是研究"活"的文学。如果研究古代的文学，则基本就是研究文学化石。这些文学化石，有的是完整的，有的是残缺的，有的仅仅知道名字，其在文学进化链条中的作用，都需要合理评估。

文学化石与动物化石有一个重要的区别。动物化石是已经死去的动物形成的，动物化石已经脱离了动物所在的生态圈，动物化石已经对生态圈没有任何影响了。文学化石不一样，文学化石其实还能够"参与"进化，后起的作品还能从文学化石中提取文学基因。因此，文学化石并未脱离文学生态圈，文学化石在文学生态圈中依然占有生态位。也就是说，文学化石依然参与文学生态位的动态分配。此一点是生物进化与文学进化的重大不同。

那么如何来评估文学化石的进化史价值？对于现存完整的文学化石，可以仔细研究其文本本身，确定它因袭了哪些作品，又有哪些作品因袭了它。而对那些残缺不全的文学化石，则主要看前代作家是否提到该作品，是否提到受该作品影响。一旦提到了，则我们在《中国文学进化史》中就要对之大书特书，对其在进化链条中的作用要充分肯定与评估。

二、文学化石的分类

根据以上定义，可以认为，文学化石主要有三类：书目中存在的、被类书等保存下残篇的、现存完整的。

第一，书目中存在的文学化石。

从《汉书·艺文志》到《隋书·经籍志》，有大量作品都被记录下名字作者，但作品本身一点都找不到了。如《汉书·艺文志》中提到先秦、秦汉的"小说家"，"小说十五家，千三百八十篇"。但这15家几乎都佚失了。比如《伊尹说》二十七篇、《鬻子说》十九篇、《师旷》六篇、《虞初周说》943篇等。这些被称为"小说"的作品，也许与当代小说有较大不同，但它们其实是有很大研究价值的。至少在汉代，它们对当时后起的小说作品，会有较大的影响。

可惜它们都佚失了，只留下书名、作者等极少数信息。他们对后来文学的影响，就不好评估了。但显然在文学进化史上，应该有他们的地位。值得注意的是，在当代人编写的《古代文学史》等作品中，对这些佚失的作品几乎都不提到。这一点从"中国文学进化史"的角度显然是需要反思的。

因为佚失的作品，极有可能是进化史的重要一环，不能不提到。那些后起的作家，往往会提到前代作品的名字，并坦言自己所受到的影响，其中一部分作品后来就佚失了。对这种情况，都应该引起重视，承认其在进化链条中的地位。

第二，在类书等中保存下残篇的文学化石。

这一类的文学化石也是比较常见的。比如在朝鲜教科书《朴通事》中提到的《西游记平话》，后来在《永乐大典》的残存书中找到了一些内容。这就类似于生物化石研究中找到了不完整的动物骨骼化石。

这一类的文学化石，也是非常常见的。例如大量诗歌的佚文。无名作者的诗歌佚文，非常多。即使李白、杜甫这样著名诗人的诗歌，也会有不少佚文。

第三，现存完整的文学化石。

2015年南昌海昏侯墓出土了一枚琥珀，里面有一只原始蝇类昆虫。这枚琥珀至今有几千万年，但琥珀中被封住的苍蝇，却清晰可见，连翅膀上的纹路都是清晰的。类似的也会有大量的文学作品，以一种崭新的方式保留到今天。比如李白作品，从诞生起，就不断复制，复制到了今天。这种作品，我们也可以称它为

文学化石。

另一种如 20 世纪初从敦煌藏书中发现的一些变文，如《降魔变文》等。从前大家并不知道它存在，虽然早知变文之名，但此前并未见过变文的作品。待到敦煌遗书问世，则变文这种文学化石，就重见天日。

三、佚失作品的进化史价值

无论是"活的"文学，还是文学化石，都有作品的面貌存在。文学进化史上还有大量作品，不要说留下完整的或残缺的文学化石，可能它连名字都已经佚失了，仿佛从未在文学进化史上存在过一样。对于这种作品，我们也不应该遗忘。为什么？因为它在当时的存在，是当时整体文学生态的一部分，也是当时总体的文学基因库的一部分。它在当时占据了一个"生态位"。因此，每一个佚失的文学作品，一定在当时的文学生态圈中有其作用。

而从较长时段来看，这种在当时是小的作用，有可能在后来就变成大作用。正如当代的一位名人，知名度很大、影响很大，甚至改变了当代世界，但是往上溯几代，这位名人的祖先，很可能默默无闻。显然我们并不能说这位名人的默默无闻的祖先，不重要。恰恰相反，这位默默无闻的祖先，具有了某种重大的历史作用。因为他繁衍出了后来改变世界的名人。

当前的文学研究，其实已经注意到了，在文学发展史上有很多的空白。这些空白的存在往往是因为一些连名字都没留下的佚失作品。也就是说，有些当时看起来不重要的文学生态位，被一些作品占据了。这些作品逐渐都佚失掉，以至于这些生态位也不为人所关注了。从这个意义上，文学化石能够提醒我们文学生态位的存在与重要作用，因此，值得重点研究。

第四节　停留与进化中止

一、进化中的"停留"现象

文学样式的进化存在起源、发展与衰落，在文学进化史上我们确实能看到某种绝灭现象，如四言诗的近乎绝灭，变文的彻底绝灭，八股文的彻底绝灭等，但文学史上的大多数文学样式没有绝灭。文学样式在变得越来越多，从前存在过的文学样式在继续存在着。也许从数据统计来看它是在逐渐衰落，但毕竟没有绝灭或者离绝灭还有一段不小的距离。这是一种什么现象呢？

对应到生物学上，这就是生物多样性的实现。从进化之初只有一些单细胞生物到今天几百万种各式各样的生物，物种在变得越来越多。而且生物多样性的实现过程是伴随着绝灭的，例如恐龙的绝灭。可见虽然绝灭现象在持续不断地发生，然而同一时间存在的物种数量却是在增多，这当然是由于不断有新物种在产生且物种产生的速率大于物种绝灭的速率。

但这还不是问题的关键，关键是从前存在的物种不管多么低级，它还是能够以原来的状态存在下去。可以把这种现象定义为"停留"或"进化中止"。这样的命名来自一个类比，在民族迁徙中，一个部落向远方前行，当到达一个适宜生存的地方，部落中有一部分人会留下来，而由于生存空间的紧张必然也会有另一部分人继续前行，这个过程持续下去直到全部可以生存的地方都被占领。

进化中止是一切进化现象的基本特征。无论生物进化、文学进化还是语言进化都是这样，从前存在的样式不管多么低级都能够找到继续存在的理由。从生物进化论来说，虽然人类已经进化到很先进了，但是比较低级的生物依然生存得很好。不会因为细菌是单细胞，草履虫结构太单一，猪太笨，它们就不能生存了，恰恰相反它们都生存得很好。

在文学进化论中，停留现象也非常明显。只要没发生绝灭，那么从前某个时候出现的文学样式，就会继续存在下去，简单地说就是后代还会有人去创作从进化水平上说类似于从前作品的文学作品。后代的全部作者并不会完全被吸引到新出现的文学样式上，还会有人去坚持从前的文学样式。也许那种文学样式很落后很简单，但是它依然存在着，对作者读者都有吸引力。除非由于某些原因这种文学样式彻底绝灭了。

以中国小说进化史为例，最早的小说从先秦诸子著作的比喻寓言中开始孕育，再从魏晋南北朝小说的"丛残小语"到唐人"始有意为小说"出现情节曲折、辞彩华丽的唐传奇，再到宋元发展起来的白话小说，最后到明清时期出现三国、水浒、金瓶、红楼这样八九十万字的长篇巨著，这样一条"由简单到复杂"的单向发展过程是清晰而明确的。

但就在这样一种进化过程逐渐推进的时候，停留作用正顽强地发挥作用。在《红楼梦》产生的清代，从前有过的小说样式都并存着。以《聊斋志异》来说，纪晓岚曾批评《聊斋》"一书而兼二体"，这是批评《聊斋》中有的篇章类于丰满的唐人传奇，而有的篇章又类于"粗存梗概"的魏晋志人志怪小说。这样一种鲜明的矛盾，说明即使到了清代，到了诸多文学物种、文学样式都早已发展到了顶峰，或者顶峰已经过去的时代，一种简单的三言两语的小说形式或技巧，依然在《聊斋志异》中顽强地存在着。正如猿猴进化成人的时代，大量的细菌、单细胞生物顽强地存在着。高阶物种的出现，并不影响低阶物种的存活。

《聊斋志异》中写得极为精彩的主要都是那些写人鬼狐妖爱情纠葛的篇章，如《青凤》《婴宁》《公孙九娘》《黄英》《小谢》等。这些作品受到沈既济的唐传奇《任氏传》很大影响，所以近于唐传奇。《聊斋志异》中有些篇目甚至完全是对唐传奇因袭借鉴的结果，如《凤阳士人》与白行简《三梦记》基本情节相同，《续黄粱》脱胎于沈既济的《枕中记》。这样的篇章往往长达两三千字，故事情节较完整，人物形象也较鲜明，有些地方甚至有浓烈的诗化意境。

但是《聊斋志异》在这些美丽的篇章以外还有大量篇章类似"丛残小语"的志人志怪小说。比如卷二的《海大鱼》：

> 海滨故无山。一日，忽见峻岭重叠，绵亘数里，众悉骇怪。又一日，山忽他徙，化而乌有。相传海中大鱼，值清明节，则携眷口往拜其墓，故寒食时多见之。

这样的篇章不过聊聊几行，只是记载了一件异事而已。从艺术水平上来说非常低级，同《婴宁》之类篇章根本无法相比。但奇怪的是蒲松龄却不作任何分类地把这些长短不一、长则几千字短则三两行的篇章混杂在一起。他不觉得有对这些不同小说样式作出区分的必要。

这招致了纪晓岚的批评，但从蒲松龄的小说观念来说，文学史上曾经涌现过的各种小说形态在他那里都是一视同仁的。蒲松龄的小说观念生动揭示了文学进化中的停留现象，蒲松龄没有因为那样一种三两行"粗存梗概"的"丛残小语"简单低级而将其彻底淘汰掉。足见，在蒲松龄的时代这样一种简单低级的小说形态在继续地生存着，并且生存得很好。在清代，很多文言小说集都包含有大量的"丛残小语"，如纪晓岚的《阅微草堂笔记》。

当然，在21世纪的今天，不要说这样一种三两行的"丛残小语"已经绝灭了，就是比较精美的几千字文言小说也都绝灭了。在这个时代也许网上有人用一种《世说新语》式的笔法来记人记事，但从公开出版物的情况来看，以笔者所见还未见任何一部当代人写作的文言小说集。因此，虽然说停留作用很顽强，但生存条件一旦不适宜就会出现绝灭。当然文言小说的绝灭不是类似四言诗的绝灭那样的长期过程，文言小说的绝灭是一个突然过程，大概只用了五六十年就完全从当代人的视野中消失了。就像生物发展史上统治地球长达上亿年的恐龙，由于生存条件的变化，也许是一颗陨石撞上地球，也许是什么别的因素，突然就绝灭了。

二、"停留"概念的理论作用

"停留"概念是笔者提出的，从其语义来看类似牛顿提出的"惯性"，但二者的描述对象是很不一样的。"惯性"是描述单一运动物体能够维持从前状态的现象，而"停留"描述的是一个群体内部的演化时其中一部分能够维持从前状态的现象。"停留"是一切进化现象的本质属性，在生物进化中"停留"体现得非常明显。地球上的生物是自然而然分成层级的，出于"人类中心论"，我们可以认为人类是这个自然层级的顶端，但是在自然进化中绝大多数生物都没有向这个"存在之链"的顶端演化，它们停留在一种低水平状态，而且它们并不因此就面临绝灭。可见"停留"一词与"进化"一词应该在进化论中处于大致对等的地位，一切进化现象中既有进化也有停留，仅仅强调进化论的进化一面是错误的。

以文学进化论来看，当年胡适完全没有考虑到文学进化中的停留，他像其他一些国外的进化论者一样，认为一切演化都将是面向高阶段的。这样一种纯粹单线进化的观点很容易找到大量反证，但由于变革年代所有人的思维都被某种目标式的东西吸引住了，大家来不及去做过多思考。胡适的进化论成为那个时代文学发展的哲学基础，于是胡适进化论所内含的古典文学的悲剧命运终于在喧闹的社会运动中被实现了。

认识到文学进化中存在停留现象，我们就将更加客观地看待文学发展，文学发展不是直线进化到文学经典阶段的。文学演化过程中曾经出现的大多数文学样式，不管它多么低级，看起来多么不适应时代发展，它都可以与频繁变动的时代适应得很好。诚然，在当代中国的文学创作实际中，古代的文学样式已经很少有作者去倾注精力了，但是古代文学经典作品中那种恬淡、宁静的意境还是吸引了很多读者去阅读去体验，可以说古典意境已经成了对现代社会之躁动喧哗的一剂良性镇定药，从这个意义上来说古典文学不可能完全绝灭。

文学经典的生成

什么是文学经典？简单来说，就是文学史上最优秀的一批作品。但文学史是一个动态的历史，文学经典的名单会随历史而变迁。因此，历史上曾经被称为文学经典的作品，至少有三类：

第一类是从作品一问世或当作者还在世时就获得巨大影响，且其影响一直持续到今天的作品。狭义的文学经典就是指这一类，如《庄子》、楚辞、王维诗、李白诗、杜甫诗、韩愈诗文、欧阳修文、苏轼诗词文、黄庭坚诗、西厢、牡丹亭、三国、水浒、西游、金瓶、聊斋等。

第二类是当作者在世时作品影响很大，在作者去世后其较大影响还持续了短则几十年长则几百年，但在某个时候由于某些因素的变化失去了经典地位的作品。如陆机作品在唐宋后失去经典地位，曾巩散文在五四运动后失去经典地位。文学史上大量作家在世时，影响巨大，但几十年后，其知名度便烟消云散。

第三类是当作者在世时作品影响不大，作者去世后几十年上百年，甚至近千年才跨入文学经典行列的作品。如《孟子》在中唐以后经典地位的确立，陶渊明在死后100多年文学地位开始凸显，李商隐从清初开始文学史地位显著上升。曹雪芹贫病交加死于"壬午除夕"（1762年），《红楼梦》产生巨大影响，还要到1791年程甲本《红楼梦》问世后。

不可否认，当前的文学史研究基本就是围绕着这些文学经典，因此，文学经典是文学研究的中心。但文学经典的问题很复杂，需要多角度研究。而从进化论的角度，文学经典亦处于重要的进化节点地位。这种进化节点地位，赋予了文学经典重要的进化作用。从文学进化论的角度，来探究文学经典的生成与影响，非常有意义。

第一节　文学进化中的两种经典

文学经典的问题可以用"生态位"理论来解释，但这里我们不从这个角度，而是着重从进化的角度来探讨文学经典的生成。一般而言，文学进化有一个进步性的方向，进步的次数越多、越好，最终必然是非常优秀的作品的诞生。但要注意，文学演化历程中产生了两种非常不同的文学经典。

一、进化链条中的文学经典

人类是不是几十亿年生物进化的最高成果？人类有了意识，发明文字，积累了文明，进而探究宇宙奥秘，故有"人为万物之灵"之说。然而人类在进化图谱中就处于最顶端吗？恐怕并非如此。人类之所以为万物之灵，只是因为具备了意识。然而理论上说，动物的各个类别中，都具备进化出较高智能生物的可能性。比如，狼的智商相当的高。如果狼能够持续进化，是否会成为某种智能生物？

明了于此，再来看文学进化中的经典生成问题，就会明白，理论上有两个维度上的文学经典。一种是在进化图谱中处于较高阶或最高阶位置的作品。对于此种进化树图意义上的文学经典，文学界未予单列。另一种是某作品在进化树图中位置并不高，但由于社会环境、文化背景等外力作用，该作品风云际会，产生巨大影响成为文学经典。人们通常所说的文学经典，一般都是这种在社会生活中产生巨大影响的文学作品。在文学进化论视阈下观察文学经典的诞生，必须注意到这两个维度。一个是在进化链条上，越来越优化。某个时候就达到了"优化的极致"，形成"进化链条上的文学经典"。另一个则无关进化链条，就是在某个时候，突然风云际会，成为有巨大社会影响的文学经典，即"社会影响中的文学经典"。

每一个文学题材自身都在发生进化。这种进化，是跨文体的，不以朝代为限，但又受社会环境的巨大影响。进化的方向，通常是"进步性的"，变得更加优化，以至于逐步进化出了"进化链条上的文学经典"，同时也会因风云际会、各种因素搭配，而产生"社会影响上的文学经典"。有时这种"进化链条上的文学经典"，与"社会影响上的文学经典"上的文学经典，是合二为一的。如西游故事进化历程中的相关作品有近 10 个。它们一度都是较好的作品，前一个作品在后一个作品出来之前，都堪称"阶段性进化链条上的文学经典"。然而随着世德堂百回本《西游记》的问世，则西游故事"进化链条上的文学经典"与"社会影响上的文学经典"合二为一。

而很多时候，文学进化历程中"进化链条上的文学经典"与"社会影响上的文学经典"并不能都出现。很多题材的进化历程，只有"进化链条上的文学经典"，却无"社会影响上的文学经典"。最典型的是李白故事的进化。唐宋元明清李白为主题的小说戏曲，有十几种之多，然而并没有一种李白戏，成为大众耳熟能详的文学经典。我们可以观察到，大量文学物种在进化过程中，都只是形

成了进化链条上的经典，却没有形成社会影响上的经典。如司马相如故事的垂直进化，汉武帝故事进化，都并未诞生影响全社会的文学经典。

二、社会影响中的文学经典

社会影响中的文学经典，有时与进化链条中的文学经典合二为一，但很多时候社会影响中的文学经典，受社会环境等外在因素干扰很大，不能单纯从进化角度来分析。

社会影响中的文学经典的产生机制上存在错位：有一些被赞扬为文学经典的作品，在进化链条上并不重要。有时某些被赞扬为文学经典的作品，实则是文学泡沫，时过境迁，就会泡沫破灭，复归平凡。因此，能持久占据社会影响中文学经典地位的作品，还是那些真正有实力、在进化链条中占据重要地位的作品。

通常意义上，文学经典是作品艺术成就高的代名词。似乎文学作品所取得的客观成就总与人们对它的评价是相一致的。但这样的说法并不正确。试问，是什么因素决定了一部作品的客观成就与人们对它的评价相一致？文学作品的客观成就是一个不能证实的近于虚无的东西，我们能观察到的只是人们对它的评价。因此，文学作品的客观成就与人们对它的评价，其实是两种东西，二者有关联，但并非绝对正相关。

文学作品成为文学经典的动力是什么？一部作品只有在某个时候被研究者和普通读者热情赞扬，它才可能成为经典作品。因此，来自文学研究者和普通读者的赞扬是一个作品升格为文学经典的直接动力。研究文学经典的生成就是要研究推动文学经典生成的动力。由此，文学经典的错位也就得以产生，很多作品其实都只是因被过度赞扬，才在某些时候被视为文学经典的。

可以用经济学的价格理论来说明此问题。作品的客观成就对应于商品的价值，而人们对作品的评价则对应于商品的价格。商品价格是以其价值为基础的，但价格不会与价值严格一致，甚至会出现商品价格与价值的严重背离。比如"炒房"，经过一轮轮商业炒作，一套住房的价格已高出了它实际价值的若干倍。人们对文学作品的评价也是这样。当出现"炒作"的时候，一个作品的成就会被极大地夸大。而且当一个作家作品的艺术成就被夸大时，是很难在实践中被证伪的。因为文学评价没有一个绝对客观的标准，而且当一个作家作品被追捧到很高，是不会出现明显弊病的，人们只会觉得文化很繁荣。

这样的例子非常多。比如《红楼梦》的评价问题。清中叶时，《红楼梦》只能算较好的作品，但清末以来，《红楼梦》的经典地位逐渐树立，至今已牢不可破。在此过程中，有大量学人发表过盛赞《红楼梦》的言论，其中大部分是恰当的，但也有极少数并不恰当。比如有一种赞扬认为："曹雪芹的胸怀可与释迦牟尼相提并论。"此观点看似没错，但显然过度赞扬了曹雪芹。很多时候对作家作品的过度赞扬，皆大欢喜，这就使得过度赞扬成为文学评论中的常态。人们乐于听到赞美。由此，很容易出现错位：一些并不具有历史永恒性的作品，因各种原因被推扬到具有一定永恒性的文学经典地位。

然而缺乏艺术实力支撑的过度赞扬，是不能持久的。于是乎文学史上出现了大量的例证，一个作家在世时被文坛评价很高。但当该作家逝世几十年后，其作品却无人问津。所以文学史上有大量一度被视为文学经典的作家作品，时过境迁就从文学经典的位置上跌落下来。

过度赞扬是文学经典生成的一大动力。那么，过度赞扬是如何形成的？里面有社会心理学上"羊群效应"的因素，有利益关系的作用，也有权力体制的需求。这些问题都值得分析，但这种"过度赞扬"与文学进化链条无关，并非文学进化论要重点关注的问题。

文学进化论更需要关注那些在进化链条上自然形成的文学经典。这种文学经典是由基因的遗传变异，形成了对自然环境的更大更高级的适应而产生。与由外在偶然性因素促成的经典化，或由某种过度赞扬促成的经典化相比，文学链条上生成的文学经典，具有更大的稳固性、逻辑性。

第二节　自然选择与文学经典的竞争

在《物种起源》中达尔文提出了两个非常重要的概念"生存斗争"与"自然选择"。他就是靠着这两个概念内含的逻辑力量，推衍出了物种起源的动力与机制，实现了生物学史、人类思想史上的一次革命。但这一学术灵感并非来自生物学内部，而是来自马尔萨斯的人口学著作。因此，"生存斗争""自然选择"的观念更多还是19世纪欧洲社会弱肉强食的反映。不过，"竞争""选择"的观念确实是理解很多现象的钥匙，尤其是涉及人类社会的很多现象，都能够用这对概念进行解释。

在几千年的文学进化史中，"竞争"与"选择"是极为重要的贯穿性因素。对一个作品来说，一旦面世就必须经受全方位考验，普通读者欣不欣赏，研究者赞不赞扬，权力体制支不支持等。这样一系列考验，最终形成了对文学作品的强大的自然选择之网。任何一部作品都要经受这张自然选择之网的考验，一旦有某个方面不符合要求就可能面临被淘汰的命运。正是有了这种自然选择之网，文学作品之间就出现了关系未来能不能继续"生存"下去的残酷生存竞争。

一、文学进化中的竞争

文学作品之间的竞争，归根结底体现为生态位的竞争。但"生态位"概念较为抽象，这里且抛开"生态位"概念，聚焦于现实可见的竞争。一切竞争必然是在争夺利益，乃至对生存空间的争夺。那么对于一个文学作品而言，它的利益或生存空间是什么？

以《红楼梦》及其作者曹雪芹来说，其利益与生存空间是"生死攸关"的"大事"。曹雪芹一度穷困潦倒，"举家食粥"，最终在贫病交加中死去。写作《红楼梦》，曹雪芹生前并没有获得多大利益。曹雪芹为创作《红楼梦》而付出的"披阅十载，增删五次"的巨大艰辛劳动并没有在他生前获得回报。某种程度上可以说是曹雪芹做了一笔"失败"的投资，由于投资周期太长，同时由于他寿命不永，他没能够在生前拿到回报。曹雪芹并未因创作出《红楼梦》而成为清代的名士，未能像其他的名士那样过上富足生活。他的大名恐怕都没有传出北京城，只是在一些小圈子获得了小小的名声。比如他的朋友敦诚等人有时把他比为李白，又有时把他比为李贺，这肯定让曹雪芹很欣慰。但是这种小圈子能给予曹雪芹的现实利益实在是微不足道的。而在死后，曹雪芹的名声却如日中天。

因此对作家而言，存在一个经济效益、社会效益的问题。而对作品而言，作品所得一切利益的基础是它的"传播率"，它能在多大程度上被一个社会接受，能被多少人阅读，能在一个社会产生多大影响。"传播率"可等同于电视节目的收视率，收视率是电视台获得经济利益的基础。收视率越高，电视台便能获得更多广告费，更多赞助。对于《红楼梦》来说，只有依靠更高的"传播率"，有更多的读者去阅读，更多的研究者去研究，《红楼梦》才能获得它的利益。所以《红楼梦》的根本利益就是它的"传播率"。而曹雪芹要获得的利益，正是以《红楼梦》所获得的利益为基础的。曹雪芹生前没有获得利益，显然是因为《红楼梦》当时没有人气，这让曹雪芹无法在文学界获得较高地位，无法获得文学名士所应有的那些"待遇"。

可见，文学进化中的竞争就是在争夺利益。对一个文学作品来说，它要争夺的利益是它能在多大程度上被一个社会接受，能被多少人阅读，能在一个社会产生多大影响，体现为"传播率"。图书馆里的著作浩如烟海，对任何一个人来说，可用于阅读的时间是很有限的，在有限的时间只能读有限的作品。一个读者是阅读甲作品，还是乙作品，这就在两部作品间形成了竞争。这正像作为一个普通消费者，我们是去家乐福购物还是去沃尔玛购物，就在这两家大型超市之间形成了竞争。这种对单一个体消费者的竞争似乎无足轻重，但当它大量累积起来就会形成巨大的营业额差距，这种差距有时足够判定哪家超市能够继续生存下去。

对普通消费者的争夺需要积累才能产生明显效果，而有些大额订单，能不能争夺下来马上就会产生明显效果。文学进化中的竞争也是这样，对一个一个普通读者的竞争需要积累才能产生明显效果，而对那些拥有巨大声望的个人、拥有巨大文化权力的权威或权力实体的争夺则会马上产生显著后果。

举例来说，"李杜高下论"是诗学史上长期争论的问题。普通读者觉得李白作品好还是杜甫作品好，对这两位诗人作品的再评价与再传播几乎不产生影响。普通读者只有积累起来才能产生明显影响。但那些具有巨大声望的学者、评论家，他们的个人意见往往有决定性。元稹的看法，韩愈的看法，朱熹的看法会影响一大批人对李杜孰优孰劣的判断。因为绝大多数人，都习惯于盲从权威意见、主流意见。所以，一个文学权威对一部作品的评价会对该作品的未来产生极大影响。

文学进化中的竞争在其内部有种类的不同。比如李白杜甫之间的竞争，他们都是诗人，且生存年代同时，这就导致他们二人之间的竞争是全方位的，评论者总是有意无意要在他们二人之间分出高下。而汤显祖与曹雪芹，一个是戏剧家一个是小说家，一个生在明代一个生在清代，这就使得他们之间的竞争有互补性。他们二人不具有完全的可比性，评论者并不倾向于要在他们之间区分高下。

从统一性角度来看，所有的文学竞争都可以转化为知名度的竞争。李白、杜甫、汤显祖、曹雪芹也许我们很难从其作品艺术性的角度进行高下比较，但要从知名度角度进行比较还是很方便的。例如，同是《诗经》中的作品，《关雎》就是比《北山》出名。同是白居易的作品，《长恨歌》就比《秦中吟》出名。

由于在作家作品之间无所不在的广泛竞争，而竞争的实质是争夺利益、争夺生态位，所以文学进化中竞争的最终结果必然是利益与生态位的重新分配。如果李白及其作品在竞争中超过了杜甫，那么与李白相关的大多数事物都将在利益分配上占优势。比如研究李白的学者地位更高，李白的相关著作更好卖，与李白有关的事情更有荣誉等。

李杜之间的竞争也许互有胜负，但他们大致是在一个量级上竞争，其胜负导致的利益分配差别不会很明显。而如果二人不在一个量级上，其差别就会极其明显。元诗四大家之一的揭傒斯，他的诗歌风格很类似李白，但他在无论是作品艺术性还是个人影响力上都无法与李白相提并论。这便形成了李白揭傒斯在"所获利益"上的巨大差距：李白作品的整理本、选本有几十种，而揭傒斯作品近年来才有一个整理本。中华人民共和国成立后研究李白的期刊论文不下4000篇，还成立有专门的研究会，而研究揭傒斯的论文仅几十篇。近年出版的大大小小的文学史，李白必然要占一个专章，而揭傒斯仅聊聊数行。这就是差别，这种利益分配上的差别不但体现在对李白揭傒斯二人的待遇上，还体现在与他二人相关的其他各事物上。

二、文学进化中的选择作用

在文学经典的形成过程中，除了竞争的作用，还要看到选择作用，尤其是人工选择也对文学经典的产生有较大影响。所谓"社会影响中的文学经典"，往往就是人工选择所造成的结果。而自然选择的结果，则相对客观一些，不像人工选择有可操作的空间。

达尔文提出了"人工选择""自然选择"这两个有较大联系的概念来描述生物进化中的选择作用。这种选择作用在文学进化中，尤其是文学经典的生成过程中，也有相应表现。文学进化中存在选择作用是由于文学的生存空间、生存资源有限，作家作品之间形成全方位的竞争，竞争的结果就会是优胜劣汰。仅这种优胜劣汰还不足以称为选择作用，关键是这种优胜劣汰最终会导致形成一种规整的序列，以至于给人形成印象这种选择作用是按照确定标准进行的。当然，文学进化中的选择作用一部分是人工选择，这种人工选择有其事前的标准。而另一部分可以看作客观的自然选择，自然选择不存在事前标准，其实际标准是选择过程中自发形成的。

回到文学进化中的选择作用这个问题上，选择作用的存在一是由于竞争形成的优胜劣汰，二是自然而然形成选择的标准。这两个条件共同作用就导致经过文学进化的选择作用后文学现象会形成一些规整的序列，在混乱的文学现象中总会观察到某种大致的同一性。我们常常会观察到一个时代的文学总会具有明显的共性，譬如研究者所津津乐道的盛唐气象，仿佛盛唐的诗人们都是心态单纯明净而又慷慨昂扬。应该说唐诗中的这种所谓的盛唐气象是选择作用导致的错觉。悲苦的诗与慷慨的诗在被某种选择作用所选择以至于悲苦的诗不被欣赏，不被提起，大家经常提到都是那些慷慨激昂的诗，作者也为了迎合读者心理而创作这类的诗，最后就形成这种盛唐气象的错觉。

选择作用的标准不一定是自然形成的，也可以是人为的先在标准。这样一种标准明确的人工选择，其选择的效果更为整齐划一。典型如历史上著名的北宋嘉祐二年（1057年）欧阳修知贡举的科举考试。❶此次考试在欧阳修的主持下录取了一大批青年才俊。后来活跃在北宋后期的诸多著名政治家、文人学者，如苏轼、苏辙、曾巩、曾布、章惇、吕惠卿、程颢、张载等都是在这次考试脱颖而出的。与此同时，这次科举考试也具有文学史意义。欧阳修按照他对古文的理解对文风进行了选择，他排斥了"险怪奇涩"的"太学体"，导致放榜后落第太学生对他进行围攻。但欧阳修不为所动，他选拔了具有平易顺畅文风的苏轼、苏辙、

---

❶ 王水照. 嘉祐二年贡举事件的文学史意义［M］//王水照. 王水照自选集. 上海：上海教育出版社，2000.

曾巩等人，为北宋古文运动的胜利储备了人才，最终保证了北宋散文向平易自然方向发展。欧阳修的这种选择显然就是一种人工选择，他有他的标准，符合他标准的就被选拔出来，不符合他标准的则被淘汰掉。而那些士子在利益驱动下也必然要迎合他的标准，所以才能导致文风的变异。

三、文学经典与"二八定律"

按照帕累托法则的"二八定律"，在任何一组事物中，最重要的只占其中一小部分，约20%，其余80%尽管是多数，却是次要的。文学进化中的竞争也是这样，会有垄断，例如整个清代文学的光环就在曹雪芹、蒲松龄等少数几个文人头上，他们事实上形成了对清代文学的垄断。当下的清代文学研究，客观上就主要是围绕着他们展开的，以发表学术论文的刊物而论，即有《红楼梦学刊》《曹雪芹研究》《蒲松龄研究》等。学术界对曹雪芹、蒲松龄的研究是连篇累牍不厌其详的。

而另外数量庞大的二三流作者，所占有的资源是较少的，他们也较少为人所记得。这些二三流作者人数虽然多，但是在利益分配上却只能分得极小的一部分利益，所有人合起来才占有《明清小说研究》等一两本杂志。对他们的研究，几乎都是零散的。有的清代诗人、小说家，可能好几年才有一篇论文对他进行研究。更有甚者，是无人问津，被后人彻底遗忘了。

所谓的"文学经典"其要害正在于此，寥寥几部文学经典可能就占据了文学史社会资源的70%，剩下的海量的文学作品，往往只能分30%的社会资源。这也就导致从传播效果上看，大量的文学作品是无人问津的。

比如中国的白话小说有近千部，其实也就四大名著等十几部，占据了社会资源，为当代人所关注，并且有电影电视来搬演。剩下的那些，连文学研究者都较少关注。很多时候仅仅是在文学目录学著作中对之加以介绍。有的情况下说出名字来，连专门的小说研究者都没有听过。类似的，在当代每年出版上千部长篇小说，有几部能够进入人们的视野？

所以文学经典与非文学经典的关系，就是"二八定律"的生动体现。正是因为这种残酷的二八定律，一个作品一旦不能成为文学经典，则这个作品的社会地位将会急剧下降。这也会影响到该作品所包含的文学基因的传播。因为这部作品看起来"不重要"，或者不处于显著位置，则他的文学基因被传承、传播的概率，就会相对小一些。

所以货真价实的文学经典，往往在文学进化链条上，尤其是此后的文学进化链条上占有重要地位。这可以从进化链条上的经典与社会影响中的经典两个方面来看。进化链条上的经典，本来就是文学进化的自然产物，是水到渠成的积累的

结果。如《三国演义》《水浒传》等，它们对前期作品是一个巨大的包容性的吸收，所以后来的作品基本都绕不开它们。它们成为文学经典，其影响进一步加大，文学基因更会被后来的作品所因袭，所变异。

　　而对于社会影响中的文学经典，有时它们并不是进化的产物，所以单纯从进化的完满性上来说，这种作品也许并不一定有多好。如鲁迅先生的作品，在进化链条上显然并不处于顶端。但是因为时代作用、社会作用，鲁迅作品成为当之无愧的文学经典，被后起作家阅读、学习。鲁迅作品中的文学基因，会被广泛传播，形成此后文学进化的一大基因库，从前的很多作品反而会被鲁迅作品遮蔽。例如鲁迅作品对梁启超作品形成了遮蔽，但很多时候梁启超作品并不比鲁迅作品差，且鲁迅一些作品明显有对梁启超作品的因袭。比如 1903 年鲁迅《浙江潮》上发表处女作《斯巴达之魂》，该作品因袭了 1902 年梁启超在《新民丛报》上发表的《斯巴达小志》。再如鲁迅著名的"看客""围观"概念，也是因袭自梁启超 1900 年的《呵旁观者文》。虽有因袭，但人们更关注作为后来者的鲁迅，而不是早于鲁迅的梁启超。

第三节　进化链条中文学经典之生成

　　由于文学经典通常是一个时代中最引发后人关注的作品，是最能够代表那个时代之时代风貌的作品。同时也由于后辈作家很多是从对文学经典的因袭模仿开始他们文学生涯的，故而文学经典在后来的文学进化进程中必然处于十分有利的进化节点地位。这便决定了我们必须从进化链条上来探讨文学经典的生成。

　　按照一般理解，文学进化有进步性的优化倾向，那么当这种优化积累到一定程度，必然会有各方面都很完美的经典作品脱颖而出。可以说，文学进化是以文学经典的生成为最终目标的。换言之，文学进化与文学经典的生成是紧密相连的两个问题。文学进化必然导致文学经典的生成，而文学经典的生成必有文学进化链条方面的原因。

　　当然，由于文学外部因素对文学发展的强大干扰，仅在文学进化论框架下思考这个问题显然是不够的，我们还必须思考是哪些文学之外的因素在影响文学经典的生成。不过，本书只是严守文学进化论的理论边界，把主要思路局限在文学内部因素上。至于外在社会、权力体制如何塑造、干预文学经典的生成，学界已有大量论述，在此不多讨论。

　　那么，文学经典的共同特征是怎样的呢？按照文学进化论中有关选择与竞争的理论，文学经典必然是在生存竞争中取得极大优势的那些作品，它们能够占据强势生态位，拥有可观的传播率，而且越是经典作品越能够形成垄断。这种垄断发展到极致就是作为经典作品的文本与产生它的那个时代形成捆绑效应。正如人们一提到盛唐就想到李白，李白简直就成了盛唐的标志，这就是垄断。

极端的垄断还是相对较少的，通常的文学经典的垄断，都是在竞争中能够占据较大优势地位，获得比较重要的影响。因此广义来说文学经典大致是指那些至少能够在某一个时期有巨大影响的文学作品。这里所说的影响包括在专业研究者中的影响和普通读者中的影响。以专业研究者而论，到论文数据库一检索即知，中华人民共和国成立后至今，以李白为题的期刊论文有 4000 多篇，以孟浩然为题的期刊论文仅 600 多篇。这 4000：600 的数据已大体标示出他们两人作品经典性的差距。在普通读者中的影响大致是与专业研究者中的影响一致的，虽然二者也会有不一致的时候。

对一个文学作品来说，不管它是什么时候才成为经典的，它能够成为经典这一事实，必然是因为它在竞争中能够取得优势。这种优势的获得有时需要外力的帮助，但更多的还是源自作品自身的艺术水平高。很多经典作品能够单纯依靠自身的高品位、高水准赢得广大读者与研究者的喜爱，赢得后辈作者的喜爱。也就是说，很多作品成为文学经典的根源还是在于它在进化链条上有其集大成的一面，有其优化的一面，有其文学基因不可绕过的一面。

在进化链条上讨论文学经典的生成，可以从三方面：独创性角度、选择因袭的角度、垂直进化的角度。

第一，从独创与文学基因突变的角度，文学经典必须有极大独创性。

高水平的文学作品当然要因袭前人的东西，但是往往具有极大的独创性。这种独创性使得该作品出现于文坛后，或形式上特别新颖，或内容上非常吸引读者，或艺术手法上更加精巧。纵观文学史，基本上每一个经典作品都有其鲜明的特点，这种鲜明的特点在当时很多都是独创性的元素。

譬如百回本《西游记》就是在内容上非常吸引读者，其绝大部分情节，即使今天看来都不过时。尤其是随着影视拍摄技术的发展，《西游记》的很多内容用影视画面、电脑特效表现出来，反而更让人震撼。《西游记》雄奇的想象，对读者而言是一种享受。

再如形式上的独创性。屈原的作品在当时就是形式上非常有独创性的，跟当时北方地区的四言诗比，表情达意的空间更大。还比如艺术特色上的独创性，《红楼梦》的诗化意境、文字之美，让它在古典小说中独树一帜。很多小说，可能情节比《红楼梦》精彩多了，吸引人多了，可是它们的文字不具有美感，经不起读者反复阅读。而《红楼梦》的文字都是诗一样的语言，字里行间有浓郁的诗化意境。从"文字之美"的角度，《红楼梦》已达到了文学的极致。总之，能够成为进化链条上的文学经典的作品，往往都有其让人无法回避的独创性。

第二，从选择因袭的角度，文学经典必须点铁成金，化腐朽为神奇。

选择因袭是文学发展中大量发生的现象，它能够提高作品的艺术水平，使得作品得到优化。选择因袭对文学经典的生成具有重大意义。前几章已提到选择因袭之所以发生，其最经常原因是因后辈作者水平有限，思维力创造力不够，不能够自出心裁独立创造出新的文学元素。他们只能去因袭借鉴前人的作品，否则他们的作品必将残破不堪。这种情况下的选择因袭虽然能够提高作品自身的艺术水准，但由于水平差距太大，该类型作品跨入经典作品的可能性很小。

选择因袭可以促成文学经典的产生，关键是作者能够慧眼发现前人作品中可资利用的材料从而点铁成金。从文学发展的实例来看，很多经典作品都是选择因袭的结果。例如欧阳修的名作《蝶恋花》，其中的千古名句"泪眼问花花不语，乱红飞过秋千去"看似很有独创性，但其实是选择因袭了五代严恽的《惜花》绝句"春光冉冉归何处，更向花前把一杯。泪眼问花花不语，为谁零落为谁开？""泪眼问花花不语"这一句虽然非常好，且是严恽独创的，但毕竟严恽及其作品在文学史上一点名声都没有。如果不是欧阳修慧眼发现这一句诗并稍作改动后完美地镶嵌在自己的作品里，那么这一句优美的诗句注定会遗失掉。

正如法国雕塑家罗丹说的"这个世界不是缺少美，而是缺少发现美的眼睛。"以诗歌来说，历史上肯定有很多诗句是非常好的，但由于种种原因被淹没了。所以对诗人来说具备一双发现美的眼睛，在前人不知名的作品中发现那种零金碎玉式的意象、技法、诗句，从而点铁成金是很重要的。但是正如韩愈所悲叹的"千里马常有，而伯乐不常有"，很多诗人虽然也极力去选择因袭前人，但总是抓不到点子上，其选择因袭的结果只能是弄巧成拙，点金成铁。这样的例子也是屡见不鲜的。

另外，选择因袭之所以能够点铁成金，是因为被因袭的文学元素由于种种原因，虽然有精妙的地方但也有不足的地方，而后辈作家在选择因袭时能够重新对其进行调配，去掉其不足，而发扬其精妙之处。这种选择因袭从某种程度上说已近于独创。

可举《红楼梦》"黛玉葬花"的案例来说明此问题。"黛玉葬花"是《红楼梦》中非常精彩的情节之一，但该情节并非来自曹雪芹独创，存在两个来源的选择因袭：葬花的做法是来自唐寅，而黛玉担着花锄的造型是来自《西游记》。曹雪芹妙手丹青把这两个文学元素捏合到一起，便创造出"黛玉葬花"这一极具诗意的情节。而唐寅葬花之所以没有流传开来，显然是因为唐寅是个男人，一个大男人有葬花的举动，无论怎么看都显得有点不合适（当然唐寅葬花有其自身的悲怨与哀愁）。曹雪芹把唐寅葬花换到一个忧郁的女子林黛玉身上，这就发生了脱胎换骨的变化，艺术品位上升了一大截。

《西游记》中担着锄头的毛儿女形象："里边走出一个毛儿女，手中提着花篮，肩上担着锄子"，这只是作品中的灵光一闪。因为这个毛儿女只是作为极次要的配角出现的，作者只是信手写来，绝对不会想到要集中去表现毛儿女的美处。但曹雪芹发现了这块璞玉，移用到林黛玉身上"却是林黛玉来了，肩上担着花锄，锄上挂着花囊，手内拿着花帚"。这种改移立刻爆发出强烈的美感。

这种强烈的美感从何而来？古代的小说作品大多属于都市文学，写的多数都是城市人口或乡绅，这与五四运动以后的小说总是把目光聚焦在农民身上很不一样。在古代小说中写到的女性往往是一种城市闺秀的形象，她们处于深闺之中，她们的生活显然是一种美的生活，诗意的生活。多数小说都是聚焦于她们的情感问题。所以无论是在话本小说还是在才子佳人小说中，我们很少见到劳动女性形象。而《红楼梦》借鉴《西游记》中这种灵光一闪，创造出多愁多病、瘦弱清丽的林黛玉一身劳动女性的打扮，这就将两种对立的元素统一到一个情景中来。自然就爆发出强烈的美感。这里面有因袭，但因袭得好，运用恰当，成为一种创新，也就是重组性独创。

第三，从几个作品垂直进化的横向比较角度，文学经典必定是在某一阶段突然在艺术水平上获得极大提升。

垂直进化为从文学内部研究文学经典的生成提供了极好的比较框架。文学史上能观察到大量实例，在垂直进化的某一个阶段上水平相当的某些作品，在经历下一阶段垂直进化的洗礼后，水平间的差距就逐渐拉大了。比如朝鲜汉语教科书《朴通事》中提到的《赵太祖飞龙记》《唐三藏西游记》的后续进化问题。

在《朴通事》成书的时期，这两个作品的名声是大致接近的。两部作品文学影响力的可比性，可能来源于《唐三藏西游记》的亮点还没有完全展现出来，此时还是较为普通的作品。但是经过下一轮的垂直进化的洗礼，世德堂本《西游记》出现以后，《西游记》引起了轰动。以至于到今天《西游记》成了代表中国文化的名著，而《赵太祖飞龙记》到清乾隆时期才完成了下一轮进化，最终沦为三流作品。当赵匡胤故事经过垂直进化走到其集大成作品时，还只是一部普通的小说，而《西游记》成为名著已经快两百年了。《西游记》对小说领域已构成巨大影响，成为一大文学基因库，直接参与文学生态圈整体生态的构建。这是《飞龙传》无法相比的，《飞龙传》已经丧失了最佳的进化时期，沦为三流作品已属必然。

总而言之，一个文学作品要成为文学经典，其艺术水平是非常关键的，它在进化链条上一般都占有较高阶地位。大多数文学进化链条上的经典都是经得起考量的。因为这是文学竞争与自然选择的结果，是种种社会因素、文学内外因素共同作用的合力的结果。换言之，文学经典既是文学进化的结果，亦会对未来的文学进化产生巨大影响。

第四节　垂直进化中的文学经典生成

一、垂直进化中文学经典的有效生成

从垂直进化的角度来说，由于独创与因袭导致的优化效应，后出的作品往往比前一代作品更优化更接近于成为经典作品。在垂直进化中经常的情况是最初的作品很一般，在经过一次垂直进化后开始引起关注，又经过几次垂直进化，一个趋于定型的经典作品就产生了，而经典作品的产生往往也预示了这个垂直进化过程的终结。

可以以徐海王翠翘故事的经典生成过程为例，来分析在那些由于整体因袭导致的垂直进化的进化现象中文学经典是怎样一步步产生的。从明嘉靖年间的徐海王翠翘本事的发生，到出现一些拟话本小说如《西湖二集》中《胡少保平倭战功》等来叙述这个故事，到清代康熙前期终于出现了一部二十回集大成的《金云翘传》。但是这部《金云翘传》其实还只能算三流作品，如不能再经历一次脱胎换骨的优化，那么它很难进入今天评论家的视野。

幸运的是，这个期盼中的垂直进化终于来临了，虽然它不是发生在中国境内。清嘉庆年间，越南文学家阮攸完成了对《金云翘传》一锤定音式的垂直进化。通过阮攸的妙手丹青，《金云翘传》垂直进化为《断肠新声》，完美地实现了徐海王翠翘故事的深度优化，这个故事终于跻身于世界文学名著之林，实现了经典化。从中我们明显可以看到故事篇幅、情节内容怎样一步步在变得复杂精致。也可以明显看到它一步一步优化的过程，直至最终登上文学经典的宝座。

可再以西厢记故事为例，来说明在单线垂直进化过程中，其故事情节在怎样变得越来越复杂。西厢记故事的垂直进化非常典型，对此古人早已认识到了，很早便有人做《西厢记》诸本的汇编工作。明崇祯十三年，闵齐伋编了一部《会真六幻》❶，包括：

（1）幻因　元稹《会真记》及图诗赋说等有关资料
（2）搊幻　董解元《西厢记搊弹词》
（3）剧幻　王实甫《西厢记》
（4）赓幻　关汉卿《续西厢记》（实为王实甫《西厢记》第五本）
（5）更幻　李日华《南西厢记》

---

❶ 霍松林. 西厢汇编 [M]. 济南：山东文艺出版社，1987：2.

（6）幻住　陆采《南西厢记》

这部汇编把西厢记故事进化过程中的主要作品进行了汇编，从中可以看到文学经典的诞生过程。董解元《西厢记摺弹词》一改元稹《莺莺传》的悲剧结局为团圆结局。王实甫《西厢记》继承了董西厢的整体结构。从情节的复杂度来看，王西厢明显比董西厢繁复。董西厢中，老夫人的"赖婚"是整个故事矛盾冲突的核心，王厢记不仅继承了这一"赖婚"情节，还发展出"二赖""三赖"。从一开始的"请宴"赖婚，到第二次的"明许暗赖"，再到第三次的"虚推实赖"。这样一而再、再而三平地起波澜，反复刻画，就将崔张所代表的恋爱自由与老夫人所代表的传统礼法的矛盾冲突表现得淋漓尽致。王实甫《西厢记》整体因袭董解元《西厢记摺弹词》，确实是青出于蓝。后来偶尔也有认为董西厢比较好的观点，但压倒性的意见还是王实甫《西厢记》为登峰造极的经典作品。

理论上讲，王实甫《西厢记》因其经典性，应该成为西厢记故事的进化终点，但进化历程并未中止。到明代，出现了李日华《南西厢记》、陆采《南西厢记》。李日华、陆采的改造实为一种适应性独创，因为王实甫《西厢记》用的是北曲，不适合当时蓬勃发展的昆曲的南曲风格，所以李陆二人才在经典作品的基础上进行翻新。从文本的角度来说，他们的改作多酸腐之处，并非"进步性进化"，但戏剧毕竟不完全是案头文学，还要受非文本的其他因素影响。

二、垂直进化中"两层经典化"

在讨论垂直进化中文学经典的有效生成时，须区分两种情况：一种是在一个题材的垂直进化过程中形成了一个集大成作品，且放在全部文学作品中来看，该作品称得上是文学经典。等于是既实现了针对自身的经典化，又实现了针对其他作品的经典化，也即实现了"两层经典化"。这样的例子包括《左传》、三国、水浒、西游、西厢、琵琶、临川四梦等大量中国文学史上声名显赫的名著。

另一种情况是在一个题材的垂直进化过程中也形成了一个集大成作品，但是放在全部文学作品中来看，该作品水平一般，不够被称为文学经典。等于是只实现了针对自身物种的经典化，未实现针对其他文学物种的经典化，即只实现了一层经典化。但这种情况应该说也是一种有效生成，毕竟不可能每一部作品都能成为经典，否则也就无所谓经典。很多题材垂直进化的优化倾向发展到了极致，但依然不能成为文学经典。这就类似一个学生用尽全力仍然不能考进前十名，而且以他的实力永远也进不了前十名。

因此，垂直进化中文学经典的有效生成，必须在两层经典化中至少实现一层，即至少要能够实现针对自身物种的经典化，出现一个集大成的作品。至于能不能实现针对其他物种的经典化，这涉及横向比较，并非垂直进化本身能够

决定。

垂直进化过程中很多题材的经典生成都是属于后一种情况：形成了一个集大成作品，但这个作品仍然只是二流作品。这样的例子很多，如《赵太祖飞龙传》在其垂直进化的某个阶段，其水平与西游故事接近，但当西游故事在明嘉靖年间完成了一次脱胎换骨的进化，从而跨入文学经典的行列时，《赵太祖飞龙传》却依然在缓慢的进化进程当中。直到清乾隆中期它才完成了针对自身的经典化，产生出了一个集大成作品，但可惜该集大成作品的艺术水准，依然很有限。

再如历史上繁盛一时的八仙故事的垂直进化，围绕着八仙题材尤其是吕洞宾题材，出现了众多作品。仅以小说而论，明万历时吴元泰撰《东游记上洞八仙传》，明杨尔曾撰《韩湘子全传》，明邓志谟撰《吕仙飞剑记》，清汪象旭撰《吕祖全传》，清无名氏撰《三戏白牡丹》，清无垢道人撰《八仙全传》。从八仙题材自身的经典化来看，无垢道人撰的百回本《八仙全传》应是集大成者，但可惜该作品艺术水平较低，没有资格称为明清小说中的经典作品。最终，繁盛一时的八仙故事实现了针对自身的经典化，但未能实现针对其他作品的经典化。

三、经典化进程的失败

以整体因袭为基础的垂直进化是古代小说、戏曲成书的常见方式。通过这种方式，后出的作品常常能在前期作品的基础上取其精华去其糟粕，实现整体的优化，从而为实现经典化向前迈进一步。文学史上大量案例表明，垂直进化中，后起的作品确实能够在作品规模、情节复杂度、文字精巧度、艺术水准、知名度等各个方面全面超越前期作品，实现一种优化并最终完成针对其自身的经典化。但也有很多案例表明，虽然垂直进化往往具备优化倾向，但由于种种原因其针对自身的经典化迟迟无法到来。换言之，垂直进化进程被打断了，无法实现针对自身的经典化，这种情况下针对其他作品的经典化也就更无从谈起了。

例如从元杂剧时代开始，古代戏曲舞台上就一直有不相上下的四大板块，即三国戏、水浒戏、包公戏、杨家将戏。元杂剧中有三国戏 20 种，水浒戏近 30 种，包公戏近 20 种，杨家将戏上 10 种。这些戏曲开始都单线发展，后来又多线归并，经历各自不同的垂直进化历程，最终都各自形成了自己的文学经典。三国戏孕育了《三国演义》，水浒戏孕育了《水浒传》，包公戏孕育了《三侠五义》。独独杨家将戏在经典化的过程中遇到了问题。

明后期，产生了两种较不错的集大成的杨家将作品。其一是熊大木所编《北宋志传》共五十回；另一是《杨家府世代忠勇通俗演义》，八卷五十八则。这两个作品虽然是杨家将故事的集大成，但它们都还是比较粗糙的，很多细节处理得不够精致，有些情节漏洞百出。在艺术水准上，它们同三国、水浒相差十万八千里，就算与《三侠五义》相比也完全不在一个档次上。显然这两部作品还需要经历一次归并过程，产生一部内容上更充实、情节上更合理、文字上更精致的杨家将小说。但由于种种原因，清代时这样一个预料中的垂直进化没有进行下去，未能最终完成经典化。

《杨家将》经典化历程失败的例子有一点很特殊：虽然杨家将故事本身未能产生一流的经典小说，但清代时，杨家将戏曲在戏曲舞台上极为繁荣。这就导致虽然杨家将小说水平一般，但由于在戏曲领域的繁荣，结果杨家将故事的知名度很大，可与三国故事、水浒故事比肩，远超三侠五义故事。

对大多数其他的针对自身经典化失败的垂直进化案例来说，情形就没有杨家将故事这么幸运了。针对自身的经典化的失败就意味着这个题材的作品在生存竞争中处于劣势，只能获得弱势生态位，在利益分配上将受到极大损失。

类似案例，还有李白故事经典化进程的失败。历史上有几十种李白戏曲、小说，但没有一种成为文学经典，李白故事垂直进化的经典化历程就这么失败了。元代有 6 部关于李白的杂剧。到明代，李白题材的进化呈现高度活跃状态，明代李白题材的作品有杂剧 3 种、传奇戏 7 种、白话小说 1 种。清代以李白为中心的戏曲有 10 种。❶ 这么多关于李白的作品，却没有形成一部公认的集大成的经典化作品。问题出在哪里？

其实，《长生殿》作为经典作品，与李白故事进化有很大联系。洪昇在《长生殿例言》中叙述了他的创作过程，一开始他只是想写李白，后来逐步修改成了以李杨爱情为中心的《长生殿》，且其中李白故事全部删去。最终《长生殿》这部作品成为了文学经典。从创作过程看，这部《长生殿》是从李白故事中孕育、进化出来的，只是最后李白故事的痕迹被全部删除。所以，唐玄宗杨贵妃故事的文学经典产生了，而李白故事的经典化进程则被打断了。这两个故事一度可以杂交，即唐玄宗杨贵妃故事中可以谈到李白，李白故事中亦可以谈到唐玄宗杨贵妃。因为这种杂交性的存在，则作为文学物种的唐玄宗杨贵妃故事，与李白故事带有某种亲缘性。可能正是由于这种亲缘性，当唐玄宗杨贵妃故事的经典产生了，则李白故事的经典化进程自动也就中止了。因为这两个故事之间毕竟是有竞争的。

---

❶ 郑祥琥. 李白故事流变及其文化意蕴［J］. 天中学刊，2017（6）.

文学生态圈

第十四章

生物并非孤立地生存于地球上，生物是生存于生物圈中。这个生物圈与周围的环境共同构成了一个庞大的生态圈。❶ 与此类似，文学上也存在一个文学生态圈，各文学作品与社会环境、自然环境、技术条件、社会心理、社会风俗习惯、社会审美状况、社会思想体系及其团体、权力体制、政治体制以及人类的阅读欣赏等一起共同组成了一个文学生态圈。这个文学生态圈是看不见的，但又是客观存在的，类似于磁场的存在。因文学生态圈的存在，文学、文学物种或文学作品，都不是孤立存在的。不可能说世界上只有一部小说，或只有一首诗歌，文学生态圈中一定是包含多种多样的文学作品，包括"活的"文学作品，亦包括早已成为文学化石的作品，这些作品之间构成了一个复杂的关系网。

这个关系网是极为复杂的，包括作品之间的因袭关系、生灭关系、互动关系、依存关系、裙带关系、竞争关系等。类似于在一个田地生态系统中，水、土壤、水稻、昆虫、青蛙、麻雀、老鼠、微生物等构成了一个复杂的关系网。这个复杂的关系网，有复杂的多方向作用过程。作用的总结果，就是呈现出我们所看到的处于微妙平衡状态下的田地生态系统，但这个田地生态系统又处于随时的变化当中。文学生态系统亦是如此，作品与作品之间、作品与社会环境之间、作品与人之间，有着复杂的多方向作用过程。作用的总结果，就是我们所看到的文学现状。但这个文学现状是一个微妙的总平衡，其中一个因素发生变化，就有可能导致文学总体面貌的大变样。从前我们看待文学现象，总是孤立地看，这是不对的。任何发生在单一文学作品上的事情，很有可能只是文学生态圈整体变化在局部上的一个反映。这个反映有可能是不全面的，或暂时的。或者这个反映，我们只看到了一部分，另有一部分则始终未被觉察到。

在当前的生态美学、生态文艺学等研究中，一部分学者已认识到存在一个与生物生态圈类似的文学生态圈，已有不少学者使用了"文学生态系统"等概念。例如王杰先生认为："文学或艺术在时间和空间维度上的运动变化……与自然界

---

❶ 生物学中对"生态问题"的研究早已发展成专门的生态学。而生态学上最重要的基础理论就是"生态位"的研究。参见尚玉昌. 普通生态学 [M]. 北京：北京大学出版社，2004：284.

中某一生态系统的'演替'极为相似。"❶笔者认为，生态美学的研究，虽然很富有创新性，但并没有从文学进化论角度看待诸多问题，所以他们对文学生态问题的讨论，只是触及了问题，但还有诸多方面可以加以深入。而这种"深入"，应该是以文学进化论为基本视角的。

第一节　文学生态圈的协同进化

文学生态圈的进化，是由组成文学生态圈的文学作品、社会环境、技术条件、人的审美等多方面因素的进化共同构成的。但社会环境与审美等领域的进化，并非文学进化所可概括。所以讨论"文学生态圈的协同进化"，我们还是主要聚焦在文学的进化，最多涉及一些其他因素与文学的互动问题。

由于文学生态圈的存在，文学作品都不是孤立存在的。单一的文学作品不可能脱离文学生态圈而诞生，亦不可能脱离文学生态圈而存在。因为一旦脱离了整体的文学生态圈，文学作品也就"死"了，变成了一串无人阅读，无人理解的文字了。

从遗传变异的角度，文学作品的产生，有其父本，有其母本。因其父本母本的存在，所以任何一个文学作品的问世，都是整体文学生态圈进化的结果。或者可以说，整体文学生态圈的存在，是某一个新诞生的文学作品之所以能够诞生的前提条件与先验条件。是文学生态圈的综合作用，最终孕育出了一个作品。正如表面上看是一男一女，孕育了一个孩子，但这个孩子的诞生，其后面有种群的存在，有各种基因在种群中分布的问题。此外，离开了人类的种群，在与世隔绝地方的一男一女，虽然能够诞生一个孩子，但他们还是很难生存和繁衍下去。

举例来说，百回本《西游记》之所以诞生，就是因为有前代的各种西游作品。没有前代各西游作品，百回本《西游记》就不可能诞生。有了前代的各种西游故事作品，必然就会孕育出下一代的西游故事作品。从这个意义上，下一代西游故事的作品，必然会诞生。这不是由某个作家决定的，不是吴承恩灵机一动开始来写百回本《西游记》，这只是表象。因为就算不是吴承恩，还是会有别的作家来写西游故事。表象是吴承恩创作了百回本《西游记》，但内在实质却是文学物种自然地进化繁衍。这种"进化繁衍"几乎是不以个人意志为转移的。

同理，《红楼梦》的诞生，其前提条件就是明末《金瓶梅》与清初才子佳人小说等作品共同塑造的一种生态圈"态势"，这种"态势"孕育了《红楼梦》。即使诞生的不是《红楼梦》，也必然会孕育类似《红楼梦》的作品。而没有这种

---

❶　王杰，仪平策. 文艺美学的学科定位和发展趋势研究［M］. 北京：人民文学出版社，2010：272.

"态势"，就不会有《红楼梦》。

所以任何一个文学物种的进化，绝对不是孤立的进化，而是与整体的文学生态圈的一种协同进化。所谓"协同进化"是生态学上的一个概念，指一个生态圈中的生物进化具有协同性、共存性，就是说它们的进化是互相适应的。这在文学上也是有鲜明体现的，一个文学生态圈中的文学物种，它们之间是互相作用、互相适应的，它们的进化也必然是协同而进的。

比如单看三国故事的进化历程，看到的恐怕只是一种片面的表象。因为三国故事的进化历程，是文学生态圈总体进化在局部的一个表现。这个"表现"所产生的种种现象，并非它自己运作的结果，而是文学生态圈各种力量、各种因素共同作用的结果。有些因素是可以显著被感知的，如朱熹《通鉴纲目》对《三国演义》成书的影响。但也有一些因素，是我们很难直接感知的。我们会以为这些因素不存在或不重要，但也许在三国故事进化历程中，恰恰是某些我们认为不重要的因素，起到过很重要的作用。

总体的文学生态圈是个笼统的概念，内部可以细分。考虑到地缘、国别关系，人类整体的文学生态圈可以区分为东亚文学生态圈、欧美文学生态圈、中亚文学生态圈等大生态圈。东亚文学生态圈又可以分为中国文学生态圈、日本文学生态圈、朝鲜文学生态圈、越南文学生态圈等。欧美文学生态圈可分为英国文学生态圈、德国文学生态圈、法国文学生态圈、美国文学生态圈等国别文学。这些不同国别生态圈中的文学物种，其外在性状可以差异很大，但其内在所占据的生态位及其功能是相似的。

在一个或大或小的文学生态圈中的各文学物种，其进化历程会互相影响，互相作用，而由于生态圈的隔离，很多时候其影响也会被生态圈限制住。所以西游故事在东亚文学生态圈的中国部分、日本部分都有很明显的进化体现，而在欧美文学生态圈的进化体现则几乎为零。也就是说，欧美文学生态圈中的各文学物种，不需要适应西游故事进化带来的冲击。欧美文学生态圈感受不到西游故事带来的进化推力。

而东亚文学生态圈的中国、日本等地，其文学发展都会受到西游故事进化的推力、冲击、影响。以日本来说，近现代以来，出现了多部受中国《西游记》影响的作品。典型的如漫画《七龙珠》，其主人翁小悟空，明显有《西游记》的影响。

所以西游故事的进化，对于一个文学生态圈而言，不是孤立事件。它像一个炸弹一样，会形成冲击波。只要在冲击波的力学范围内，生态圈中所有文学物种，都要受其影响，区别只在于影响的大小。比如西游故事形成百回本《西游记》后，逐渐取得了强势的生态位，开始对后起的文学产生影响。首先是出现了一批《西游记》续书如《西游补》等，后来又出现受《西游记》很大影响的

《三宝太监西洋记》，然后连与西游故事无关的《红楼梦》都明显受到《西游记》的影响。也就是说，西游故事的进化，会塑造文学生态圈的态势。

反过来，文学生态圈的态势也会影响西游故事的进化。如果文学生态圈中有与西游故事类似的故事，与它形成竞争，则西游故事的进化就会相对艰难一些。如果文学生态圈中有能对西游故事进化构成补充或推动的因素，则西游故事的进化会相对容易一些。

另外，同时代的文学物种，其进化历程，互相都有影响。以明代小说而论，西游故事、封神演义故事、杨家将故事、吕洞宾故事等，它们互相之间在进化历程上有互相影响的一面。因为有些基因库是共享的，如小说结构的基因，部分情节的基因；有些社会功能是共同的，如这些作品的休闲功能、宗教功能；有些情节内容需要互相规避，例如西游故事中有的内容，吕洞宾故事就需要规避，否则就会落入俗套。所以这些故事在明代的进化，会互相刺激，但也有互相适应的一面。最终也就体现为文学进化中的协同效应，形成一种协同进化。

最后也要看到，文学生态圈的总容量是有限的。正如地球生态圈的总容量是有限的，以人类数量来说，地球上不可能同时生存500亿人口，因为地球容不下。文学生态圈也是如此。以中国文学生态圈来说，中国文学生态圈能够同时容纳的长篇小说数量并不是无限的，可以前前后后不断产生各种长篇小说，但占据较重要地位的长篇小说的数量毕竟是有限的。这一点就决定了，文学经典的有限性，文学经典毕竟是少数。因为文学生态圈容不下太多的经典。

第二节　文学生态位

生态位（Ecological Niche）是生物学中的一个概念，指一个种群在生态系统的时间空间上所占据的位置以及与其他种群之间的功能关系与作用关系。生态位并不是一个单纯的物理空间，而是一个包含物理空间、生物特征等多因素在内复合性的空间。在生物生态圈中，每一种生物都有其生态位。生态位之间构成了一种上下游的食物链关系。食物链上下层间是一种相互依存、相互制约的复杂关系❶，有共享资源的一面，也有相互竞争的一面。看起来不重要的某种生物，有可能在整个生态链条中是非常重要的。正如藻类给小鱼提供食物，如果没有了藻类，小鱼就会饿死，所以不能说藻类不重要。当前生物进化学的研究，早已从研究单独物种的进化，过渡到了研究整个生态圈的进化。每一个生态位，在整体生物圈的进化历程中，都有其作用。

---

❶ 沈银柱. 进化生物学［M］. 北京：高等教育出版社，2006：222.

一、文学生态位的定义

基于"生态位"理论，可以认为，文学生态圈中亦存在生态位。文学生态位是每一个文学物种在由人类社会与文学作品组成的生态系统中，所占的空间，所处的位置，所发挥的功能，所赖以存在的社会需求，所占的优劣势，甚至所处的权力关系等多方面因素的总和。一个文学生态位总是暗含了一定的权力关系，一定的优劣势关系，文学经典的生态位显然高于或重于普通作品。一个文学生态位也总是精准对应了某一种或某几种人类社会需求，这种需求有的是明显的，但有的只是暗中存在。如抒情诗对应了人生需要抒发感情的需求。中国古诗对应了士大夫需要怡情养性、提升素养的需求。八股文对应了科举考试的需求。社会需求刺激了文学作品的诞生，最终形成了文学作品所占据的生态位。

每一个文学生态位，都在整体文学生态圈的进化中有其独特作用。所以有些当时产生，似乎影响有限，后来又绝灭、消失，没留下太多痕迹的文学作品，有可能在当时的文学生态链条中，是处于某种重要地位的，具有某种我们现在难以觉察到的重要作用，它的存在可能维持了当时文学生态的某种平衡，或因为它的出现，增加或减少了某种力量，导致了文学进化向或不向某个方向前进。

举例来说，《太平广记》作为一个文言小说的大部头作品，规模庞大、应有尽有，读者只要读《太平广记》基本就够了。然而事实并非如此，正是因为其规模太大，普通读者无力购买或根本看不到这套书，读者看到的都是一些小规模的文言小说作品，甚至可能就是一些地摊书。等于说，从生态位的角度，粗制滥造的地摊书弥补了《太平广记》传播力不足的缺陷。所以粗制滥造的地摊书，也就具有了生态位价值。

类似的，百回本《西游记》确实是故事精彩曲折，人物形象丰满，但亦因其规模太过庞大，需要的文化程度较高，普通读者可能还是难于接受，所以才有了"简本《西游记》"的出现与广泛传播。就是说，在文学生态圈中，任何一个生态位都要有作品占据。也许某个生态位看起来比较低级，然而在文学生态链条中，这个低级的生态位仍然是不可或缺的。缺少了某种看似"低级"的生态位，也许整体文学生态圈就会发生重大变化，甚至发生灾变。正如没有了麻雀，植物病虫害就会突然变严重。

有一点必须着重指出，在文学生态圈中，社会因素、政治因素、审美因素、读者的阅读期待等持续在对文学发生影响，这些因素都会影响到各文学物种的生态位。就是说，文学生态圈的外部环境是不稳定的，总是会处于各种突如其来的变化当中。这一点是文学与生物学的极大不同之处。对于地球上的生态环境而言，变化总是发生在一个较长时间维度。可能要几百万年，地球上的生态才会发生较显著变化，相对于生物的进化与演变来说，生态环境大体是稳定的。然而文学进化所需要的社会环境却并不稳定，不但不稳定，有时甚至急剧变化。以中国历史来说，秦汉以来，王朝的历史寿命多在两三百年，所以中国的社会环境、权力体制、审美风尚，往往隔几百年就要发生巨大变化。这林林总总社会变化、政治变迁、技术进步等因素叠加起来，就会深刻影响各文学物种的生态位的分配，容易导致在文学欣赏层面发生沧海桑田的变化。总体来说，"生态位"这个概念具有很强的解释力，能够解释诸多的文学问题。

二、生态位的生灭与争夺

在进化历程中，文学由低级到高级不断进化，文学生态圈总体越来越庞大，正在于新的文学生态位不断诞生，不断被创造出来。一部优秀的作品能够影响、塑造读者的审美趣味，必然会刺激一系列与它相似或相关的生态位的诞生。同时，一个文学经典亦会刺激新的附着于它的文学生态位的诞生。由此随着进化的持续进行，文学生态圈不断扩大，拥有的生态位越来越多。

当然，由于总体文学生态的变化，某个长期存在的生态位也可能在某个时候消失。生态位不存在了，那么占据该生态位的文学物种，自然也就绝灭了。在生态位的诞生与消失过程中，时时刻刻在发生的正是生态位的竞争，或曰对生态位的争夺。

诗歌、小说、散文、戏剧等大的文学样式，在总体文学生态圈中占据了不同的生态位。大文学样式之下的小文学样式，又依次占据了细分的文学生态位。李白诗有李白诗的生态位，黄庭坚诗有黄庭坚诗的生态位，《三国演义》有《三国演义》的生态位，《金瓶梅》有《金瓶梅》的生态位，《红楼梦》有《红楼梦》的生态位。一种生态位与其他的生态位之间，存在着互相依存、互相补充，或互相竞争、互相强化，甚至互相产生的复杂关系。

举例来说，在明代，百回本《西游记》与简本《西游记》，有互相竞争的一面，但也有互相补充的一面。简本《西游记》的问世，显然是为了补充百回本《西游记》太过庞杂的"不足"，这种"不足"让一些读者无力阅读，所以需要更简洁的简本《西游记》。再如，宋元以来，李白诗与杜甫诗，也许有互相竞争的一面，但亦有互相依存，互相强化的一面。因为杜甫有大量赠给李白的诗，李杜的关系因此而密切起来，他们互相依存，成为文学史上的"双子星"。再如董解元《西厢记诸宫调》与王实甫《西厢记杂剧》是一种前者产生后者的关系，但二者后来又演变成互相竞争的关系，最终导致董西厢所占据的生态位消失了，或者说董西厢所占据的生态位，被王西厢给抢占了。

由此，文学绝灭的发生，就与生态位的存否或抢夺有关系了。不能够在文学

生态圈中占有相应的生态位，则一个文学物种必然会走向灭亡的命运。文学竞争正在于争夺生态位。一个文学物种越来越兴盛，就在于它们占据了越来越多，越来越大的生态位。当然，文学生态位的竞争，不光有切蛋糕的问题，亦有做大蛋糕的问题。因为生态位也能被创造出来，《红楼梦》问世后，逐渐又形成了《红楼梦》续书群落，出现了几十种《红楼梦》续书。一个《西游记》那样的神魔小说出现后，又会刺激其他如《封神演义》那样的神魔小说出现。

在生态学中，有所谓"竞争排斥原理"（又称高斯原理），指两个物种不能同时，或者不能长时间在同一个生态位生存。因为假如两个物种在同一个生态位生存，则它们各方面都要发生竞争，必定会导致其中一方彻底衰败。不过，近几十年来的研究表明，竞争排斥原理有一定的适应度，有些情况下由于均势的出现，两个物种依然可以在一个生态位共存。

这一"竞争排斥原理"在文学上是有一定体现的。比如董解元《西厢记诸宫调》、王实甫《西厢记》杂剧，二者的生态位虽不完全相同，但有很大的重合之处，故而董西厢与王西厢会产生全面的竞争，最终以王西厢获胜，董西厢基本退出文学生态圈而告终。但客观来说，由于文学领域的生存竞争没有生物学领域的残酷，且文学有其特殊性，在某些时候，人们其实亦有兴趣阅读两部包括生态位在内各方面都趋同的作品。所以文学领域也有很多并存的情况。"竞争排斥原理"在文学生态圈中并非严格的规则。

三、生态位值的动态分配

在文学生态圈中，生态位的分配，是动态的，经常会发生变动。因为一方面，社会因素、政治因素、审美因素、技术因素、读者的阅读期待等持续在对文学发生影响，会影响到各文学物种的生态位值分配；另一方面，各文学物种、各文学作品几乎每天，都在发生互动、依附、竞争、新生、消灭等诸多复杂关系。同时也由于各文学物种的进化历程，几乎每天都在持续，这就导致文学生态位的竞争与优劣势对比、力量对比是动态的，几乎每天都在发生细微变化。当这种变化积累到一定程度，就会出现明显可以观察到的生态位值分配变化，乃至量变导致质变，发生巨大的生态位变迁。

生态位值的动态分配，是生态位理论的一大要点，也是文学进化史的一大要点。举例来说，西游故事的进化，除了影响西游故事内部各作品之间生态位值的分配，亦会影响其他故事，如三国故事、水浒故事的生态位值分配，甚至可以影响小说与诗歌等文学大类的生态位值的分配。具体来说，当百回本《西游记》诞生后，由于该作品的完善与极富魅力，那么不光从前的各西游故事作品，被它比下去，甚至遮蔽了。即使是其他各类与西游无关的故事，亦被其比下去了。例如在百回本《西游记》诞生前，可能杨家将故事的文本算是很完善了。然而一当百回本《西游记》诞生后，从前杨家将故事的文本就显得"水平较低"了。就是说，百回本《西游记》影响了杨家将故事的生态位。

类似的，宋元话本一度很发达，但当明中叶《三国演义》《水浒传》《西游记》逐渐取得文学经典地位，大量的宋元话本就被比下去了。冯梦龙、凌濛初等人在明末刊刻的宋元话本、拟话本小说集"三言二拍"，不能说不是好作品，问题与"四大奇书"相比，就显得平淡无奇。读者的关注度都被《三国演义》等名著吸引了。所以"三言二拍"在清代就停止流传，退出了文学史舞台，就是说"三言二拍"不再占有生态位，失去位置了。如果从来就没有《三国演义》《水浒传》《西游记》等名著，那么"三言二拍"显然是很优秀的作品，不可能会轻易退出文学史舞台。

这也正如在诗歌领域，在初唐四杰王勃等人的作品诞生之前，六朝诗人的作品看起来都很好。但是当王勃等人的作品问世后，六朝诗人的作品看起来就没那么好了。再随着时间推移，当李白、杜甫等人的作品诞生后，则六朝诗人的作品就看起来不好了。就是说，李白、杜甫等人的作品，影响了六朝诗人作品的生态位。或者说由于李白、杜甫的作品影响、塑造了读者的审美判断力、审美偏好，提高或改变了读者的欣赏水平、阅读期待，导致人们对六朝作品的审美评价发生了改变，最终导致六朝诗歌的生态位发生巨变。

此外，当李白诗歌作品的生态位值一路走高，势必会影响跟李白有类似风格的诗人作品的生态位走高。这是一种类似股票市场板块效应的现象，当市场热捧计算机公司的股票时，并不是一家计算机公司的股票上涨，而是绝大部分计算机公司的股票都涨，只是在涨的过程中，有领头羊。与此同时，当市场都去热捧计算机股票，则其他类别股票就会被淡化，会走低。

就是说，当李白作品受到追捧，其生态位值一路走高，则由于板块效应，与李白诗相近相似的作品，都会被追捧，形成了"唐诗三百首"的整体生态位走高。"唐诗三百首"整体生态位的走高，又会引起诗歌整体生态位的走高，宋诗、明诗、清诗、甚至宋词、元曲都走高。而诗歌生态位的走高，则必然对戏剧、小说形成一方面有拉动，另一方面也有挤压的复杂效应。所以在古代，我们看到诗歌被视为文学主流，而小说长期都被视为"小道"。

正是因为各文学物种、各文学作品的生态位值，不断在发生动态分配。所以文学史上不断在发生复杂的变化。文学史不是一个静态的历史，而是一个动态的历史。这种动态的体现之一，就是各文学作品的生态位值不断变动，最终导致文学经典不断发生变迁。

第三节　文学经典与生态位

如前所述，社会欣赏层面的文学经典是流动的，有的一度辉煌无比的文学经典后来一落千丈，也有的当时是普通的文学作品，后来却跃居文学经典地位。这该如何解释？

另外，很多文学经典又都是稳定的，如李白诗的经典地位，从他死后至今，从未有一天动摇过。再如《西游记》小说，最近500年来，文学经典地位从未遇到挑战。电影时代兴起后，《西游记》的经典地位不但未遭到挑战，且随着影视发展，越来越强化。这些问题，该如何解释？

用"生态位"概念，能很好解释这些。

一、文学经典生成与强势生态位

在生物生态圈中，每一种生物都有其生态位。在生态圈分配生态位、分配资源的过程中，自然会形成某些强势的生态位，也会形成某些弱势的生态位。这一点可以平移到文学中，在文学生态圈中，各种文学作品都占据了属于它自己的生态位。而所谓的文学经典，就是它所占据的生态位具有强势的一面，或曰文学经典一般占据了较大的、较优势的生态位。也可以说，文学经典因其生态位重要，而对整个文学生态具有更大的塑造作用。

而具体到任何一个具体时代的文学生态圈，都有其相对强势的生态位，有其相对弱势的生态位。在乾隆帝的时代，在当时诗坛的生态圈中，乾隆帝本人的诗歌显然占有了一个强势的生态位。所以也可以说，在乾隆帝时代，乾隆帝本人的诗歌具有某种文学经典的性质。但后来文学生态发生了变化，各文学生态位的位值也经历了重新分配，在下一代的文学生态圈中，乾隆帝的诗就不再占据强势地位了，也就失去了其文学经典地位。

总体看，文学经典的诞生，有文学自身进化历程的积累。但归根结底要看它能否在某一个时代占据强势的生态位。这种强势生态位的形成，有可能是因为某一文学物种长期自身演进的结果，如西游故事的长期自然演进，必定会酝酿出有机会占据强势生态位的下一代好作品。因为每一次进化，都是"进步性的"，这种持续优化累积起来，必然可以形成无可争辩的好作品，无可争辩地占据强势生态位。

另一种情况下强势生态位的获得，就不是文学自身演进的结果，而是社会环境、自然环境塑造的结果。所以历史上一些并不好的作品，一度被看成文学经典。如"文革"时期的小说作品《金光大道》，被当时认为是文学经典，但现在该作品已成为普通小说。这就是外在力量塑造的结果，是外在力量将它推上了强势生态位的宝座。

二、文学经典的流动性与生态位变化

文学经典之所以是流动的，正是因为文学生态圈有其不断变动的特点。在上一代文学生态圈中占据强势生态位的文学作品，在下一代文学生态圈中就不一定能够占据强势生态位。反过来说，有些从前不重要的作品，后来变成文学经典，正在于文学生态的变化，重新分配了生态位。

譬如陶渊明作品，在他生前并不重要，只占据了边缘化的生态位。钟嵘《诗品》将之列为中品。但是随着社会变化、文学思潮变化，文学生态圈发生了重构。唐宋以后，陶渊明的诗因其恬淡的隐逸特征，而凸显出来，占据了强势的生态位，对整体的文学生态有一种笼罩性影响。唐宋以后，陶渊明的诗对中国文学生态圈具有很重要的塑造作用，它塑造了诗歌经典的形态，也塑造了读者诗学欣赏的审美品位。

在强势生态位与弱势生态位的区分之外，生态位之间有时也有互相依附的关系。就是说，某种生态位依附于另一种生态位而存在，二者之间是一种唇亡齿寒的关系。有文学经典，也就有附着于文学经典而存在的作品。如《水浒传》的续书，《红楼梦》的续书之类。比如《红楼梦》的几十种续书，离开了《红楼梦》这些书根本没有被阅读的价值。换句话说，只有《红楼梦》的爱好者，才会去阅读这些续书。如果《红楼梦》的经典地位不存在了，那么这些《红楼梦》续书的生态位都会被清零。

深一层来说，如果《红楼梦》续书的生态位被清零了，形成了生态圈中短暂的空白。那么这种空白，还是要有其他的文学物种来填补的。所以我们看到，自清末以来，类似的言情小说还是不断在产生。虽然《红楼梦》的续书已经没有读者了，连专业的《红楼梦》研究者都无暇问津。但是这些续书所留下的生态位，还是被新的作品占据了。这些新的作品，依然在被广大读者所阅读。

从生态位角度来说，社会欣赏层面上的文学经典之所以发生变化，根源之一在于由于社会变迁，文学生态圈必然发生变化，其文学生态位的分配也会相应变化。一度占据强势生态位的文学作品，有可能在新的生态圈中处于没落的地位。也有的从前占据弱势生态位的作品，因环境变化，而突然变得特别适应，从而逐渐占据了强势生态位。

三、生态位与文学经典的稳定竞争性

据生物学研究，生态圈具有一定的稳定性，这种"稳定性"不光体现在时间上，更体现在生态圈中各因素共同作用，让生态圈逐渐趋于稳定。其中一个因素变化，其他因素会发生相应性变化，最终再次回到平衡与稳定。这一点在文学生态圈中亦是如此。可以说，文学生态圈是围绕着文学经典组建起来的。文学经典占据了强势生态位，其他各种相关生态位、相对立生态位都根据文学经典的生态位而构建自身，形成了一荣俱荣、一损百损的格局。这种格局就导致文学经典会具有某种稳定性。

比如李白诗作为文学经典，具有超常的稳定性，它长期占据文学生态圈的强势生态位，对文学生态的后续发展，具有很大的主导作用，形成了文坛、文学史、文学理论史、文学思想史上一系列的稳定结构、稳定关系。想要打破李白诗的文学经典地位，就需要先对这种形成了"稳定"态势的生态位关系，进行打破。而这些生态位关系一旦被打破，也就意味着文学生态圈发生了面目全非的变化。这在目前看，几乎是不可能的。

由此看来，李白诗对其他的诗、其他的作品，双方的生态位关系具有"竞争性""排斥性"。就是说，一个新出的诗人，想要成为文学经典，从生态位关系上来看，最终就会要去挑战李白诗。而这种"挑战"又是一个时间过程，需要时间，需要累积。比如现当代的诗人中戴望舒的诗、朦胧诗，人们还是会把它们跟李杜的诗来比较。一比较之下觉得，戴望舒的诗、朦胧诗并未超过李杜的诗，由此戴望舒的诗、朦胧诗要想成为真正的文学经典，恐怕还有几百年的路要走。

所以文学史上，很多新兴的文学经典，其文学经典地位的确立，都不是一蹴而就的，往往经历了一个历史过程。这就是因为，在这个作品诞生时，文学生态圈已经有其强势生态位的存在。占据强势生态位的早期经典作品，不可能自动、快速地让出强势生态位，双方需要不断竞争。后起的经典作品，要占据属于自己的强势生态位，需要在文学生态圈中进行较长时间的构建，形成围绕着自己的一系列生态位关系。

总之，研究文学经典的确立过程，是非常重要的。因为在新的文学经典确立过程中，有旧的文学经典退出强势生态位，有一系列生态位关系发生变化。同时，研究文学经典的确立过程，能看到是哪些因素在改造从前的文学生态圈，能让我们对文学发展有更深入的认识。

第四节　文学生态系统

大的生态圈，是由一个个小的生态系统组成的。在生态学上，有森林生态系统、草原生态系统、海洋生态系统、湖泊生态系统、河流生态系统等不同的提法。这一理念，可以平移到文学上，形成"文学生态系统"的概念。从定义上说，文学生态系统是指一定空间内，文学成分与非文学成分通过物质、能量、信息的交流、反馈、互动而形成的基本的生态学功能单位，是促成文学创作与接受的机制系统与反馈系统。

文学生态系统包括一系列文学因素与非文学因素的功能关系，包括文学创作的激励与激发系统、文学作品的印刷与传播系统、文学作品的欣赏与接受系统、文学作品的品评与推荐系统等，从激励到传播，到欣赏与品评，构成了一个自循环的信息与能量系统。文学作品从诞生到传播到功能的消失，都在这个系统中流转。这个系统的各个要素之间，都有作用与反馈机制。文学生态系统内在机制的完善与否，是该文学生态体系能否兴旺、兴盛的重要原因。

文学生态系统中的某一个因素发生巨变，可能就会导致文学面貌发生巨变。譬如造纸术印刷术改变了文学传播方式，文学面貌即发生巨变。在这种巨变的过程中，其内在的生态有一个重组的过程。造纸术印刷术的发展，导致了书商的崛起。书商的崛起，又导致书商们为牟利，而"刺激制造"了大量通俗文学作品。白话小说的兴盛就与书商的推动有着密切的关系。再如科举制度改变了八股文的社会地位，士子们为了功名、前途，就必须大量练习创作八股文，八股文就必然兴盛。而一旦没有了科举制度，八股文也就失去了存在的依据。故此，观察文学生态系统一定要注意到其内在因素的变动，以及这种变动对文学生态系统的改变与重组。

文学生态系统可分为小说生态系统、诗歌生态系统、戏曲生态系统、散文生态系统等，又包含大量的子系统，有时一种文体存在自身独立的能量、信息循环，就可以成为一个子系统，如八股文生态系统、影视文学生态系统。而从其主导因素来看，文学生态系统可以分为商业化的文学生态系统、政治化的文学生态系统与纯文学的文学生态系统。

一、商业化的文学生态系统

以八股文生态系统来说，科举制度是八股文生态系统的支柱。但科举制度并不是八股文生态系统的全部，八股文生态系统中包含着商业化的部分。以《儒林

外史》中描述的清代八股文生态系统来看，有大量的考生是八股文的创作者，他们一边创作八股文，一边也需要学习八股文技巧。这就催生了八股文的选家与卖家。选家选定一批优秀的八股文，然后进行批点、印刷，由书店进行售卖。八股文的选家与考生形成了一种互相依靠的关系，八股文的选家靠考生的购买力而赚钱维持生活，但考生亦靠八股文选家提升自身水平。所以在《儒林外史》中一些考生要给八股文选家树牌位、拜祭。

再以明清小说的生态系统来说。作品、书商、作者与读者形成了一个稳固的生态系统。四者之间是互相需要、互相依存的关系。作者创作出作品，书商拿到作品后印刷销售，读者购买作品、欣赏作品，作者和书商则靠读者的消费来赚钱为生。四者之间是缺一不可的关系。所以明清小说的生态系统是一个典型的商业生态系统，或曰文化产业生态系统。在明清小说生态系统中，有生产者、产品、销售商、消费者，有不同的分工，有不同的依存、互动的链条关系。

当代的很多文学艺术生态系统，都是属于此种商业生态系统。如电影生态系统，作家创作剧本，制片人导演根据剧本召集演员拍摄电影，发行方发行电影，观众在影院欣赏电影，整个过程是一环扣一环的正反馈体系。在商业生态系统下，最终衡量文学好不好，并非是单纯的口碑问题，而是要以销售额、利润来评价。故而文化产业生态系统的根本在于利润，文化产业是利润导向的。

当一种文学生态系统，属于商业系统时，那么商业利润就成了衡量或反馈该生态系统的主要标准。文学性、艺术水平反而退居其次，商业利润会凌驾于艺术水平之上。商业信息是商业化文学生态系统中信息反馈的主要信息。

二、政治化的文学生态系统

在文学史上，很多文学生态系统并非是商业化的，而是政治化的。譬如先秦《诗经》的生态系统，在孔子之前据说《诗经》有 3000 多篇，而至孔子删改为 300 多篇。按照采诗说，《诗经》的形成和收集是与周王朝的政治体制有关。而从《左传》中"赋诗外交活动"来看，《诗经》的整体生态与周朝的政治生态有密切联系。类似的，八股文的生态系统，主要就是政治化的生态系统，只是在后期有一部分的商业化因素在内。

诗歌的生态系统，更为复杂。有些历史时期，如唐代，或清中叶，诗歌是科举考试的一部分。所以这些时候的诗歌生态系统，与八股文生态系统，有类似之处，首先是一个政治化的文学生态系统。其次亦沾染了商业的因素，有一个规模巨大的考生群体，作为诗歌"产品"的基础消费者。

诗歌作为政治化的文学生态系统，一个明显体现就是台阁体。台阁体是学界用以指称明代"三杨"为中心的文学的概念。但历代的诗歌活动，都带有台阁体的特征。如围绕在唐太宗李世民身边的诗学活动，如宋初的西昆体，苏轼的一些诗歌创作亦有台阁体的特征，清代乾隆帝、沈德潜等人的诗学活动亦是典型的台阁体。而台阁体本身就是当时政治活动的一部分，所以台阁体的诗学是政治化的。以此为传统，中国诗歌的一种重要功能，就是台阁文人之间的唱和。以此衍生的另一种功能，则是知识分子在步入仕途之前的某种文学训练、文化训练。因此中国诗歌带有一种鲜明的泛政治功能。

三、纯文学的文学生态系统

但也要看到，有些历史时期，比如宋代、明代，比如当代，诗歌与科举考试无关，诗歌与政治活动亦关系不大。这些历史时期的诗歌生态系统独立运作。那其枢纽在哪里？以当代诗歌为例，当代诗歌的生态系统，与商品经济基本无关，现当代诗集基本上难以销售，与政治活动也基本无关。

当代诗歌的生态系统的要点在于：第一，学生有学习诗歌、学习文化的需求，这对现代诗有一定促进；第二，作者有表达的需求，这是现代诗歌的一个重要基点。所以当代诗歌的生态系统，是非商业的，非政治化的，是一种纯粹的"纯文学"的生态系统。这种生态系统成立的根源，在于人的表达需求，人的阅读、欣赏与娱乐的需求。

应该看到，纯文学的文学生态系统，与商业化文学生态系统、政治化文学生态系统的区别很多。后二者的枢纽在于商业利润与政治利益，而前者的枢纽在于自娱自乐。

陶渊明的诗，很多时候是自娱自乐的；李白早期和晚期的诗是自娱自乐的；杜甫的大部分诗亦是自娱自乐的。这种自娱自乐的特性，就决定了它具有"非功利性"。所以纯文学生态系统中信息、能量的反馈方式，相对平淡一些。不像商业利润、政治利益占主导地位时的文学生态系统，文学因素反而退居其次，重要的是商业体系与政治体系的自身循环与强化。

第五节　文学生态圈的演替

演替（Succession）是生态圈的基本特征。❶ 文学生态圈亦存在明显的演替现象，即前人所谓的"一代有一代之文学"。文学生态圈的演替，导致各个时代的文学面貌完全不同。要注意的是，文学生态圈的演替，不光是文学变化，也包括

❶　尚玉昌. 普通生态学 ［M］. 北京：北京大学出版社，2004：296.

诞生文学的环境的变化。这种"诞生文学的环境"即第九章所详述的类似于由土壤、水、空气、阳光、气候等组成的生态环境，即"文学的生存环境"。它包括自然环境社会环境、语言文字等承载工具、社会心理社会审美状况读者的阅读期待、社会思想体系及其团体、权力体制政治体制等五大生态因子。文学可以改变其赖以生存的社会状况、社会心理、社会审美状况等生存环境。环境也可以改变文学。

在无外力影响的条件下，文学演替的发生，正在于文学与其生存环境的互动。当现存的文学作品，不断改造其生存环境。比如文学作品不断塑造读者的审美偏好，不断塑造读者的阅读期待，这自然就会促使现有作品不能满足读者越来越高的期待。读者会期待更好的作品出现。正如阅读了《西游记平话》的读者，会期待更长更精彩的西游记故事，这就等于是在呼唤、催促百回本《西游记》的诞生。因此，当现有文学物种不断改造文学环境，就会导致文学环境发生由量变到质变的变化，导致改变后的文学环境越来越适宜其他文学物种的生存。于是新的物种在原有环境中代之而起，文学生态的面貌也就发生了显著的演替。

一、演替是文学与生存环境的互动

先秦是四言诗的时代，这种四言诗占统治地位，不断积累，不断改造文学的生存环境，改造人们的审美偏好、欣赏趣味，导致文学环境向适宜五言诗的方向发展，最终在汉代，五言诗代四言诗而起。从先秦到秦汉，中国文学的面貌发生了演替。

演替发生以后，四言诗适宜的环境就一去不复返了。四言诗兴盛的盛况，在唐宋元明清已不可能再现了。唐人虽然也写四言诗，但只是偶一为之，唐人已很难欣赏同时代人所创作的四言诗，因为读者的文学素养、审美偏好已被改造得不适宜阅读四言诗。唐代的文学面貌跟四言诗已基本无关。唐代的文学面貌是由五言诗、七言诗决定的。李杜的诗，就代表了盛唐气象，代表了唐代的文学面貌。一个习惯于欣赏李白诗的唐代读者，已然无法再欣赏四言诗或六朝的诗了。甚至于在这些读者看来，六朝的诗会显得较幼稚。所以杜甫说："白也诗无敌"，就在于李白的诗诞生以后，从前先秦的四言诗、秦汉的诗、六朝的诗、初唐的诗，都已经看起来明显不如李白诗了，有的甚至看起来很幼稚了。

类似的，秦汉已经有了小说，但秦汉的小说跟明清的小说，几乎是两种东西。秦汉的小说只能说是一种小灌木丛，而明清的小说则是参天巨木组成的森林。小说的面貌在发生演替，明清的小说《红楼梦》，不可能诞生在秦汉。

文学演替，很重要的一个方面是文学与诞生文学的环境，互相适应、互相改造。唐诗有诞生唐诗的环境，包括社会环境、审美偏好、社会心理等五大生态因子。而诞生唐诗、欣赏唐诗的环境，与诞生宋诗、欣赏宋诗的环境，必然会有很大的区别。所以文学领域的"复古思潮"，注定是要失败的。明代前后七子，在中晚明，想要"诗必盛唐"，写一种类于盛唐人的诗。这已经是不可能的了。因为文学的生存环境，包括社会环境、审美趣味、技术水平等五大生态因子都发生了巨变。这种变化，就决定了明代不可能诞生"唐诗一样的作品"，即使诞生了，人们也欣赏不了，接受不了。

与此类似，诞生与欣赏唐宋文言小说的环境同诞生、欣赏明清白话小说的综合环境，也已截然不同。习惯于欣赏明清小说的读者，很难再去欣赏唐传奇。唐传奇篇幅很短，习惯于阅读大部头明清小说的古代读者们，很可能就接受不了一篇短小精悍的唐传奇作品，会觉得不过瘾，或阅读有困难。而以当代的读者来看，绝大多数的当代读者可以轻松阅读《三国演义》《红楼梦》，但是他们实在无法阅读《世说新语》、唐传奇《莺莺传》之类的作品。根本原因就在于环境变了，读者的知识构成、欣赏能力让他们无法欣赏过于艰深的文言作品了。

文学会改变环境，但反过来环境又会影响文学。一部经典文学作品，比如《西游记》《红楼梦》，可以改变社会心理、审美偏好、文学欣赏趣味等文学生态因子。所以文学的演替，会带来社会面貌的一定变化。举国欣赏唐宋诗的时代，与举国欣赏明清小说的时代，整个的社会状态、社会思维水平，社会的"识字率"等科教水平都完全不一样。所以，文学的发展会促进人类社会文化水平的提高。

二、自发演替与异发演替

生态学上的演替，可以分为自发演替与异发演替。❶ 自发演替是由生态系统内部自身因素变化产生的演替。比如沙漠中能诞生少量植物，这些植物会改造沙漠，最终让沙漠进化为一片森林。这是该沙漠生态系统自发产生的渐进过程，也是一个符合物理逻辑、生物逻辑的必然过程。而异发演替是由生态系统外部的因素或环境剧烈变化引发的演替。例如 6500 万年前一颗小行星撞击地球，导致了恐龙灭绝，地球上的动物发生了演替，人类的祖先猿猴逐渐走上地球舞台。

中国文学史上的"一代有一代之文学"，绝大部分都是发生了自发演替。秦汉魏晋唐宋元明清，各个朝代文学面貌的不同，基本上都是文学与环境协同进化的结果，较少外力刺激的结果。魏晋间佛教的传入，可以算是一种外在刺激。但这种外在刺激，对中国文学自身的演替，作用其实有限。变文等俗文学的诞生，跟佛教传入有直接关系，但是变文并未上升到改变文学总体面貌的高度。后来改

---

❶ 尚玉昌. 普通生态学［M］. 北京：北京大学出版社，2004：297.

变文学总体面貌的唐诗宋词、明清小说都有自身发展的逻辑。

中国文学史上真正的异发演替，应该是清末民国以来的文学变迁。在这场变迁中，古典文学的一大半都绝灭了。八股文没有了，传奇戏曲没有了，骈文基本没有了，只有诗词还在艰难延续。在外国文学的刺激下，五四运动以来，逐渐诞生了新诗，诞生了科幻小说，诞生了流行歌曲。到今天，经过近百年的发展，这次异发演替的一个阶段，已基本过去，已实现了一定的文学生态平衡。

但未来的中国文学，还会进一步进化。会在清末民国的这次异发演替的基础上，逐渐积累，逐渐演变，逐渐产生出自发演替。所以未来若干年的中国文学面貌，会跟当前的中国文学面貌，发生很大的不同。也许在未来，某一个文学物种，某一个文学样式，会突然兴起，茁壮成长，在竞争中取代其他的文学物种、文学样式，最终达到改变文学总体面貌的程度。当前比较有潜力的是网络小说，不过网络小说还有诸多不成熟，甚至诸多"落后性"。但网络小说确实展现出改变文学总体面貌的潜力。未来会如何，这不好说，我们只能说，进化与演替是一个持续进行的自发过程。中国文学的未来面貌，会在逐渐的进化与演替中，自然而然为自己开辟道路，找到一个辉煌的文学未来。

中国文学进化史简说

撰写一部《中国文学进化史》是文学进化论研究的题中之义。这部作品显然会跟传统的《中国文学史》有很大不同。其不同之处在于：

第一，叙述对象不相同，是否以进化树图为中心，是否着重探讨文体的进化，是否以经典作家作品为重点。

通行的《中国文学史》一般按照朝代排列，并不注重分析各作品之间的基因关系，且排列在其上的大体都是经典作家的经典作品。一个作家及其作品，不经典到一定程度，是不会在《中国文学史》中重点来介绍的。这样也就客观上对其他小作家、小作品形成了遮蔽。比如清人编的《全唐诗》有诗人2300余人，但《中国文学史》上写唐代诗人则主要围绕四杰、王孟、李杜、元白、韩孟、小李杜等人，叙述的对象主要局限于经典作家作品。而《中国文学进化史》显然不能完全聚焦在经典作家作品。

文学进化史的焦点应该是进化树图。而进化树图又是复杂而多层次的。《中国文学进化史》首先应该注重探讨中国文学史中上百种文体的进化历程，探究其进化命运与进化规律；其次要描述清楚各文学作品在进化图谱上的位置，研判其亲缘关系；最后也要探讨处于进化树图上较高阶位置的文学经典。

第二，研究的最小单位不同，是否以作品为描述的基本单元。

通行的《中国文学史》是以作家作品为中心的。其中心有时是作家，如李白的章节，就以李白的文学活动为中心。李白的诗、散文有近九百篇，其名篇都在这一章中进行分析。通行《中国文学史》也有时以作品为中心，如小说史就以"四大名著"为中心，每部名著单列一章。

而《中国文学进化史》强调对作品之间基因传承关系的研究。其不同，就在于要对一些重要的文学基因进行进化史的研究。这样就打破了传统《中国文学史》以单篇作品为最小研究单位的，而强调探讨某些文学基因的创制、传播、变种。

第三，注重探讨文学进化中的因袭与独创。

通行《中国文学史》偶尔会谈到文学发展中的继承与创新，但并不设专题。而在《中国文学进化史》则要以因袭与独创为重要主题。

《中国文学进化史》试图以因袭、独创为中心，揭示文学进化历程的进化规律。如果材料足够丰富、命题足够多样，则可以在此基础上仿照遗传学建立"因袭学"，专门探讨文学作品之间的因袭与独创问题。此外，对文学经典的论述，也将着重探讨文学经典所蕴含文学基因及其所指示的进化方向，因为进化方向的问题跟文学基因的因袭有密切联系。要之，文学进化中的因袭、独创将成为《中国文学进化史》论述的重中之重。

按照以上三个方面的不同，《中国文学进化史》将会跟传统的《中国文学史》有极大不同。本书作为理论著作，主要谈理论问题，进行理论的构建。故而只能对中国文学进化史问题作一些简要的、不全面的概括与描述。

第一节　文学样式与文体进化史

对文学样式、文学小类之进化史的探讨，是一个重要方面。无论是中国还是西方，历史上都先后诞生了大量的文学小类（即文体）。如南朝理论家刘勰《文心雕龙》中提到的诗、赋、乐府、章、表、书、记、奏、启、议、对等几十种文体。又如后来诞生的变文、诸宫调、宝卷、弹词、子弟书、鼓词等诸多俗文体。再如西方文学史上诸如史诗、悲剧、喜剧、十四行诗、骑士诗、寓言等文体。

人类总体文学史上先后诞生的文体有几百种之多。这些文体往往都有其各自的进化历程，经历了独特的进化命运。有的正在兴起，有的早已绝灭，亦有的长期都处于高峰期。其进化，一多半都符合"起源、发展、高潮、衰落"的模式，但有的又是其他模式。把这些林林总总几百种文体的进化历程，都讲清楚，将是非常富于启发性的。

同时，也应注意到，文体进化史存在一定的规则性、规律性。探究诸文体进化历程的总体规律，亦非常必要。譬如诗歌样式的进化史，便呈现出完美的进化进程、进化序列。以字数多少、自由度为分类准则，可看到比较完美的诗歌文学样式的进化历程，可形成一个较完美的关于诗歌文学样式、诗歌文体的进化树图。

一、三言诗

一言诗显然是不存在的。二言诗也是不存在的（虽然很多四言诗可以分解为二言诗）。从字数格式来说真正存在的至少要是三言诗。《诗经》中有很多三言的诗句，但没有纯粹的三言诗，不过《诗经》中的《螽斯》《江有汜》都主要为三言诗。如《江有汜》："江有汜，之子归，不我以。不我以，其后也悔。"

宋人郭茂倩《乐府诗集》分乐府诗为 12 类，其中第一类"郊庙歌辞"有大量纯粹的三言诗，如汉郊祀歌《练时日》《华烨烨》，又如谢朓《迎神歌八解》《歌黑帝》、沈约《梁南郊登歌》、庾信《云门舞》等。出于名作者之手的三言诗在数量上不能算少，但由于经典作品确实不多，三言诗这种诗歌格式在后世未能推行开来。后世著名的《三字经》从形式上看是三言的，但一般不认为是诗。

虽然不够成熟，有些三言诗还是在后世引起了一些反响。如作于汉武帝时期的乐府辞《天马歌》在历史上有较大影响，出现了诸多同名拟作。曾引起李白注意，李白在其基础上作《天马歌》。诗中，李白将自己比为天马，写到由于遇不到伯乐只能"盐车上峻坂，倒行逆施畏日晚。伯乐翦拂中道遗，少尽其力老弃之"，将自己怀才不遇的郁闷倾泻出来。从李白《天马歌》的文句来看，韩愈的名文《马说》对其有重要因袭。

要之，三言诗这种文学样式下虽一度涌现出一些作品，但从整体来看，三言诗一直不够成熟，所以逐渐就被淘汰了，未成为中国诗史的主流样式。

二、四言诗

由于汉语的特性两三个字很难表达完整语意，从殷商甲骨文时代四言格式就已成为主要的句法形式。四言诗在商周之际就已兴起。到春秋时期已形成庞大的诗集。史载，孔子将 3000 多篇的诗经精简为 305 篇。《诗经》中虽偶尔有三言五言甚至六言，但绝大多数都是四言。可见四言诗在《诗经》时代已完全成熟，这种文学样式很快推广开来，实现了经典化，成为一种经典的文学样式。

秦汉时期四言诗依然在继续发展。《文心雕龙·明诗》提到"辞人遗翰，莫见五言"，这说明在两汉时期四言诗是压倒性的。但此情况到汉末发生改变，五言诗开始兴起。在五言诗已经兴盛的汉末魏晋，四言诗依然很有势力。曹操虽有五言诗，但他的经典作品《短歌行》《步出夏门行》都是四言。嵇康也有大量四言诗，其四言诗句"目送归鸿，手挥五玄"堪称名句。

到东晋末期四言诗就开始彻底失势了，晋宋之交的大诗人陶渊明、谢灵运诗集中都只有几首四言诗，且产生影响都有限。连他们这样的大诗人都已无力在四言诗样式下创作出经典作品，足见四言诗的衰败已很严重了。到南北朝后期四言诗彻底衰败，五言诗在生存竞争中取得了绝对的胜利。唐代的诗人已经很少有人去写四言诗。四言诗就彻底死去了。

三、五言诗

五言诗的兴起有一个逐渐的发展过程，《诗经》中偶有五言的诗句，如《卫

凤·木瓜》："投我以木瓜，报之以琼琚。"秦汉时期的一些歌谣、乐府民歌中五言的成分已经很大。到东汉前期五言诗逐渐在文人中流行开来，班固《咏史》、张衡《同声歌》、秦嘉《赠妇诗》都是不错的五言诗。汉末出现的《古诗十九首》实现了五言诗的第一次经典化，这些诗放在《唐诗三百首》里都属于杰作。循着这个良好的势头五言诗继续向前发展，在南北朝时期五言诗彻底取代了四言诗。南北朝时期著名的诗人陶渊明、谢灵运、谢朓、沈约、庾信等都以写作五言诗著称。这一时期五言诗开始向声律化方向发展。

到唐代，诗人们都擅长五言诗，包括格律化的五言诗。盛唐王维的作品主要是五言诗。在唐代七言诗也渐次兴起，李白、杜甫作品中的五言诗、七言诗数量上接近。到中晚唐，五言诗在与七言诗的竞争中已经处于下风了。但是五言诗和七言诗之间的竞争持续时间漫长，七言诗的兴起虽然抢占了五言诗的生存空间，但并没能将五言诗灭绝，二者似乎有一种互补性。在宋元明清时期五言诗、七言诗的竞争持续下去，没有分出胜负。

四、七言诗

七言诗的兴起有一个漫长的酝酿过程。三国曹丕《燕歌行》是文学史上第一次纯粹的七言诗，到刘宋元嘉时期的大诗人鲍照作品中已经包含大量的七言成分。进入唐代七言诗真正发展起来了。唐代的诗人大多善于创作七言诗，留下了大量的经典作品。而这种趋势在宋元明清也持续下去。七言诗中的七律甚至成为中国古典诗歌的典型形式。

五、六言诗

理论上说，在五言诗发展之后，紧接着就应是六言诗的发展。但文学史表明，由于种种原因，七言诗要先于六言诗发展起来，且取得了比六言诗高得多的文学成就。最终，六言诗未能发展起来，未能成为诗歌中的一种典型文学样式。

六言诗相传起于西汉谷永，但其诗今不存，今存最早作品是孔融的《六言诗三首》。在魏晋南北朝以至隋唐时期，六言诗一直得不到发展。一些诗人诗集中偶尔会有六言诗，稽康有六言诗10首，王维有《田园乐》7首。

六言诗的真正发展是在北宋时期，王安石有5首，苏轼24首，黄庭坚有52首，惠洪有90多首。足见北宋时期六言诗有一个大的发展，但这一良好势头未能持续下去，到南宋六言诗没有进一步发展开来。这也许是由于六言本身无法形成流转的诗句，二二二的格式不适合诗意的表达。纵观六言诗的发展历程，没有出现可传世的佳作，这也导致六言诗不能够流传开来。不过，后来的一些词曲明显吸收了六言诗的手法。如马致远《天净沙·秋思》："枯藤老树昏鸦，小桥流水人家，古道西风瘦马，夕阳西下，断肠人在天涯。"这首作品共五句，除了第四句"夕阳西下"别的都是六言的形式。

六、八言诗、九言诗

三言诗、四言诗、五言诗、六言诗、七言诗先后发展起来，按道理八言诗、九言诗也应该发展起来。但文学史上八言诗、九言诗都没有起步。据考证，八言诗极少，如唐人卢群的八言诗："祥瑞不在凤凰麒麟，太平须得边将忠臣。但得百僚师长肝胆，不用三军罗绮金银。"九字诗亦非常罕见，如杨慎《升庵诗话》提到的元代诗僧明本的《九字梅花》："昨夜西风吹折中林梢，渡口小艇滚入沙滩初坳……"及杨慎的自作"玄冬小春十月微阳回，绿萼梅蕊早傍南枝开……"。

八言诗、九言诗的不能发展当然有其自身体式上的原因。但最根本的原因恐怕是五言、七言诗的发展过于旺盛，成为古代诗歌的主要形式。这就很大程度上挤占了其他体裁诗歌的生存空间。按照生态位的"竞争排斥原理"，某类生物过于繁盛，那么与其在生态圈中处于近似生态位的其他生物，很可能要面临绝灭。八言、九言诗，包括六言诗的生态位与五言、七言诗很接近。五言、七言诗占据了强势生态位，四言、六言诗只能占据弱势生态位，而八言、九言诗则已无生态位可占了，从一开始就得不到发展。

七、杂言诗

杂言诗在《诗经》中就有所体现，到汉代杂言诗的创作已比较多，在汉乐府中有大量杂言诗，如《东门行》《孤儿行》等，后来到唐代李白以创作乐府型的杂言诗著称，李白的《蜀道难》《将进酒》等作品就是杂言诗的代表。杂言诗以其自由、豪放的特性，在古代诗歌史中成为不可或缺的重要组成部分。

八、词

词的兴起历程，学术界已有大量研究。从进化历程来看，词的进化起于唐代。史载，李白已有一些词作，至晚唐温庭筠、韦庄开始专长于词的创作，到两宋，词学进入极盛。从字数多少与自由度的角度来看，词是对此前五七言格律诗的一种适度解放。词的句子，其字数可多可少，往往将三字句、四字句、五字句、七字句杂糅在一起。词体的这一特征，让它在诗歌之外，获得了较大生态

位。虽然后起，但后发制人，最终成长为中国诗歌体裁的大类，占有了强势生态位。

九、曲

曲自古就有，汉代已有一些说唱艺术，汉乐府中的一些作品，其名字即被称为"曲"。但一定程度上，元曲是在宋词的基础上进一步进化形成的。元曲主要是在对音乐的适应方面，相比于宋词更为恰当，且具有了更多的叙事功能。

十、自由诗（新诗）

近代以来世界大变、中国大变，在这种三千年未有之变局之下文学也开始随时代发生变化。晚清梁启超提倡"诗界革命"，当时著名诗人黄遵宪取得了一定的成果。但"诗界革命"的最大成果是由胡适取得的。1920年，胡适的新诗集《尝试集》出版后，引起极大反响。此后，新的自由体诗逐渐在文坛上站稳了脚跟，成为中国文学史上一种新的极有潜力的文学样式。胡适之后已近百年，百年间涌现出郭沫若、徐志摩、戴望舒、卞之琳、李金发、艾青、穆旦、北岛、海子等较有成就的诗人。但客观来说他们的成就也就是每个人有两三首能达到古代优秀作品的程度。因此，现代新诗还需要进一步积累与进化，才能有辉煌期的到来。

总体来看，关于文学样式、文体的进化史，有诸多问题要探讨。需要对上百种文体进行详尽的案例研究，先理清其进化历程，综合其进化中遇到的问题，如文体竞争、自然选择、起源与绝灭等问题，然后才能归纳出其进化规律，以最终形成细致的全貌化的文体进化史。

第二节　中国诗歌进化史

中国诗歌的进化史不像小说戏曲领域存在明显的垂直进化史，不容易理出一条清晰的线索。在中国诗歌的进化历程中，整体因袭非常少出现，选择因袭发生了主要作用。因此，探究古代诗歌进化史，首先要注意"基因库"问题。其次要注意各种表达技巧、细节方式的进化史。

一、古代诗歌进化的"基因库"

《诗经》是古代诗歌进化史中一个巨大的"文学基因库"，后来的大量诗人都从《诗经》寻章摘句、寻求创作灵感。引用化用《诗经》的作品有大量。如曹操《短歌行》：

> 对酒当歌，人生几何？譬如朝露，去日苦多。慨当以慷，忧思难忘。何以解忧，唯有杜康。青青子衿，悠悠我心。但为君故，沉吟至今。呦呦鹿鸣，食野之苹。我有嘉宾，鼓瑟吹笙……

诗中，"青青子衿，悠悠我心"这句来自《诗·郑风·子衿》，"呦呦鹿鸣，食野之苹。我有嘉宾，鼓瑟吹笙"来自《诗·大雅·鹿鸣》。

再如谢灵运的很多诗，会从《诗经》进行选择因袭。谢灵运今存完整的五言诗，约80首不到，被《昭明文选》选了32题40首，是《文选》选录篇目第二多的诗人。考察谢灵运现存的近80首诗，会发现他对前代作品，有着大量选择因袭。《诗经》《楚辞》都是他选择因袭的对象。其中对于《诗经》的选择因袭，包括：

(1) 谢灵运《庐陵王墓下作》：德音初不忘。

《诗·郑风·有女同车》：彼美孟姜，德音不忘。

(2) 谢灵运《从游京口北固应诏》：顾己枉维縶，抚志惭场苗。

《诗·小雅·白驹》：皎皎白驹，食我场苗；縶之维之，以永今朝。

(3) 谢灵运《答谢惠连》：别时花灼灼，别后叶蓁蓁。

《诗·周南·桃夭》：桃之夭夭，灼灼其华……桃之夭夭，其叶蓁蓁。

(4) 谢灵运《初发石首城》：白珪尚可磨，斯言易为缁。

《诗·大雅·抑》：白珪之玷，尚可磨也；斯言之玷，不可为也。

(5) 谢灵运《燕歌行》：岂无膏沐感鹳鸣……谁知河汉浅且清，展转思服悲明星。

《诗·卫风·伯兮》：岂无膏沐。

《诗·国风·周南》：求之不得，寤寐思服。悠哉悠哉，辗转反侧。

(6) 谢灵运《悲哉行》：萋萋春草生，王孙游有情。差池燕始飞，夭袅桃始荣。灼灼桃悦色，飞飞燕弄声。

《诗·国风·邶风》：燕燕于飞，差池其羽。

《诗·周南·桃夭》：桃之夭夭，灼灼其华。

可见，《诗经》是古代诗歌的一大基因库。而唐以后诗歌进化史的一大基因

库，则是杜甫诗。很多诗人以学习、引用、化用杜甫诗为一大功课。这一问题学术界已有大量专著、论文谈及，此处从略。

二、大诗人之间的进化链条

诗歌史的方向，往往是由大诗人的排列而自然形成的。对涉及大诗人之间的选择因袭，加以系统性的整理，则可以构筑起一条大体有效的诗歌史进化链条。这个链条主要是由大诗人的作品关系构成的。由诗歌史上苏轼对陶渊明的因袭，欧阳修对韩愈的因袭，黄庭坚对杜甫的因袭，明代前后七子的"诗必盛唐，大历以后书勿读"，清代诗坛的宗唐传统、宗宋传统，等等，可以构筑起一条选择因袭的进化链条。

比如欧阳修对韩愈诗文的因袭。张戒《岁寒堂诗话》云："欧阳公诗学退之。"严羽《沧浪诗话》说："国初之诗，尚沿袭唐人，欧阳公学韩退之古诗。"都是强调欧阳修诗对韩愈诗的因袭。宋代邵博《邵氏闻见后录》载：

> 欧阳公言韩退之文，皆成诵。中原父戏以为韩文究，每戏曰："永叔于韩文，有公取，有窃取，窃取者无数，公取者粗可数。"永叔《赠僧》云："韩子亦尝谓，收敛加冠巾。"乃退之《送僧澄观》"我欲收敛加冠巾"也。永叔《聚昨堂燕集》云："退之尝有云，青蒿倚长松。"乃退之《醉留孟东野》"自惭青蒿倚长松"也。非公取乎？

所谓的"公取"，就是在提及韩愈名字之后的公开引用。而"窃取"则是未提及韩愈，但实则还是引用、化用了韩愈作品。则可以循着这个思路，把欧阳修诗文对韩愈诗文的因袭，每一处都标注清楚。由此就会形成一个欧阳修对韩愈作品进行选择因袭的清晰的进化链条。

类似的例子，再如清初词人纳兰性德对明代词人王次回作品的因袭。古代诗词大家其作品很有独创性，但往往也有其因袭来源。把因袭来源的问题搞清楚了，对于我们评价古代诗史词史上的大家，是很有作用的。

三、名篇名句涉及的选择因袭

古代诗歌作品海量。清代所编的《全唐诗》有作品 48900 余首，诗人 2300 余家。1998 年傅璇琮先生主编的《全宋诗》收有近 9000 位诗人的 20 余万首作品。2013 年杨镰先生主编的《全元诗》收录了近 5000 位诗人的约 14 万首诗。至于《全清诗》虽未完全整理出来，但有学者估计其数量约在 90 万首上下，再算上其他一些诗歌、词、曲。则古代流传下来的诗歌，至少有上百万首。这些作品的进化问题，当然不可能一一谈及，好在诗歌虽众，但诗歌史上的经典作品、次经典作品，还是有限的。

诗歌史上让人耳熟能详的经典作品应该在 300 首上下，次一些的经典作品，应在 400 首左右，再包括一些全篇作品并不知名，但诗句本身很经典的有几百联。则大体可以估算，中国古代诗歌中经典、次经典作品、诗句的总数，应该在一千首（联）之内。探讨这些经典、次经典诗歌作品的进化问题，难度就较讨论一些非名篇名句的作品要容易很多。因为针对这些名篇名句的因袭问题，古人已经有了不少论述。

这样一种经典、次经典作品的因袭，显然是非常多的。如前文已经重点提及的北宋林逋的名句"疏影横斜水清浅，暗香浮动月黄昏"对五代南唐诗人江为诗句"竹影横斜水清浅，桂香浮动月黄昏"的因袭。欧阳修的名句"泪眼问花花不语，乱红飞过秋千去"对皮、陆《唱和集》中严恽《惜花》绝句"春光冉冉归何处，更向花前把一杯。泪眼问花花不语，为谁零落为谁开"的因袭。再如北宋词人晏几道的名句"落花人独立，微雨燕双飞"因袭自五代诗人翁宏的《春残》："又是春残也，如何出翠帷。落花人独立，微雨燕双飞。"诸如此类的非常多。

这样一些名篇、名句的因袭问题，从进化论的角度来看，则可以看到一种系统性的诗歌进化。这种进化来自因袭，很多时候是优化的，但也有时呈现美感上的退化。《中国文学进化史》应尽可能把这些名篇名句的因袭问题，查证清楚，呈现一种系统性。

在名篇名句之外，也应对著名诗人全部作品的因袭问题，进行一些查证。如本书中做了案例研究的王维诗。王维现存诗歌作品共 308 题，367 首。其中已确定存在诗句因袭的有 60 首，其他一些也并不是没有，只是没完全找到。由此来进行估算，则王维至少有 30% 的诗歌作品，存在明显的因袭。这样一个 30% 的数据，可能对其他诗人也是大体通用的。只是说要进一步做案例研究，如对李白诗、杜甫诗、苏轼诗、黄庭坚诗的进一步案例研究。

这里谈到的王维诗的因袭，主要是对其他人诗歌作品的因袭。但实际上古代诗歌的用典问题，很多也可以划入因袭。如李白作品对《庄子》的用典，黄庭坚诗歌对《庄子》的用典。笔者统计到，《李太白全集》中对《庄子》一书的引用化用达 161 条，几乎涉及《庄子》的全部三十三篇。类似的，笔者统计到，黄庭坚诗集中，对《庄子》一书的引用化用达 350 处。在黄庭坚 2300 首的诗歌总数中，已数量很可观。

四、与诗歌模拟相关的进化问题

考虑到中国古代诗歌史的重要线索之一，是"模拟与反模拟"的斗争，而

模拟一般都是存在大量的因袭，所以诗歌史上的模拟现象，可以作为进化现象的重要研究领域。

首先，要较多讨论模拟中的因袭。无论是选择因袭，还是整体因袭，都是模拟现象形成的重要基础。因此，诗歌史上的模拟现象中存在大量的因袭问题。对这些问题的深入研究，有助于我们更好地认识因袭现象。

其次，还要注意诗歌进化中因模拟导致的进化链条的现象。模拟在古代诗歌发展史中是非常重要的现象，虽然大多数理论家们对模拟主要是持反对、批判态度。但也有如明前后七子那样强调"文必秦汉，诗必盛唐"主张模仿古人作品的诗论家。这些诗论家们对诗歌领域的模拟，冠以"复古"这样一个较为正面的词。

从文学进化论角度来说，诗歌中的模拟现象，很多也可以划入垂直进化的范畴。如李攀龙《天马歌》，可作为对汉乐府辞《天马歌》的垂直进化。当然也有很多模拟现象，不能划入垂直进化范畴。所以对此问题需要进行逐个的案例研究，仔细比对其主题立意、用词用句，以确定哪些模拟的作品可划入垂直进化的范畴。

笔者认为，在详尽案例研究的基础上，可以把古代诗歌史上的一些模拟之作，在《中国文学进化史》一书中，单独成一类诗歌史上的垂直进化。从前的诗歌史家总是聚焦于诗歌史上的经典作品，而我们的《中国文学进化史》则因理论的需要，把那些诗歌史上为数众多不被重视，被忽略，被屏蔽的模拟之作，加以重点研究。无论是《昭明文选》中收入的拟古诗，还是明前后七子的拟古之作，都需要从进化的角度进行重点研究。

五、诗歌技巧、细节的进化史

诗词发展中的垂直进化，虽然有不少，但并不构成诗词进化史的主线，甚至连支线都够不上。但诗歌主题、内容与技巧，往往也有其进化历程，有些情况下甚至有垂直进化的特征。爱情诗有爱情诗的进化历程。田园诗有田园诗的进化历程。山水诗有山水诗的进化历程。这一点尤其是体现在乐府诗上。郭茂倩《乐府诗集》中很多乐府题材都有其明显的进化史。

诗歌中很多意象亦有其进化面貌。植物意象，如"柳""荷""木叶""花"；动物昆虫意象，如"龙""马""鸟""牛""蝉"；天文意象，如"日""月""风""雨"。这些意象在诗歌中的使用，都有其进化史，可以加以总结。

而在诗歌细节、诗歌技巧上，很多内容都有进化的形态。比如叠词在诗歌中的使用带有进化的痕迹。再如诗歌的对仗技巧，有其进化史。诗歌的比喻技巧，诗歌的象征技巧，诗歌的讽刺技巧，诗歌的咏物技巧等，都有其进化的历程，都可以加以总结。

诗歌的意境、情境等不能实指的内容，作为文学基因，其实也有其进化史。比如诗歌中"禅的空灵"意境，亦有其进化历程。早期六朝山水诗中并无明显的禅味。后来王维的禅诗独创出了一种新的文学意境形态。此种"禅味"此后为各家诗人所因袭，如清代王士禛的"神韵诗"。这其中的进化历程，也值得探究。

第三节　中国小说戏曲进化史

小说、戏曲是不同的文学样式。但中国古代的小说进化史、戏曲进化史却广泛呈现出共享文学基因的现象。即在古代文学进化实践中，小说与戏曲可以杂交。在生物学上，杂交与否是判断两个群落是否为两个物种的重要标志。能够杂交的，一般都被视为同一个物种。此一点对于文学研究，很有启发。既然小说、戏曲能够杂交，则二者的进化史必然是混杂的，互相之间会有杂交，杂交的后代会进一步与其他作品进行杂交。例如小说中的《三国志平话》与元杂剧中的关公戏，可以进行杂交，则二者可以被视为同一个文学物种。

基于此，则中国小说与戏曲的进化史就不应该单独讨论，二者应该合并在一起，共同构成中国小说戏曲进化史。从中国小说戏曲进化史的详细过程来看，有多方面问题值得重点探讨。

一、小说戏曲的"基因库"

探讨小说戏曲的进化史，首先要注意到小说戏曲进化历程中存在"基因库"的现象。南宋罗烨《醉翁谈录》曾指出，南宋临安勾栏瓦舍的说话人都要熟读《太平广记》《夷坚志》《绿窗新话》等传奇志怪小说集。后来的文学进化史表明，《太平广记》《夷坚志》等几个大型文言小说作品集，都带有小说戏曲进化的基因库的性质。

以《太平广记》中内容为进化起点的小说戏曲有上百种，其中大量的唐传奇都未能单独流传，几乎都是依附在《太平广记》中传播，后来很多都进化出了大部头的戏曲小说，如白行简《李娃传》。

以《夷坚志》为进化起点的小说戏曲亦有几十种。据学者研究仅明代就有十种戏剧取材于《夷坚志》，如叶宪祖杂剧《生死缘》、沈自徵杂剧《霸亭秋》、无名氏传奇剧《赚青衫》等。此外三言二拍中也有许多作品是整体因袭自《夷坚志》中作品而来。

从大量后起作品从《太平广记》《夷坚志》中选取文学基因来看，二者完全称得上古代小说戏曲的一个重要基因库，对后来的文学进化产生重大的影响。撰写《中国文学进化史》，像《太平广记》《夷坚志》这样的重要文学基因库，就必须作为一种"生态环境"来重点描述。正如把亚马孙热带雨林当成一个整体来描述，重点在于动植物在热带雨林中所形成的基因库及基因库对于进化的影响。不是个别物种的进化，而是整体物种的进化。

二、垂直进化史问题

《中国文学进化史》必须聚焦于小说戏曲进化中的垂直进化问题。每一个小说戏曲题材都是一个文学物种，文学物种是进化的最基本单元，这些题材相互独立在发生着进化，其进化历程会有一定的相似性、平行性。所谓的"文学进化史"，其中重要一点就是揭示垂直进化中的诸多进化规律、规则、共性。

而这种进化的规律性，尤其体现在进化中文学经典的形成。进化的杂乱无章性，通过文学经典的形成，而变得规整。从数量统计角度，在中国文学进化史中，那些独立进化且进化历程较为活跃的文学物种有几百个，其他进化程度较低的则有成千上万个。按其进化结果是否集成化、是否经典化来分，大体可以分为六类：

（1）集成化成功，在此基础上其经典化也成功。

（2）集成化成功，经典化不成功。

（3）集成化不成功，经典化亦无从谈起。

（4）集成化不成功，但极少数其经典化却成功。

（5）故事在进化中期停止进化，其集成化只出现一个苗头。

（6）故事在进化的初期便停止进化，其集成化无从谈起。

对此六大类别，可分别论述。

（1）进化历程非常活跃，最终形成集成式作品，并程度不同得以经典化的文学物种。

各类故事中，非常著名、进化进程非常活跃，后来进化出篇幅较大、形态较完善、较为经典的单部头作品的有 40 个左右。如三国故事、水浒故事、西游故事、王昭君故事、孟姜女故事、汉武帝故事、武王伐纣故事、伍子胥故事、目连救母故事、苏轼故事、司马相如故事、李世民隋唐故事、唐玄宗杨贵妃故事、杨家将故事、黄粱梦故事、吕洞宾故事、八仙故事、包公故事、狄仁杰故事、西厢记故事、白蛇传故事、济公故事、钟馗故事、岳飞故事、唐寅故事、王翠翘故事、观音菩萨故事等。

以上这些故事，进化历程非常活跃，其故事内容往往像滚雪球一样，故事总体之下分出的枝节越分越多，其中包含的小故事越来越多，内涵越来越庞杂。由于故事素材的越进化越多，最后就会形成以该故事为题的较大篇幅的单部头作品。如《三国演义》《西游记》《封神演义》《济公全传》《三侠五义》《狄公案》《西厢记》《长生殿》《说岳全传》《隋唐演义》《杨家将演义》等。

　　然后这些集成化的作品，又程度不同向文学经典化的方向发展。有的如观世音菩萨故事、钟馗故事、赵匡胤故事等，虽让人耳熟能详，但其文学文本称不上文学名著。但水浒故事、三国故事等其他绝大多数都最终进化出了文学名著，获得大众广泛的关注，在某些历史时期甚至直到当代，都有着巨大的影响。

　　比如吕洞宾故事的进化历程。❶ 吕洞宾是内丹道教的初祖、八仙之一，是道教中神秘而吸引人的偶像。关于他在后世形成了四大故事群即"飞剑斩黄龙故事""松（柳）树精故事""黄粱梦故事""戏白牡丹故事"。这些故事往往单线发展，各自进行相对独立的垂直进化，最终又融合在一起形成了吕洞宾的总体故事。正是经过了错综复杂的进化历程，至晚明汤显祖三十出的传奇戏《邯郸梦》横空出世，吕洞宾故事完成了集成化与经典化的历程，成为古代文学中的一部重要经典。

　　中国古代的小说戏曲中大部分的经典作品，都是如此形成的。徐朔方先生所谓的"世代累积型集体创作"，实则就是"世代进化型"。此种既能够集成化，又能够经典化的作品，基本就构成了《中国文学史》之类著作所描述文学史的主体。但传统的文学史，总是重于揭示其经典化的结果，不注重分析、比对、阐发其经典化的过程。对文学进化的"过程"与"结果"的同等程度的重视，正是《中国文学进化史》的一大特点。不是单纯去描述文学经典形成之后的社会影响状况，而是聚焦于文学经典的形成过程。这些"文学经典的形成过程"，便是真正的占主体地位的中国文学进化史。

　　（2）进化历程活跃，形成了集成化作品，但经典化历程不成功。

　　这种类型最典型的就是赵匡胤故事。赵匡胤为北宋的开国之君，关于他的故事亦一度进化很活跃。《录鬼簿续编》载罗贯中有《宋太祖龙虎风云会》杂剧，在明代有平话本的《赵太祖飞龙记》，在明清时期有一部《飞龙传》。至乾隆中期，东隅吴璿重新对这个故事进行集成化改写，写成了六十回的小说《飞龙全传》。至《飞龙全传》的出版，赵匡胤故事的集成化算是大体完成。但是这个作品其实已经错失了最佳的进化机遇，其经典化历程必然亦失败告终。

　　（3）进化历程较活跃，但一般未能形成较大篇幅的集成式作品。集成化进程失败。其经典化进程亦失败。

　　更大多数的故事其进化历程则一般性的活跃。大的故事总名之下，分出的枝

---

❶　关于吕洞宾故事的详细研究见吴光正. 八仙故事系统考论［M］. 北京：中华书局，2006.

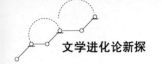

权相对较少，故事总是稳定在从前的形态上，在后期的进化中难以形成滚雪球效应，难以形成新的情节，总是缺乏海纳百川的吸收力，最终在进化的末期未能形成形态较完善、知名度较大的、较大篇幅的单部头作品。这一类故事，如孟子故事、庄子故事、秋胡戏妻故事、花木兰故事、东方朔故事、朱买臣故事、蔡文姬故事、许逊故事、李白故事、杜牧故事、柳永故事、女鬼小倩故事，等等。

这种类型的故事，虽然进化活跃，但未形成集成性作品。因集成化失败，则绝大多数的其经典化进程亦以失败告终。这些故事中有的故事，其实一度进化很活跃，如东方朔故事、朱买臣故事、李白故事等，但后来因为某种原因，在某一个阶段，进化历程的热度有所降低、减缓，尤其是未能出现新的故事分支，故事没有越进化越饱满，最终未能向集成化的方向进化。离形成集成化、经典化的作品，仅一步之遥，最终绝大多数其经典化进程失败。

如朱买臣故事，唐宋元明清时期有大量关于朱买臣的戏曲小说作品。如宋元戏文《朱买臣休妻记》，元代庾吉甫《会稽山买臣负薪》，明代顾怀琳《佩印记》、无名氏《负薪记》，清代朱素臣的《瑶池宴》、无名氏《马前泼水》等，有一二十种。诞生的作品不可谓不多，但至今这些作品几乎都佚失或仅存残本。其故事未向集成化方向发展，未出现一部篇幅较大的集成性作品。其经典化历程也就无从谈起了。此种类型是占绝大多数的。因集成化失败，则经典化进程亦很可能失败。

（4）进化历程较活跃，但一般未能形成较大篇幅的集成式作品。集成化进程失败。但因某些原因，其经典化历程却获得程度不同的成功。

按照正常的文学进化进程，未能完成集成化的故事，往往难以进入经典化历程。但因各种内外因素作用，亦有一些未能完成集成化的故事，最终一跃成为文学经典。典型的如赵氏孤儿故事、梁山伯与祝英台故事等。

赵氏孤儿的故事在此种类型中，有很强的代表性。从《左传》《史记》中关于晋国赵盾家族、赵文子的记载，到元代纪君祥的杂剧《赵氏孤儿》，再到清代的几种传奇戏。乃至19世纪英国人墨菲、法国人伏尔泰等人的几种改编本，此故事的进化历程不可谓不活跃，出现的阶段性作品不可谓不多。然而有意思的是，赵氏孤儿的故事长期就是停留在这一核心故事本身，未逐渐进化出新的枝节，比如赵盾的故事未扩充、赵文子的故事亦未扩充。故事总是稳定在从前的形态上，在后期的进化中难以形成滚雪球效应，难以形成新的情节。

因此赵氏孤儿的故事，未向集成化方向发展。正常情况下，其经典化历程亦将以失败告终。然而1731年，在华耶稣会会士马若瑟将纪君祥《赵氏孤儿》翻译为法文，在法国发表，随即引起巨大反响，此后一二百年中出现了多种翻译本、改编本。时至今日这一故事，可算作在欧美最著名的中国文学题材之一。因其在国外引起的巨大关注，所以纪君祥《赵氏孤儿》亦成为中国戏曲中的代表性作品，因此亦称得上是文学名著。但从文学进化的角度，由于未形成集成性的作品，这一故事的进化是不成功的。

梁山伯与祝英台故事亦可以看作此类。梁祝故事作为故事本身，在当代影响巨大，以其为主题的影视剧、戏曲、音乐等有几十种，算得上是一种"经典"了。但遗憾的是，这一故事在古代并未能够完成文本上的集成化。自东晋以来，梁祝故事就在中国各地广泛传播。唐宋时期多种文人笔记中都记有梁祝故事。如晚唐张读《宣室志》中载："英台，上虞县祝氏女，伪为男装游学，与会稽梁山伯者同肄业。"这一故事随后进入了戏曲领域，元钟嗣成《录鬼簿》记录著名杂剧家白朴作有《祝英台死嫁梁山伯》。至明清时期，也出现了多种关于梁祝的传奇戏文，如《同窗记》。然而可惜的是，这些作品基本都佚失了。梁祝故事在古代虽然进化历程比较活跃，但不知因何种原因，未能形成集成化的大部头作品。

正常情况下，梁祝故事就应该在中国文学进化进程中慢慢枯萎下去。但亦不知因何原因，以梁祝为名的爱情传说在中国各地广泛流传，以至于被称为"中国四大民间爱情故事"之一。至今以梁祝为题的电影、电视剧有上十种。梁祝故事本身带有了很强的文学经典性。

（5）虽一度进化活跃，但因某种原因，停止进化，逐渐无人问津，未有后续作品。总体来看，进化进程单一，出现的作品不多，集成化进程只出现了一些苗头。

从进化史来看，绝大部分故事其进化历程相对坎坷，虽一度进化活跃，但后来处于后续乏力的状态。在明清时期，失去了对作家们的吸引力，难以进一步发展。有的即使在明清时期有后续的进化，但明显失去了活力。其变异多属适应性独创，缺乏开拓性独创对故事本身的整体提升。因此，这些故事的集成化、经典化已无从谈起了。

这一类的进化历程，典型的如花木兰故事。随着妇女解放运动的推进，花木兰故事在现当代非常著名，一度在国外产生巨大影响，但在古代社会环境中，其进化过程不够活跃，形成的作品较单一。从北朝叙事诗《木兰辞》，到明代徐渭的作品《雌木兰》，到清代佚名所撰三十二回的小说《忠孝勇烈奇女传》。虽然形成了较大篇幅的作品，但其进化历程却相对单一，未出现其他故事进化中出现的"作品蜂起"的状态。故而在清代，木兰故事的经典化程度很低。

（6）进化历程较不活跃，在进化初期的某些时候进化停滞，后来基本失去独立进化的能力，被其他故事吸收，或者最终停止进化。

历史上有成千上万的故事，一度流传较广，展现出了进化的潜力，或已开始逐步进化。但因各种原因，在进化初期，其进化早早就中止了。故事本身失去了进化活力，处于被遗忘或被吸收的境地。总之是没有了单独进化的资格。

总的来看，中国文学进化史中这几百个、上千个有一定影响的文学物种（故

事），有的进化出了文学经典，有的未进化出文学经典。其中有些著名作品，如三国故事、水浒故事、西游故事等，往往有极为活跃的进化史。这样我们就必须详细探讨其垂直进化过程。在本书第十一章已较详细探讨了西游记故事的垂直进化历程。在未来的《中国文学进化史》中，笔者将选取几十个故事的垂直进化历程，进行详细探讨，以勾勒出中国文学中这几百个故事，即文学物种的总体进化历程。

三、进化链条的后期进化问题

古代小说的续书群落，其实已经带有了很强的垂直进化特征。只是我们对"垂直进化"的定义，需要宽泛一些。这里我们严守定义，暂且将续书问题，称为"后期进化问题"吧。所谓"后期进化"，姑且定义为一个文学物种在其文学经典产生之后或其文学高峰之后，再发生的种种进化问题。这个概念并不严格，只能是一个"回溯式的概念"：回顾历史，发现如何如何，但其实在历史发生的当时，大家并不是这么看的。

相应的，前期进化指文学经典产生之前的种种进化，它们是以逐步趋近文学经典的诞生为止归。后期进化则是文学经典产生之后，受文学经典影响的种种进化。毕竟文学经典就像太阳，文学经典诞生之前或之后，整个进化环境是不一样的。文学经典诞生之前，进化活动就像是在黑暗中摸索；文学经典诞生之后，则像由黑暗到黎明的转换。文学经典有力地塑造了此后的文学进化环境。因此，文学经典诞生之后，会对后期进化产生巨大的难以抗拒的影响。

举例来说，可以把王实甫《西厢记》之后西厢记故事的进化称为后期进化，百回本《西游记》之后西游故事的进化称为后期进化，《水浒传》诞生之后水浒故事的种种进化称为后期进化。在这些故事的进化过程中，其文学经典诞生之前，进化活动偏于杂乱，并无明确的方向性，但往往非常有活力。而在其文学经典诞生之后，受文学经典的影响，其后期进化有了鲜明的方向性、规整性，前期进化中那种杂乱的，但却非常有活力的进化现象逐渐就没有了。

虽然前期进化与后期进化的概念并不严格，有逻辑不严密的地方，但似乎前期进化与后期进化会有巨大的性质不同。前期进化面向文学经典而去，后期进化是受文学经典的影响而来。二者最大的区别在于，前期进化的时候，没有文学经典的笼罩，更为自由，更为开放，更有活力；而后期进化发生的时候，进化始终在文学经典的笼罩下，相对更封闭，更缺乏开放性，进化活力渐渐减少。

如《红楼梦》的后期进化，清代后期出现了《后红楼梦》《绮红楼梦》《续红楼梦》等十几部续书。数量不可谓不多，但好作品几乎没有。因为这些续书都在《红楼梦》的笼罩之下，想摆脱《红楼梦》的影响，而摆脱不了。《红楼梦》

对它们构成了一种制约、一种先在的标准。它们进化的各个方面，都被《红楼梦》所笼罩，突破不了。

所以，前期进化有一个文学经典诞生的问题。而后期进化基本不存在这个问题，后期进化容易陷入"机械模拟"的境地，最终很难诞生高水平的文学作品。《红楼梦》的续书，清代以来有十几部。数量不可谓不多，但好作品几乎没有。这些续书都继承了《红楼梦》的文学基因，包含大量重组性独创、适应性独创，偶尔也会有少量开拓性独创。但奇怪的是，这些后期进化，其创造性丢失了。这种"创造性丢失"的现象，在各种后期进化中，都能明显反映出来。

总体来说，以"后期进化"概念为中介，把续书问题、改编问题等纳入文学进化论的研究视野当中，这是《中国文学进化史》与《中国文学史》的一个重要不同。在各种《中国文学史》中这种续书问题、改编问题，都只是几笔带过的细节问题。而从进化论的角度，则续书问题、改编问题都具有重要理论意义。如对《红楼梦》续书导致的《红楼梦》后期进化链条的研究，《西游记》在当代影视界的改编研究。这一系列问题还需要在进化论框架下，进行一定的理论总结与提升。

第四节　中国散文进化史

散文从题材上可以分为史传散文、艺术散文、实用性散文，从形式上可以分为骈文、赋、八股文、古文、现代散文等。史传散文的进化历程与艺术散文的进化历程是不一样的。艺术散文中多发生选择因袭，整体因袭比较少。而史传散文则容易发生因整体因袭导致的垂直进化。对此分而论之。

散文领域的垂直进化，多发生在史传散文领域，如从《春秋》垂直进化为《春秋左氏传》，从《旧五代史》垂直进化为《新五代史》，从《旧唐书》垂直进化为《新唐书》，从旧《元史》垂直进化为《新元史》。从诸家的《后汉书》垂直进化出范晔的《后汉书》，从诸家《晋书》垂直进化出唐房玄龄主修的《晋书》。这些都可以视作垂直进化。

现在二十四史中的《后汉书》为南朝宋史学家范晔（398—445 年）所撰，但在范晔之前已有近十家《后汉书》在流传，比如三国吴谢承的《后汉书》、晋薛莹的《后汉记》、司马彪《续汉书》、华峤《后汉书》、谢沈《后汉书》、张莹《后汉南记》、袁山松《后汉书》等。范晔对当时流传的诸多后汉书，都加以搜集、研究，发现这些书都有这样那样的问题，开始有了重撰《后汉书》的念头。后来范晔因事"不得志，乃删众家《后汉书》为一家之作"。范晔《后汉书》出版以后，相对更简明，更准确，文字也更生动。所以逐渐从这诸多《后汉书》

中脱颖而出，最终淘汰了其他的《后汉书》。

不过要注意的是，其他的后汉书一直广泛流传，即使范晔的《后汉书》出来以后，亦流传不歇，至唐初修《隋书·经籍志》这些后汉书都作为"正史"的部分而列名。则至少在唐代还看不出，范晔《后汉书》会完全取代其他的《后汉书》。但到今天，其他的诸多《后汉书》都亡佚了。即使未亡佚，也已经比较难看到了。

《晋书》的进化历程，与《后汉书》大体相似。现在二十四史中的《晋书》由唐太宗下诏修撰。在唐以前，有各种各样的晋书在流传，一度有"十八家晋史"之说，据学者研究实则多达 20 余家。至少包括九家晋书、九家晋史，如，谢灵运撰《晋书》36 卷，沈约撰《晋书》111 卷，陆机撰《晋纪》4 卷，干宝撰《晋纪》23 卷，等等。且这些晋书在唐初基本都能看到，唐太宗看了这些晋书以后，认为缺陷很大"制作虽多，未能尽善"，便在贞观二十年（646）下诏由房玄龄重修《晋书》。唐代重修的《晋书》以整体因袭为基础，吸收了这 18 家晋史的优点，规避了其缺点，因此在内容上更为精良，很快就取代了其他的晋书。至近现代其他的晋书基本都亡佚了，最多剩下几卷的辑本。

在史传散文的垂直进化中，后起的作品显然会对前代作品进行因袭，吸收前代作品的优点，扬弃其缺点，最终形成更完善的形态。如《旧唐书·李白传》连标点只有 387 字，而《新唐书·李白传》则有 775 字，后者的篇幅是前者的一倍。《旧唐书·李白传》有的内容，《新唐书·李白传》都有，且细节更为丰富。而《旧唐书·李白传》没有的内容，《新唐书·李白传》也增补了。而在史实的准确性上，后起的史书往往考证更精良、更准确。

艺术散文领域极少发生垂直进化，但艺术散文领域的选择因袭，发生比较多，艺术技巧在各散文之间互相流传。

文学进化论与其他文学理论的关系

文学进化论显然是一套非常有统括力的文学理论，表现之一就是它能够与许多现行的文艺理论进行对接，某些情况下甚至有兼并一些既有理论的潜能。如果深入探究韦勒克《文学理论》一书的理论逻辑，会发现韦勒克看待文学的一个重要理论基础实则就是文学进化论。虽然韦勒克并不赞成过分从文学进化论角度看待文学问题，但在他论述文学问题的字里行间，其实有着浓厚的文学进化论思想。这一点正显示出文学进化论所拥有的理论辐射力。因此探究文学进化论与诸多西方文学理论的关系，是非常有必要的。

第一节 文学进化论与比较文学理论

文学进化论与比较文学理论有诸多可比性。首先，文学进化中的因袭与比较文学中的影响研究，实则是研究同一种东西。其次，比较文学中的比较研究之所以可行，根本原因是东西方文学生态圈中存在等值生态位。东西方文学作品的外在性状有很大不同，但它们占据的生态位及其功能是大体相似，具有极大可比性。

一、因袭学与影响研究

笔者曾仔细研读过多种版本的《比较文学概论》类著作❶，法国学派的观点深深吸引了我。"影响研究"四个字成为我反复思考的一个问题。2007 年，笔者曾写过两篇有关影响研究的论文：一篇是讨论陶渊明对鲁迅的影响，另一篇是讨论《孟子》对《封神演义》的影响。通过练习写作这两篇论文，我试探性地对

---

❶ 笔者对文学进化论最初的思考，就来自比较文学的启发。2007 年 2 月春节期间，笔者最开始构思的硕士论文题目是《荷马史诗与〈封神演义〉比较研究》。这前后仔细阅读了乐黛云《比较文学原理》、曹顺庆《比较文学概论》等著作。几个月后逐渐发现，比较文学理论的实质之一，就是文学进化中的遗传变异。

影响研究的理论极限进行了摸索，我越来越强烈地觉得影响研究是文学研究的最根本问题。后来我深入吸收运用了法国学派影响研究的方法与视角，形成了我的文学进化论理念。

法国学派的核心术语是"影响"二字，他们的理论就是围绕着这两个字建立起来的，例如影响的发送、流传、接受，影响的分类，甚至比较文学这门学科本身都是围绕"影响"二字建立起来的。如果我们来思考一下"影响"本身，影响显然是从发送者到接受者的角度来说的，是陶渊明影响鲁迅而不是鲁迅影响陶渊明。那么假如我们把这个过程逆转过来，从接受者到发送者的角度来看，那么"影响"就变成了"因袭"，是鲁迅因袭陶渊明而不是陶渊明因袭鲁迅。因此"影响"与"因袭"这两个概念实际上是对等的。

按照生物进化论的理论，遗传与变异是生物进化论的基础，对应到文学上可以说，独创与因袭是文学进化论的基础。因此既然一方面"影响"与"因袭"这两个概念是对等的，另一方面这两个概念又分别是他们所代表的理论体系的理论基础，那么依靠提出"因袭"这个概念我们就能够实现文学进化论和比较文学这两大文学研究理论体系的完美对接。可以形成文学进化论、比较文学这两大体系并行发展。

其实用"比较"二字来形容这样一门研究文学影响的学科是显然有不恰当之处的，法国学者一再强调比较文学不是比较。但是由于历史渊源，当比较文学开始兴起的19世纪，"比较"二字在欧洲学术圈非常流行，当时语言学方面声势浩大的历史比较语言学运动就是一个典型例子。按照有关追述，"比较"概念冠于"文学"之上形成"比较文学"的学科命名，是受了当时法国生物学权威居维叶的"比较解剖学"的启发。问题是，不光是文学研究需要比较，别的任何研究都需要比较，比较是人类思维的基本形式，故而将"比较"冠于"文学"之上显然是多此一举。

二、等值生态位与平行研究

在生态学中，有所谓"生态等值生物"的概念，指的是两个拥有相似功能生态位，但分布于不同地理区域的生物。类似的，在不同的文学生态圈中，比如在中国文学生态圈与欧美文学生态圈中，就会有外部性状非常不同，但拥有等值生态位或近似生态位的文学物种。就是说，东西方文学中会存在两种内容极为不同，但文学生态功能相似或相同的文学作品。比如，东西方都有爱情故事，西方的罗密欧与朱丽叶故事，中国的梁祝故事；东西方都有侠客故事，西方的骑士小说，中国的武侠小说；东西方都有宗教故事，西方的基督徒故事，中国的佛教道教故事。这些文学物种，其外在形态可能差别很大，但内在占据的生态位是相似或相同的。可以说，正是因为"等值生态位"的存在，让东西方文学具有了可比性。比较文学这门学科才得以成立。

第二次世界大战后，在美国开始兴起一种所谓"平行研究"的范式，不再聚焦于作家之间的影响与被影响，而是注重作家作品之间的"比较"。这种范式相比影响研究，才真正称得上是比较文学。在"平行研究"的范式下，东西方的两个作家可以拿来比较一番，屈原与但丁，汤显祖与莎士比亚，很多都可以比较。虽然也有很多学者认为，这样一种比较是"拉郎配"，能得到的都是一些常识，其结论是在比较之前得出的，而不是在比较之后得出的，因此认为这样一种"比较"范式没有太大价值。但从"等值生态位"理论来说，东西方文学生态圈的外在性状不同，但内在的生态位是有很大相似之处的。笔者认为，比较文学要探寻的恰恰就是厘清其中蕴含的生态位问题：生态位的文学功能、社会功能、上下游关系。生态位在其中一个维度上类似一种社会需求，文学作品被创制出来满足这种需求。东西方文学的表现形式不一样，但它们试图去满足的需求是类似的。

三、历史上的文学进化论与比较文学

既然文学进化论和比较文学本质上是在研究同一种东西，那么何以西方学者们成功发展壮大的是比较文学而不是文学进化论呢？究其原因显然跟欧洲历史的政治形势有关，欧洲最早是一个统一的欧洲，罗马帝国、天主教教会都曾在这个统一的欧洲上建立过权威，但中间经历了各种分裂。由于历史上的亲缘关系，在欧洲实际上从来没有存在过一种纯粹的国别文学，莎士比亚在欧洲大陆的影响跟在英国的影响只有程度上而没有本质上的差别。但文艺复兴以后由于民族主义思潮的兴起，在政治势力的推动下，一国的学者总是要强调本国本民族的文学具有独立性。这样就割裂了文学影响的事实，德国的作家可能受到英国某作家的巨大影响，英国某作家可能受到法国某作家的巨大影响。由于民族主义的强大干扰，部分研究者不愿或不敢承认这种跨国界的影响，表现之一就是他们不去研究这方面，不发表论文不发表专著。结果这种带有欧洲文学根本特性的跨国界影响，就好像不存在了，比较文学的兴起正是看到了这一问题。但还是由于民族主义的影响，这种影响研究竟然蜕变成了用于证明本国文学是高高在上的施予者，他国文学是卑微的接受者的工具。

正是由于欧洲学者不能够突破国别界限去探讨欧洲文学进化中的影响与因袭问题，这就使得他们不能得到一个完整的作家之间的影响链，当然就不能得到一个文学进化的完整图景。而中国文学跟欧洲文学不一样，在五四运动之前的3000年里中国作家之间的影响与因袭几乎完成局限在中国版图内，偶尔有少量涉及外国文学的例子，但非常边缘化。而且由于中国作为统一王朝的阶段是历史主流，

战乱是历史的支流，这就导致作家之间的影响与因袭不受民族主义的干扰（当然也许受到某种地域偏见、门户之见的干扰）。金朝人董解元的《西厢记诸宫调》与元朝人王实甫的《西厢记》杂剧二者之间显然是有因袭关系，但在元朝兴起时金朝已经亡国了，所以不会出现有人由于受金朝民族主义的影响，硬是要说董解元的作品比王实甫的好，虽然王实甫的《西厢记》其实是对董解元作品赤裸裸的抄袭——以改编为名义的抄袭。

所以欧洲要建立他们的文学进化论的谱系显然必须突破国别文学的界线，至少实现一种包括全欧洲的总体文学。而中国要建立自己的文学进化论谱系则只要局限在自己本国范围内就大致可以了，因为那些与外国有渊源关系的内容在中国古代文学发展中处于很边缘的地位。当然由于全球化的时代到来，今天的中国作家往往是因袭外国作家。所以比较文学的中国学派在未来还是大有可为的。如果按照文学进化论的思路来说，这种未来的比较文学与世界文学，只不过是要把文学进化论的讨论范围由中国本土扩大到了全世界。

第二节　文学进化论与主题学

文学进化论与主题学的关系值得重点研究。最明显的就是二者有一些相合、趋同之处。文学进化论的"文学基因问题""因袭问题"与主题学上的"母题问题"，有相同的论域，相似的观点，只是双方的切入点有不同。在笔者看来，西方理论界的"母题研究"，很多内容其实就属于对文学基因的分类研究。

其实从发展历程来看，主题学的研究尤其是母题研究，便是脱胎于19世纪西方文学进化论的理论研究热潮之中。主题学理论可以看作文学进化论的一个产物或后期理论。

一、主题学与进化论

主题学中最重要的一个概念是"母题"（Motif）。这个概念在歌德著作中就有，最初可能就是来自德语的一种说法（Leitmotif）。中国学者将"motif"译为了"母题"，但很多人指出这个翻译并不准确，因此有多种译法。有我国台湾学者认为译为"情节单元"更准确❶，此观点把握住了问题的实质。"母题"概念的使用，以俄国学者维谢洛夫斯基的使用较早引人注目。维谢洛夫斯基（1838—1906年）是俄国历史比较文艺学的创始人，公认的"俄国比较文学之父"。他在

---

❶ 刘守华. 中国民间故事史［M］. 北京：商务印书馆，2012：13.

学术史上以历史诗学理论著称，20 世纪俄国扬名世界的几位文艺理论家如普洛普、巴赫金、什克洛夫斯基等人都受他的文艺思想的很大影响。

维谢洛夫斯基是 19 世纪重要的文学进化论者，他对"母题"概念的应用，与文学进化论有很大的联系。其至可以认为，文学进化论的观点，是维谢洛夫斯基对"母题"研究的理论基础。早年的维谢洛夫斯基求学于德国的文学进化论者斯坦特尔，逐渐建立了自己的文学进化观。大概也是从歌德等人的著作中，他们意识到了"母题"这个词的进化论价值。

维谢洛夫斯基已注意到文学中的因袭现象。1870 年他已指出很多作品使用了从前作者的素材内容，如莎士比亚戏剧对前人作品的因袭借鉴。此时他认识到了在文学演化中存在继承与变革这一对因素。维谢洛夫斯基把"继承与变革"的思想方法运用到了民间文学研究上，从中发现了由于共同继承同一作品而导致的重复，去掉这种重复就可以把繁多的情节简化为几个类型（情节单元），进而认为文学发展中存在一些固定的母题。可见，维谢洛夫斯基的观念与文学进化的遗传变异非常接近，只是他把这一切往"母题"或者"故事类型"方向发展了。而笔者的文学进化论则继续围绕着遗传变异来看待文学问题。

维谢洛夫斯基之后主题学进一步发展。芬兰学派将之发展为民间故事的类型研究，这显然是受 18 世纪林奈以来的植物分类学影响。1910 年芬兰学者阿尔奈发表《故事类型索引》一书，1928 年美国学者汤普森《民间故事类型索引》，形成了著名的"AT 分类法"。此后，汤普森在 1936 年又完成了 6 卷本《民间文学母题索引》。可以说，文学进化论与主题学理论有互通之处，母题研究可以看成是文学进化论的一个理论产物。只不过是西方学者在文学进化论基础上，把研究的重点引向了对故事的骨架，即"故事类型"的研究。其实严格来说，故事类型索引研究的已有成果，可以往文学故事的"进化树图"、进化谱系构建的方向发展。

二、母题套用与间接因袭

著名学者艾布拉姆斯在 1957 年出版的《文学术语辞典》中对母题的定义是："母题（Motif）是文学作品中的一种反复出现的因素：一个事件、一种手法或一种模式……也指一部文学作品中反复出现的关键性短语、一段描述或一组复杂的意象。"❶ 艾布拉姆斯强调的是"反复出现"。在笔者看来，这个描述抓住了问题的实质，这实则就是文学基因在不同作品中被反复因袭，从而反复出现。因为正

---

❶　阿伯拉姆. 简明外国文学词典 ［M］. 曾忠禄，等译. 长沙：湖南人民出版社 1987：209. 但在吴松江重译的中英对照版《文学术语辞典（第 7 版）》（北京大学出版社 2009 年版）中，Motif 被译成了"题旨"。这显示出学术界对"母题"概念，还存在较大分歧。

如笔者所述，文学基因可以是一种意象，一种人物形象，也可以是一种句法、章法，一种结构。可见，以艾布拉姆斯为代表的一部分西方学者说的"motif"，本质就是文学基因。故而，用文学基因等概念来修正"母题"等概念及其逻辑体系，是可行的。

一个母题之下，往往有大量同类文学作品。譬如西方文学中的"复仇母题"，就涉及大量的同类作品。一个后起的作家，也创作一篇涉及"复仇母题"的作品，这便是母题的套用。这种母题套用，其基础是因袭，就是因袭了一个母题中的共性结构，也即是对一个情节单元的因袭。其因袭是很明显的，现在问题在于，是因袭自哪篇作品呢？

要知道，19世纪之前，西方也没有明确的"母题理论"。所以作家发生因袭的时候，不会有母题概念，他一定是聚焦在某一篇作品，有时可能也涉某几篇作品。这样一种因袭通常都会有"选择因袭的标志物"。

但也不排除有些情况下，在母题套用中，并没有明确的选择因袭标志物。我们很难判断其选择因袭的直接来源在哪里。很多时候一类作品都有这种文学基因，我们确定不了是具体从哪一篇来的。只能说是从这一类作品来的，这样就存在一个间接因袭的问题。

我们在判断选择因袭问题时，感觉到两篇作品很相似，感觉二者之间有选择因袭存在，但没有选择因袭的标志物。这种情况就不能明确说甲作品对乙作品有直接因袭，然而可以推测有"间接因袭"的存在。甲作品不一定就直接因袭了乙作品，有可能是因袭了与乙作品有直接因袭关系或很近亲缘关系的丙作品。就是说，甲乙作品的因袭关系，是通过中间的丙作品发生的。这种就是间接因袭。

母题套用中的很多因袭问题，虽然不能明确确定直接因袭的具体来源。但我们还是可以大体判断存在选择因袪。正因为这一点，"相似即因袭"的经验规则，总体是成立的。因为这种因袭，不一定是直接因袭，也可能是间接因袭。

三、母题与进化概念的多层衔接

主题学研究尤其是母题研究在东西方文学研究中应用的重点有较大不同。但在笔者看来，无论是东方还是西方的主题学理论与实践中，母题概念与进化论体系中的诸多概念，都存在多层次的对应与衔接的可能性。

第一，母题与文学基因概念的对接，及母题的进化问题。如前所述，"母题"与"文学基因"概念有相同的实践基础，有很大的重合之处，但也有相异之处。二者有互相对接、互为修正的强大潜力。所谓母题的情节单元，近乎一种简单状态的文学原始基因。这种简单状态的文学原始基因会不断发生新的变异或者新的排列组合，也就是母题自身会发生演变。母题的演变，类同于文学基因的进化。比如诗歌中"爱情母题"的演变，可以转换成爱情的几种"文学基因"的进化或垂直进化问题。则母题演变问题，可以从文学基因垂直进化的角度来进行重新梳理与研究。

第二，民间文学中的"异文"问题。在西方，"母题"概念被大量用于民间文学研究当中。在西方学者看来，母题是诸多民间故事中内含的共性结构，是一个可以在其他故事中多次反复出现的情节单元。我们可把它理解为骨架。而一个文学作品除了骨架，还有很多属于表层的枝叶性的东西。在民间故事的传播中，骨架可能相同，但枝叶性的东西往往有多种多样的变化。这就形成了民间文学中同一个故事的大量不同的"异文"。这种"异文"其实亦可以从文学进化论的角度来分析，就是文学基因的变异的问题，很多都是属于对自然社会环境的一种适应性变异。

第三，故事流变的问题。在当前中国文学研究界主题学研究的重点之一在故事流变研究，如孟姜女故事流变、包公故事流变、李白故事流变之类的选题。为此宁稼雨等学者提出了"叙事文化学"的故事流变研究理论。这与笔者提出的垂直进化研究涵盖了同一领域。因此在这一领域，文学进化论与主题学有很大的互相借鉴之处，未来可进一步互相参考。

第三节　进化中的因袭与互文性

互文性理论近 10 多年来在中国文学理论研究界受到了较多关注。"互文性"（Intertextuality）概念，见于法国符号学家、文学理论家朱丽娅·克里斯蒂娃 1969 年出版的《符号学》一书❶，主要指不同文本之间包含的一些相同、相似的内容。应该说，互文性理论其实萌芽于英国文学评论家托·斯·艾略特 1917 年的著名文章《传统与个人才能》，艾略特注意到了文学作品之间在内容上及文学史地位上互相影响的复杂关系，指出"诗应当认作自古以来一切诗的有机的整体"❷。艾略特的见解已为互文性理论打下了理论基础。

互文性理论聚焦于一个文本与它所引用、化用、吸收、改写、扩展的其他文本之间所构成的总体关系。在互文性理论看来，读者只有充分了解了一个文本所吸收、改造的前文本的意义与内涵，才能读懂这一文本。则按照互文性理论，必须着力去寻找一个文本所吸收、改造的前文本的痕迹，并要对之进行阐发。可

---

❶　茱莉亚·克里斯蒂娃. 符号学：符义分析探索集 [M]. 史忠义，译. 上海：复旦大学出版社，2015.

❷　中国社会科学院文学研究所. 现代美英资产阶级文艺理论文选 [M]. 北京：知识产权出版社，2010（41）.

见，在互文性理论看来，任何一个文本都蕴含了其他文本的内容，其他的文本以一种内化的方式在此文本的意义构成中发生作用。

互文性理论进入中国很早，早在1982年，张隆溪先生便在《结构的消失——后结构主义的消解式批评》一文中，对克里斯蒂娃的互文性理论有所介绍。但直到20世纪90年代，学术界才有对互文性理论的系统性介绍。❶ 互文性理论所揭示的现象在中国古典文学中是大量存在的。因此，90年代后期开始，用互文性理论来研究中国古典文学的实践便大量开展。比如关于古代小说中互文性问题的研究。❷ 再比如诗歌中的用典，明显就属于互文性理论的前文本范畴。典故作为一种先于此文本存在的内容，在此文本的意义阐释中发挥了很大作用。

最典型案例，是《金瓶梅》中西门庆的内容与《水浒传》中的西门庆内容构成了互文性。有大量研究者从互文性的角度对这一问题进行了研究，而这一问题其实也是文学进化论所关注的。用文学进化论的术语来说，这应该被称为因袭问题。笔者提出"要建立一门因袭学"，便是着眼于专门研究各文学作品之间文学基因的因袭关系。可见，因袭问题与互文性问题，存在一定互相参照启发的空间。

要注意一点，目前来看，互文性理论还只是一个孤零零的理论。这一点不如文学进化论。文学进化论有其体系，"因袭"的概念只是文学进化论的诸多概念的一个。而互文性理论的主要概念是互文，至于从终极哲学的角度，互文到底意味着什么，学者们并不能说得很清。相反，在文学进化论中对"因袭"在文学进化中的作用，已经有明确的论述与评判了。

在笔者看来，互文性实际上是因袭的结果，是同一种文学基因不变或略作变化在不同文本中的体现。互文性理论的很多概念，其实可以转换为文学进化论体系下的概念。互文性理论关于文本客观性、文本所蕴含结构的一些思考，亦可以为文学进化论吸收与借鉴，因为文学进化论正是要把文学作品当成客观实体来研究。总之，文学进化论与互文性理论二者更进一步的互通与融合，有待未来的进一步拓展。

---

❶ 李玉平. 互文性：文学理论研究的新视［M］. 北京：商务印书馆，2014.
❷ 王凌. 互文性视阈下古代小说文本研究的现状与思考［J］. 云南师范大学学报，2014（2）.